ULLSTEIN

Das Buch

Die junge Berliner Society-Reporterin Alexa Schwarz wird von ihrer Zeitschrift beauftragt, einen Bericht über den neuen Star der amerikanischen Medienszene, die Fernsehproduzentin Maya von Miller, zu schreiben. Deren Kommerzkanal NEED schlägt in den USA alle Quotenrekorde, und sie ist dabei, ihr erfolgreiches Konzept auch nach Europa zu übertragen. Nur wenige wissen, daß ein Großteil ihrer bewegten Karriere sich auf dem alten Kontinent abgespielt hat. Aber einige ihrer potentiellen Geschäftspartner in deutschen Medienkonzernen bekommen das recht schnell zu spüren...
Alexa Schwarz ist fasziniert und zugleich abgestoßen von dieser Frau, die mit einer ungemein sinnlichen Präsenz ausgestattet ist und diese auch massiv einzusetzen weiß. Die Journalistin folgt Maya von Miller quer durch Europa, zugleich recherchiert sie ihre Vergangenheit, die sie in die Glanzzeiten des internationalen Jet-sets zurückführt, in die wilden sechziger und siebziger Jahre. Erst sehr spät wird Alexa klar, daß sie mit der glamourösen Maya mehr verbindet als nur ein Reportageauftrag.

Die Autorin

Beate Wedekind, geboren 1951, war Chefredakteurin von *Elle*, *Ambiente* und *Bunte*. Sie moderierte zahlreiche TV-Talk-Shows und leitete jahrelang die BAMBI-Preisverleihung. Sie lebt heute als freie Autorin in New York, auf Ibiza und in Berlin und organisiert seit 1998 die Vergabe der GOLDENEN KAMERA. Außerdem betreibt sie in Berlin eine Galerie und arbeitet an einem neuen Buch.

Beate Wedekind

UM JEDEN PREIS

Roman

Ullstein

Ullstein Taschenbuchverlag 2000
Der Ullstein Taschenbuchverlag ist ein Unternehmen der Econ Ullstein List Verlag GmbH & Co. KG, München

Umschlagkonzept: Lohmüller Werbeagentur GmbH & Co. KG, Berlin
Umschlaggestaltung: DYADEsign, Düsseldorf
Titelabbildung: Photonica, Hamburg
Druck und Bindearbeiten: Elsnerdruck, Berlin
Printed in Germany
ISBN 3-548-24791-1

INHALT

Für Moto

DER SCHNITT

Sie kam kurz vor fünf und lehnte sich an die einzige freie Stelle an der Wand. Niemand beachtete sie. Nur der Junge, neben den sie sich stellte, rückte ein paar Zentimeter zur Seite. Er mochte vielleicht zwölf, dreizehn Jahre alt sein, aber er hatte das Gesicht eines alten Mannes. Um seinen linken Arm war ein blutdurchtränkter dreckiger Fetzen gewickelt. Auf der anderen Seite spürte sie die fetten Hüften einer Schwarzen. Regungslos stierte die Frau vor sich hin. Die Wunde über ihrer rechten Schläfe war zwei mal zwei Zentimeter groß und schimmerte gelblich. Ihre rechte Faust umklammerte ein Büschel verklebter Haare.

Es war ein ganz gewöhnlicher Nachmittag in einer engen Straße am Rande der Armenviertel von Rio de Janeiro: Sprechstunde in der Ambulanz der Klinik von Dr. Sergiu Mendez. Der Warteraum war eine Wellblechbaracke und entschieden zu klein für die vielen Menschen, die er täglich aufnehmen mußte. Die Luft war stickig; es stank nach Schweiß und nach Schmerz und nach Straße. Das Geschwätz und Gezänk, das der Fremden entgegenschlug, war unerträglich wie die Hitze, die wie kleine Flammen in ihre Haut stach.

Obwohl die Frau Bluejeans, T-Shirt und Lederjacke trug, wirkte sie deplaziert. Nicht ein Hauch von Elend war um sie. Auf ihrem Kopf saß eine schwarze Baseballkappe, über deren Schirm ein geschwungenes weißes Emblem prangte: *Ducati*. Was soviel heißen konnte wie Geld, gleichzeitig aber auch der Name einer noblen italienischen Motorradmarke war. Der Junge mit dem Gesicht eines alten Mannes lächelte, als er den Schriftzug sah. Er hatte einen einzigen Traum: Auf einer *Ducati* reitend, wollte er eines Tages weit weg, hinein ins Leben, wo immer das war.

Die Fremde hatte Glück. Nach ihr ließen die beiden bewaffneten Posten, die vor dem Eingang Wache schoben, ein Weißer und ein Schwarzer, niemanden mehr herein.

Vor ihrem Bauch hing ein olivgrüner Armeerucksack, den sie so behutsam umarmt hielt, als wäre er ein kleines Kind. Aus ihrer Nase lief eine feine Spur weißlicher Schleim. Aber ihr Taschentuch steckte tief unten im Rucksack, und sie hatte ihre Gründe, warum sie ihn vor all den Leuten nicht öffnen konnte. Sie fuhr sich deshalb mit dem Handrücken an den Nasenlöchern entlang; soweit war es also mit ihr gekommen.

Nach einer Weile schnürte sie den Rucksack ab und klemmte ihn als Polster zwischen ihren Rücken und das Wellblech. Sie legte ihre rechte Hand in die Kuhle zwischen Magen und Brust, vergrub die linke in der Jackentasche und sah sich, die Augen hinter ihrer Sonnenbrille versteckt, in dem Raum um.

Eins, zwei, drei, vier, fünf, sechs ... Immer wenn sie nicht weiterwußte, fing sie an zu zählen. Irgend etwas. Jetzt zählte sie die Menschen und kam auf zwanzig Frauen und sechs Männer, die wie sie an der Wand lehnten, dicht an dicht. Sieben Männer hockten auf dem Boden. Zehn Frauen und vier Männer saßen auf Stühlen, acht Kinder auf dem Schoß ihrer Mütter. Fünfundfünfzig. Fünfundfünfzig Patienten waren vor ihr an der Reihe.

Die Frau schloß die Augen. Aber selbst in Gedanken gelang ihr nicht ein einziger Schritt vorwärts und keiner zurück. Schweiß lief an der Innenseite ihrer Arme herunter, ein kalter Bach der Ungewißheit. Sie war angekommen. Sie wollte weg.

Seit zehn Jahren betrieb Dr. Sergiu Mendez hier, im Zentrum der Gewalt, eine Klinik für plastische Chirurgie. Sein Handwerk hatte er bei Dr. Ivo Pitanguy gelernt, seinem berühmten Landsmann, dem besten Schönheitschirurgen der Welt. Die Jahre in Pitanguys Luxusklinik und die Frauen, die dort unter sein Skalpell gekommen waren, hatten Mendez – bei aller Verehrung für seinen Lehrmeister und bei aller Faszination, die sein Metier auf ihn ausübte – einen anderen Weg gewiesen: Operationen aus purer Eitelkeit lehnte er ab.

Seine Patienten waren die Ärmsten der Armen, die Opfer von Willkür und Wut, von Hinterlist und Haß, von Unfällen und dem Unglück an sich, mißgebildete Kinder, mißhandelte Frauen, halb totgeschlagene Männer. Er flickte Gesichter, reparierte Glieder, richtete Körper. Ohne Unterlaß und voller Zorn.

Beinahe täglich kam es vor, daß er frühmorgens, wenn er zur Arbeit ging, in der Gosse vor seiner Klinik ein wimmerndes Bündel fand, einen Menschen, entsorgt vom Abschaum der Gesellschaft. Mehr als einmal war eine dieser geschundenen Kreaturen in seinen Armen krepiert, bevor er sie auch nur auf eine Trage hatte betten können. Dennoch glaubte Mendez unerschütterlich an seine Mission, die Barmherzigkeit hieß. Und so versuchte er jeden Tag aufs neue mit all seiner Kraft und all seinem Können, diesen an Körper und Seele verstümmelten Wesen wenigstens ihre Würde wiederzugeben.

Doch Gewalt war nicht die einzige Front, an der er kämpfte. Von Geldnot bedroht, stand seine Klinik permanent am Rande des Ruins. Er mußte mit veralteten Instrumenten operieren, meist ambulant und fast immer gratis. Im vergangenen Monat hatte er sich auch noch von seinem letzten Assistenzarzt trennen müssen. Mendez konnte das Gehalt des Kollegen nicht mehr aufbringen und der nicht mehr unentgeltlich arbeiten; seine Frau erwartete ihr viertes Kind.

Es war kurz vor Mitternacht, als Mendez die Frau mit der *Ducati*-Kappe und dem Rucksack hereinrief. Sieben Stunden hatte sie in dem Wartezimmer ausgeharrt, fünf davon stehend, erst um zehn Uhr ergatterte sie einen wackeligen Hocker.

Sie hatte nicht von dem Wasser getrunken, das die Schwarze mit den fetten Hüften und dem Loch im Kopf irgendwann in einer Plastikflasche hatte kreisen lassen, nicht das Brot angenommen, das ein kleines Mädchen mit ihr teilen wollte. Sie hatte nicht nach rechts und nicht nach links geschaut. Aber wohl tausendmal hatte sie den Satz gelesen, der in einem schwarzen Blechrahmen über der Tür zum Arztzimmer hing: »Leg deine Sorgen ab, bring deine Seele mit.«

»Guten Abend. Und was führt *Sie* zu mir?« Mendez bat sie, auf einem Stuhl ihm gegenüber Platz zu nehmen.

Der Arzt war Anfang Vierzig, klein, dicklich, mürrisch, mit schmalen Lippen und einer steilen Falte zwischen den Augenbrauen, die mit dem Steg seiner Brille ein Kreuz bildete. Seine Stimme war überraschend leise, ja sanft.

»Darf ich?« fragte sie und legte, ohne seine Antwort abzuwarten, ihre Lederjacke ab, zog den Handschuh, den sie an der linken Hand trug, aus und nahm die Baseballkappe vom Kopf. Der Arzt blickte kurz über seinen Brillenrand hinweg und registrierte mit dem geschulten Blick des Operateurs, daß sie unter dem T-Shirt keinen Büstenhalter trug und daß ihre großen Brüste fest und erregt waren. Sie schüttelte ihre kastanienrote Lockenmähne; am Haaransatz war sie leicht verschwitzt, auch in den gebleichten Härchen über ihrer Oberlippe schimmerte es feucht.

Er schätzte sie auf Mitte, Ende Vierzig, und sie hatte den Sex-Appeal, bei dem Mendez früher, als er noch an Frauen dachte, schwach geworden wäre. Ihre eisblauen Augen funkelten so kalt, daß man an ihnen verbrennen konnte. Sie war ungeschminkt und die Haut um Augen, Mund und am Hals fast faltenlos. Ihre Wangen waren rund, ihre Lippen voll, unterspritzt, vermutete der Chirurg. Ihre Nase schien ihm eine Idee zu flach, und ihr dichtes, dickes Haar saß wie ein Helm tief auf ihrer Stirn, über die sich waagerecht eine markante Falte zog. Sie war nicht groß, nicht schlank, aber wohlproportioniert.

Während Mendez die dürftigen Eintragungen auf der Karteikarte überflog, die seine Krankenschwester angefertigt hatte – Name: Marlene Fink, Nationalität: deutsch, Adresse: Hotel *Copacabana Palace*, Beschwerden: keine Angaben –, stellte sie den Rucksack mitten zwischen ihnen beiden auf seinem Schreibtisch ab.

»Was kann ich für Sie tun?« wiederholte der Arzt.

»Ich möchte das hier loswerden«, sagte sie mit rauher Stimme und fügte hinzu: »Ich soll Sie von Dr. Pitanguy grüßen.«

Mendez überfiel plötzlich eine große Müdigkeit. Frauen wie diese kannte er zu Genüge. Zu genau wußte er, was sie von ihm wollten: ein bißchen kecker die Nase, ein bißchen weniger Fett unterm Kinn und über den Augen, ein bißchen mehr Po, der Busen straffer, die Schenkel schlanker. Jünger eben. Ein bißchen Gott sollte er spielen, sie neu erschaffen, wenigstens für ein paar Jährchen. Sie nannten ihm Phantasienamen und beendeten das Gespräch gewöhnlich mit dem Satz: »Ich zahle bar, und eine Quittung brauche ich nicht.«

Unhöflichkeit war seine Sache nicht; er würde ihr fünf Minuten geben und sie dann wegschicken.

»Solchen Schmuck sollten Sie bei uns nicht tragen«, erlaubte sich Mendez anzumerken, als im Licht seiner Schreibtischlampe ein kieselsteingroßer Solitär an ihrem linken Mittelfinger aufblitzte. »Also, wie kann ich Ihnen helfen?«

Mit einem herablassenden Lächeln – nur ihren linken Mundwinkel hob sie den Bruchteil eines Millimeters – drehte sie den Stein nach innen. »Ich kann *Ihnen* helfen, Herr Doktor.«

»Da bin ich aber gespannt.«

Sie stand auf, ging zur Tür und schloß von innen ab. Langsam kam sie wieder auf Mendez zu. Noch im Gehen fingerte sie einen Schlüssel aus der Hosentasche und öffnete damit das Vorhängeschloß an den beiden braunen Lederriemen, mit denen der Rucksack verschnürt war. Sie beugte sich über den Schreibtisch zu Mendez hinüber – so nah, daß der Duft ihrer Haut in seine Nase kroch –, faltete mit beiden Händen den Rucksack auseinander und hielt ihm den Inhalt entgegen.

Vier Monate später verließ eine knabenhaft schmale, weißhaarige Frau die Klinik. Dr. Sergiu Mendez begleitete sie zum Taxi und bat den Fahrer, sie zum Flughafen zu bringen.

Er öffnete ihr den Schlag mit einer kleinen Verbeugung. Sie ließ sich in den Rücksitz fallen, zog die Tür zu und kurbelte das Fenster herunter. »Auf Wiedersehen«, sagte er, und sie streckte ihm die Hand entgegen. Sie zögerte einen Moment und widersprach dann kopfschüttelnd: »Auf Wiedersehen? Nein. Adios, Sergiu.«

Es war das erste Mal, daß sie ihn beim Vornamen nannte. Ihre Stimme war hell, etwas blechern, monoton. Obwohl seit der Operation ihrer Stimmbänder zwei Monate vergangen waren und sie sich jeden Tag zwang, laut mit sich zu sprechen, war ihr der neue Klang noch erschreckend fremd.

Dr. Sergiu Mendez und Marlene Fink hatten sich gut verstanden. Der Arzt hatte seine Privatpatientin bei sich zu Hause untergebracht, sogar sein Schlafzimmer für sie geräumt. Er genoß ihre Anwesenheit – und sie, daß er keine Fragen stellte. Nur einmal war es zwischen ihnen zu einem erbitterten Streit gekommen, dessen Schärfe ihn ahnen ließ, daß mit ihr nicht gut Kirschen essen war. Mendez hatte sich weigern wollen, dieses Wunderwerk der Natur, den perfektesten Busen, den er je gesehen hatte, zu entfernen. Sie aber bestand darauf.

»Diese Brüste brauche ich nicht mehr«, hatte sie zu erklären versucht. Daß er sie nicht verstand, war ihr gleichgültig.

Als sie schließlich in Vollnarkose vor ihm lag, schickte Mendez seine OP-Schwester unter einem Vorwand hinaus. Seit Marlene Fink sein Arztzimmer zum erstenmal betreten hatte, träumte er davon, diesen Busen küssen zu dürfen. Er schloß die Tür ab, lüpfte das grüne Operationstuch und betrachtete mit Wehmut diesen wundervollen Körper, den er gleich zerstören würde.

Mit weit geöffneten Augen beugte er sich zu ihr hinab und bedeckte ihre Brüste mit kleinen Küssen, küßte sich um ihr Herz herum und kniff dann voller Gier in ihre Brustwarzen, die sofort auf die Größe einer Fingerspitze anschwollen. Seufzend nahm er die großen dunklen Titten vorsichtig zwischen seine schmalen Lippen, saugte an ihnen und ließ seinen Tränen freien Lauf.

Nur wenige Sekunden gönnte er sich, dann wandte er sich abrupt ab, hielt sein Gesicht über das Waschbecken, drehte den Hahn auf und ließ einen eiskalten Wasserstrahl über seine Schläfen laufen. Er schloß den Operationsraum wieder auf; die Schwester lehnte im Flur an der Wand und rauchte. Rauchen war in der Klinik strengstens verboten. »Was soll das?« fragte Mendez erbost. Sie würdigte ihn keines Blickes, ging an ihren Platz am Instrumententisch, half ihm schweigend in seine OP-Handschuhe und band ihm Schürze und Mundschutz um. Unverzüglich setzte Mendez zum entscheidenden Schnitt an.

Als Marlene Fink aus der Narkose erwachte, versuchte sie gleich, ihren neuen Busen zu berühren. Es gelang ihr nicht. Verwirrt tastete sie ins Leere.

An der Farbe ihrer Augen, diesem eisigen Blau, vermochte der Chirurg allerdings nichts zu ändern. Eine Operationsmethode, mit der man die Seele eliminieren konnte, gab es nicht; sie würde sich zukünftig mit farbigen Kontaktlinsen behelfen müssen. Schon früher hatte sie sich gelegentlich einen Spaß daraus gemacht, mal braune, mal grüne Kontaktlinsen zu tragen, passend zur Kleidung, zum Schmuck oder zur Stimmung. Sie entschied sich für ein dunkles Graugrün. Das paßte, so fand auch Mendez, gut zu ihrer neuen Unscheinbarkeit.

Daß sie ihr Haar, von Natur kastanienbraun, kräftig und wellig, jetzt streichholzkurz, glatt und schneeweiß trug, hatte außerhalb seiner Macht gestanden. Für die Totaloperation ihres Gesichtes mußte Mendez ihr den Schädel kahlrasieren. Das Haar war vierzehn Tage lang gar nicht und dann weiß und dünn nachgewachsen. Noch wenige Wochen zuvor hätte sie getobt und geschrien. Seit sie dreißig war, hatte sie sich penibel jeden Morgen auf die Suche gemacht, an ihren Schläfen, ihren Augenbrauen und in ihrem Schoß, und jedes noch so winzige graue Härchen ausgezupft. Jetzt schien ihr das Weiß ihrer Haare ein Wink des Schicksals: Was sie getan hatte, mußte richtig sein.

»Fahren Sie los«, wies sie den Taxifahrer an.

Die letzten Worte ihres Arztes hörte sie nicht mehr: »Ich werde für Sie beten«, sagte Mendez und winkte ihr hinterher. Die Frau, die zu ihm gekommen war, die hatte er geliebt. Die Frau, die wegfuhr, hätte er keinen Tag länger ertragen können.

Am nächsten Morgen kamen die Bulldozer. Wo die Wellblechbaracke stand, sollte Stein auf Stein eine neue Tagesklinik gebaut werden.

Seine OP-Schwester hatte Mendez mit einer großzügigen Abfindung entlassen und gleich zwei neue eingestellt. Auch sein Assistenzarzt konnte die Arbeit am nächsten Ersten wiederaufnehmen. In zwei, drei Monaten, wenn der Neubau stand, würde er dem Kollegen die Klinik für vier Wochen allein überlassen, um sich bei Pitanguy auf den neuesten Stand seines Handwerks bringen zu lassen.

»Danke, Ivo«, sagte Mendez, als er seinen Lehrmeister anrief, um seinen Besuch anzukündigen.

»Wofür?« fragte sein Mentor.

»Für diese Frau, die Sie mir geschickt haben.«

»Welche Frau?«

»Ist schon gut, alter Freund.«

DER SCHLÜSSEL

Mit der brasilianischen Fluggesellschaft *Varig* aus Rio kommend, landete Marlene Fink auf dem New Yorker John F. Kennedy-Airport. Ihre Augen schmerzten, ihre Füße waren geschwollen, ihre Haut war ausgetrocknet. Sie war hundemüde und hypernervös. Der grüne Teppichboden flimmerte vor ihren Augen, der Geruch von Reinigungsmitteln ekelte sie an. Zur Einreisekontrolle wies ihr eine Frau in Uniform ausgerechnet den Schalter zu, vor dem bereits eine Gruppe kichernder koreanischer Touristinnen stand.

Hinter ihrer schwarzen *Ray ban*-Brille versteckt, beobachtete sie den Immigration-Officer, einen grobschlächtigen, aknenarbigen Weißen, der jeden Reisenden mit scharfem Blick musterte, und begann wieder zu zählen. Nach einer halben Stunde waren es noch immer dreiundvierzig schnatternde Asiatinnen, die vor ihr an die Reihe kamen. Sie gab ihrer kleinen Reisetasche einen wütenden Fußtritt – warten zwischen Krethi und Plethi, wie sie das haßte! Aber auch dies gehörte zu ihrem neuen Leben.

»Next please«, rief der Beamte. Sie überschritt die gelbe Wartelinie und trat zu ihm an den Schalter. Mit einer lässigen Geste nahm sie ihre Sonnenbrille ab und warf dem Mann einen charmanten Blick zu. Ein kleiner Flirt würde seinem Ego schmeicheln, seine Autorität heben und von ihrer Aufregung ablenken. Während der Uniformierte ihren Paß auf das Durchleuchtungsgerät legte, lächelte er zurück, sah sie mit Röntgenblick an und fragte: »Was ist denn das, Mylady? Warum steht hier: Augen graugrün?«

»Oh, ich trage heute Kontaktlinsen«, antwortete sie geistesgegenwärtig und spürte, wie eine heiße Röte an ihrem Hals emporstieg. Die Luft an Bord war so trocken gewesen, daß sie ihre Kontaktlinsen herausgenommen hatte.

Es war noch einmal gutgegangen.

»Auf die alten Tage noch eitel, was?« scherzte der Beamte und stellte die erste seiner Routinefragen: »Der Grund Ihres Aufenthalts?«

»Verwandtenbesuch.«

»Wie lange wollen Sie bleiben?«

»Ein paar Tage.«

»Ihre Adresse in New York?«

»Hotel Plaza Athénée.«

»Have fun!« wünschte er, ließ den Stempel in ihren Paß knallen und reichte ihn ihr zurück.

»Thanks«, sagte sie.

Draußen auf dem Gepäckband drehte ihr Koffer bereits seine Runden.

»Hotel Plaza Athénée, East 64th Street, zwischen Madison und Park.«

Der Taxifahrer, ein Russe, wie aus der am Armaturenbrett angebrachten Lizenz zu ersehen war, nahm das Fahrtziel schweigend zur Kenntnis. Sie ließ sich in die durchgesessene Rückbank fallen, schob mit dem Fuß das Zeitungspapier zur Seite, das auf dem Boden lag. Der Geruch, der ihr entgegenschlug, war eine Mischung aus Benzin und Urin. New York, New York.

Von Rio aus hatte sich Marlene Fink im *Plaza Athénée* Suite Nummer 1607 reservieren lassen, ein elegantes, mit feinen Antiquitäten eingerichtetes, geräumiges Apartment, zu dem eine Terrasse mit faszinierendem Blick auf Uptown Manhattan gehörte. Lage und Ausstattung hatten ihren Preis: Suite 1607 kostete 6000 Dollar pro Nacht, Frühstück nicht inbegriffen. Prinzessin Diana von Wales hatte hier logiert, ihre Schwägerin Fergie, Sarah Fergusson, Liz Taylor und Elton John. Gelegentlich gaben europäische Stars in Suite 1607 Interviews und New Yorker Prominente, die nicht zu sich nach Hause einladen wollten, Cocktailpartys und Empfänge.

Je näher das Taxi der Upper Eastside kam, desto unbehaglicher fühlte sich Marlene Fink. Und Unbehagen äußerte sich bei ihr gewöhnlich in schlechter Laune. So ließ sie, als sie vor dem *Plaza Athénée* vorfuhr, ihren Unmut an der erstbesten Person aus.

»Ich wüßte nicht, was Sie das angeht«, keifte sie den Wagenmeister an, der mit Blick auf ihren Koffer und ihre kleine Reisetasche zu fragen wagte, ob das alles an Gepäck sei.

Ein Page begleitete sie zum Chef de Reception, der sie bat, an einem antiken Schreibtisch Platz zu nehmen. »Unser Direktor möchte Sie gern persönlich begrüßen«, sagte er und drückte auf einen Knopf unter der Tischplatte. Sekunden später stand ein Mann in dunkelblauem Zweireiher vor ihr, verbeugte sich galant und begrüßte sie mit einem Handkuß.

»Herzlich willkommen im Plaza Athénée. Mein Name ist Lackner. Bernhard Lackner. Ich bin der General Manager.«

»Guten Tag«, sagte sie, ihre *Ray ban* behielt sie trotz des gedämpften Lichtes auf; sie hatte noch keine Gelegenheit gehabt, ihre Kontaktlinsen wieder einzusetzen.

Lackner, ein blonder Hüne von jungenhaftem Charme, gebürtiger Friese und Junggeselle, war ein exzellenter Hotelmanager. Er interessierte sich für jeden Gast, besonders aber, wenn es sich um eine Unbekannte handelte, die zum erstenmal im *Plaza Athénée* abstieg und die teuerste Suite des Hotels gebucht hatte, ohne auch nur um einen Dollar Preisnachlaß zu bitten.

»Frau Fink, ich hoffe, Sie hatten eine gute Reise«, erkundigte sich Lackner auf deutsch und nahm ihr gegenüber Platz.

»Nein«, antwortete sie auf englisch, »hatte ich nicht.«

»Das tut mir außerordentlich leid, gnädige Frau«, setzte er die Konversation auf englisch fort. »Was kann ich für Sie tun?« Lackner erntete weder ein Lächeln noch eine Antwort. Und so war es ihm mehr als recht, daß seine Assistentin ihn zur Seite nahm und ihm eine Notiz reichte. »Bitte entschuldigen Sie mich. Ein wichtiges Telefonat«, sagte er bedauernd und überließ sie wieder dem Empfangschef. Marlene Fink begleitete Lackners Abgang mit einem zufriedenen Lächeln. Sein Typ war sie nicht mehr.

Nachdem sie die Suite inspiziert, das Zimmermädchen weggeschickt, ihren Koffer selbst ausgepackt, Kostüm und zwei Hosenanzüge der Hausdame zum Aufbügeln gegeben, sich ihrer Reisekleidung entledigt und in den bodenlangen weißen Bademantel aus weichem Velours gehüllt hatte, trat sie hinaus auf die Terrasse, um sofort wieder in die Suite zurückzukehren. Geschickt schlang sie sich ihren roten Kaschmirschal als Turban um den Kopf und zog ihn tief in die Stirn – die Narben von Rio schmerzten noch immer bei jedem sanften Windhauch. Auf die Terrasse zurückgekehrt, lehnte sie sich an die Brüstung und ließ ihren Blick über die Hochhäuser Manhattans wandern und auf einem keine zweihundert Meter Luftlinie entfernten Turm verweilen, der zwischen den Häusern herausragte, zum Greifen nah. Es war das dreistöckige Dachgeschoß des *Pierre*, in dem der ehemalige Ballsaal des New Yorker Traditionshotels untergebracht war. Das *Pierre* wurde seit Jahren peu à peu in einigen Etagen zu luxuriösen Privatapartments umgebaut.

Es war einer dieser milden New Yorker Herbstabende, die den Sommer noch ahnen ließen. Beim Anblick des Turms fröstelte es sie dennoch, und sie wickelte sich in eine dicke blaue Wolldecke, bevor sie es sich auf einer breiten gußeisernen Liege bequem machte. Die untergehende Sonne spiegelte sich in Hunderten von Farben in den gläsernen Fassaden der Hochhäuser Manhattans. Das tägliche grandiose Schauspiel des schönen Scheins.

Lackner hatte ihr »with compliments« eine Flasche *Dom Perignon* und eine Silberplatte mit Seafood-Variationen sowie einen gigantischen Strauß gelber Rosen auf die Suite bringen lassen. Sie trank den Champagner in großen Schlucken und aß Hummerschwänze und Langusten mit den Fingerspitzen. Genüßlich schleckte sie die Cocktailsauce aus der Muschelschale und fuhr zum Schluß noch mit der Zunge hindurch. Unentschlossen blätterte sie in einem Hochglanzkatalog, der auf ihrem Schoß lag, legte ihn aber wieder zur Seite.

Durch die Balustrade ihrer Terrasse entdeckte sie auf der anderen Seite der Straße zwei gutaussehende Männer im Busineßanzug, die im zweiten Stock eines Brownstones in der Brüstung eines geöffneten Fensters lehnten und so taten, als beobachteten sie das Treiben unten auf der Straße. Aber Marlene Fink realisierte sofort, daß sie vögelten, geschmeidig und voller Genuß.

Wehmütig seufzend legte sie unter der Wolldecke ihre Schenkel übereinander und pumpte sich mit kraftvollen Stößen Wonne in ihren Schoß. Ihre Augen waren nur einen Schlitz weit geöffnet, ihren Blick hielt sie starr auf den Turm des *Pierre* gerichtet. Beim zehnten Stoß kam sie. Später als sonst, es mußte am Jet lag liegen.

Langsam erhob sie sich von ihrem Lager; die beiden Männer lehnten entspannt im Fenster, der eine rauchte einen Joint, der andere lachte. Bevor sie durch die Terrassentür in ihrer Suite verschwand, warf sie den beiden Liebenden – unbemerkt – eine Kußhand zu.

Im Ankleidezimmer öffnete sie den Safe, nahm eine kleine Handtasche heraus und setzte sich im Dining-room an den ovalen Mahagonitisch. Zuerst legte sie eine quadratische Puderdose aus schwarzem Emaille vor sich hin, auf deren Deckel ein verschlungenes weißes Doppel-C prangte, das Markenzeichen von *Coco Chanel*. Dann fingerte sie in ihrer Geldbörse nach einer Kreditkarte und nach einem 100-Dollar-Schein, legte beides auf den Tisch und nahm die Puderdose wieder in die Hand.

Anstatt aber den Spiegel zu öffnen und zum Puderkissen zu greifen, hob sie mit dem rechten Daumennagel den Unterboden an und entnahm dem Geheimfach ein schmal gefaltetes, transparentes Papier. Nun erst klappte sie die Puderdose auf und schüttete aus dem Tütchen vorsichtig etwas Kokain auf den Spiegel. Es war guter Stoff. In Rio hatte sie eine exzellente Quelle aufgetan.

Routiniert zog sie, ihre goldene *Mastercard* immer wieder aufstukend, zwei akkurate Lines, jede an die drei Zentimeter lang. Als sie mit dem Resultat zufrieden war, befeuchtete sie ihren Zeigefinger, fuhr am Rand der Karte entlang, rieb sich die Körnchen in den Schoß und legte die Beine übereinander. Sie liebte dieses leise Kribbeln, das in einen winzigen Orgasmus mündete. Dann erst rollte sie den 100-Dollar-Schein zu einem schmalen, festen Röhrchen und zog die eine Line in das rechte, die zweite in das linke Nasenloch. Sie schloß die Augen und wartete. Auf ihr blasses Gesicht legte sich ein puppenhaftes Lächeln, das sich unmerklich in ein kaltes Grinsen verzerrte. Bevor sie die Puderdose zuklappte, schaute sie nun doch in den Spiegel. Sie fand sich mittlerweile sogar schön –

weißhaarig, blaß und ungeschminkt, wie sie war, aber abfinden konnte sie sich nicht mit diesem fremden Wesen.

Vom Barwagen nahm sie eine Flasche Wodka *Absolut* und trat wieder hinaus auf die Terrasse. Den Blick auf den Turm gegenüber gerichtet, setzte sie die Flasche an die Lippen. Erst als sie spürte, wie der Wodka ihre Kehle hinunterrann, fühlte sie sich entspannt genug, um sich endlich auf den Katalog zu konzentrieren, den sie zuvor immer wieder beiseite gelegt hatte. Es war der Katalog einer Auktion mit dem Titel »The Estate of Maya v. Miller« – der Nachlaß der Maya von Miller.

Vor vier Monaten war die erfolgreiche Präsidentin des amerikanischen Tele-Shopping-Senders NEED und Erbin Alan Miller-Wagensteins, eines der reichsten Männer der Vereinigten Staaten, auf einer Europareise im Alter von nur 50 Jahren einem Herzleiden erlegen. Die berühmte *Forbes 400*-Liste des US-Wirtschaftsmagazins wies sie mit einem Privatvermögen von einer viertel Milliarde Dollar als eine der zehn wohlhabendsten Amerikanerinnen aus und damit als eine der dreißig reichsten Frauen der Welt. Es war ihr Stiefsohn David Miller-Wagenstein, der so kurz nach ihrem Tod ihren persönlichen Besitz versteigern ließ. Aber der Zweck wog die Geschmacklosigkeit des pietätlos frühen Termins auf: Der Erlös der Auktion sollte an den *Fresh Air Fund* gehen, eine Stiftung, die New Yorker Straßenkindern Ferien auf dem Lande ermöglichte.

Die Ankündigung der Auktion hatte Marlene Fink zufällig in Rio gelesen, als sie, wie sie es seit Jahren tat, in der *International Herold Tribune* auf der letzten Seite die Personality-Meldungen studierte. Die Versteigerung fand morgen früh im ehemaligen Ballsaal des *Pierre* statt, den Maya von Miller gekauft und zu einem exklusiven Apartment hatte umbauen lassen. Eingezogen war sie allerdings nicht mehr. Die Arbeiten hatten sich immer wieder verzögert, und dann war sie, nur wenige Tage vor der Fertigstellung, gestorben.

Marlene Fink blätterte Seite für Seite um, warf auf jedes Foto einen kurzen Blick, überflog die Einträge, kringelte hier und da etwas ein und wurde immer ungeduldiger. Endlich, auf Seite 131, entdeckte sie, was sie suchte: die Beschreibung einer aktentaschengroßen Handtasche aus genarbtem rehbraunem Leder, eine Kelly-Bag von *Hermès* – so genannt nach Grace Kelly, der späteren Fürstin Gracia Patricia von Monaco, für die der Prototyp der Tasche in den fünfziger Jahren angefertigt worden war. Grace Kelly hatte sie zum erstenmal in dem Film »Die oberen Zehntausend« getragen, für den sie später mit dem Oscar ausgezeichnet wurde. Durch diese doppelte Weihe avancierte die Kelly-Bag in den besseren Kreisen zum ultimativen modischen Accessoire.

Die Kelly-Bag, auf die Marlene Fink es abgesehen hatte, war unter Los 145 katalogisiert, Mindestgebot: 1000 Dollar. Ein lächerlicher Preis; ein nagelneues Exemplar kostete in der fraglichen Größe je nach Lederqualität allein schon zwischen 8000 und 10000 Dollar. Marlene Fink notierte die drei Ziffern auf dem Hotelnotizblock und klappte den Katalog erleichtert zu.

Im Schlafzimmer warf sie sich nun gut gelaunt auf das breite Bett und zappte sich durch die Fernsehkanäle. Kurz verweilte sie bei NEED, dem Tele-Shopping-Sender, der dieser Maya gehört hatte. Ivana Trump pries gerade ihre Modeschmuckkollektion an, Ringe, Colliers, Armbänder, Ohrclipse – alles perfekte Kopien im Stil der renommierten europäischen Schmuckdesigner *Cartier*, *Bulgari*. Bei Ivana gab es die Pretiosen für einen Bruchteil des Originalpreises, allerdings auch nur in 333er Gold, dem Arme-Leute-Gold, wie es im Jargon hieß. Der Computerzähler in der rechten unteren Ecke des Bildschirms, der jede Bestellung registrierte, war soeben auf 998 gesprungen. Innerhalb weniger Minuten hatte Ivana Trump an die 1000 Schmuckstücke verkauft, zu Preisen zwischen 49 Dollar 95 und 499 Dollar. Das Geschäft lief wie geschmiert.

Marlene Fink zappte weiter. Game Shows, Nachrichten, Soap-operas, sie fand nichts, was sie interessierte, schaltete schließlich um auf Pay-TV, wo sie »Mitternacht im Garten der Lüste«, Clint Eastwoods Verfilmung ihres derzeitigen Lieblingsromans »Midnight in the Garden of Good and Evil«, wählte, eine bizarre wahre Society-Geschichte aus Savannah/Georgia. Kaum hatte sie sich die Kissen im Nacken zurechtgerückt, verspürte sie wieder einen Anflug zittriger Nervosität, das untrügliche Zeichen dafür, daß es entweder Zeit für eine weitere Line war oder für ihre Schlaftabletten. Sie entschied sich für die Pillen.

Sie mußte an ihren Arzt in Rio denken: Nie hatte ein Mann so schonungslos mit ihr gesprochen. Auf den Kopf zu hatte Mendez ihr gesagt, daß sie weg müßte vom Alkohol, von den Pillen, vom Kokain. Noch sei es nicht zu spät. Aber wenn sie so weitermachte mit dem dreifachen Gift für Körper und Seele, dann prophezeite er fatale Konsequenzen: Verfolgungswahn, üble Phantasien, Schlaflosigkeit, unkontrollierbare Launen. Sie hatte ihn ausgelacht. Was wußte er von ihren Plagen, die schon lange ihre treuesten Gefährten waren.

Mendez hatte ihr sogar einen Entzug unter seiner Obhut angeboten. Eine Nacht und einen Tag erwog sie ernsthaft, auf seinen Vorschlag einzugehen, hatte ihn dann aber doch verworfen. Irgend etwas von ihr mußte schließlich übrigbleiben, und wenn es diese Sucht nach Pillen, Koks und Wodka war.

Um nichts zu riskieren, löste sie gleich drei Schlaftabletten in etwas Rotwein auf und ging ins Bad. Mit geschlossenen

Augen rieb sie sich mit einem nach Lavendel duftenden Öl ein, stellte sich unter die Dusche und ließ einen sanften Strahl lauwarmes Wasser über ihre Schultern an ihrem Körper herunterfließen. Dabei streichelte sie sich versonnen mit über der Brust verschränkten Armen, wie sie das oft und gerne tat.

Sie hatte vollkommen vergessen, wie es war, wenn ein anderer sie berührte. Manchmal sehnte sie sich danach. Einmal in Rio hatte sie sogar davon geträumt. Es war ein wunderschöner Traum gewesen: Ein Unbekannter hatte unendlich zärtlich ihre Brüste geküßt, und sie hatte geglaubt, seine Tränen auf ihrer Haut zu spüren. Daran dachte sie jetzt, als sie unter der Dusche stand und einen verzweifelten Versuch machte, ihre Brüste zu berühren. Vergebens. Dieser Phantomschmerz vor ihrem Brustkorb wurde von Woche zu Woche unerträglicher.

Mendez hatte sie gewarnt. Mit allem konnte sie leben, mit der kurzen geraden Nase, den feinen Lippen, den flachen Wangen und dem weißen Haar. Sogar an ihre Stimme gewöhnte sie sich allmählich. Nur dieser elend flache Busen blieb ein Fremdkörper.

Sie streichelte sich über ihre Seiten, ihren Leib, hinunter zu ihren Schenkeln, seifte mit sanftem Kreisen ihre Scham ein, die weiß wie ihr Haupthaar war, und legte sich naß unter die Bettdecke.

Halb wach sah sie noch ein paar Minuten fern, um dann in einen tiefen und traumlosen Schlaf hinüberzugleiten, den hellerleuchteten ehemaligen Ballsaal des *Pierre* zum Greifen nahe, in dem bis spät in die Nacht die Auktion der Hinterlassenschaft der Maya von Miller vorbereitet wurde.

Wohlüberlegt wählte Marlene Fink am nächsten Morgen ihre Garderobe, einen anthrazitfarbenen hochgeschlossenen

Hosenanzug von *Jil Sander* mit passenden flachen Schnürschuhen, ein Outfit von zurückhaltender Eleganz. Unter keinen Umständen wollte sie auffallen. Nervös nestelte sie an ihren Haaren; noch wartete sie auf die ausgleichende Wirkung der zwei *Prozac*-Pillen, die sie nach ihren obligatorischen Lines mit etwas Joghurt als Frühstücksersatz eingenommen hatte. Sie starrte in den Spiegel, so lange, bis sie glaubte, sich wiederzuerkennen, und war selbst dann nicht mit sich zufrieden. Sie ging zurück ins Bad, gab Gel in ihr Haar und zupfte es in kleinen Fransen ins Gesicht. Da waren diese feinen rosa Linien, die Narben am Haaransatz, die nicht nur bei jedem Luftzug schmerzten, sondern immer, wenn sie unruhig war, krebsrot wurden und sogar manchmal, wie jetzt, anschwollen. Zum Schluß setzte sie ihre graugrünen Kontaktlinsen ein – sie war bereit. Sie zog einen schwarzen Kaschmir-Trench über, band den Gürtel fest um ihre schmale Taille und fuhr mit dem Lift hinunter in die Lobby.

Auf die Frage des Portiers, ob sie eine Limousine oder ein Taxi benötige, antwortete sie, daß sie nur ein wenig im Central Park spazierengehen wolle. Zum *Pierre* waren es nur fünf Häuserblocks am Park entlang.

Im *Pierre* folgte sie den goldgerahmten Hinweisschildern »The Estate of Maya v. Miller«, die zu einem Aufzug im hinteren Teil der Hotelhalle führten. Ein Page in blauer, silbergepaspelter Livree und weißen Handschuhen machte eine kleine Verbeugung, öffnete den Privatlift mit einem Sonderschlüssel und begleitete sie hinauf in den 19. Stock.

Sie konnte nicht anders, und sie konnte es auch nicht heimlich tun, der Aufzug war rundum verspiegelt: Während der Nonstopfahrt nahm sie einen silbernen Flachmann aus ihrer Handtasche und setzte ihn an die Lippen. Der Wodka tat ihr gut, und endlich wirkten auch die *Prozacs*. Diskret schaute der Liftboy zu Boden. Sie murmelte etwas von Hustensaft und steckte ihm, oben angekommen, einen Zwanzigdollarschein zu. Voll konzentriert betrat sie den Ort des Geschehens.

»Marlene Fink«, antwortete sie der Angestellten, die in der gewaltigen schwarzweißen Marmorhalle, dem Entree des von Millerschen Apartments, mit einer Liste in der Hand auf sie zukam, sie willkommen hieß und, als sie keine Einladung vorweisen konnte, nach ihrem Namen fragte.

»Sie waren schon einmal bei uns?« fragte die Hosteß, eine elegante Enddreißigerin in einem stahlblauen uniformartigen Kostüm, die, wie auf dem Namensschild an ihrem Revers zu lesen war, Grace Siegel hieß und »Public Relations Director« war.

»Nein, Marlene Fink war noch nie hier«, bekam sie zur Antwort.

»Dann muß ich Sie leider für einige Formalitäten um Verständnis bitten. Ich benötige Ihren Ausweis, Ihre Anschrift und Ihre Bankverbindung.« Grace Siegel bat Marlene Fink nach nebenan in ein kleines provisorisches Büro und schloß die Tür. »Wir können uns Ihre Bonität, wenn Sie uns dazu ermächtigen, auch rasch telefonisch von Ihrer Bank bestätigen lassen«, ergänzte sie und stellte Marlene Fink dem Notar vor.

»Ihr Ausweisdokument, bitte«, sagte der Anwalt, der Dr. Mick Friedan hieß, freundlich und musterte sie neugierig.

Marlene Fink legte ihren deutschen Paß auf den Tisch und gab ihm, als er nach ihrem Wohnsitz fragte, unwirsch Auskunft: »Ich bin im Plaza Athénée. Das muß genügen.«

Friedan nickte bestätigend. »Sie kennen unsere Konditionen?«

»Aber ja«, antwortete Marlene Fink.

»Dann wissen Sie auch, daß ich Sie bitten muß, uns einen Betrag in der Höhe zu hinterlegen, bis zu der Sie steigern wollen.« Barzahlungen waren bei einer Versteigerung wie dieser absolut unüblich.

»Pardon, wir haben unsere Anweisungen«, meinte Grace Siegel sich noch einmal entschuldigen zu müssen.

Aber Marlene Fink öffnete gelassen ihre Handtasche, nahm einen Umschlag heraus und reichte ihn dem Notar.

Friedan zählte die Geldscheine sorgfältig und schrieb Marlene Fink eine Quittung über 200000 Dollar aus.

»Darf ich fragen, was Sie ersteigern möchten?« wollte Grace Siegel wissen.

»Dürfen Sie. Sonst noch was?« Marlene Finks schneidender Ton ließ Grace Siegel kurz aufhorchen. Aber sie hatte nicht vor, sich von der schlechtgelaunten Fremden aus dem Konzept bringen zu lassen. Statt dessen schaute sie auf ihre Armbanduhr, eine kleine goldene *Rolex*, und bot mit stoischer Freundlichkeit weiter ihre Dienste an: »Wir haben noch etwas Zeit. Darf ich Ihnen inzwischen Maya von Millers Apartment zeigen?«

Marlene Fink lehnte kopfschüttelnd ab und ließ sich direkt in den Auktionsraum führen. Die goldenen Stühle, die ordentlich aufgereiht hintereinander standen, gaben der mit ochsenblutrotem Damast bespannten prachtvollen Halle, die einmal Maya von Millers großer Salon hatte werden sollen, die Atmosphäre eines Konzertsaals. Marlene Fink zählte die Reihen, es waren 20, sie zählte die Stühle, es waren 15 pro Reihe, sie multiplizierte: 300. Und beinahe jeder Platz war besetzt. A la bonheur, dachte sie.

Ein Page wies ihr einen Platz in der Mitte der zehnten Reihe zu. Sie nahm ihn erst ein, als sie auf einem Tisch an der Rückwand des Raumes zwischen anderen Hand- und Reisetaschen die braune Kelly-Bag, das Los Nummer 145, entdeckte. Halbwegs entspannt widmete sie nun ihre Aufmerksamkeit dem Auktionspublikum. Es war eine geballte

Ansammlung der New Yorker A-Society, die sich zu diesem denkwürdigen gesellschaftlichen Ereignis eingefunden hatte. Das konnte man sich wohl nicht entgehen lassen: Selten gab es die Gelegenheit, Einblick in die Intimsphäre einer Frau zu nehmen, die man zu ihren Lebzeiten gemieden hatte. Und wann konnte man schon Housewarming-Party und Garage-Sale in einem feiern?

In der ersten Reihe saßen die grauhaarigen Ikonen der Gesellschaft. Marlene Fink, die es liebte, das Treiben der High-Society in *W, Vogue, Vanity Fair* und *Bazaar* zu verfolgen, erkannte Nan Kempner, Betsy Bloomingdale, Lynn Wyatt und Mica Ertegun. Auf der anderen Seite sah sie Ivana Trump, wasserstoffblond und ganz Lady-Vamp, die Modedesignerin Prinzessin Dianne von Fürstenberg, die trotz ihrer Falten bemerkenswert jung wirkte, und Carolyne Roehm, die nach ihrer Scheidung von Henry Kravis, dem New Yorker Finanzier, in Paris eine Lehre bei Christian Tortu gemacht hatte und sich nun als Blumendesignerin verdingte. Alle drei hatten als Moderatorinnen ihrer Verkaufsshows bei NEED in den letzten Monaten Millionen gemacht und gespendet. Sie waren allerdings nicht von Maya von Miller engagiert worden, sondern erst nach deren Tod zu dem Sender gestoßen.

Auf der anderen Seite plauderte Prinzessin Firyal von Jordanien, eine angeheiratete Verwandte von König Hussein, mit Joan Rivers, der Königin der amerikanischen Talkshows. Ein paar Stühle weiter saßen drei junge, elegante Frauen, Kronprinzessin Chantal von Griechenland, ihre Schwester Pia Getty, beide Töchter des sagenhaft reichen Robert Miller, der seine Millionen mit Duty-free-Shops in Südostasien gemacht hatte, sowie Carolyne Bessette-Kennedy, die Frau von John F. Kennedy junior. Ob sie mit ihrem Mann wohl über die sexuellen Eskapaden seines Vaters diskutierte?

überlegte Marlene Fink, die in Rio zwischen zwei Operationen die neueste Skandalbiografie über die Ehe von John und Jackie Kennedy verschlungen hatte. Ob Carolyne ihre Rückschlüsse vom Vater auf den Sohn zog? Ob ihr gelegentlich solche Fragen gestellt wurden? Von Liz Smith zum Beispiel, der Society-Reporterin der *New York Post*, die gerade mit der jungen Kennedy sprach und sich jetzt Dominick Dunne zuwandte, dem *Vanity Fair*-Autor und Schriftsteller, dessen spitzfindige und bis ins kleinste Detail recherchierte Reportagen und Romane Marlene Fink liebte.

Die drei Fotografen, die man zugelassen hatte, machten dezent ihre Shots. Reihe zehn fotografierten sie nicht. Wer wirklich wer war, saß in den ersten drei Reihen.

In der zweiten Reihe hatte Leo Castelli, der Doyen des internationalen Kunsthandels, mit Neunzig immer noch ein großer Charmeur und bestens im Geschäft, neben seinem jungen österreichischen Kollegen Thaddaeus Ropac (Salzburg/Paris/New York) Platz genommen. Maya von Millers Mann war ein engagierter Kunstsammler gewesen und hatte Castelli und den von ihm geförderten Künstlern über Jahrzehnte die Treue gehalten.

An der Stirnwand des Salons, die nicht weniger als fünf Meter hoch und zehn Meter breit war, hingen über einem mannshohen, von zwei Bronzelöwen bewachten Kamin aus schwarzem Marmor, den man ebenfalls ersteigern konnte, einige der Werke, die Miller-Wagenstein von Castelli erworben hatte, zweifellos die Glanzstücke der Versteigerung. Es waren zwölf Porträts der Verstorbenen, eine sentimentale Sammlung intimer Liebesbeweise, die da unter den Hammer kommen sollte. Zu jedem Hochzeitstag hatte Alan Miller-Wagenstein seine Frau malen lassen, entstanden waren wahrlich bemerkenswerte Kunstwerke. Zum Beispiel die riesige Scherbencollage von Julian Schnabel. Sie war im Katalog mit 200000 Dollar angesetzt und mit der Information versehen, daß es sich bei den Scherben um Meißener Porzellan des frühen 18. Jahrhunderts aus dem Besitz der Herzogin von Windsor handelte. Daneben hingen drei maskenhafte Gesichter in Orange und Rot von Andy Warhol. Schätzpreis: eine Viertelmillion. Marlene Fink vermutete, daß nur wenige Menschen hier im Raum um ein ihr bekanntes Detail wußten, das im Katalog geflissentlich nicht vermerkt war: Warhol hatte in eben dieser Schaffensperiode die Angewohnheit, seine Farben gelegentlich mit Urin zu verdünnen, seinem eigenen, dem seiner Assistentinnen und Assistenten oder eines Hündchens auf Besuch.

Über allen Werken schwebte ein Fabelwesen, ein geschmeidiges Schlangenweib mit riesigen Brüsten, die wie Birnen an ihrem Körper hingen, angebissen und gelblich die eine, glänzend und giftgrün die andere, ein Spätwerk von Salvador Dalí, das laut Katalog für eine Million aufgerufen werden sollte.

Vorn am Pult besprach sich Ugo da Silva-Ribera, früher einer der Starauktionatoren von *Sotheby's*, der die Wohltätigkeitsversteigerung durchführen sollte, mit seinem Auftraggeber David Miller-Wagenstein. Da Silva war ein winziges spindeldürres, flinkes Männchen, in New Yorker Damenkreisen als *walker* begehrt, Miller-Wagenstein ein großer athletischer, etwas linkischer Mann von Ende Fünfzig, den man noch nie mit einer Frau – allerdings auch nie mit einem Mann – in Verbindung gebracht hatte, obwohl er als eine der besten Partien der Welt galt.

Nach dem Tod seines Vaters hatte er eine Zeitlang Privatvermögen und Macht im Unternehmen mit der Witwe teilen müssen; nunmehr herrschte er endgültig allein.

Die Miller-Wagenstein-Gruppe war ein kerngesunder Mischkonzern, zu dem Fernsehsender und Filmstudios gehörten, aber auch Supermarktketten, Versandhäuser und Hotels sowie ein beachtlicher internationaler Immobilienbesitz. Das Hab und Gut Maya von Millers, so hatte David Miller-Wagenstein in einem Interview mit der *New York Times* erklärt, habe er ursprünglich als Sammlung erhalten wollen, dann aber sei es ihm angemessener erschienen, es für einen guten Zweck zu versteigern. »Maya war eine sehr sozial gesinnte Frau«, hatte er seine Entscheidung begründet. »Ich will in ihrem Sinne handeln.« Warum er sich schon vier Monate nach ihrem Tod von ihrem Besitz trennen wollte, war er nicht gefragt worden. Die Antwort hätte Marlene Fink interessiert.

Erst gestern auf dem Flug von Rio hierher waren ihr gleich zwei Meldungen in der *Financial Times* über Miller-Wagenstein jr. aufgefallen. Einerseits war er in den Beraterstab von US-Präsident Bill Clinton berufen worden – Miller-Wagenstein sen. hatte zum Freundeskreis Lyndon B. Johnsons gehört. Andererseits war er im Begriff, mit der deutschen *Bertelsmann*-Gruppe, dem zweitgrößten Medienkonzern der Welt, in Europa eine Kette von Pay-TV-Sendern aufzuziehen.

Unauffällig beobachtete Marlene Fink Miller-Wagenstein aus der Distanz und mußte feststellen, daß er sehr blaß war. Zudem saß sein Anzug schlecht, das Hemd war am Hals erheblich zu weit, er schien etliche Kilo abgenommen zu haben. Als er und der Auktionator die Blicke durch den Saal wandern ließen, hier und da einen Anwesenden mit einem Kopfnicken oder Handzeichen begrüßend, vertiefte sie sich in ihren Katalog.

Endlich war es soweit. Da Silva schlug mit seinem Hammer auf die Lederplatte des Pults und bat den Gastgeber, die Auktion zu eröffnen. Miller-Wagenstein zog einen Zettel aus der Innentasche seiner Anzugjacke – er konnte, sehr zu seinem Verdruß, nie mehr als zwei, drei Sätze frei sprechen, während sein Vater ein glänzender Redner gewesen war – und begann: »Meine Damen und Herren, liebe Freundinnen und Freunde von Maya. Ich heiße Sie herzlich willkommen im ehemaligen Ballsaal des Pierre, in dem, wenn ich richtig informiert bin, einige der heute anwesenden Damen debütiert haben, in diesen außergewöhnlichen Räumen, die sie« – Miller-Wagenstein jr. hatte es stets vermieden, Maya als Frau seines Vaters oder gar als seine Stiefmutter zu bezeichnen, schließlich war sie knapp zehn Jahre jünger als er gewesen – »leider nie hat beziehen können. Viel zu früh ist sie von uns gegangen. Ich bin sicher, es ist in Mayas Sinne, daß ihr persönlicher Besitz heute versteigert wird und der Erlös an den Fresh Air Fund geht, den unser lieber Freund Tommy Hilfiger gegründet hat, den ich hiermit besonders herzlich begrüße. Tommy, wo steckst du?« Miller-Wagenstein hatte Hilfiger, den amerikanischen Street-fashion-König, in der zweiten Reihe entdeckt und winkte ihm zu. »Was immer Sie also ersteigern, meine Damen und Herren, Sie tun auf jeden Fall ein gutes Werk: Viele, viele New Yorker Kinder aus Familien, denen es nicht so gut geht wie uns, werden durch Ihre Spende sorgenfreie Ferien erleben können. Ich danke Ugo da Silva-Ribera, der für Sotheby's schon bedeutendere Nachlässe versteigert hat, daß er so kurzfristig bereit war, Mayas Dinge zu sichten, zu katalogisieren und diese Auktion durchzuführen. Ugo, darf ich bitten?«

Das Publikum applaudierte freundlich. Erleichtert, seiner Pflicht als Gastgeber Genüge getan zu haben, zog sich Miller-Wagenstein auf einen reservierten Platz in der ersten Reihe am Mittelgang zurück. Er zupfte sein Strunztuch aus der Brusttasche seines Jacketts, wischte sich ein paar Schweißperlen von der Stirn und steckte es zurück. Die Damen tuschelten. Eine Zeitlang hatte sich hartnäckig das Gerücht gehalten, er und seine junge Stiefmutter seien nach dem Tod des Alten ein heimliches Paar gewesen.

»Danke, David.« Da Silva klopfte abermals mit seinem Hammer ans Pult. »Auch ich darf Sie nun herzlich willkommen heißen, meine Damen, meine Herren. Aber es geht keineswegs nur – lieber David, ich muß dich da korrigieren – um die gute Tat und Ihre Spende. Ich darf Ihnen versichern, daß es sich bis zum kleinsten Exponat, das hier aufgerufen wird, um exquisite Dinge handelt, Pretiosen, die vom erlesenen Geschmack unserer verstorbenen Freundin zeugen. Maya hatte ein sicheres Gespür für das Besondere und das besonders Wertvolle.«

Marlene Fink nickte zufrieden.

Die Stimmung im Saal war prächtig, und schon der erste Teil der Versteigerung wartete mit einigen Sensationen auf: Ein Zigarettenkästchen aus Perlmutt mit passender Zigarettenspitze war Ivana Trump 25000 Dollar wert. Für ein Dutzend Paar nie getragener, ellbogenlanger *Dior*- und *Givenchy*-Handschuhe aus feinstem Leder zahlte Chantal von Griechenland 10000 Dollar, Evelyn Lauder für eine antike Puderdose denselben Betrag. Firyal von Jordanien ersteigerte einen Satz silberner Trillerpfeifchen für immerhin 3000 Dollar.

All dies waren Objekte, die bereits zum zweitenmal unter da Silvas Hammer kamen, das erste Mal vor mehr als zehn Jahren, 1987, bei der legendären *Sotheby's*-Auktion des Nachlasses der Herzogin von Windsor im Genfer Hotel *Beau Rivage*. Damals hatte Maya von Miller allerlei Tand royal ersteigert, der erst in ihrem neuen Apartment im *Pierre* in eigens angefertigten Vitrinen so richtig zur Geltung kommen sollte. Mit den Pfeifchen zum Beispiel hatte die Herzogin von Windsor ihre Möpse an den Futternapf gerufen.

Maya von Miller hatte ihren schwerhörigen Mann gelegentlich damit geneckt.

Um 13 Uhr waren bereits mehr als zwei Millionen Dollar zusammengekommen, 700000 in Einzelbeträgen, 1,3 Millionen für den Dalí, der, sehr zum Verdruß des anwesenden Publikums, an einen Telefonbieter in Italien ging. Penibel hatte Marlene Fink jeden Einzelbetrag notiert und kam auf 2007300 Dollar. Da Silva dankte im Namen der Straßenkinder von New York, lobte die rege Beteiligung und läutete eine halbe Stunde Pause ein.

Unbeachtet von der anwesenden Prominenz stand Marlene Fink im Entree abseits. Ein Butler bot auf einem Silbertablett Champagner an. Sie trank ihr Glas in einem Zug aus. Zögernd besichtigte sie nun doch die Räume und fragte schließlich Grace Siegel, die sich nach ihrem Befinden erkundigte: »Sagen Sie, was wird eigentlich aus dem Apartment, wenn der Zauber hier vorbei ist?«

»Es wird umgebaut. Fotostudios«, antwortete sie.

»Fotostudios?« wiederholte Marlene Fink ungläubig. »Soll das heißen, alles wird wieder herausgerissen?«

»O ja. Wer außer Frau von Miller würde so wohnen wollen?« Bevor Marlene Fink antworten konnte, ertönte ein Gong. »Es geht weiter«, sagte Grace Siegel, »darf ich Sie zurück in den Saal bitten?«

Marlene Fink fragte statt dessen nach dem Powderroom, wo sie sich erschöpft auf dem Frisierstuhl niederließ und sich schnell eine Line legte. Auf dem Weg zurück in den Auktionssaal, griff sie sich von einer Vitrine noch schnell ein x-beliebiges, halbgeleertes Glas und kippte den Rest Champagner hastig herunter. Der Butler, der gerade abräumen wollte, stutzte. Marlene Fink sah es und amüsierte sich. Sie konnte tun und lassen, was sie wollte. Und das gefiel ihr. Das gefiel ihr sogar sehr.

Noch zehn Posten bis zur Nummer 145. Und dann war es soweit: Da Silva annoncierte die braune Kelly-Bag, eine Hosteß hielt sie in die Höhe, drehte und wendete das gute Stück und zeigte zum Schluß das ebenfalls mit rehbraunem Leder abgefütterte Innere, die Seitentaschen, die rückwärtige Innentasche mit Reißverschluß. Marlene Fink hielt den Atem an. Ein Schnipsel Papier fiel zu Boden, und die Hosteß hob es auf. Es war ein Kinoticket. Der Auktionator scherzte: »Ein Titanic-Ticket gibt es umsonst dazu« und erläuterte dann: »Meine Damen und Herren, diese Kelly-Bag ist zweifellos die Sonderanfertigung für einen Privatkunden. So wurden 1967 ein halbes Dutzend Taschen dieser Größe und Farbe im Auftrag von Reza Pahlevi, dem Schah von Persien, von Hermès hergestellt, das ist uns von der Firma bestätigt worden.« Er machte eine winzige, aber um so effektvollere Pause und fuhr fort: »Nicht allerdings, wie Maya von Miller in den Besitz dieser Tasche gekommen ist. Wir haben das in der Kürze der Zeit leider nicht einwandfrei klären können. Dennoch: Mayas Faible für berühmte Persönlichkeiten ist bekannt; gehen wir also ruhig davon aus, daß dies eine Kelly-Bag aus kaiserlichem Besitz ist. Wir werden das aber für den neuen Eigentümer noch definitiv klären. Ich habe hier ein schriftliches Gebot von 2000 Dollar. Wer bietet mehr?«

Ein halbes Dutzend Bieter schaukelte sich träge auf 5000 Dollar hoch – so einmalig die Tasche auch war, Größe und Farbe waren Geschmackssache. Schließlich blieben nur noch Tommy Hilfiger und Ivana Trump übrig, die sich zugunsten des guten Zwecks offensichtlich einen Spaß machten. Wenige Minuten später rief da Silva bereits 50000 Dollar auf. Um wirklich erfolgreich zu sein, brauchte eine Auktion solche Rivalitäten, als Ansporn für andere Bieter und um das gaffende Publikum zu unterhalten.

Bei 65000 Dollar wollte da Silva den Hammer gerade

zugunsten von Ivana Trump fallen lassen, da hob Marlene Fink ihre linke Hand, eine schlanke Hand, die in einem schwarzen Lederhandschuh steckte. Sie erhöhte auf 70000 Dollar.

David Miller-Wagenstein, Ivana Trump, Liz Smith – alle sahen sich nach der Unbekannten in Reihe zehn um. Die verzog keine Miene. Als Marlene Fink 80000 Dollar bot, stieg Ivana Trump aus. Da Silva wollte gerade den Zuschlag geben, da stieg Tommy Hilfiger erneut ein: »Fünfundachtzig«, rief er begeistert.

»Einhunderttausend.« Marlene Fink erhöhte das Gebot auf einen Schlag um 15000 Dollar. Ein Raunen ging durch den Saal. Wer war die weißhaarige Fremde in dem dunklen Hosenanzug? Liz Smith wisperte mit Dominick Dunne, David Miller-Wagenstein mit Grace Siegel, die sich neben ihn gehockt hatte.

Da Silva beherrschte das Spiel mit der Spannung perfekt. Er ließ den Hammer noch für den Bruchteil einer Sekunde in der Luft schweben und versuchte mit einem aufmunternden Lächeln, Tommy Hilfiger zu einem weiteren Gebot zu animieren. Der aber schüttelte bedauernd den Kopf.

»Zum dritten«, rief der Auktionator und nickte Marlene Fink zu, als er den Hammer fallen ließ. »Der Zuschlag für Nummer 145 geht an die Dame in Reihe zehn. Die wertvollste Kelly-Bag der Welt hat soeben den Besitzer gewechselt. Herzlichen Glückwunsch, gnädige Frau. Und herzlichen Dank im Namen der New Yorker Straßenkinder.«

Im Applaus verließ Marlene Fink den Saal, »fluchtartig«, wie Liz Smith am nächsten Tag in der *New York Post* schrieb, die der Auktion eine ganze Seite widmete.

»Machen Sie mir die Rechnung fertig. Ich möchte die Tasche sofort mitnehmen«, wies Marlene Fink Grace Siegel an, die ihr gefolgt war und ihr voller Enthusiasmus per

Handschlag gratulieren wollte. Aber Marlene Fink ließ sie abblitzen. Sie sah David Miller-Wagenstein schnurstracks auf sich zukommen. Er strahlte sie erwartungsvoll an und stellte sich vor. »Ich danke Ihnen von ganzem Herzen für Ihre Großzügigkeit«, erklärte er. Als sie keine Reaktion zeigte, sprach er einfach weiter: »Ich würde Sie gern nach der Auktion zu einem kleinen Empfang in mein Haus einladen. Da könnten wir uns, wenn Sie mögen, in Ruhe unterhalten.«

Ohne die Handschuhe abzustreifen, griff sie seine ihr dargereichte Hand queenlike mit den Fingerspitzen und antwortete: »Ich mag aber nicht.«

»Schade. Sehr schade. Ich würde Sie gern kennenlernen. Darf ich fragen, was Sie zu uns geführt hat?«

»Der Katalog, mein Herr, der Katalog. Sonst noch was?« zischte sie, als Miller-Wagenstein immer noch keine Anstalten machte, sie allein zu lassen.

»Oh, pardon, ich wollte Sie keineswegs stören.«

»Die Abrechnung dauert noch einen Moment«, schaltete Grace Siegel sich ein, die beobachtete, daß das Gespräch zwischen Miller-Wagenstein und dieser Marlene Fink ins Stocken geraten war. »Wir dürfen Ihnen unseren Limousinenservice anbieten?«

Marlene Fink schlug auch dieses Angebot aus.

Schließlich brachte eine Hosteß die Kelly-Bag und fragte, ob sie sie verpacken sollte. Marlene Fink winkte ab. Grace Siegel entfernte das Etikett mit der Nummer 145 und überreichte die Kelly-Bag mit feierlicher Miene der neuen Besitzerin. Marlene Fink hängte sie über ihren linken Unterarm. »Steht Ihnen ausgezeichnet«, versuchte Grace Siegel ein Kompliment zu machen und bat ins Nebenzimmer, wo der Notar inzwischen die Abrechnung vorbereitet hatte: 137235 Dollar.

»Sechzigtausend retour«, beschied Marlene Fink kurz angebunden.

»62765 Dollar«, korrigierte Friedan.

»Wenn Sie für einen guten Zweck arbeiten, sollten Sie sich angewöhnen aufzurunden«, riet sie dem verdutzten Mann süffisant, stopfte das Geldbündel, ohne nachzuzählen, in die Kelly-Bag, setzte ihre Sonnenbrille auf, ließ sich von David Miller-Wagenstein in ihren Trench helfen und eilte grußlos zum Lift.

»Wer war denn das, um Himmels willen?« fragte er, als sich die Aufzugtür hinter ihr geschlossen hatte.

»Vergessen Sie's«, antwortete Grace Siegel. »Irgendeine Deutsche auf Souvenirjagd.«

An der Ecke Park Avenue und 59th Street stoppte Marlene Fink ein Taxi. Als der Fahrer das Ziel hörte – »East 65th, Ecke Madison« –, schnauzte er: »Laufen ist gesund.« Aber der 100-Dollar-Schein, den sie ihm entgegenhielt, belehrte ihn eines Besseren. Bereitwillig stieß er ihr die Tür von innen auf.

Nachdem sie sich vergewissert hatte, daß der Fahrer durch seinen schräggestellten breiten Rückspiegel nicht mitbekam, was sie auf ihrem Schoß tat, zog sie den Reißverschluß in der Innentasche der Kelly-Bag auf. Vorsichtig fuhr sie mit der Hand in das Fach hinein und fingerte aus einem Zwischenboden ein langes, schmales Päckchen. Mit einem Seufzer lehnte sie sich zurück und hielt die Augen geschlossen, bis der Taxifahrer sie mit einem lauten »Wir sind da« aus ihren Gedanken riß. Wie ein Alptraum war es ihr durch den Kopf gegangen: Was wäre passiert, wenn sie nicht zufällig diesen Artikel in der *Tribune* gelesen hätte? Wenn sie zu spät von der Versteigerung erfahren, wenn sie den Zuschlag nicht bekommen hätte?

»Soll ich auf Sie warten?« fragte der Taxifahrer. Er wedelte mit dem 100-Dollar-Schein. Auf dem Taxameter standen 6 Dollar 75.

»Eine gute Idee. Wenn ich allerdings in zehn Minuten nicht zurück bin, können Sie weiterfahren«, antwortete sie, stieg aus und tauchte in der Menschenmenge unter.

Sie ging ein paar Schritte zurück und betrat einen kleinen Copy-Shop. Hier konnte man rund um die Uhr, 365 Tage im Jahr, nicht nur kopieren, telefonieren und Faxe senden und empfangen, sondern auch Schließfächer mieten. Keine drei Minuten später kam sie wieder heraus. Außer ihrer *Jil-Sander*-Handtasche, die an einem Riemen über ihrer rechten Schulter hing, und der braunen Kelly-Bag trug sie nun noch eine schwarze Aktentasche. Der Taxifahrer hupte, als er sie sah, sie stieg ein und ließ sich an der Ecke East 64th Street und Madison absetzen. Das Wechselgeld in Höhe von nunmehr noch 88 Dollar durfte er behalten.

Ein paar Schritte nur, und Marlene Fink blieb über einem Gully stehen, schaute nach rechts und links, ließ einen Schlüssel durch den Rost hinunterfallen und lauschte mit einem verzückten Lächeln auf den Lippen, wie er tief unten ins Wasser plumpste. Beschwingt ging sie die letzten Schritte zum *Plaza Athénée*.

»Sie wollen uns tatsächlich heute schon verlassen?« fragte der Empfangschef bedauernd, als sie bei ihm eine Limousine zum John F. Kennedy-Airport bestellte.

»In der Tat«, erklärte sie. Sie hatte erledigt, was sie hatte erledigen müssen.

DER LIEBESTOD

»Pamela Harriman ist tot.«

Maya von Miller sprang in ihrem kleinen Salon von dem roten Sofa, auf dem sie in der Regel ihr Tagewerk vollbrachte, Zeitschriften las, telefonierte, ein Gläschen nach dem anderen trank, Pfefferminzbonbons lutschte und sich durchs Fernsehprogramm zappte. Die Hände in die Taille gestemmt, postierte sie sich vor dem in die Wand eingelassenen Großbildschirm. Sie war genau in dem Moment bei CNN hängengeblieben, als die Nachrichtensprecherin diese vier Worte sagte: »Pamela Harriman ist tot.«

»Das darf doch nicht wahr sein!« schrie sie die Frau auf dem Bildschirm an; die aber fuhr ungerührt fort: »Pamela Harriman, die Botschafterin der Vereinigten Staaten in Frankreich, enge Vertraute von Präsident Bill Clinton, Witwe des Unternehmers und Politikers Averell Harriman, ist in Paris verstorben. Sie erlitt am Morgen im Swimmingpool des Hotel Ritz einen Herzschlag. Die Ärzte im American Hospital konnten nur noch ihren Tod feststellen.«

Herzschlag, *Ritz, American Hospital* ... Maya von Miller starrte auf die Sprecherin, die nun einen Nachruf auf Pamela Harriman verlas, garniert mit Bildern aus dem bunten Leben der Verstorbenen.

»Die gebürtige Engländerin aus eher unbedeutendem Landadel war in erster Ehe mit Randolph Churchill verheiratet, dem Sohn des britischen Premierministers Winston Churchill, dem sie einen Enkel schenkte. Pamela Harriman zählte zu den wenigen Vertrauten des Herzogs und der Herzogin von Windsor. Bis in die siebziger Jahre hinein wurde sie immer wieder mit namhaften Persönlichkeiten wie dem Fiat-Präsidenten Gianni Agnelli und dem französischen Bankier Baron Elie de Rothschild in Verbindung gebracht. An der Seite ihres letzten Mannes, des amerikanischen Industriellen und ehemaligen demokratischen Senators Averell Harriman, gewann sie zunehmend an Profil und setzte nach seinem Tod sein politisches Werk fort. Pamela Harriman unterstützte Bill Clinton und die Demokratische Partei maßgeblich im Wahlkampf und ...«

Maya von Miller war fassungslos. Hätte diese Frau nicht ein paar Tage mit ihrem Tod warten können?

Erst vorgestern war sie eingetroffen, die heißersehnte Einladung zu ihrem ersten Diner bei Pamela Harriman in deren Pariser Residenz. Es versprach wirklich wichtig zu werden, es war ein Essen im kleinsten, im feinsten Kreis: Sao Schlumberger, die amerikanische Multimillionärin, die Gott und die Welt kannte und in Paris in einem sagenhaften Stadtpalais mit Blick auf den Eiffelturm residierte, Pierre Cardin, der clevere Modeschöpfer und Herr über alles, was weltweit *Maxim's* hieß, Alain Delon, für den sie schwärmte, Gunter Sachs, der deutsche Fotograf und Industrielle, Claudia Schiffer, das Starmodel, Pam, wie Maya die Botschafterin in Gedanken vertraulich nannte, sie selbst und sonst niemand.

Lange hatte Maya von Miller auf die Einladung warten müssen. Und 250000 Dollar hatte sie es sich im vorauseilenden Gehorsam kosten lassen – die höchste Spende, die Pamela Harriman je für ihr Lieblingsprojekt, eine Kunstschule für behinderte Kinder in Washington, bekommen hatte.

Unter die handgeschriebene Einladung auf gebrochen weißem festem Karton mit Goldschnitt hatte Pam mit burgunderroter Tinte einen vielversprechenden Gruß geschrieben, der Maya alles bedeutete. Wohl hundertmal hatte sie das »There are so many things we can do together, Yours Pamela« gelesen. Weiß Gott: So viele Dinge hätten sie und ihre Pamela gemeinsam tun können!

In die Nähe von Pamela Harriman vorzudringen, ihre Freundschaft zu gewinnen war für Maya von Miller zur fixen Idee geworden, seit sie deren – unautorisierte – Biografie »Das Leben als Party« verschlungen hatte. Diese bemerkenswerte Frau war ihre Seelenschwester, war es ihr doch an der Seite bedeutender Männer gelungen, ganz nach oben zu kommen und sich dort zu halten, trotz aller Eskapaden, trotz übelster Nachrede – auch als sie längst Witwe war. Was war über Pamela Harriman nicht alles kolportiert worden: Mal war sie eine Spionin, mal eine Mätresse, mal eine Erbschleicherin. Mal zu schön, um wahr zu sein, mal eine häßliche Matrone.

Diese Pamela Harriman hatte Maya von Miller dazu auserkoren, ihr den Eintritt in jene Kreise zu verschaffen, zu denen sie sich schon lange zugehörig fühlte. Ausgerechnet ihr war in den zwölf Jahren ihrer Ehe mit Alan Miller-Wagenstein, immerhin einem der angesehensten Männer der Welt, ein Schicksal widerfahren, das sie nie für möglich gehalten hätte: Sie hatte den Anschluß verpaßt. So kunstvoll hatte Alan die Fesseln der Liebe geknüpft: Als er starb, war sie out, passé, eine Frau von gestern. Sie war nichts – nur die Witwe von Alan Miller-Wagenstein. Wie sie ihr Leben haßte. Wie sie ihn haßte. Wie sie sich haßte.

Marie-Claire Scheib, für enge Freunde damals schon Maya, war eine Frau mit Vergangenheit, 36 Jahre alt und des Vagabundierens müde, als der 39 Jahre ältere Alan Miller-Wagenstein sie zur Frau nahm.

Für sie war es damals allerhöchste Zeit gewesen, ihre Schäfchen ins trockene zu bringen. In ihren wilden Jahren hatte sie es zu wild getrieben und sich von einem gewissen Zeitpunkt an mit der Existenz einer Schattenfrau zufriedengeben müssen. Höchst unfreiwillig – denn keiner ihrer einflußreichen Geliebten hätte riskiert, sich zu ihr zu bekennen, sie gar zu heiraten.

Die Männer vergötterten Marie-Claire Scheib, die göttliche Maya mit den schönen Brüsten. Und sie begehrte die Männer, konnte vom *sweet smell of success* nicht genug bekommen. Sie war mit Geschenken überhäuft worden, sie hatte in den exklusivsten Apartments in London und Paris gelebt, in den schicksten Villen in St. Moritz und Saint-Tropez. Aber immer top secret, ohne Trauschein und ohne Lebensversicherung.

O ja, sie hatte ihr luxuriöses Leben in vollen Zügen genossen und tatsächlich lange nicht gemerkt, daß es ihr entglitten war. Nichts hatte sie sich entgehen lassen. Kein Exzeß, den sie nicht kannte, keine Leidenschaft, der sie sich nicht hingegeben, keine Droge, die sie nicht genommen hatte. Auf den besten Trips war sie gewesen, mehr als einmal bis an die Grenze gegangen. Zwar hatte sie nach einem Horrortrip dem Heroin schon mit zwanzig abgeschworen, aber auf ihre tägliche Ration Kokain konnte und wollte sie nie im Leben mehr verzichten.

Und dann stand sie von einem Tag auf den anderen zum erstenmal ohne einen Mann da, der ihr das Leben finanzierte. Zwar hatte ihr einer ihrer Ex-Liebhaber noch sein Penthouse in Monte Carlo zur Verfügung gestellt, aber nur bis zu den nächsten Schulferien, bis seine Kinder es wieder in Beschlag nahmen. Ganze acht Wochen konnte sie bleiben, und davon war bereits die Hälfte vergangen.

In diesen tristen Tagen traf sie Alan Miller-Wagenstein, dessen Name in den Kreisen, in denen sie verkehrte, nie aufgetaucht war und der von der Existenz dieser Kreise und von Frauen, wie sie eine war, nicht einmal etwas ahnte.

Es geschah im Botanischen Garten von Monte Carlo. Von ihrem Dealer hatte sie soeben ein Tütchen Kokain entgegengenommen, die Ration für eine Woche, zwanzig Gramm, da sprach sie ein Spaziergänger, ein älterer Herr, in gebrochenem Französisch an: »Kennen Sie sich hier aus, Madame? Wo finde ich bitte die berühmten Orchideen?«

Weil sie ohnehin nichts anderes vorhatte, zeigte sie dem Alten die Orchideen, die auch ihre Lieblingsblumen waren, und er revanchierte sich, indem er sie zum Abendessen ins *Hôtel de Paris* einlud, wo er logierte. So groß war ihre Langeweile, daß sie zusagte.

Schon an diesem ersten Abend erfuhr sie, daß Alan Miller-Wagenstein bereits seit zwanzig Jahren Witwer war und seitdem nur für seine Arbeit lebte, daß er zur Zeit einen Schlaganfall auskurierte, seinen zweiten, und die Leitung seines Unternehmens soeben an seinen Sohn abgegeben hatte. Diese Europareise, erklärte er ihr so nüchtern, wie man Bilanzen vorträgt, sei der Auftakt seines Lebensabends. Und er habe nur noch ein Ziel: Er wolle noch einmal eine Frau glücklich machen.

Zuerst dachte sie, er wolle sie aufs Glatteis führen. Aber dann begriff sie: Seine Naivität war echt. Und zu ihrer eigenen Verblüffung stellte sie fest, daß sie sich an der Seite dieses amerikanischen Daddys durchaus wohl fühlte.

»Ich weiß, daß ich nicht mehr lange zu leben habe«, war der letzte Satz, den er ihr an diesem Abend anvertraute. Noch in der Nacht rief sie Eileen Frye in New York an, eine gute Bekannte aus besseren Tagen. Sie sollte herausfinden, wer dieser Alan Miller-Wagenstein war.

»Bist du des Wahnsinns? Das ist ein Mann aus Gold!« schrie Eileen ins Telefon und zählte auf, was alles zu Miller-

Wagensteins Firmenimperium gehörte. »Was dein Herz begehrt. Sein Sohn ist übrigens auch noch zu haben.«

»Ich will den Alten«, bedeutete Maya ihrer Freundin und flog am nächsten Tag mit der Morgenmaschine von Nizza über Frankfurt nach Berlin, um Dorothea Gorski, »Madame Do«, zu konsultieren, eine Wahrsagerin. Einer von Mayas treuesten Liebhabern, ein deutscher Privatier, der sich seit Jahren von Madame Do beraten ließ, hatte sie Maya auf einer Party in Saint-Tropez vorgestellt. Obwohl ihr die stämmige, patente Person auf Anhieb sympathisch war, hatte Maya bisher kein Bedürfnis verspürt, sie zu konsultieren.

Dorothea Gorski residierte in der Beletage eines Großbürgerhauses in einer Seitenstraße des Kurfürstendamms. Sie bot Maya ein Gläschen Wodka und Crackers mit russischem Kaviar an und erzählte von ihrer Urgroßmutter, einer Clairvoyante aus St. Petersburg, von der sie ihre seherischen Fähigkeiten geerbt hatte. Sie plauderten über dies und das und kamen dann zur Sache.

Als erstes notierte sich Madame Do Mayas Geburtsstunde und -ort sowie die Daten des Mannes, um den es ging. Dann fragte sie nach einem Foto des Herrn. Maya legte ihr ein Porträt von Alan Miller-Wagenstein vor, das sie in der Wohnung in Monte Carlo im internationalen *Who's Who* gefunden und herausgerissen hatte.

Die Seherin nahm zuerst ihr Gegenüber ins Visier, dann das Foto des Herrn und schloß die Augen. Minutenlang sagte sie kein Wort, nur ihr Kopf schwankte langsam hin und her. Dann sagte sie mit fester Stimme: »Er meint es gut mit Ihnen.« Und fügte hinzu: »Von diesem Mann werden Sie alles bekommen. Wenn Sie gut zu ihm sind.«

Maya hatte gehört, was sie hören wollte, und schob einen Tausendmarkschein über den mit verschlissenem rotem Velours ausgeschlagenen Tisch. Dorothea Gorski schob das

Geld zurück, tätschelte Mayas Hand und lächelte. In Trance hatte eine Stimme zu ihr gesprochen: »Du wirst am Schicksal dieser Frau teilhaben. Sie wird dich reich machen.« Und so antwortete sie: »Das war heute mein Einstand. Kommen Sie, wann immer Sie mich brauchen.«

In derselben Nacht versetzte Dorothea Gorski sich erneut in Trance, und diesmal sah sie ganz deutlich das Bild, das ihre Zukunft bedeutete. Es war ein Bild von Sieg und Niederlage. Sie war die Verliererin nicht.

Maya erreichte die Abendmaschine nach Nizza über Frankfurt im letzten Moment. Sie war lange nicht mehr in Deutschland gewesen und verspürte nicht das geringste Bedürfnis zu bleiben. Dieser eine Schritt zurück hatte gereicht. Sie schwitzte, kleine kalte Bäche liefen an der Innenseite ihrer Arme herunter.

Als sie gegen Mitternacht die Halle des Apartmenthauses in der Avenue Princesse Grace betrat, kam ihr der Portier mit einem Kuvert entgegen und sagte: »Die Blumen habe ich schon nach oben gebracht.«

Der Brief, den sie noch im Lift las, war von Alan Miller-Wagenstein. Er bat sie um ein weiteres Treffen. Vor der Tür des Penthouse stand ein antiker Silbertopf mit einem in Watte verpackten herrlichen Stock weißer Orchideen.

Zwei Tage später sahen sich Maya und Alan wieder. Nach einer Woche durfte er sie küssen. Zehn Tage, bevor sie ohne Wohnsitz gewesen wäre, packte sie ihre Sachen, und sie reisten nach Venedig. Im Hotel *Cipriani* auf der dem Markusplatz gegenüberliegenden Insel Judecca bestand sie auf separaten Zimmern. Er gab ihr die Suite und begnügte sich mit dem danebenliegenden Doppelzimmer. In der ersten Nacht schloß sie die Verbindungstür ab, in der zweiten nicht mehr. In der dritten Nacht ließ sie es zu, daß er sich neben sie ins Bett legte. In der vierten zeigte sie sich ihm nackt. Als sie den fassungslosen Blick sah, mit dem er ihren Busen betrachtete, beschloß sie, unverzüglich aufs Ganze zu gehen. Sie befriedigte ihn zwischen ihren Brüsten.

Diese Variante des Liebesspiels, von Kennern »Branlette mexicaine« genannt, war Mayas Spezialität. Mit ihren gewaltigen Brüsten hatte sie noch die verwöhntesten Männer verrückt gemacht. Beim Frühstück am nächsten Morgen sah sie an seinem Blick, an seinen Gesten sofort, daß es auch diesmal funktioniert hatte: Alan Miller-Wagenstein war Marie-Claire Scheib verfallen.

Sie verließen das *Cipriani* nur ein einziges Mal, setzten mit dem Hotelboot zum Markusplatz über, um von dort mit der Gondel zum Canal Grande zu fahren. Er wollte ihr unbedingt den Palazzo zeigen, der mit seiner finanziellen Hilfe restauriert worden war. Miller-Wagenstein war Mitglied des *Save Venice Fund*, einer Vereinigung New Yorker Persönlichkeiten, die es sich zur Aufgabe gemacht hatten, venezianisches Kulturgut zu retten.

»Laß uns aussteigen«, bat er.

»Liebchen« – er liebte seinen Kosenamen, sie hatte ihn ihm wohl hundertmal vorsprechen müssen, bis er das Wort akzentfrei nachsagen konnte –, »Liebchen, mir ist nicht gut«, sagte sie. »Ich möchte zurück ins Hotel.«

Fürsorglich legte er seinen Arm um sie und bat den Gondoliere, zum Markusplatz zurückzufahren. Vor einem besonders prachtvollen Palazzo ließ er anhalten.

»Das ist ein Palazzo, der ohne unser Geld restauriert worden ist. Die Bandolanis gehören zu den alten venezianischen Adelsfamilien, reizende Leute.« Miller-Wagenstein deutete nach oben, auf dem Balkon stand eine alte Dame und blickte auf den Canal herunter. »Da ist ja die Comtessa«, erklärte er und winkte der Dame zu.

Maya senkte den Kopf. »Geht es nicht etwas schneller?

Ich kann den Gestank nicht mehr ertragen, Liebchen, bring mich nach Hause.«

Eine Woche später machte Alan Miller-Wagenstein Marie-Claire Scheib einen Heiratsantrag. Sie sagte ja.

Er steckte ihr einen wunderschönen, in Platin gefaßten Saphir an den Ringfinger ihrer rechten Hand. Er war nicht sonderlich groß, aber der Stein war erstklassig, das sah sie sofort. Vor allem schätzte sie sehr, daß er nicht von ihr verlangte, den kieselsteingroßen Solitär abzunehmen, den sie auf dem linken Mittelfinger trug. Er fragte nicht einmal, woher sie diesen Ring hatte.

Sie reisten weiter nach Biarritz, wo sie eine Thalasso-Kur machten, die Alan sehr gut tat. In der Nachbarsuite ihres Hotels kurte Fürst Rainier von Monaco; auf seinen ausgedehnten Spaziergängen begleitete ihn Ira Prinzessin von Fürstenberg. Einmal traf sein Blick den von Maya, und sie war den Bruchteil einer Sekunde versucht, die Fronten zu wechseln. Sie ließ es bleiben und widmete ihre ganze Aufmerksamkeit weiter Miller-Wagenstein, der sie dem Fürsten als »meine Verlobte« vorstellte. Ein Spatz in der Hand ...

Abends spielte man zu viert Bridge. Es waren beschauliche, vergnügte Tage. Alan meinte, Maya schon gut zu kennen, jedenfalls sagte er ihr das eines Abends. Sie schmiegte sich schweigend an ihn. Ihr amüsiertes Lächeln entging ihm.

Sechs Wochen, nachdem sie sich im Botanischen Garten von Monte Carlo auf der Suche nach den berühmten Orchideen zum erstenmal begegnet waren, brachte Alan Miller-Wagenstein Marie-Claire Scheib, Maya, als seine zukünftige Frau mit nach Hause, nach New York.

Noch am selben Abend stellte er sie seinem Sohn David vor: »Maya, das ist Junior. Junior, das ist Maya. Vertragt euch.«

»Nennen Sie mich bitte David«, korrigierte der Sohn den Vater. Miller-Wagenstein junior war knapp zehn Jahre älter als die Frau, die seine Stiefmutter werden sollte, und ein Mann, der, das erkannte Maya sofort, von Frauen noch weniger verstand als sein Vater. Er machte kein Hehl daraus, daß sie ihm nicht willkommen war, und ließ das frisch verlobte Paar sofort nach dem Dinner allein.

Maya verstand. Es gab nur eine Chance, Davids Mißtrauen im Keim zu ersticken. Sie mußte diskussionslos in den Ehevertrag einwilligen, den Alan ihr unterbreitet hatte und der nicht sonderlich attraktiv war: Sollte Alan innerhalb der ersten fünf Jahre ihrer Ehe sterben, würde sie eine Million Dollar bekommen und seine Geschenke behalten dürfen. Für jedes weitere Ehejahr gab es 150000 Dollar dazu. Vom Erbe würde sie ausgeschlossen bleiben. Für den Fall, daß sie ihn verlassen sollte, ging sie leer aus. Sollte er vor Ablauf der ersten fünf Jahre die Scheidung begehren, war ebenfalls eine Million vorgesehen.

»Nicht mehr als eine Formsache«, meinte er sie besänftigen zu müssen, als sie das Papier gemeinsam durchgingen. »Ich liebe dich, und ich werde dafür sorgen, daß es dir immer gutgeht.«

»Aber Darling, mach dir um mich keine Sorgen«, antwortete sie und legte seine Hand zwischen ihre Brüste. »Wenn es dir gutgeht, geht es mir auch gut.«

Alan bestand darauf, daß sein Sohn anwesend war, als Maya in der Kanzlei von Dr. Mick Friedan, dem Familienanwalt und -freund, den Ehevertrag unterschrieb. Als sie seinem Sohn danach die Hand reichte, lächelte Alan Miller-Wagenstein stolz und zufrieden. Widerwillig schlug Junior ein.

Einen Monat später heirateten Maya und Alan in seinem Haus an der East 63rd Street, einem kühlen Glaskasten, den sein Freund, der Architekt Philip Johnson, in den sechziger

Jahren für ihn gebaut hatte. Sie mochte das Haus auf Anhieb nicht, aber ihr war klar, daß sie es hier eine Zeitlang aushalten mußte.

Felsenfest vertraute sie auf die Macht ihrer Brüste – und auf Madame Do, die sie nun regelmäßig telefonisch konsultierte. Lange sollte Alan leben, und gut sollte es ihm gehen. So gut und so lange, bis er ihr alles geben würde.

Sie nannte sich nach der Eheschließung Maya V. Miller. Schon im ersten Bericht von Liz Smith in der *New York Post* über Alans Heirat wurde daraus Maya v. Miller, kurz darauf Maya von Miller. Niemand protestierte.

Die ersten Jahre vergingen schnell. Alan erfreute sich guter Gesundheit. Er war glücklich und überschüttete sie mit seiner Güte, erhob sie zur Ikone seiner Liebe. Und ihr fiel es leichter, als sie befürchtet hatte, sich vollkommen auf seine Bedürfnisse einzustellen. Das Leben an Alans Seite war sehr komfortabel, so komfortabel, wie Maya es bisher nie geführt hatte.

Gehorsam befolgte sie die Ratschläge ihrer Wahrsagerin, die sie, seit sie einander per Telefon das Du angeboten hatten, Do nannte. Maya unternahm nichts mehr, ohne sich mit ihr abzustimmen. Und noch immer weigerte sich die Berlinerin, ein Honorar anzunehmen. Was Maya nicht davon abhielt, ihr ab und zu einen Tausenddollarschein zukommen zu lassen, den sie penibel in Alufolie einpackte, bevor sie ihn in einen Umschlag steckte.

Maya und Alan reisten viel. Die Route folgte stets Dorothea Gorskis Weisungen: Afrika, Mittelamerika, Südamerika, allein ein halbes Jahr ohne Unterbrechung durch Südostasien und China, weil Do Maya empfahl, eine Zeitlang jeden Ort zu meiden, den sie kannte. Sie reisten sehr bequem. Maya hatte ihren Mann überreden können, seinen Firmen-

Jet, eine *Gulfstream*, mit der man ohne Zwischenlandung bequem interkontinental reisen konnte, für seine privaten Zwecke zu nutzen. Die beiden Piloten übernahmen vor Ort die Funktionen von Butler und Privatsekretär. In New York hielten sie sich selten auf, auch nach Europa zog es sie nicht. Er wollte auf seine alten Tage fremde Kulturen und neue Menschen kennenlernen. Ihr kam dies sehr entgegen.

Und so vergingen die Jahre, ohne daß Alan sie gebührend in die amerikanische Gesellschaft einführte. Eines Abends, als sie auf der Terrasse der *Lions Lodge* am Fuße des Kilimandscharo saßen, fiel ihr auf, daß sie seit drei Jahren auf keiner Party mehr gewesen war. Sie vermißte ihr altes Leben nicht. Sie hatte sich sehr verändert; sie wartete brav ab und wurde von Alan fürstlich belohnt.

Zu jedem Hochzeitstag ließ Alan Miller-Wagenstein seine schöne Frau von einem anderen bedeutenden zeitgenössischen Künstler porträtieren. Leo Castelli, sein New Yorker Kunsthändler, verriet ihr eines Tages en passant, daß Alan ein Vermögen in diese Porträts investierte. Fortan gefiel ihr sogar die Scherbencollage, die Julian Schnabel von ihr angefertigt und die sie bisher scheußlich gefunden hatte.

Mit Bargeld hielt Alan sie eher knapp. Zwar bekam sie 10000 Dollar Wirtschaftsgeld im Monat, für ihre Garderobe 100000 Dollar im Jahr, für Schuhe 20000 Dollar extra. Doch die Rechnungen wurden über sein Büro abgewickelt. An frei verfügbarem Taschengeld hatte Maya ganze 3000 Dollar monatlich.

Aber Alan erlaubte, daß sie zusätzlich zu seiner langjährigen Haushälterin Mary noch einen Butler, Robert, einstellte. Robert Kast, ein Deutscher, der seit den fünfziger Jahren nicht mehr in seiner Heimat in Diensten gewesen war, hatte jahrelang im Getty-Clan rotiert und mal in England, mal in Kalifornien gelebt, Bel Air, Hollywood, Malibu.

Sein letzter Dienstherr war Larry Hagman gewesen, der Dallas-Star. Und nach Marys Pensionierung engagierte Maya Irène Courtens, eine Französin, die bei Paul Bocuse gelernt und ihre Bewährungsprobe in dem anspruchsvollen Haushalt des exzentrischen englischen Verlegers Robert Maxwell bereits hinter sich hatte.

Im dritten Jahr ihrer Ehe zeigte Alan sich überraschend außergewöhnlich großzügig, was daran lag, daß er selbst sich einen Jugendtraum erfüllen wollte. Per Telefon ersteigerte er bei der legendären Genfer Auktion des Nachlasses der Herzogin von Windsor den grauen Bentley des Herzogs, eine luxuriöse Sonderanfertigung, Baujahr 1938. Eine halbe Million Dollar mußte Miller-Wagenstein dafür aufbringen, und in seinem Glück, den Zuschlag erhalten zu haben, erlaubte er Maya, in derselben Höhe mitzubieten. Begeistert ersteigerte sie Tand und Nippes, Schmuck, Accessoires und einen großen Posten der unterschiedlichsten Livrees des herzoglichen Hauspersonals, Ersatzknöpfe inklusive.

Alan ließ die Limousine nach New York einfliegen, samt Andrew McDonald, dem Chauffeur, der die Herzogin in den letzten Jahren ihres Lebens gefahren hatte, und den Kisten mit Mayas Schätzen.

Tagelang packte sie aus. Und Andrew schloß sie sofort ins Herz. Sie liebte seine Anekdoten aus dem Leben der Herzogin und ihrer skurrilen Freunde. Nach und nach besorgte Maya sich alle Bücher, die jemals über die Windsors geschrieben worden waren, und fing mit Andrews Hilfe an, kleine organisatorische Details aus deren Alltag in ihren eigenen Haushalt zu übernehmen. So mußte Alan die Hausschuhe des Herzogs tragen, Schlappen aus dunkelblauem Velours, die der abgedankte König von England höchstselbst mit Petit-point-Stickereien versehen hatte. Und sie rauchte ihre Zigaretten nur noch aus der Perlmuttspitze der

Herzogin. Ihr Kokain, das sie penibel vor Alan versteckte, denn er war ein dogmatischer Gegner von Drogen aller Art, verbarg sie fortan in einem kleinen Geheimfach, das sie in dem zu einem Rauchset gehörenden Perlmuttkästchen gefunden hatte.

Als sie Andrew eines Tages fragte, ob es denn stimmte, daß das Lieblingsspiel des Herzogpaares bis ins hohe Alter tatsächlich »Nanny und Baby« gewesen sei, mit allem Drum und Dran, Windeln und Fläschchen und so, und er diskret nur mit den Schultern zuckte, verschluckte sie sich beinahe vor Lachen. Am Abend gab sie Alan die Geschichte zum besten. Er errötete und sah sie mit großen Augen an. Erschrocken wechselte sie das Thema. »Branlette mexicaine« war ihr da schon lieber.

Wirklich großzügig war Alan allein mit Schmuck; beinahe jeden Monat bekam sie ein erlesenes Stück. Er liebte es, wenn sie vor dem Schlafengehen vor ihm stand, mit nichts anderem bekleidet als ihren Pumps und den Juwelen, die er ihr gerade geschenkt hatte.

Maya begriff, daß diese Pretiosen die einzige reelle Gelegenheit waren, ein eigenes Vermögen beiseite zu schaffen. In Paris kannte sie einen Juwelier, der für gutes Geld hervorragende Kopien herstellte, und in Wien einen Händler, der für ebenso gutes Geld den Verkauf der echten Juwelen an die neuen Reichen in St. Petersburg und Moskau vermittelte. Juwelen von *Harry Winston* und *Tiffany* waren besonders gut abzusetzen. Do, die sie Alan als ihre Jugendfreundin vorgestellt hatte, verhalf ihr zu gelegentlichen Reisen ohne ihren Mann. Anstatt zu ihr nach Berlin zu fliegen, traf Maya sich mit ihr in Paris oder Wien, um anschließend über Zürich nach New York zurückzukehren.

Im fünften Jahr ihrer Ehe befanden sich auf Mayas Schweizer Nummernkonto, das einer ihrer Liebhaber bereits vor Jahren für sie eröffnet und mit einem längst verbrauchten Grundkapital versehen hatte, zwei Millionen Dollar und in Alans Tresor eine feine Kollektion von kopierten Klunkern. Ihrer Mitwisserin Do ließ Maya mittlerweile im Durchschnitt 10000 Mark im Monat zukommen.

Nach Alans drittem Schlaganfall im siebenten Jahr ihrer Ehe befürchtete sie das Schlimmste. Doch er überlebte nicht nur, auch seine Manneskraft blieb erhalten und damit die Macht ihrer Brüste. Aber er war fortan an den Rollstuhl gefesselt und zog sich vollkommen aus der Öffentlichkeit zurück. Sie reisten nicht mehr, sie gingen überhaupt nicht mehr aus, sie mußte alle Einladungen absagen; viele waren es ohnehin nicht gewesen. Mayas Leben spielte sich nur noch in dem großen ebenerdigen Salon seines Hauses an der East 63rd Street ab und in dem schmalen Garten, an dessen Ende eine riesige Blutbuche stand, unter die er sich gern von ihr schieben ließ.

Als er ihr anbot, eine Krankenschwester zu engagieren, lehnte sie ab. In guten wie in schlechten Tagen sollte sie zu ihm stehen, hatte Do ihr gesagt. Ihr Ziel klar vor Augen, konnte ihr Leben nicht isoliert genug sein.

Alan las viel. Er aß viel. Und er wollte immer nur das eine.

»Liebchen, tu mir etwas Gutes«, sagte er manchmal fünfmal am Tag. Mit seligem Lächeln wartete er darauf, daß sie sich zu ihm hinabbeugte.

Anfangs hatte sie sich darüber amüsiert. Sie wußte genau, wie sie ihn zwischen ihren Brüsten reiben mußte, damit er schnell kam. Als es nach seinem vierten Schlaganfall immer länger dauerte, wurde es ihr lästig. Es war an der Zeit, ihre Brüste endgültig zum Instrument ihrer Königsidee zu machen. Dazu mußte sie häufiger mit ihm allein sein. Sie mußten weg aus New York. Es war die erste Entscheidung in ihrer Ehe, die sie traf, ohne Do die Karten befragen zu lassen.

Eine Woche lang verweigerte Maya ihm ihre Brüste, am siebenten Tag stimmte er zu, ein Haus in Palm Beach, dem Millionärsrefugium in Florida, zu kaufen. Sie fand am Ocean Drive einen großen Bungalow inmitten eines herrlichen Parks. Alan gefiel das Haus, er murrte nur kurz über den Kaufpreis von sieben Millionen Dollar. Zwar überschrieb er das Haus nicht auf ihren Namen, aber sie war dennoch zufrieden. Während Irène und Robert das New Yorker Haus hüteten, hielten sich Alan und Maya mit Ferdinand und Imelda Fernandez, dem philippinischen Ehepaar, das sie vom Vorbesitzer mit dem Hausrat übernommen hatte, immer häufiger und immer länger am Ocean Drive auf.

David Miller-Wagenstein rief täglich an und kam, sooft es seine Zeit erlaubte, zu Besuch. Alan ließ sich von ihm ausführlich aus der Firma berichten. Peu à peu fing Maya an, sich für Alans Geschäfte zu interessieren. Es stellte sich heraus, daß sie besonders für alles, was mit seinen Fernsehsendern zu tun hatte, eine exzellente Auffassungsgabe besaß. Alan gefiel das, und er weihte sie in so manches Geschäftsgeheimnis ein. Für Maya war das eine willkommene Abwechslung; ihnen waren schon vor einiger Zeit die gemeinsamen Themen ausgegangen.

Junior hatte sich wohl oder übel mit der Frau seines Vaters abgefunden. Sosehr er sie auch prüfte, sie gab ihm keinen Anlaß für das Mißtrauen, das tief in seinem Herzen verankert blieb. Sie schien Alan aufrichtig zu lieben, ja sie opferte sich regelrecht für ihn auf.

Maya hätte das alles ohne den Rat, die Karten und die Visionen von Do nicht überstanden. Jede Konsultation endete in derselben Auskunft: »Du wirst alles von ihm bekommen, wenn du nur gut zu ihm bist.«

»Wann?« schrie sie Do einmal an, als sie Alans senile Geilheit nicht mehr ertragen konnte.

»Du bist noch nicht soweit«, antwortete Do kühl.

Und Maya fand Dr. Paul Gentle, einen entzückenden schwulen Arzt, der seit vielen Jahren in Palm Beach praktizierte und die Marotten alter Leute ebenso kannte wie die Verrücktheiten einsamer Frauen. Mit den Mitteln, die er Alan spritzte, sorgte er dafür, daß seine Lust mehr und mehr nachließ. Penibel achtete Maya darauf, daß ihr Mann seine Medikamente regelmäßig bekam. Er hielt sie für Aufbauspritzen, fühlte sich nach jedem Schuß leicht und heiter, gelassen und großartig. Ein über den anderen Tag, wenn Gentle keine Zeit hatte, setzte Maya ihrem Mann die Spritze selbst. Das liebte er besonders, weil sie ihn danach sofort zwischen ihre Brüste ließ, was ihm auch mit geschwächter Potenz noch eine große Wonne war.

An ihrem zwölften Hochzeitstag schenkte Alan ihr zunächst das obligatorische Kunstwerk. Diesmal hatte sie dem New Yorker Maler Joe Montoga, einer Neuentdeckung des alten Castelli, Modell gestanden. Es war das erste Porträt, in dem sie sich wiedererkannte, ein großer Schatten nur, dennoch eindeutig sie. »The Invisible« nannte Montoga das Bild, »Das Unsichtbare«. Als sie sich bei Alan bedankte, zog er sie zu sich herab und sagte: »Ich habe da noch etwas für dich.«

Umständlich fingerte er unter seiner Decke ein Kuvert hervor, das er ihr feierlich überreichte.

»Du hast mir nicht nur das Leben gerettet. Du hast mir dein Leben geschenkt«, sagte er mit Tränen in den Augen. »Das hier ist mein Dank.« Es war sein neues Testament.

Mit kindlicher Freude erklärte er ihr, daß er sie neben seinem Sohn als gleichberechtigte Erbin eingesetzt hatte. Sie konnte, wenn sie denn wollte, sogar in die Firma einsteigen.

»Und was hat David dazu gesagt?« wollte sie wissen.

»*Er* wird es erst nach meinem Tod erfahren«, beruhigte er

sie. Und als sie ihn voller Skepsis und ein bißchen ängstlich ansah, ergänzte er: »Du hast nichts zu befürchten. Robert Kennedy, der Anwalt, der dieses Testament aufgesetzt hat, ist ein ebenso angesehener Jurist wie unser guter Friedan. Aber nicht einmal Kennedy weiß, daß du von meinem Letzten Willen erfahren hast. Ich habe es ihm schriftlich geben müssen.«

»Darling, heute darfst du dir etwas wünschen«, sagte sie, und die Geilheit, die sie in ihre rauhe Stimme legte, war echt.

»Ich möchte dir zusehen, wie du dich duschst«, flüsterte er. Seit Jahren hatte sie sich ihm nicht mehr nackt gezeigt. Sogar beim Branlette hatte sie ihren Büstenhalter nicht mehr abgelegt. Sie schob ihn in ihr Bad und duschte sich vor seinen Augen, wobei sie sich so zärtlich streichelte, daß sie kommen wollte. Sie hielt inne, er sollte ihr nicht dabei zusehen.

»War das gut so?« fragte sie.

»Nein, ich will, daß du mich anschaust, wenn du kommst.« Seine Stimme zitterte.

Sie kam mit weit aufgerissenen Augen und ahnte, daß er mehr wollte.

»Ich möchte dir deine Möse rasieren«, raunte er.

»Aber Darling«, scherzte sie und küßte seine zitternden Hände. »Das mache ich lieber selbst. Du darfst mir gern dabei zuschauen.«

»Gib mir das Rasiermesser«, befahl er, und alle Zartheit war aus seiner Stimme verschwunden. Sie stutzte, tat aber, was er verlangte, schob den Rollstuhl näher, setzte sich vor ihn auf den Rand der Marmorwanne und spreizte die Beine. Sie dachte an Do und daß sie ihr Ziel erreicht hatte, und machte gute Miene zum bösen Spiel.

Gründlich untersuchte er ihre Möse und fing erst nach ein

paar Minuten an, sie zu rasieren. Sie ließ es schweigend geschehen und sah über seinen kahlen Kopf hinweg, wie er Haar für Haar abtrennte. Irgendwann fing sie an zu zählen, und als könnte er ihre Gedanken lesen, sagte er: »Zähl laut.«

»Achtundachtzig, neunundachtzig, neunzig«, zählte sie. Bei einhundert fühlte sie einen stechenden Schmerz.

»Halt still«, flüsterte er und führte den kleinen Schnitt oberhalb ihrer Klitoris zu Ende. Atemlos sah sie zu, wie ein dünnes Rinnsal dunklen Blutes sich seinen Weg in ihren Schoß bahnte. Alan hatte von ihr abgelassen und beobachtete sie nun, wie sie fassungslos, nackt und blutend vor ihm stand.

»Danke«, sagte er und fuhr in seinem Rollstuhl aus dem Bad.

Als sie kurz darauf zu ihm in den Salon kam, war er gerade dabei, das neue Testament Blatt für Blatt ins Feuer des Kamins zu geben.

»Nur zu deiner Sicherheit, damit niemand die Kopien findet«, sagte er.

Sie zwang sich, ihm zu glauben.

Alan Miller-Wagenstein starb in seinem Bett in Palm Beach, an der Seite seiner geliebten Frau. Der Tod war im Schlaf gekommen. Hysterisch vor Panik rief Maya bei Dr. Gentle an. Der Arzt kam sofort und fand sie völlig aufgelöst vor, am Rande eines Nervenzusammenbruchs. Sie führte ihn in das Schlafzimmer ihres Mannes, wo er auf der Stelle sah, daß sie bei dem Toten geschlafen hatte.

»Er ist gestorben, und ich habe es nicht gemerkt«, schluchzte sie und beteuerte ungefragt, daß sie nie mehr diese starken Schlaftabletten nehmen würde. Vierzehn Stunden habe sie durchgeschlafen, und Alan sei, als sie aufwachte, schon ganz kalt und steif gewesen. Gentle gab ihr eine Beruhigungsspritze. Erst dann rief er David Miller-Wagenstein an und teilte ihm voller Anteilnahme mit, daß sein Vater in den Armen seiner geliebten Frau eines friedlichen Todes gestorben sei, das Herz habe im Schlaf aufgehört zu schlagen.

Niemand konnte Maya beruhigen. Sie ließ Albert, ihren Friseur, einen amüsanten Franzosen, kommen. Er mußte ihre prachtvollen Locken auf Kinnlänge kürzen. Ein paar Tage später überraschte er sie mit einem Geschenk: Aus ihrem eigenen Haar hatte er für sie zwei Haarteile anfertigen lassen, einen vollen Dutt und einen kessen Pony. Sie war gerührt.

Von der *Armani*-Boutique an der Worth Avenue ließ sie sich zehn schwarze, strenge Outfits liefern. Maya von Miller trug Trauer und verlor in einer Woche vier Kilo, was ihr, wie sie fand, gut stand. Weil sie sich nicht schminkte, sah sie in den Augen der anderen erbärmlich aus. Sogar David Miller-Wagenstein machte sich ernsthaft Sorgen.

Gentle bestand darauf, ihr einen Platz im *Golden Door* zu besorgen, einer der exklusivsten Entspannungs- und Beautyfarmen der Welt, und sie willigte ein. Am 14. Tag ihrer Kur reichte eine Assistentin mitten in der Behandlung das Telefon herein. Maya lag auf dem Tisch des göttlichen Masseurs, eines schönen ehemaligen Sanyasin, der sie mit seinen erotischen Anekdoten aus dem Ashram in Poona zum Lachen brachte.

Am Telefon war David, der Maya bat, unverzüglich nach New York zu kommen. Zur Testamentseröffnung. An diesem Abend betrank sie sich besinnungslos. Am nächsten Morgen schickte er ihr die *Gulfstream* seines Vaters, und am Nachmittag saßen David Miller-Wagenstein, Maya und Dr. Mick Friedan in der Kanzlei von Robert Kennedy. Der Anwalt verlas Alans Letzten Willen, in dem er Maya gemeinsam mit David zur gleichberechtigten Erbin seines immensen Vermögens machte. Friedan fragte, von wann das Testament datierte. Kennedy informierte sie, daß Miller-Wagenstein bereits vor fünf Jahren, nach seinem dritten Schlaganfall, zu ihm gekommen war. Maya schloß die Augen. ›Du Schwein‹, dachte sie angewidert.

Vier Wochen später, bei einem Hauskonzert zu Alans Ehren mit dem russischen Cellisten Mstislaw Rostropowitsch, gab David Miller-Wagenstein dem Freundeskreis bekannt: »Ich möchte euch heute mitteilen, daß ich von nun an mit Maya, der Frau, der mein Vater die schönsten Jahre seines Lebens verdankt, alles teilen werde, was Alan hinterlassen hat. Ich fühle mich dem Letzten Willen meines Vaters verpflichtet und erfülle ihn mit Hochachtung vor seiner Witwe.« Betretenes Schweigen, niemand wußte, wie man reagieren sollte. Erst als David Maya in den Arm nahm, reichten auch Alans Freunde ihr die Hand.

David Miller-Wagenstein war nichts anderes übriggeblieben, als das Testament zu akzeptieren. Friedan und er hatten alles mögliche versucht – es war hieb- und stichfest, unanfechtbar. Nicht nur sein exzellenter Ruf machte Robert Kennedy über jeden Zweifel erhaben. Er hatte ihnen auch an Eides Statt versichert, daß Maya an der Abfassung des Testaments nicht beteiligt gewesen war, Alan sich sogar schriftlich verpflichtet hatte, ihr gegenüber absolutes Stillschweigen zu wahren.

Dr. Paul Gentle, den David als Hausarzt seines Vaters in Palm Beach kennen- und schätzengelernt hatte, mußte auf Friedans Verlangen einem New Yorker Kollegen seines Vertrauens die Medikation offenlegen, die er Alan in den letzten beiden Jahren verabreicht hatte. Es waren harmlose Vitaminkombinationen gewesen.

Mit ihrer neuen Situation fertig zu werden fiel Maya wider Erwarten schwer. Sie war wie gelähmt. Sie klagte Do ihr

Leid. Die wies sie zurecht: »Du bist immer noch nicht soweit. Nicht von ungefähr gibt es ein Trauerjahr. In einem Jahr wirst du eine neue Frau sein. Phönix aus der Asche, die Karten liegen so.«

Seitdem wartete Maya, daß das Jahr verstrich. David, der sah, daß sie sich langweilte, und der heilfroh war, daß sie das Testament nicht in allen Punkten ernst nahm, bat sie, Alans Nachfolge in den Gremien anzutreten, die ihm am meisten am Herzen gelegen hatten, wohltätigen Stiftungen, die er ins Leben gerufen hatte. Sie tat es, und sie haßte es. Die Frauen der New Yorker Gesellschaft, die in den Stiftungsbeiräten saßen, denen sie nun vorstand, ließen sie mit perfider Freundlichkeit spüren, daß sie nur die Witwe war. Sie nannten sie penetrant Miller-Wagenstein und redeten viel zuviel von Alans erster Frau, Davids Mutter, die vor zweiunddreißig Jahren gestorben war.

Der Knoten platzte, als sie eines Tages beim Frühstück lesen mußte, was Liz Smith, die Klatschkolumnistin der *New York Post*, über sie schrieb: »Maya Miller-Wagenstein in ihrer liebsten Rolle.« Zu sehen war ein Foto, auf dem sie in einer New Yorker Armenküche lächelnd Kartoffeln schälte. Voller Wut stach sie mit der gezahnten Spitze ihres Grapefruitlöffels auf das Foto ein.

Am nächsten Tag legte sie all ihre Ämter nieder und begann, sich ihr Leben für die noch verbleibenden Monate des Trauerjahres auf dem roten Sofa im kleinen Salon einzurichten, dem einzigen gemütlichen Raum in Alans kaltem Haus. Sie ließ sich einen Großbildfernseher installieren, sie verbrachte ihre Tage in Magazinen blätternd, Star-Biografien verschlingend, durch die Programme zappend. Meistens ließ sie sich sogar die Mahlzeiten ans Sofa bringen. Nur ab und zu stand sie auf, um sich eine Line zu legen. Nach ein paar Wochen fing das Personal an, sich Sorgen zu machen.

Nur Do und sie selbst wußten, daß der Zustand vorübergehend war. Sie sehnten den ersten Todestag Alan Miller-Wagensteins herbei.

Dann entdeckte Maya von Miller Pamela Harriman.

Und jetzt das! Ihr Idol war tot. Maya spürte, wie ihr Atem flacher wurde und dieser Selbsthaß in ihr aufstieg, den sie jahrelang unterdrückt hatte und dem sie seit Alans Tod wieder hilflos ausgesetzt war. Sie nahm aus der obersten Schublade ihres Sekretärs ein Tütchen und legte den Kopf in den Nacken. So groß war ihre Panik, daß sie sich das Kokain direkt in beide Nasenlöcher rieseln ließ. Bewegungslos stand sie da, die Stirn an die Glastür ihrer Dachterrasse gelehnt, und wartete darauf, daß das Pulver seine Wirkung zeigte. An ihren Nasenflügeln schimmerte es noch weiß, als Robert mit dem Telefon in der Hand hereinkam. Die Tür war nur angelehnt gewesen, und sie hatte sein Klopfen nicht gehört. »Gnädige Frau, die Botschaft in Paris. Ihre Exzellenz möchte Sie sprechen.«

»Idiot«, zischte sie ihn an, riß ihm das Telefon aus der Hand und scheuchte ihn aus dem Zimmer.

Eine gewisse Grace Siegel stellte sich als »Her Excellency's Personal Publicist« vor, und Maya flüsterte: »Sagen Sie, daß es nicht wahr ist ...«

Aber die »Persönliche Sprecherin Ihrer Exzellenz« konnte nur bestätigen, was Maya soeben von CNN erfahren hatte. Sie schilderte, daß Ihre Exzellenz jeden Morgen im Pool des *Ritz* geschwommen, bei bester Kondition und überhaupt eine wunderbare Frau gewesen sei. Schließlich kam Grace Siegel zum eigentlichen Anliegen ihres Anrufes: »Sie werden verstehen, daß das Essen am Montag ausfallen muß.«

Maya von Miller antwortete atemlos: »Ja, sicher, aber ...«,

nur um sich zu erkundigen: »Wann und wo ist die Trauerfeier? Muß ich nach Paris oder nach Washington? Kann ich meinen Jet zur Verfügung stellen?«

»Sehr liebenswürdig, Frau von Miller, daß Sie Ihrer Exzellenz die letzte Ehre erweisen wollen«, wiegelte Grace Siegel diplomatisch ab. »Aber der Präsident wird Ihre Exzellenz morgen mit der Air Force One nach Hause holen lassen. Aus Sicherheitsgründen muß die Trauerfeier in Washington leider im kleinsten Kreis stattfinden.«

»... und zu dem gehöre ich selbstverständlich nicht«, tobte Maya, nachdem Grace Siegel das Gespräch mit einem »Bitte beten Sie für Ihre Exzellenz« beendet hatte, und schlug sich mit der flachen Hand gegen die Stirn. »Ich Idiot!« schrie sie, ihr Lachen war rauh und hysterisch. 250000 Dollar für nichts und wieder nichts. Und nicht einmal eine Einladung zur Trauerfeier!

Was war nur los mit ihr?

Sie besaß, wie sie der aktuellen *Forbes 400*-Liste entnehmen konnte, ein Vermögen von fast einer viertel Milliarde Dollar. Und sie mußte sich mit 250000 Dollar in die Gesellschaft einkaufen.

Sie hatte fünfzig Prozent eines Konzerns geerbt. Und sie saß zu Hause und langweilte sich vor dem Fernseher.

Ihr hatten die begehrenswertesten Männer der Welt zu Füßen gelegen. Sie war achtundvierzig, und sie war seit Jahren nicht mehr richtig gevögelt worden.

Sie lebte weiterhin in diesem gräßlichen Haus. Nur weil sie nicht wußte, wohin.

Sie war unfrei, unzufrieden, unglücklich, ungeliebt.

Das Kokain tat seine Wirkung, ihre depressive Wut steigerte sich in unbeherrschten Zorn. »Zur Hölle mit Pamela Harriman«, schrie sie und verfluchte in einem Atemzug auch Do und das ganze verdammte Trauerjahr.

»Die Welt gehört mir. Jetzt!« befahl sie sich.

Entschlossen griff sie zum Telefon und tippte die 2 ein, den Code für die Direktnummer zum Schreibtisch ihres Stiefsohns.

Es meldete sich aber sein Vorzimmer. »Der Chef will im Moment nicht gestört werden.«

»Das wird ja wohl nicht für mich gelten.«

»Tut mir sehr leid, aber ich habe meine Anweisungen«, beharrte Davids Sekretärin.

»Liebchen, Ihre Anweisungen können Sie sich sonstwohin stecken. Sie geben mir jetzt meinen Stiefsohn, aber dalli.« Ihr harscher Ton ließ keinen weiteren Widerspruch zu.

Es knackte zweimal in der Leitung. Zwanzig endlose Sekunden dauerte es, bis David am Apparat war. »Und was gibt es diesmal so Wichtiges, daß du mich im Büro anrufst?« Im Hintergrund hörte sie Stimmen. Sie schien ihn in einer Sitzung gestört zu haben.

Das »diesmal« war ein glatter Affront. Sie hatten sich das letzte Mal vor fünf Wochen gesprochen, es war um die *Gulfstream* gegangen. Ausgerechnet an dem Tag, an dem sie Do aus Berlin für ein Wochenende nach New York einfliegen lassen wollte, reklamierte er den Jet für sich. Und er hatte sich durchgesetzt.

»Du hast sicher diesen Artikel über uns in der Financial Times gelesen. Ich möchte gern wissen, warum unser Tele-Shopping-Kanal nicht läuft«, sagte sie sehr kühl, sehr bestimmt.

»Ich darf dir versichern, daß wir die Sache im Griff haben«, wich Miller-Wagenstein aus. Ihr Ton verhieß nichts Gutes. Obwohl er in der letzten Zeit durchaus den Eindruck gewinnen konnte, daß sich Maya mit der Rolle der goldenen Witwe zufriedengab, war er skeptisch geblieben. Zähneknirschend hatte er die gigantischen Rechnungen akzeptiert, die ihm von seinem Finanzvorstand Jeffrey Katzenstein, einem alten Weggefährten seines Vaters, diskret zugespielt wurden.

Maya hatte zwei weitere Dienstboten eingestellt: Klara Hielscher, ein deutsches Hausmädchen, das bei dem inzwischen verstorbenen Krupp-Erben Arndt von Bohlen und Halbach und danach in Donald Trumps Strandschloß *Mar a lago* in Palm Beach gearbeitet hatte, sowie Anna Marzotto, eine italienische Zofe, die bei Gianni Versace für das Styling seiner prominenten Kunden zuständig gewesen war, Madonna und Elton John persönlich kannte.

Alans *Gulfstream* benutzte Maya, als wäre es ein Taxi. Katzenstein hatte erst unlängst herausgefunden, was hinter den monatlichen Leerflügen nach Paris steckte. Die Piloten flogen Mayas Kleidung in die Seine-Metropole, um sie dort in eine Spezialreinigung zu bringen und wieder abzuholen. Als David das hörte, war er außer sich. Aber es stand ihm nicht zu, sie zu rügen. Sein Vater hatte es nicht anders gewollt.

»Alan ist nun ein Dreivierteljahr tot, David«, sagte sie, und ihre rauhe Stimme hatte alle Erotik verloren. »Und schon geht es in der Firma drunter und drüber. Ich werde diesen notleidenden Sender übernehmen, und zwar sofort.«

Am anderen Ende der Leitung herrschte Schweigen.

»Da hat es dir wohl die Stimme verschlagen?«

»Ich werde das erst mit den Herren besprechen müssen, Maya.« Die Miller-Wagenstein-Gruppe wurde von einem siebenköpfigen Vorstand geführt, den David Miller-Wagenstein leitete und der im Unternehmen »die Herren« genannt wurde.

»Du kennst das Testament genausogut wie ich«, mußte er sich von Maya korrigieren lassen. »Dein Vater, mein Mann, hat ausdrücklich festgelegt, daß ich jederzeit in die Firma einsteigen kann. In verantwortlicher Position, als deine Stellvertreterin. Seite 24, Paragraph 11, Punkt 2, wenn du es nachlesen möchtest. Jetzt ist es soweit.«

Sie legte den Hörer auf. Was bei den Herren nun los sein würde, konnte sie sich lebhaft vorstellen. Eine Krisensitzung würde die andere jagen. Sie rieb sich zufrieden ihre wohlmanikürten Hände. Wie leicht es war, den Weg zum Ziel wiederzufinden. Wie hatte sie nur vergessen können, daß sie alles wollte.

Euphorisch tippte sie auf ihrem Portable die 1, den Code für die Direktnummer ihrer Wahrsagerin in Berlin. Schon seit Jahren bezahlte sie Do einen separaten Telefonanschluß, der immer für sie frei sein mußte.

»Leg mir die Karten, die Erfolgskarten!« jubelte sie ins Telefon. »Ich ruf dich in zehn Minuten wieder an.«

Routiniert legte Do ein Spiel Karten aus, machte sich ein Bild und stutzte. Was war das? Sofort rief sie in New York zurück.

»Bist du schwanger?« fragte sie ihre Freundin, die prompt einen Lachkrampf bekam.

»Lach du nur. Ich meine es ernst. Ich sehe hier deutlich ein kleines Kind, ein Baby, ein Neugeborenes.« Dorothea Gorski war sich ihrer Sache absolut sicher. Selten hatte sie eine so eindeutige Konstellation gelegt.

»Ich kann mir denken, was du siehst«, sagte Maya nach einigen Sekunden des Schweigens, und eine gewisse Feierlichkeit lag in ihrer Stimme, als sie fortfuhr: »Man könnte es in der Tat mein Baby nennen: Ich habe heute eine große Idee geboren und einen unserer Fernsehsender übernommen. Ich habe sogar schon einen Namen: NEED werde ich mein Baby nennen. Wie schön, daß du es siehst, du bist die Beste. Danke, danke. Mein Gott, NEED, mein Baby.«

Sie versuchte, ihre Nervosität zu vertuschen. Aber mit jedem Wort übertrug sie sich auf Do in Berlin.

»Was verschweigst du mir?« fragte sie.

Erst dann berichtete Maya hastig von Pamela Harrimans Tod in Paris und daß es diese Todesnachricht war, die sie wachgerüttelt hatte.

Es war nicht ganz die Antwort, die Dorothea Gorski erwartet hatte. Zwar hatte sie in den Karten tatsächlich den Tod gesehen, aber es war der Tod eines Kindes, nicht der einer alten Frau.

All das paßte ihr ganz und gar nicht. Verdammt. Es war zu früh. Das Jahr war noch nicht ganz vorbei.

DIE WITWE

Die Herren waren, wie nicht anders zu erwarten, von der Nachricht »Maya ante portas« keineswegs begeistert. Besonders Jeff Katzenstein, Davids Stellvertreter und bisher für die Tele-Shopping-Aktivitäten des Unternehmens zuständig, ereiferte sich. »Diese Frau wird dich ruinieren«, warnte er Miller-Wagenstein vor versammelter Mannschaft.

»Darf ich euch erinnern: Ohne ihre Fürsorge hätten wir Alan zwölf Jahre früher verloren«, versuchte David halbherzig, die Witwe seines Vaters zu verteidigen. Er hatte beschlossen, gute Miene zum bösen Spiel zu machen, Mick Friedan hatte ihm dringend dazu geraten. »Ihr wißt genau, daß ihr zusteht, was sie verlangt. Wir sollten ihr eine Chance geben; ich werde es jedenfalls tun.«

Jeff Katzenstein ergänzte zynisch: »Verstehe. Je enger wir mit ihr zusammenarbeiten, desto besser haben wir sie im Griff.«

»Willkommen im Club«, begrüßte David seine Stiefmutter an ihrem ersten Arbeitstag in der Lobby der Vorstandsetage im elften Stock des Miller-Wagenstein-Buildings am Union Square, Downtown Manhattan. Er wußte, was sich gehört, er war ihr zur Lifttür entgegengegangen.

Sie hatte sich von Andrew mit dem Bentley von ihrer Tiefgarage in der East 63rd Street in die Tiefgarage der Firma fahren und von ihm in den elften Stock begleiten lassen. Sie haßte die Gegend, den Gestank und den Lärm und die hektischen Menschen auf der Straße. Sie haßte das kühle Gebäude, das wie das Wohnhaus ihres Mannes nach Entwürfen von Philip Johnson errichtet worden war. Aber von all dem ließ sie sich nichts anmerken. Sie war ganz ruhig. Sorgfältig hatte sie ihre morgendliche Dosis abgewogen, ein Gramm mußte heute fürs erste genügen.

Stundenlang hatte sie mit Do am Telefon überlegt, ob sie überhaupt ein Büro am Union Square beziehen sollte. Schließlich waren sie beide zu dem Schluß gekommen, daß sie nur in unmittelbarer Nähe von David genug Know-how anzapfen, nur in der Unternehmenszentrale die Strukturen der Macht erkennen und beeinflussen konnte. Sie mußte noch viel lernen. Und sie war dazu bereit.

David konnte sich ein Lächeln nicht verkneifen, als er Maya aus der Tür des Lifts kommen sah. Das war nicht die trauernde Witwe der letzten Monate, auch nicht der Vamp, den sein Vater so geliebt hatte. Vor ihm stand eine Karrierefrau, perfekt gestylt, nur die große braune Handtasche mit Goldverschluß paßte nicht ganz ins Bild.

Maya trug ein dunkelblaues kragenloses *Armani*-Kostüm, dessen Rock knapp über dem Knie endete. Ihr Haar war im Nacken zu einem festen Knoten geschlungen. Es hatte eine halbe Stunde gedauert, bis Klara Alberts Dutt so festgesteckt hatte, daß das Haarteil auch hielt, wenn Maya eine ihrer spontanen Bewegungen machte. Immer und immer wieder hatte sie zum Test ihren Kopf geschüttelt.

Anna mußte, obwohl es längst nach Ladenschluß war, noch schnell zum Kostüm passende Schuhe mit halbhohem Absatz besorgen. Die Pfennigabsätze, die sie üblicherweise trug, schienen Maya, nachdem sie vor dem großen Spiegel im Ankleidezimmer probegelaufen war, für eine stellvertretende Vorstandsvorsitzende eines Weltkonzerns doch zu sexy.

An Davids Seite zog Maya von Miller in den Konferenzsaal ein, einen karg möblierten Raum mit einem langen weißen Tisch und weißen Klappstühlen, der mit rollstuhlfestem grauem Nadelfilz ausgelegt war. Davids Sekretärin überreichte ihr einen Strauß bunter Blumen – wie sie diese Feld-Wald-und-Wiesen-Sträuße haßte! –, die Herren begrüßten sie mit »Hallo« und »Guten Morgen«, und David bot ihr den Platz zu seiner Rechten an. Rechts von ihr saß Katzenstein, an dessen Stelle sie nun gerückt war.

So souverän wie möglich lächelnd, blickte sie in die Runde und registrierte in den Augen der Herren, jedenfalls derer, die ihrem Blick standhielten, unverhohlene Neugier und offene Abneigung. Als sie die Tür zum Konferenzraum durchschritt, spürte sie dieses kleine lästige Ticken in ihrem linken Augenwinkel, das seit Jahren nicht mehr aufgetreten war. Sie fluchte innerlich und fing rasch an, die Lamellen der Jalousien zu zählen, die an den Fenstern zum Union Square halb heruntergelassen waren. Sofort ließ das Ticken nach.

Während David ihr die Vorstandskollegen vorstellte, schenkte sie jedem einzelnen ihre ungeteilte, freundliche Aufmerksamkeit, fragte den einen nach seinen Kindern, den anderen nach seinem auskurierten Herzinfarkt. Sie war überraschend gut informiert.

Dann war sie an der Reihe. Wohl ein dutzendmal hatte sie zu Hause ihre kleine Ansprache geübt, zunächst allein vor dem Spiegel, danach vor ihrem Personal, so lange, bis jedes Wort und jede Geste saß. Es waren einfache, rührende Worte, die sie mit Do telefonisch durchgesprochen hatte, eine einzige Liebeserklärung an Alan, die Würdigung seiner Arbeit und seiner Persönlichkeit.

Als sie mit den Worten »Ich werde alles daransetzen, das Werk meines Mannes in seinem Sinne fortzuführen« endete, gab es höflichen Beifall. »So kann man es auch formulieren«, sagte Katzenstein mehr zu sich selbst als zu seinen Kollegen, nachdem David und Maya den Raum verlassen hatten.

Sie hatte darauf bestanden, erst nach der Begrüßung des Vorstandes ihren Arbeitsplatz in Augenschein zu nehmen. Es war das Büro, von dem aus Alan seinen Konzern aufgebaut hatte, für seine Angestellten und für seinen Sohn eine Art Kultstätte. Keinen anderen Raum hätte Maya akzeptiert.

Das Office war noch immer mit den Originalmöbeln der sechziger Jahre eingerichtet, sehr einfach, sehr geradlinig; einziges dekoratives Element war eine große, von Philip Johnson mit einer Widmung signierte Bauzeichnung, die an der Längswand hinter dem Besprechungstisch hing.

»Wir können Alans Büro selbstverständlich nach deinen Wünschen neu gestalten lassen«, beeilte David sich zu sagen.

»Warum? Wir wollen doch Alans Aura nicht zerstören«, sagte sie und lächelte ihn an. »Laß mir nur einen anderen Schreibtisch bringen. Ich möchte Alan gern gegenübersitzen.«

Sie öffnete ihre braune Kelly-Bag, nahm einen Silberrahmen heraus, in dem ihr Hochzeitsfoto steckte, und stellte es auf Alans Seite des Tisches. Dann winkte sie Andrew herbei, der ihr einen Korb reichte, aus dem sie vorsichtig einen antiken Silbertopf mit einem halberblühten Stock weißer Orchideen hob; sie stellte ihn neben das Hochzeitsfoto und wischte sich eine Träne aus dem linken Augenwinkel. Wie ein Lauffeuer verbreitete sich die Nachricht von dieser rührenden Geste im ganzen Haus.

Überhaupt zeigte sie sich von ihrer verträglichsten Seite, und das nicht nur am ersten Tag. Ohne zu murren teilte sie sich das Vorzimmer mit David, nannte seine Sekretärin »Liebchen«, ihren Namen, Gwyneth Pewter, weigerte sie sich auszusprechen, stellte sich im übrigen aber sehr gelehrig an. Täglich konferierte sie mit Katzenstein, den sie in Davids Anwesenheit zu ihrem »Ziehvater« ernannte, was er mit einem freundlichen Lächeln quittierte. Dennoch blieb er mißtrauisch.

Morgens kam sie pünktlich um neun und verließ die Firma selten vor acht Uhr abends. Das Mittagessen nahm sie meist in der Angestelltenkantine im Erdgeschoß ein, was David und der Vorstand höchst selten taten. Sie führte Dutzende von Einzelgesprächen, um ihre Mitarbeiter kennenzulernen, studierte stundenlang Akten. In Konferenzen hielt sie sich weitgehend zurück, stellte wenige, aber sinnvolle Fragen. Die Herren kamen aus dem Staunen nicht heraus.

2444 Lamellen hatten die Jalousien im Konferenzraum, 124 Fenster das gegenüberliegende Bürogebäude. Auf dem Resopaltisch zählte sie 68 Flecken. Eine Woche, nachdem sie ihren Job angetreten hatte, ließ sie die Platte durch eine neue ersetzen. Katzenstein war der einzige, der es bemerkte. Wenn das die erste große Veränderung war, die die neue Chefin einführte, dann hatte man ja nicht viel zu befürchten.

Abends aber war Maya so erschöpft, daß sie die restlichen Stunden des Tages wie früher zappend auf ihrem geliebten roten Sofa verbrachte. Morgens wachte sie schweißgebadet auf – sie hatte sich Arbeit anders vorgestellt. Diese ständige Konzentration, das Gefühl, ununterbrochen beobachtet zu werden, die tausend kleinen Anforderungen, die auf sie zukamen, all die Leute, die etwas von ihr wollten, Antworten, Entscheidungen, Anerkennung oder auch nur ein kleines bißchen Aufmerksamkeit.

Do, der sie ihr Leid klagte, schaute in die Karten. »Das erste halbe Jahr wird mühsam, am Ende des zweiten weißt du, woran du bist.«

Wenn Maya den Druck nicht aushielt, ging sie zur Damentoilette am anderen Ende des Flurs. Den Schlüssel dazu mußte sie sich von »Liebchen« geben lassen, die ihn hütete – in unmittelbarer Nähe der Vorstandsbüros gab es nur Herrentoiletten –, legte sich eine Line und nahm aus ihrem Flachmann einen winzigen Schluck Wodka. In ihrem Büro wagte sie das nicht, im Konzern herrschte das Prinzip der offenen Tür. Außerdem hatte sie das Gefühl, Alan sei anwesend.

Sie lernte schnell.

»Sie macht ihre Sache gut«, mußte David Miller-Wagenstein sie mehr als einmal verteidigen, wenn die Herren lamentierten, daß sie sich allein durch Mayas Anwesenheit in ihren Kompetenzen beeinträchtigt fühlten.

Eines Mittags – sie war nun drei Monate in der Firma, und man hatte nicht umhin gekonnt, sie zu akzeptieren –, bat sie David und die Herren zu sich. Lapidar verkündete sie, daß sie genug gesehen habe, um sich ein Bild vom Zustand des Senders zu machen, und daß sie sich nun für eine Weile zurückziehen werde. Über die nächsten Schritte wollte sie von zu Hause aus nachdenken. Gwyneth-Liebchen räumte Mayas Schreibtisch aus, stopfte die wenigen Ordner, die sie mitnehmen wollte, in einen Umzugskarton, den Andrew abholte. Als Maya am nächsten Morgen tatsächlich nicht mehr am Union Square erschien und auch in den kommenden Tagen keine Mitarbeiter und kein Material anforderte, glaubten sich ihre Gegner im nachhinein doch noch bestätigt.

»Der Spuk ist vorbei«, meinte Katzenstein. »Läppische drei Monate hat sie ausgehalten. Ein bißchen mehr Ausdauer hätte ich ihr schon zugetraut.« Niemand widersprach ihm. Man konnte nun wieder zur Tagesordnung übergehen.

Sie alle sollten sich gewaltig irren.

Schon vor Wochen hatte Maya von Miller an der Personalabteilung vorbei Grace Siegel engagiert. »Her Excellency's Personal Publicist«, die ehemalige engste Mitarbeiterin Pamela Harrimans, der verstorbenen US-Botschafterin in Paris, war nun Maya von Millers »Public Relations Director«. Maya hatte Grace ein Angebot gemacht, das sie nicht ausschlagen konnte: Ihr Gehalt hatte sich beinahe verdoppelt, Maya überließ ihr ihren eigenen schwarzen Porsche-Targa als Dienstwagen und brachte sie in einer schönen Suite im *Plaza Athénée* unter, einem Luxushotel in der East 64th Street in unmittelbarer Nähe ihres Hauses. Maya von Miller kannte Bernhard Lackner, den General Manager, einen alerten Norddeutschen, gut. Sie war sogar einmal kurz in ihn verliebt gewesen.

Grace Siegel hatte sofort zugesagt, und das nicht nur wegen der exzellenten Konditionen. Es war an der Zeit, die Seiten zu wechseln, in der Medienbranche zu arbeiten, wozu hatte sie an der Columbia-Universität Marketing und Kommunikation studiert? Zu Mayas großer Freude sprach Grace sogar einigermaßen gut deutsch. Sie wies ihr Alans früheres Arbeitszimmer auf der Galerie über der Bibliothek zu und stellte Robert, den Butler, vorübergehend als Sekretär ab.

Grace brachte nicht nur ausgezeichnete Verbindungen mit, sondern auch Pamela Harrimans Telefonbuch. Sie verschloß das in rotes Leder gebundene Ringbuch in der untersten Schublade von Alans Schreibtisch. Maya öffnete sie mit einem Nachschlüssel und fotokopierte Pams Nummern Seite für Seite in einer Nacht-und-Nebel-Aktion in einem 24-Stunden-Copy-Shop auf der Madison Avenue. Täglich übertrug sie ein paar Nummern in ihr eigenes Adreßbuch. Pams Telefonnummern, so fand sie, verliehen ihr heimliche Macht. Sie könnte nun, rein theoretisch, zum Beispiel Hillary Clinton oder Bill Gates oder Gregory Peck zu Hause anrufen. Sie konnte der Versuchung nicht widerstehen und wählte die Privatnummer der First Lady. Als die mit einem gehauchten »Rodham«, ihrem Mädchennamen, tatsächlich antwortete, stotterte Maya ein aufgeregtes »Sorry, da habe ich mich wohl verwählt« und küßte das Telefon. Nicht einmal Do weihte sie ein.

Der erste Auftrag, den Grace Siegel auszuführen hatte, lautete, eine internationale Beraterrunde zusammenzustellen, mit der Maya von Miller ihr neues Konzept für NEED erarbeiten wollte. Es gelang Grace innerhalb von wenigen Tagen dank ihrer Beziehungen und des horrenden Honorars, das sie den potentiellen Kandidaten anbieten konnte, die besten Marketingspezialisten, Programmplaner, Busineßstrategen, Werbeleute und Public-Relations-Manager zu gewinnen.

Maya persönlich warb von McKinsey, der renommierten international arbeitenden Unternehmensberatung, John Taylor ab, einen gewieften jungen Medienmanager, der seine Sporen bei Rupert Murdoch verdient hatte, dem mächtigsten Presse- und TV-Tycoon der Welt. John legte Maya bereits nach zwei Wochen einen detailliert ausgearbeiteten Drei-Monats-Plan vor.

Im Februar hatte sie am Union Square angefangen. Im Mai ging sie mit John, Grace und den Beratern in Klausur. Im August war sie soweit. Do hatte ihr dringend ans Herz gelegt, den Zeitplan unbedingt einzuhalten: Auf den Tag genau ein halbes Jahr nach ihrem Einstieg ins Unternehmen lud sie David und die Herren zu einer Besprechung in die East 63rd Street vor. Zwei Herren mußten ihretwegen den Urlaub unterbrechen, Maya bestand auf vollzähligem Erscheinen, Katzenstein konnte sich die Bemerkung »Kaffeekränzchen« nicht verkneifen. Die Liste ihres Beraterstabes, die der Einladung beilag, belehrte ihn eines Besseren.

»NEED, Fernsehen für ein neues Jahrtausend« hatte Maya

von Miller ihr Papier genannt, das sie den Herren vorweg zufaxte. Es war ein kurzer Abriß ihrer Grundphilosophie: NEED sollte mehr als ein TV-Sender sein, NEED sollte die erste ernstzunehmende Kooperation zwischen der Industrie, den Medien und wohltätigen Institutionen werden.

Alans Speisezimmer diente als Konferenzraum. Aktenordner füllten die Anrichte, auf dem Boden stapelten sich Broschüren, ein antiker Kelim bedeckte die Kabel, mit denen die Computer vernetzt waren. David erkannte das Haus seines Vaters nicht wieder und bemerkte schon nach ihren ersten Worten, daß Maya einen neuen Ton anschlug, der sehr sicher und voller Energie war.

Während sie, am Kopf des Tisches stehend und assistiert von John Taylor, das neue Konzept Punkt für Punkt und mit großer Professionalität vortrug, gab Grace von ihrem Büro aus bereits die offizielle Presseverlautbarung an die internationalen Medien heraus.

»Maya v. Miller, 49, Mitinhaberin des Miller-Wagenstein-Konzerns, hat in New York ihr neues Programmkonzept für den Tele-Shopping-Sender ihres Unternehmens vorgestellt. Der Sender wird zukünftig NEED heißen, der Slogan des Senders ›I NEED you‹ lauten. Die Philosophie von NEED beinhaltet einen in den Medien und der Wirtschaft einzigartigen sozialen Aspekt, die erste konsequente Kooperation der Luxusindustrie mit wohltätigen Institutionen. Zehn Prozent des Reingewinns eines jeden über NEED verkauften Produktes werden der von Maya v. Miller neu gegründeten NEED-Stiftung zukommen, die die Gelder koordiniert und verteilt. Aus ihrem Privatvermögen hat die Unternehmerin 20 Millionen US-Dollar Grundkapital in die Stiftung eingebracht. Als Moderatoren für NEED hat Maya v. Miller u.a. folgende Stars gewinnen können (in alphabetischer Reihenfolge): Giorgio Armani, Michael Douglas,

Betty Ford, Eileen Getty, Jerry Lewis, Madonna, Elizabeth Taylor – Persönlichkeiten, die sich bereits seit Jahren in unterschiedlichsten Bereichen erfolgreich sozial engagieren. Als Leitmelodie des Senders wählte sie ›If I ever needed you, I need you now‹, den Welthit von Julio Iglesias. Die ersten Sendungen nach dem neuen Konzept werden vom 1. Januar 1998 an in den USA ausgestrahlt, bereits für 1999 ist eine Ausdehnung nach Europa vorgesehen. Ein Porträt von Maya v. Miller kann angefordert werden.«

Nach einer guten halben Stunde beendete Maya ihren Vortrag und blickte erwartungsvoll in die Runde. Die Herren hüllten sich in Schweigen und starrten auf David Miller-Wagenstein, der nachdenklich nickte und sagte: »Das hört sich interessant an, Maya. Glückwunsch.« Er klopfte mit der Kappe seines Montblanc anerkennend auf die Tischplatte, die Herren taten es ihm zögernd nach.

Jedem in der Runde war während Mayas Vortrag klargeworden, daß dieses Konzept eine sensationelle Innovation und ohne Zweifel erfolgversprechend war. Sogar der Businešplan schien plausibel, die Investitionen bewegten sich im Rahmen des Möglichen, der Breakeven war nach elf Monaten angestrebt. Das Konzept war eine Ohrfeige für Katzenstein und sein Team, für alle, die bisher ohne nennenswerten Erfolg für den Sender gearbeitet hatten. Wenn sie nur annähernd in der Lage war, die Planung durchzuziehen, dann hatte im Konzern soeben eine neue Ära begonnen, die Ära der Maya von Miller.

Nur schleppend entspann sich eine Diskussion. Im Wechsel mit John Taylor beantwortete Maya die Fragen. Als gesagt war, was gesagt werden mußte, läutete sie eine kleine goldene Glocke. »À table«, sagte sie auf französisch und bat die Herren nach nebenan, wo Irène ein Lunch-Buffet angerichtet und Robert einen runden Tisch eingedeckt hatte.

Maya entschuldigte sich kurz, murmelte etwas von »frisch machen« und kam nach ein paar Minuten strahlend zurück. Die Herren hatten selbstverständlich mit dem ersten Gang auf sie gewartet.

»John wird an den Union Square ziehen, mich sind Sie bald los«, ließ sie wenig später zwischen Hummersuppe und Hauptgang im leichtesten Plauderton fallen. Abrupt verstummten die Gespräche.

»Nanu?« entfuhr es David.

»Nein, nicht, was du denkst, ich ziehe mich nicht zurück, ich ziehe nur um«, sagte sie und teilte voller Stolz mit, daß sie sich den Turm des *Pierre* zugelegt habe, die exklusivste und teuerste Immobilie, die zur Zeit auf dem Markt war, die obersten Etagen des New Yorker Traditionshotels, direkt am Central Park gelegen. Früher beherbergte der Turm den berühmten Ballsaal, dann hatte eine gewisse Lady Fairfax aus Australien ihn gekauft und zu einem luxuriösen dreistökkigen Apartment umbauen lassen. Wegen einer Erbauseinandersetzung mußte sie die Immobilie veräußern.

Mayas Ton ließ David aufhorchen. Da war sie wieder, diese Aggressivität, die er nur schwer einschätzen konnte. Sie redete schnell und war kaum zu stoppen. Erst als John Taylor wieder auf NEED zu sprechen kam, hielt sie ein. Nach dem Dessert nahm David sie beiseite. »Und was wird aus Vaters Haus?«

»Du kannst mir gern ein Angebot machen«, sagte sie mit einem kühlen Lächeln.

David konsultierte noch am selben Abend Mick Friedan und der einen Sachverständigen für Architektur der sechziger Jahre. Zwei Tage später waren sich Stiefsohn und Stiefmutter einig. David Miller-Wagenstein war bereit, der Witwe für das Haus seines Vaters zehn Millionen Dollar zu zahlen – auch wenn ihm das Haus laut Testament nach Mayas Tod eines Tages ohnehin wieder zufallen würde. Sie wollte sofort nach der Fertigstellung ihres Apartments im *Pierre* ausziehen. Fünf Millionen verlangte sie sofort, den Rest am Tag nach dem Umzug. Miller-Wagenstein zückte schweigend seinen Füllfederhalter, ein silbernes *Montblanc-Meisterstück*, den Alan ihm seinerzeit zum Examen geschenkt hatte, und schrieb einen Scheck über die Gesamtsumme aus. Maya zog erstaunt die Augenbrauen hoch, als sie den Betrag, 10000000 Dollar, las, wedelte den Scheck durch die Luft, damit die Tinte trocknete, und küßte ihren Stiefsohn auf den Mund. Es war ein Barscheck. »Ich wäre dir dankbar, wenn du deine Bank informieren würdest«, sagte sie.

Am nächsten Morgen ließ sie sich von Andrew zu Davids Bank fahren. Nachmittags, während der Freistunde ihres Personals, verließ sie unbemerkt das Haus und ging, eine schwarze Aktentasche unter dem Arm, zur Madison Avenue hinüber. Keine zwei Minuten hielt sie sich in dem Copy-Shop auf.

Die Nachricht über die Neupositionierung des Tele-Shopping-Senders aus dem Miller-Wagenstein-Konzern schlug ein wie eine Bombe. Es gab weltweit kein bedeutendes Medium, das nicht über das geniale Konzept von NEED berichtete. Umsatz machen und Gutes tun: Maya von Miller hatte den Zeitgeist voll getroffen. John Taylor, ihrem Statthalter am Union Square, war es innerhalb kurzer Zeit gelungen, den gesamten Vorstand für NEED zu begeistern, und er konnte ihr jeden Tag von neuen Erfolgen berichten. Zahlungskräftige Hersteller und sozial engagierte Prominente überschütteten NEED mit Kooperationsangeboten.

Nur Grace Siegel war verzweifelt. Ihre Chefin weigerte

sich plötzlich, bei der sorgfältig vorbereiteten Public Relations-Strategie mitzuspielen. Sie mußte jegliche Interviewwünsche ablehnen.

»Alles zu seiner Zeit«, war Mayas knapper Kommentar. »Zuerst der Erfolg, dann sehen wir weiter.«

»Halt dich zurück«, hatte Do sie gewarnt und ihr geraten, sich zunächst auf den Umbau im *Pierre* zu konzentrieren. »Ins Alltagsgeschäft solltest du dich nicht einmischen.« Maya gehorchte.

Je zügiger es bei NEED vorwärtsging, desto nervöser wurde Maya von Miller. Niemandem im Haus entging, daß sie dem Wodka häufiger zusprach, als ihr guttat. Von den anderen Aufputschmitteln, die sie nahm, ahnte nur Grace etwas. In der Konzernzentrale ließ Maya sich nur noch sehen, wenn es absolut unvermeidbar war, meist kam John Taylor mit den Unterschriftenmappen in die East 63rd Street. David und den Herren konnte es nur recht sein.

Die Arbeiten im *Pierre* erwiesen sich als äußerst kompliziert und dauerten bedeutend länger, als die Architekten ihr versprochen hatten. Es war frustrierend. Beinahe jeden Tag bekam sie eine neue Hiobsbotschaft: Mal gab es Lieferschwierigkeiten beim schwarzen Marmor für den mannshohen Kamin im großen Salon. Dann hatte der Seidendamast für die Wandbespannung nicht exakt den gewünschten Rotton. Und die Vitrinen, die sie für ihre Sammlung von Pretiosen aus dem Windsor-Nachlaß hatte anfertigen lassen, kamen ihr plötzlich klein und unelegant vor. Zu guter Letzt mußte der Architekt ihr mitteilen, daß ihre privaten Räume frühestens im Mai oder Juni bezugsfertig sein würden.

Maya flippte aus, sie schikanierte ihr Personal, schloß sich in ihr Schlafzimmer ein, wo sie eine Stunde lang am Telefon mit Do tobte, die sie zunächst kaum beruhigen konnte. Aber dann fand sie sich, von einer Sekunde zur anderen, mit der Verzögerung ab. Do hatte den entscheidenden Satz gesagt: »Ich habe in den Karten gesehen, daß du bald nach Deutschland kommen wirst, noch vor deinem Umzug. Warte ab, plane nichts. Du wirst ein Zeichen bekommen. Vertrau auf mich.«

Maya änderte ihren Zeitplan. Im Januar sollte NEED auf Sendung gehen. Mit Taylor besprach sie, daß sie sich in der Anlaufzeit zurückhalten wollte und für eine Kampagne erst zur Verfügung stehen würde, wenn sich die Erfolge manifestiert hatten, vor allem aber, wenn sie die Interviews im *Pierre* geben konnte, nicht am Union Square, nicht in Alans Haus. Sie wollte die Welt bei sich empfangen. Grace mußte bei der Medienstrategie wieder einmal umdisponieren.

Wie immer, wenn Maya ihre Ungeduld wenigstens in Etappen einteilen konnte, verging die Zeit schnell. Anfang Dezember konnte sie immerhin ihre Büros im unteren der drei Turmgeschosse des *Pierre* beziehen.

Prunkstück ihres Büros war ein riesiger antiker vergoldeter Schreibtisch. Wie alle Antiquitäten hatte das exquisite Möbel ihr neuer Freund François-Joseph Graf beschafft, ein Experte für das Frankreich des frühen 18. Jahrhunderts, den sie kurzfristig mit der kompletten Einrichtung betraut hatte. Seinen Namen hatte sie in einem *Vanity Fair*-Artikel gelesen, just in dem Moment, als ihr eigener Innenarchitekt sie gerade auf Art déco einschwören wollte. François-Joseph hatte in Paris unter dem Chefkurator von Versailles gearbeitet und erst unlängst das Park Avenue-Apartment des New Yorker Investors Henry Kravis komplett mit französischen Antiquitäten ausgestattet. Seit Maya François-Joseph an ihrer Seite wußte, war sie zuversichtlich, daß das Apartment im *Pierre* ihren Träumen vom Luxus wenigstens einigermaßen entsprechen würde.

François-Joseph war entzückt: Nie hatte er mit einer Kundin gearbeitet, die ihm dermaßen freie Hand ließ und überhaupt nicht auf die Kosten achtete. Maya von Miller schien über ein unerschöpfliches Budget verfügen zu können. Mit Vergnügen stellte sie sich vor, wie er dafür sorgte, daß sich das in New York herumsprach.

»Gnädige Frau, die Post.« Grace Siegel, die wieder einmal einspringen mußte, weil Maya die x-te Sekretärin gefeuert hatte, reichte ihrer Chefin eine Mappe aus dunkelrotem Leder und wartete auf weitere Anweisungen. »Obenauf liegt ein Brief, den Sie sich zuerst ansehen sollten.«

»Lesen Sie vor«, befahl Maya von Miller, die gerade eine schadhafte Stelle am Nagel ihres linken kleinen Fingers ausbesserte, und schob Grace die Mappe über den Tisch zurück. Selbstgefällig schaute sie dabei in den deckenhohen vergoldeten Spiegel, den sie so hatte anbringen lassen, daß sie sich ständig darin betrachten konnte.

Wie jeden Morgen hatte sie die Klatschspalte der *New York Post* studiert und festgestellt, daß diesmal keine Einladung an ihr vorbeigegangen war. Grace hatte ihre Harriman-Beziehungen spielen lassen. Und so war Maya von Miller in der letzten Woche zum Lunch mit Betsy Bloomingdale gebeten worden, zum Cocktail zu Carolina Herrera, der Modedesignerin, und zum Dinner für die deutsche Fürstin Gloria von Thurn und Taxis bei Ann Getty, die beide in der Stadt weilten. Warum Maya von Miller all diese Termine im letzten Moment doch wieder abgesagt hatte, sollte Grace ein ewiges Rätsel bleiben.

Das Schreiben, das Grace nun vorlas, war ein vertraulicher Brief der IAA, der International Advertising Academy, den ein Bote im Auftrag von Sam Saville, dem Präsidenten dieser mächtigen Allianz der wichtigsten Werbeagenturen der

Welt, zusammen mit einem riesigen Strauß Lilien überbrachte.

»Verehrte Maya von Miller, im Namen unseres Vorstandes darf ich Ihnen heute mitteilen, daß die International Advertising Academy einstimmig beschlossen hat, Sie als Ehrenmitglied in die Akademie aufzunehmen. Wir wollen Sie damit für das von Ihnen entwickelte visionäre Konzept von NEED auszeichnen, an dessen Erfolg wir glauben und das wir, soweit es in unserer Macht steht, unterstützen werden.

Gleichzeitig möchten wir Sie mit unserer höchsten Auszeichnung, dem GOLDENEN ADDY, ehren.

Wir laden Sie hiermit bereits heute herzlich zu unserer Jahrestagung ein, die wir am 3. Juni 1998 zum erstenmal in Berlin abhalten werden. Wir möchten Sie bitten, sich den Termin vorzumerken und diese Mitteilung vorläufig noch vertraulich zu behandeln. Alle weiteren Details ...«

»Wo?« unterbrach Maya Grace mitten im Satz. Sie war aufgesprungen und riß ihr den Brief aus der Hand. »In Berlin«, las sie selbst. Sie umarmte ihre völlig verdutzte Mitarbeiterin, die einen derartigen Gefühlsausbruch bei ihrer Chefin noch nie erlebt hatte. »Wir fliegen nach Deutschland«, jauchzte sie und küßte Grace überschwenglich auf die Stirn.

Da war es also, das sehnsuchtsvoll erwartete Zeichen, das Do ihr versprochen hatte.

»Champagner«, rief sie, »Champagner!«

Den Rest des Tages verbrachte Maya in Hochstimmung. Sogar ihren glücklosen Innenarchitekten, von dem sie zum fünftenmal einen anderen Marmor für das Master-Bad verlangte, nannte sie »Liebchen«. Heute wollte sie es blaßrot statt pfirsichfarben, koste es, was es wolle.

Und endlich war sie auch gewillt, mit Grace die ersten Details der großen NEED-Gala zu besprechen, die Ende Juni in New York stattfinden sollte. Darauf hatte sie sich mit ihr geeinigt. Die große Kampagne sollte mit einer Wohltätigkeits-Gala eröffnet werden, wie New York noch keine gesehen hatte. Maya von Millers ultimatives gesellschaftliches Coming-out, ein gigantisches Fest, mit dem sie auch ihren fünfzigsten Geburtstag nachfeiern wollte. Liz Taylor hatte bereits ihr Kommen zugesagt, David Bowie und Barbra Streisand ebenfalls. Das Timing war perfekt. In Deutschland sollte ihr neues Leben beginnen. Phönix aus der Asche, hatte Do so schön formuliert.

An diesem Abend ging sie zum erstenmal nach Alans Tod aus, wenn man einmal von den Pflichtveranstaltungen absah und den gelegentlichen Lunches mit Grace oder John im *Le Cirque 2000* oder bei *Mortimer's*.

»Heute will ich Spaß haben. Sorgen Sie dafür«, ordnete sie an, und Grace hatte Glück. Es traf sich gut, daß die Mailänder Modekönigin Donatella Versace just an diesem Abend im *Museum of Modern Art* ein Gala-Dinner zum Gedenken an ihren ermordeten Bruder Gianni gab. Grace benötigte drei Telefonate, und Maya, für die sie erst wenige Tage zuvor hatte absagen müssen, war an einem der Ehrentische untergebracht.

Andrew wußte am nächsten Morgen in der Personalküche zu berichten, daß er die Chefin in dieser Nacht nicht allein nach Hause gefahren habe. Tatsächlich kam sie um elf bestens gelaunt und blendend aussehend mit einem jungen Mann im Schlepptau zum Frühstück ins Speisezimmer. Sie stellte ihn als Prinz Dimitri von Serbien vor. Er war in einen rot-blau gestreiften Morgenrock aus hauchdünnem Kaschmir gehüllt, einen Morgenmantel des Herzogs von Windsor, den Alan nur sonntags hatte tragen dürfen.

Den Start von NEED am Neujahrsmorgen sah sie sich, erschöpft auf ihrem roten Sofa liegend, im Fernsehen an. Sie hatte die Silvesternacht mit Dimitri verbracht, Champagner und Kokain wirkten noch immer, und sie war nicht in der Lage, Davids Einladung an den Union Square Folge zu leisten. Ihr ganzes Denken und Trachten konzentrierte sich auf den Deutschlandtrip, eine Reise in die Vergangenheit, die ihre Zukunft besiegeln sollte. Sie hatte das Zeichen erhalten, Do aber beschwor sie, nichts zu forcieren. Der Zeitpunkt stand fest, die Monate mußten überstanden werden. Sie verharrte in totaler Lethargie. John Taylor war der einzige, der sie gelegentlich aktivieren konnte.

Als er ihr im März mitteilte, daß die Zahlen exzellent waren, sogar die kühnsten Erwartungen übertrafen, bat sie zur ersten Vorstandssitzung in ihre neuen Räume ins *Pierre*. Keiner, auch nicht David, hatte sie bisher gesehen. »Warte ab, bis alles fertig ist«, hatte sie ihn erst unlängst wieder vertröstet.

Am Union Square gab es die wildesten Gerüchte. Man spekulierte über goldene Wasserhähne, echte Marmorsäulen und gigantische Wandmalereien in Mayas neuem Reich. Sie hatte, als John Taylor ihr die Flüsterpropaganda zutrug, darüber nur lachen können. Denn alles und mehr war wahr. Der Eklat war vorprogrammiert.

Als Grace ihr meldete, daß die Limousinen der Herren in der Tiefgarage angekommen waren, zog sie sich in ihr privates Bad zurück, das sich an ihr Büro anschloß, und legte sich eine Line.

Noch ein prüfender Blick in den Spiegel – mit einem Ruck riß sie sich ein weißes Härchen aus der Nase, das sie störte –, dann schob sie den Spiegel vorsichtig zur Seite und klopfte auf eine bestimmte Stelle der Wand. Lautlos glitt die Verkleidung nach oben und enthüllte neun kleine Monitore, einen für jeden Raum der Büroetage.

Das war allein ihr Geheimnis, selbst Grace und John ahnten nichts: Maya von Miller konnte ihr neues Reich bis in den letzten Winkel kontrollieren. Sie schob den Frisierstuhl in Position, nahm die Fernbedienung aus einem Fach in der Wand und schaltete sich in den Konferenzraum ein, in den die Herren gerade Einzug hielten. Genüßlich beobachtete sie, wie David & Co schweigend herumstanden, und sie konnte deutlich verstehen, wie Grace sagte: »Frau von Miller läßt sich noch ein paar Minuten entschuldigen.«

Zufrieden nickte Maya auf ihrem Posten und rückte noch ein bißchen näher an den Bildschirm. Selbst auf dem kleinen Monitor sah der Saal beeindruckend aus: peach-schwarz der in Quadraten verlegte Marmor auf dem Boden, die Wände schwarz-peach gestreift und über und über mit kleinen exotischen Vögeln bemalt, so plastisch, daß man meinen konnte, sie fliegen zu sehen. Die hohe Decke war schwarz lackiert und von unregelmäßig angeordneten Lichtspots durchsetzt, was wie ein Sternenhimmel wirkte. Es war die Konstellation der Sterne am Tag ihrer Geburt. Do hatte sie berechnet.

Der lange Besprechungstisch war mit burgunderrotem Leder bespannt, ebenso die zehn bequemen Sessel, einer davon, der ihre, hatte eine thronartig hohe Rückenlehne. Das Ganze war eine einzige Provokation, besonders, wenn man diesen pompösen Saal mit dem schlichten Konferenzraum am Union Square verglich.

Sie schaltete den Ton etwas lauter. So klar, als stünde sie direkt daneben, konnte sie hören, wie Katzenstein zu David sagte: »Du wirst dir etwas einfallen lassen müssen, wie du uns das hier erklärst. Du weißt vermutlich auch, daß sie sich einen Jet kaufen will, eine nagelneue Gulfstream IV. Listenpreis ohne Extras: zweiundzwanzig Millionen. Gestern habe ich den Auftrag auf meinen Tisch bekommen. Soviel wie sie in einem einzigen Jahr verschleudert hat, kann sie mit ihrem Promisender nie im Leben verdienen. Denk an meine Worte: Diese Frau wird dich ruinieren.«

Maya lauschte angestrengt, um Davids Antwort mitzubekommen. Der aber sagte nur: »Jeff, lassen wir das jetzt. Sie kann jeden Moment reinkommen.«

»Verdammter Feigling«, fluchte sie und streckte ihren rechten Mittelfinger in seine Richtung. Sie hatte genug gesehen und gehört, auf Knopfdruck schloß die Wand sich, schob sich der Spiegel zurück. »... und jetzt komme ich«, murmelte sie.

Als sich die Tür zwischen ihrem Büro und dem Konferenzraum automatisch öffnete, starrten die Herren ihr erwartungsvoll entgegen. Sie war froh, daß sie John Taylor nach Los Angeles geschickt hatte und sie ihm diese Sitzung ersparen konnte. Sie blieb gerade so lange in dem Türrahmen aus massivem Messing stehen, daß die Herren einen Blick auf den großen blattvergoldeten Spiegel werfen konnten, der ihren prunkvollen Schreibtisch reflektierte.

Graziös tänzelte sie dem Vorstand entgegen. Sie wußte, daß sie atemberaubend aussah. Ihr kastanienrotes Haar trug sie heute offen. Ihr graues Dior-Kostüm wirkte nur auf den ersten Blick dezent. Es war hauteng und formte ihre Figur perfekt. Der Rock war eine Idee zu kurz, und die Pumps waren jenen Zentimeter zu hoch, der Männer um den Verstand bringen konnte.

»Herzlich willkommen«, sagte sie mit einem unbeabsichtigt säuerlichen Lächeln. Sie hatte sich ein Krümelchen zuviel Kokain auf ihr Zahnfleisch gegeben, es wirkte wie vereist. Lautlos schloß sich die Tür hinter ihr.

Sie ging auf David zu, der wie die anderen stocksteif und sprachlos dastand. Er hatte zwar etwas Besonderes erwartet, auch etwas, das nicht seinem Geschmack entsprach, nicht aber diesen Prunk. Sie küßte ihn demonstrativ vertraut auf die Wange, was sie am Union Square nie getan hatte. Robert servierte Champagner.

»Auf die Zukunft«, prostete sie den Herren zu, »auf die Zukunft von NEED, auf Ihre, auf meine, auf unsere Zukunft.«

David entgegnete kurz und ohne sein Glas zu erheben: »Danke für die Einladung, Maya. Imposant, was du dir hier geschaffen hast. Mehr möchte ich dazu jetzt nicht sagen.«

»Das brauchst du auch nicht, mein Lieber. Meine Herren, lassen Sie uns beginnen.« Sie wies jedem seinen Stuhl zu. David durfte ihr gegenüber an der Längsseite Platz nehmen. Sie blickte von ihrem Thron aus auf den Central Park, er auf die Tür. Katzenstein verbannte sie an das äußerste Ende auf ihrer Seite des Tisches, so daß sie ihn nicht sehen mußte.

»Gnädige Frau«, meldete er sich sofort zu Wort, »darf ich, bevor wir mit der Tagesordnung beginnen, eine Frage stellen?«

»Nur zu, Jeff. Wo drückt der Schuh?« Sie beugte sich nicht einen Millimeter vor.

»Wie sollen wir diese für uns ungewohnte Pracht verbuchen?« Er hatte tatsächlich »für uns« gesagt. Bereits der zweite fatale Fehler, den er sich heute leistete.

»Ich glaube zwar nicht, daß Sie das etwas angeht«, wies Maya ihn zurecht. »Ich will es Ihnen dennoch gerne sagen. Sie werden eine Kostenstelle einrichten müssen. Mich wundert, daß Sie das noch nicht getan haben.«

»Sie verfügen über einen überaus großzügigen Repräsentations-Etat, gnädige Frau, aber der wird nicht reichen für das hier. Und«, er räusperte sich, wohl wissend, daß er nun eine Indiskretion beging, »und für den neuen Jet«, sagte er, nur mühsam Fassung wahrend.

»David, was meinst du?« wandte sich Maya an ihren Stiefsohn.

»Jeff, laß uns später darüber reden«, lenkte Miller-Wagenstein ein. Er mußte verhindern, daß sich sein bester Mann um Kopf und Kragen redete.

»O nein, mein Lieber, Jeff hat angefangen, und deshalb werden wir das jetzt ausdiskutieren«, entgegnete sie, ohne David anzusehen. Der wußte genau: Das war nicht der Ort und nicht die Zeit und schon gar nicht die richtige Besetzung für eine Diskussion über die Lebenshaltungskosten der Witwe seines Vaters. Und so sprach David aus, was sie zu hören wünschte: »Jeff, Frau von Miller verfügt über uneingeschränkte Weisungsbefugnis, auch dir gegenüber.«

»Danke, David. Können wir nun endlich auf unsere Geschäfte zu sprechen kommen? Katzenstein, wenn Sie erlauben.« In ihrem Amüsement lag ein gefährlicher Unterton. »Die Einführung von NEED läuft, wie ich höre, bestens. Die Einschaltquoten sind hervorragend, die Umsätze superb, die Werbezeiten für ein halbes Jahr ausgebucht. Welcher Sender kann das heute noch von sich behaupten? Wir liegen nicht nur im Businessplan, ich bin sicher, wir werden ihn übertreffen. Ich gehe noch weiter: Wir werden der erste Sender sein, der schwarze Zahlen schreibt, bevor ein Jahr vergangen ist.«

Sie machte eine kurze, nach Applaus heischende Pause. Als keine Reaktion kam, schob sie eine Aktennotiz mit den aktuellen Prognosen zu David hinüber und resümierte: »Wir haben NEED in Amerika also auf den Weg gebracht. Ich würde heute gern mit Ihnen meine Deutschlandpläne besprechen.«

»Entschuldige, wenn ich dich unterbreche«, sagte David. »Wieso Deutschland? Du weißt, daß wir mit Rupert Murdoch und seinen Leuten vielversprechende Gespräche in London hatten.«

»Die könnt ihr auch gern weiterverfolgen. Dennoch, glaubt mir, Deutschland ist der bessere Markt. Und es gibt dort genug potente Verhandlungspartner, die Rupert Murdoch durchaus das Wasser reichen können: Bertelsmann, Kirch, Burda, Wunderlich. Sie alle haben, wie ich weiß, Ambitionen im Tele-Shopping-Geschäft und Interesse an Kooperationen mit uns.« Maya schien, wie immer, bestens vorbereitet. Dabei lag vor ihr lediglich eine Liste der deutschen Privatsender und ihrer Inhaber sowie ein Artikel aus dem deutschen Info-Magazin *Focus*, Unterlagen, die Grace ihr aus dem Internet besorgt hatte.

»Wir werden das gern prüfen«, sagte David unverbindlich.

»Wunderbar. Ihr habt genug Zeit. Ich werde erst Anfang Juni nach Deutschland gehen. Aber ich wüßte gern in zwei Wochen, mit wem ich dann verhandeln kann.« Der Seitenhieb galt Katzenstein, der bisher alle internationalen Verhandlungen des Konzerns persönlich geführt hatte.

»Was tust du plötzlich in Deutschland?« fragte David, der sich erinnerte, daß seine Stiefmutter zumindest während ihrer Ehejahre nicht ein einziges Mal in ihrer alten Heimat gewesen war.

Maya nahm Sam Savilles Brief, den sie all die Wochen wie einen Augapfel gehütet hatte, zur Hand und las ihn vor, Wort für Wort betonend.

»Glückwunsch.« Wieder blieb David nichts anderes übrig, als ihr zu gratulieren. Der GOLDENE ADDY war in der Tat eine besondere Auszeichnung, bedeutete nicht nur eine große Ehre, sondern war ein eindeutiges Signal der bedeutenden Agenturen, den neuen Sender bei der Verteilung des Werbekuchens zu berücksichtigen, war also bares Geld wert.

Maya sah auf die Uhr. Genau eine halbe Stunde hatte die Sitzung gedauert, das reichte. Sie brauchte einen Schluck. »Meine Herren, das war's für heute.« Sie wandte sich an ihren Stiefsohn: »David, mach du bitte weiter, ich habe noch zu tun. Ich hätte übrigens nichts dagegen, wenn ihr die Besprechung am Union Square fortsetzt, ich sehe doch, daß ihr euch hier bei mir nicht wohl fühlt.«

Kaum hatte sich die Tür hinter ihr geschlossen, stellte Katzenstein fest: »Meine Herren, Frau von Miller hat uns soeben rausgeschmissen.«

»Von Berlin aus gehen wir nach München«, eröffnete Maya von Miller Grace Siegel die ersten Details ihrer Reisepläne. Sie hatte sich mit Do abgestimmt und die Route festgelegt. Erst heute morgen hatte ihr der Architekt mitgeteilt, daß sie nunmehr am 15. Juni endlich ins *Pierre* einziehen konnte. Do hatte ihr gesagt, daß München einen wichtigen Platz in ihrem Leben einnehmen würde, und so faßte sie just in diesem Moment einen Entschluß: »Liebchen, ich will mir in München ein Haus kaufen. Sie können schon mal Angebote anfordern.«

»An was denken Sie?« Grace hatte sich angewöhnt, immer sofort nachzuhaken, wenn sie etwas nicht gleich verstand.

Verträumt lehnte Maya sich in ihrem Sessel zurück und beschrieb ihr Traumhaus: »Eine alte Villa muß es sein, mitten in einem Park, eine Mauer möchte ich haben, eine schöne, hohe Mauer rund um meinen Park. Und das Haus muß in möglichst perfektem Zustand sein. Ich bin die Renoviererei leid und möchte umgehend einziehen können. Man weiß ja nie, wie es hier weitergeht.«

»Ich will mein Bestes tun, aber ich werde ein paar Tage brauchen. Wie lange sollen wir für München einplanen?«

»Vielleicht eine Woche? Buchen Sie eine Suite im Hotel Bayerischer Hof mit Blick auf die Theatinerkirche.«

»Sie kennen sich aber gut aus.«

Maya lachte auf. »Und ob ich mich in München auskenne. So, das wär's für heute, Liebchen, an die Arbeit.«

»Herr Miller-Wagenstein wartet noch auf Ihren Rückruf.« Pflichtgemäß gab Grace Siegel seine Bitte weiter.

»Na, dann verbinden Sie mich doch mal.«

»Maya, wir sollten einmal in Ruhe miteinander reden. Wie wäre es mit heute abend?« meldete sich David.

Sie überlegte kurz, ob sie ihm einen Korb geben sollte. Heute abend kam der neue Masseur, und eigentlich hatte sie danach Prinz Dimitri eingeplant. Gestern nacht war sie leider nicht ganz auf ihre Kosten gekommen, sie hatte zuviel geschnupft oder getrunken oder beides. Andererseits war sie sich bewußt, daß sie in der Konferenz übers Ziel hinausgeschossen war, und sie wollte es sich mit David nicht ganz verderben. Zwar brauchte sie für den Jet, das Haus in München, die wahren Kosten des *Pierre* nicht seine Zustimmung, aber sein Goodwill konnte nicht schaden. Auch Do hatte ihr kürzlich zu etwas mehr Diplomatie geraten.

Also säuselte sie ins Telefon: »Eigentlich hatte ich heute abend etwas anderes vor, David. Aber wenn es dir so wichtig ist, könnte ich es verschieben.«

»Ich bitte dich darum. Wie wär's, wenn wir in Vaters Haus essen?«

›Vaters Haus‹, dachte sie wütend, ›ist immer noch mein Haus‹, sagte dann aber: »Komm nicht zu spät, ich erwarte dich um halb neun.«

David Miller-Wagenstein war pünktlich, und Maya ließ ihren Stiefsohn nur fünf Minuten warten. Als sie ihm auf der freischwingenden Eschenholztreppe entgegenkam, stockte ihm der Atem. Sie sah einfach hinreißend aus in diesem schwarzen hautengen Anzug, dem Marabujäckchen und den Pantoletten mit Pfennigabsatz. Ihm fiel auf, daß sie ihre Zehennägel nicht lackierte, was er ungemein erotisch fand. Er haßte sich dafür, aber er konnte nicht verhindern, daß er eine Erektion bekam. Umgehend nahm er an dem Tisch Platz und legte seine Serviette auf den Schoß.

»Maya, deine Köchin ist ein Genie. Die Languste war superb. Und die Limonencreme!« Nach dem Essen ging David um den Tisch herum und schenkte Maya Wein nach.

Sie drückte den Serviceknopf. »Räumen Sie ab und lassen Sie uns dann allein, Robert«, befahl sie dem Butler.

Maya war mit sich und ihrer kleinen Inszenierung sehr zufrieden. Selbstverständlich hatte sie registriert, daß er beeindruckt war, noch nie hatte sie ihre Wirkung verfehlt, wenn sie mit ihm allein war. Nun wartete sie darauf, daß David zur Sache kam.

Er führte sie zu einem der beiden schwarzen Corbusiersessel in der Bibliothek. »Von hier aus sieht unsere Rotbuche so geheimnisvoll aus. Weißt du eigentlich, daß Vater sie am Tag meiner Geburt selbst gepflanzt hat, in unserem Park von Rhinebeck, im Garten von Mutters Haus? Später hat er sie hierher umsetzen lassen.«

»Ach ja? Wie romantisch«, sagte Maya. Alan hatte ihr die Geschichte wohl hundertmal erzählt. Sie haßte den Baum, die Farbe seiner Blätter, dieses Rot, das sie an schmieriges Menstruationsblut erinnerte. Am liebsten würde sie die Buche fällen lassen.

David nippte an seinem Cognac und versuchte, ihren Blick einzufangen. »Maya, ich mache mir Sorgen um dich. Du bist in letzter Zeit so nervös.« Er hatte seinen Sessel näher an den ihren gerückt. Sie spielte mit der Zigarettenspitze, er reichte ihr Feuer. »Wir haben uns mit NEED Großes vorgenommen. Wir alle wollen, daß es dein Erfolg wird. Aber wir müssen an einem Strang ziehen.«

Sie wollte ihm sagen, daß sie diesen schulmeisterhaften

Ton schon bei seinem Vater nicht hatte ausstehen können, entschloß sich dann aber doch zu einem nichtssagenden »Da bin ich ganz deiner Meinung«.

»Dann laß mich bitte konkret werden. Es geht mir grundsätzlich um zwei Dinge. Zunächst müssen wir über die Kompetenzen bei NEED reden. Katzenstein ist ein überaus tüchtiger Mann, er hat mehr Erfahrung und mehr Geschick als wir beide zusammen. Warum willst du dich plötzlich in die Verhandlungen einmischen? Laß Katzenstein die Geschäfte in Deutschland einfädeln ...«

»Dagegen habe ich gar nichts einzuwenden. Aber ...«

»... aber was?«

»Deutschland ist meine Heimat, mein Terrain. Und die Entscheidung, mit wem wir uns in Deutschland zusammentun, die treffe ich, nicht Katzenstein. Ich will persönlich mit Leo Kirch, Mark Wössner, Hubert Burda, Friedrich Wunderlich reden. Die Verträge, die kann gern Katzenstein verhandeln.«

»Wenn wir uns darauf einigen können, sind wir schon ein ganzes Stück weiter.« David war froh, daß das Gespräch sich auf einer so sachlichen Ebene bewegte. »Ich tendiere übrigens eindeutig zu Bertelsmann.«

»Ich bin nicht unbedingt für Allianzen mit den Größten. Groß sind wir selbst. Aber du wolltest mit mir über zwei Dinge sprechen ...«, erinnerte sie ihn. Er räusperte sich, stand auf und stellte sich mit dem Rücken zu der Buche, so daß sein kahler Kopf rot angestrahlt war. Er sah lächerlich aus, sie kicherte lautlos in ihre hohle Hand.

Er reagierte nicht darauf, sondern fuhr fort: »Es geht um unser Image. Ich lebe sehr zurückgezogen. Mein Vater war ein feiner Mensch, der dezent und im stillen wirkte ...« Sie wollte ihn unterbrechen, aber David winkte ab. »Du hast seine Lebensphilosophie mit deinem Konzept für NEED genial umgesetzt. Du selbst allerdings, du tust genau das Gegenteil.«

»Wie meinst du das?«

»Das Pierre, der neue Jet, dein ganzer Lebensstil ...«

»Dein Vater hat mir nicht die Nutznießung über die Hälfte seines Vermögens hinterlassen, damit ich in Sack und Asche gehe. Was ich damit mache, ist doch wohl meine Sache.«

»Ja und nein. Du kannst selbstverständlich leben, wie du möchtest. Aber ich halte es nicht für klug, die Öffentlichkeit daran teilhaben zu lassen. Wie ich höre, willst du dein Apartment im Pierre und den neuen Jet von Architectural Digest fotografieren lassen. Und Grace berichtete mir auch, daß die große Pressekonferenz für unsere Einführungskampagne ebenfalls im Pierre stattfinden soll. Ich rate dringend davon ab. Vater wäre entsetzt.«

»Du und dein Vater ...«, antwortete sie und spürte, wie sie dabei war, die Fassung zu verlieren. Was fiel Grace ein, mit David über solche Interna zu sprechen? Mit einem Ruck erhob sie sich aus ihrem Sessel. »Bin gleich wieder bei dir.« Sie ließ die Tür zum Entree offen, David konnte hören, daß sie mit dem Lift in ihre Etage hinauffuhr.

Oben im Bad zog sie so hektisch eine Schublade heraus, daß sie zu Boden fiel. Zitternd fingerte sie ein Briefchen Kokain hervor und legte sich auf den Kacheln ihres Waschtischs eine Line. Auf die Wirkung wartend, stand sie regungslos am Fenster und starrte auf den Wipfel der Buche. Warum tropfte es rot aus den Blättern? Mit einem Knall ließ sie die Jalousie herunter.

»Pardon, David, wo waren wir stehengeblieben?« Lächelnd nahm sie wenige Minuten später wieder in dem tiefen Sessel Platz. Sie hatte die Lippen nachgezogen und sich frisch mit Chanel No. 5 eingesprüht.

David beugte sich zu ihr hinüber und versuchte ihren Blick festzuhalten. »Maya, was ist mit dir? Ich verstehe dich nicht mehr.«

Sie lachte laut auf. »Darf ich dich korrigieren? Du hast mich nie verstanden.«

»Dann hilf mir. Sag mir, was mit dir los ist, damit ich dich verstehen kann.«

Das Kokain wirkte, und wie es wirkte. Was Dimitri ihr gegeben hatte, war exzellenter Stoff.

Sie setzte sich sehr aufrecht, fixierte David mit ihren eisblauen Augen, und dann sprudelte es nur so aus ihr heraus: »Hör mir einmal gut zu, mein lieber David. Es war nicht leicht für mich, all die Jahre mit deinem Vater zu leben. Mit seinen Ansprüchen, seiner Krankheit, seinen Marotten, immer in seinem Schatten. Du weißt, wovon ich spreche, du kannst mir nicht weismachen, daß du nicht unter ihm gelitten hast. Ich habe mich von ihm befreit und von der Frau, die ich an seiner Seite war. Ich bin wieder ich. Daß ich mir das leisten kann, dafür werde ich Alan ewig dankbar sein. Und wenn du meinst, meine neue Wohnung im Pierre und meine Gulfstream lassen sich nicht mit meinem Image vereinbaren, dann zeigt das nur, wie hoffnungslos spießig du bist.«

»Nicht in diesem Ton, Maya.« David machte einen Versuch, sie zu unterbrechen, aber sie schien ihn gar nicht zu hören.

»Und was meine Deutschlandpläne angeht: Du kannst nicht so dumm sein, meine Absicht nicht zu erkennen. Ich komme aus anderen Verhältnissen als ihr, und ich bin mehr als einmal von Leuten wie euch gedemütigt worden. Es gibt da einige Menschen, denen ich zeigen möchte, daß ich es auch ohne sie geschafft habe. Und NEED wird mir dabei helfen.«

»Maya, NEED ist nicht deine Privatangelegenheit. Sag mir, was du vorhast, und wir werden gemeinsam eine Lösung finden.« David empfand plötzlich so etwas wie Mitleid mit dieser Frau. Sie wandte ihm zwar den Rücken zu, aber ihr Gesicht spiegelte sich in der Glaswand im Schein der Blutbuche, er sah, wie nervös sie war. Sie drehte sich zu ihm um, sie hatte Tränen in den Augen. Er legte seinen Arm um ihre Schultern und spürte, wie sie zitterte.

»Bitte geh, laß mich allein«, sagte sie. Er wollte noch seinen Cognac austrinken. Aber sie nahm ihm das Glas aus der Hand. »Sofort.«

Nachdem David gegangen war, rief sie nach Klara: »Lassen Sie mir ein Lavendelbad ein. Aber dalli.«

Das Dienstmädchen mußte ihr den Rücken bürsten, die Beine, die Arme, den Nacken und die Kopfhaut massieren. Maya hielt ihre Augen geschlossen, kein Wort, kein Seufzer des Wohlbefindens, eisernes Schweigen. Schließlich stieg sie aus der Wanne, ließ sich abfrottieren und von Kopf bis Fuß mit einer *Queen Bee*-Lotion einreiben. »Sie können jetzt Feierabend machen«, entließ sie Klara. Es war halb eins, morgens um sechs hatte ihr Dienst begonnen.

Kurz darauf lag Maya nackt und mit breit gespreizten Beinen auf ihrem Bett und starrte ins Dunkel. Sie mußte nachdenken. Sie durfte keinen Fehler machen. Ihre Gedanken drehten sich im Kreis, schneller und schneller; blitzartig tauchten Bilder aus ihrer Vergangenheit auf. Zwischen Traum und Tag sah sie sich als junge Frau, sah Gesichter, die sie längst vergessen hatte, sah ihren Vater auf dem Totenbett, ihre Mutter, die seitdem kaum noch ein Wort gesprochen hatte, sah einen Mann, der vor ihr weglief, und eine Frau, die ihr Glück in den Händen trug. Sie wußte nicht, ob sie wach war oder schon schlief, sie schwebte in einem Dämmerzustand. Doch bevor sie ihren Gedanken entfliehen konnte, wurde ihr Körper mit ungeheurer Kraft auf das Bett gepreßt. Sie versuchte, sich aufzubäumen, denn was da völlig überraschend über sie kam, war schieres Entsetzen.

Es kam in Form einer roten glibbrigen Masse, die aus dem Nichts auf sie herabtropfte. Maya von Miller war wie gelähmt, sie riß die Augen auf und ballte die Fäuste. Es kroch in sie hinein, quoll in ihrem Körper auf. Es preßte sich aus den Poren, ein roter Strom schwappte aus ihrem Mund auf die Brust, rote fadenfeine Blutbäche liefen ihr aus Ohren und Nase. Es bemächtigte sich ihrer ganz und gar. Nur ihre Augen blieben verschont, so daß sie deutlich sehen konnte, wie sich das Rot in die Gestalt eines Neugeborenen verwandelte, eines Kindes mit dem Gesicht einer erwachsenen Frau.

Maya wollte vor ihm fliehen, wälzte sich aus dem Bett auf den Boden. Sie krümmte sich und glaubte zu schreien. Aber sie preßte nur ein Krächzen heraus.

Wie ein Roboter bewegte sie sich hinüber zu dem großen Spiegel im Ankleidezimmer. Was sie da sah, ließ ihren Atem stocken: ein entstelltes Wesen, finster und furchterregend. Mit einer abrupten Drehung wandte sie sich ab, sie fürchtete sich vor sich selbst.

»Sch, sch, sch«, versuchte sie sich zu beruhigen, wiegte sich langsam nach rechts und nach links, schlang die Arme um ihren Körper, streichelte sich, trat ganz nah an den Spiegel heran, versuchte, in sich hineinzusehen. Sie mußte die Augen schließen, sie konnte ihr Gegenüber nicht ertragen.

Endlich fand sie sich unter der Dusche wieder, strahlte sich von oben bis unten ab, nahm ein warmes Tuch von der Heizstange, hüllte sich hinein und schlich zurück ins Schlafzimmer, legte sich zitternd aufs Bett und griff zum Telefon.

»Do«, flüsterte sie, als sich nach dem dritten Klingeln eine Frauenstimme meldete.

»Maya, bist du's? Um Himmels willen, was ist los mit dir?«

»Ich habe Angst.«

»Ich weiß.«

Noch in der Nacht rief David Miller-Wagenstein seinen Freund und Anwalt Dr. Mick Friedan an. Er schilderte ihm seinen Abend mit Maya.

»Was kann ich für dich tun?« fragte Friedan.

»Ich glaube, wir sollten uns einmal mit ihrer Vergangenheit beschäftigen.«

DIE TOCHTER

»Maya v. Miller, 50, Präsidentin des amerikanischen Tele-Shopping-Senders NEED, erhält am kommenden Mittwoch in Berlin den GOLDENEN ADDY, die höchste Auszeichnung der International Advertising Academy (IAA). Die IAA veranstaltet zum erstenmal ihre Jahrestagung in der deutschen Hauptstadt. Die Preisträgerin, Witwe des New Yorker Medien-Tycoons Alan Miller-Wagenstein, ist eine gebürtige Deutsche und wird in der aktuellen *Forbes 400*-Liste als eine der reichsten Frauen der Welt geführt. Zu der Veranstaltung im Ballsaal des Hotel *Adlon* werden die Inhaber der wichtigsten Werbeagenturen der Welt sowie zahlreiche Topmanager der deutschen Wirtschaft erwartet. Den Abend moderiert David Letterman, der bekannte amerikanische Talkmaster, Ehrengast ist der spanische Weltstar Julio Iglesias.«

Elisabeth Wolff, die Chefredakteurin von *Mona Lisa*, hielt sich die Meldung aus der *Berliner Morgenpost* dicht vor ihre dicken Brillengläser. Redaktionskonferenz bei Deutschlands einziger ernstzunehmender Frauenzeitschrift, Themenverteilung für die kommenden Ausgaben.

»Glamourös. Ein bißchen siebziger Jahre. Aber die Dame hat was«, kommentierte sie das Foto und warf den Zeitungsausschnitt in die Mitte des Konferenztisches. »Da muß jemand hin. Wer hat noch nicht, wer will noch mal?«

Es meldete sich Alexa Schwarz, die Society-Reporterin von *Mona Lisa*, eine ehrgeizige Achtundzwanzigjährige, eine junge Frau von eher herber Schönheit, die es sich immer wieder gefallen lassen mußte, mit dem Berliner Topmodel Nadja Auermann verglichen zu werden. Manchmal gefiel ihr das, manchmal überhaupt nicht, wie neulich, als sie um ein Autogramm gebeten wurde und der junge Mann absolut nicht glauben wollte, daß sie nicht Nadja war. Trotz ihrer 1 Meter 85 wirkte sie zierlich. Ihr strohblondes Haar war glatt, kinnlang und stumpf geschnitten. Sie schminkte sich kaum und hatte eine Vorliebe für kurze Röcke und kniehohe Lederstiefel, auf die sie auch im Sommer nicht verzichtete. Ihre Stimme war hell, fast kindlich, was dazu beitrug, daß sie wesentlich jünger – und harmloser – wirkte, als sie war.

Seit Alexa Schwarz bei *Mona Lisa* arbeitete, hatte sie keinen festen Freund mehr. Der letzte, Reiner Bach, ein Kommilitone, mit dem sie während ihres Germanistik-Studiums zwei Jahre unzertrennlich gewesen war und der sie gleich nach dem Examen hatte heiraten wollen (»Drei Kinder, bevor du dreißig bist«), war ihr im Laufe ihrer ersten Reportertermine abhanden gekommen. Sie hatte ihm nicht nachgeweint.

Alexa liebte ihren Job, und sie machte ihn verdammt gut. Ihre Geschichten über die Reichen und die Schönen hatten Witz und Charme und zeichneten sich dennoch durch eine gewisse Ernsthaftigkeit aus. Sie versuchte – und meist gelang es ihr auch –, einen Blick hinter die glitzernde Fassade zu werfen. Schicksal interessierte sie mehr als der schöne Schein.

»Das Bessere ist der Feind des Guten«, hatte sie schon als Kind altklug zum besten gegeben. Ihre Stärke war, daß sie jeder Story, jeder Person einen originellen Aspekt abgewinnen konnte, daß sie sorgfältig und hartnäckig recherchierte und sich von Klischees nicht beirren ließ.

Die gesellschaftlichen Ereignisse des letzten Jahres hatten sie endgültig zum Star der Redaktion gemacht. Allein mit der Ermordung des italienischen Modeschöpfers Gianni Versace war sie dreimal auf den Titel von *Mona Lisa* gekommen. Ihre Reportage über einen Tag vor dem Mordhaus in Miami druckten sogar die renommierte englische Tageszeitung *The Guardian* in ihrer Europa-Ausgabe und die *New York Times* in ihrer Sonntagsbeilage nach. Ihr Porträt über Donatella Versace und ihre Tochter Allegra, Giannis Universalerbin, war ebenso sensibel und menschlich wie decouvrierend, was die Usancen einer ganzen Branche betraf. Alexas Serie »Ruhm – um jeden Preis« endete just in der Woche, als Prinzessin Diana und ihr Freund Emad (»Dodi«) al-Fayed in Paris tödlich verunglückten.

Es traf sich gut, daß eine ihrer ersten Reportagen für *Mona Lisa* ein Porträt über Dodis Vater Mohamed al-Fayed gewesen war, jenen Ägypter, der gleich drei Symbole des europäischen Luxus besaß: in Paris das Hotel *Ritz* an der Place Vendôme und die Windsor-Villa am Bois de Boulogne, in London das Kaufhaus *Harrods*. Damals hatte sein Sohn sie in Paris ausgeführt. Eine Nacht lang tanzte sie mit Dodi, der es als Produzent des Kinofilms »Die Stunde der Sieger« Anfang der achtziger Jahre immerhin zu Oscar-Ruhm brachte, im *Les Bains Douche*, und seitdem hatte sie den Kontakt zu den al-Fayeds nie ganz abreißen lassen.

Mohamed al-Fayed ließ ihr eine offizielle Einladung zu den Trauerfeierlichkeiten für Prinzessin Diana in London zukommen. Entsprechend authentisch war ihr Bericht aus der Westminster Abbey.

Zuletzt hatte sie eine Serie unter dem Titel »Scheitern als Chance« geschrieben, die u.a. Porträts über Margarethe Schreinemakers, Peter Graf, Jürgen Schneider, O. J. Simpson und Konstantin Wecker beinhaltete. In einer Folge beschäftigte sie sich auch mit der CDU-Politikerin Vera Lengsfeld, der ehemaligen DDR-Oppositionellen, die jahrelang von ihrem Mann bespitzelt worden war und deren Leben nun in Hollywood mit Meryl Streep in der Hauptrolle verfilmt werden sollte.

Gerade liefen die Recherchen für ihre nächste große Serie: »Social Climbers – Die neuen Aufsteiger« hieß der Arbeitstitel. Aktuelles Beispiel war die Hochzeit einer jungen Münchnerin mit dem 35 Jahre älteren, unermeßlich reichen Ismaelitengott Karim Aga Khan. Die neue Begum Inaara (»Licht«) hieß ursprünglich einmal Gabriele Homey. Sie war promovierte Juristin, geschiedene Prinzessin von Leiningen und hatte durch die diversen Ehen ihrer Mutter schon vorher zweimal einen neuen Namen angenommen. Gabriele Homey – Dr. Gabriele Wunderlich – Dr. Gabriele Thyssen – Prinzessin von Leiningen – Begum Inaara, ein gesellschaftlicher Aufstieg ohnegleichen. Die Mutter der Begum war die erstaunliche, für ihre Tüchtigkeit gerühmte Renate Thyssen-Henne. Als sehr junge Frau hatte sie in Bottrop mit der Erfindung von Erfrischungstüchlein (»Seifrisch«) ihre Karriere begründet und es später in München mit dem Kauf und Verkauf der Hähnchenkette *Wienerwald* zu einem beträchtlichen Vermögen gebracht. In fünfter Ehe mit einem bayerischen Mercedes-Händler verheiratet, waren Renate Thyssen-Henne und ihre Familie schon seit Jahren Lieblingsobjekte der Regenbogenpresse, und gelegentlich hatten Mutter und Tochter verblüffend offene Interviews gegeben.

Der gesellschaftliche Aufstieg der Tochter übertraf den der Mutter. Und all diejenigen, die den beiden ehrgeizigen Frauen den Erfolg nicht gönnten – davon gab es viele –, waren nun Lügen gestraft. Alexa prophezeite der jungen Begum und ihrer Mutter einen phänomenalen Erfolg in der internationalen High-Society.

Das war eine Story ganz nach Alexas Geschmack. Das Leben schrieb die besten Romane.

»Maya von Miller, seltsamer Name. Wie hätten Sie's denn gern?« fragte Alexa die Chefredakteurin. »Ist sicher mehr als was Nettes für unsere Party-Seiten? Könnte unter Umständen was für meine ›Social Climbers‹-Serie sein ...«

»Sieht ganz danach aus. Wenn nicht die, wer dann? Diese Frau kommt aus Deutschland. Sie ist die Präsidentin eines amerikanischen TV-Senders und will ihr Feld auch bei uns bestellen. Außerdem ist sie eine der reichsten Frauen der Welt. Eine schöne Witwe noch dazu. Hört sich nicht schlecht an. Also, ich will die ganze Story. Wo kommt sie her, wo will sie hin? Knack sie, exklusiv für Mona Lisa, das versteht sich von selbst, nicht wahr, Alexa?«

Wie immer waren die grauen Jalousien vor den Fenstern des Konferenzraums im 13. Stock des Europacenters heruntergelassen, den spektakulären Blick über Gedächtniskirche, Kurfürstendamm und Bahnhof Zoo verbannend.

»Wir gehen hinunter, wir sehen nicht hinab«, pflegte Elisabeth Wolff anzumerken, wenn sie darauf angesprochen wurde.

Die *Mona Lisa*-Chefredakteurin war eine kleine burschikose Frau, grauhaarig und von gewaltigem Körperumfang, aber eine dieser Frauen, denen ihre Korpulenz gut stand. Dicke, schwarz umrandete Brillengläser verkleinerten ihre Pupillen auf die Größe von Stecknadelköpfen. Sie war sechzig Jahre alt, Chefredakteurin und Verlegerin in einem. Ihr Blatt hatte sie vor dreißig Jahren allein, ohne die Unterstützung eines Großverlages gegründet und beharrlich und über etliche Klippen hinweg zum heutigen Erfolg geführt.

Mona Lisa erschien wöchentlich und war eine Mischung aus Reportagemagazin und Journal des Luxus und der Moden. Personality-Porträts, cleverer Klatsch – »educated gossip« nannte Elisabeth Wolff es, sie hatte ein Faible für Amerikanismen –, Unterhaltungsthemen und Lifestyle hatten denselben Stellenwert wie Politik, Wirtschaft, Medien und Kultur. Für das Blatt arbeiteten angesehene Autoren und Fotografen, und die Redaktion war im Laufe der Jahre mit allen wichtigen Journalismuspreisen ausgezeichnet worden.

Elisabeth Wolffs Devise lehnte sich an einen der Leitsätze des amerikanischen Medienforschers Neil Postman an und hieß: »Masse braucht Klasse.« Im letzten Quartal hatte sie zum erstenmal eine verkaufte Auflage von 750000 Exemplaren melden können. Damit lag *Mona Lisa* an vierter Stelle in der Liste der aktuellen Wochenzeitschriften, hinter *Stern, Spiegel, Focus*, vor *Bunte*.

Das, so hatte sie gefunden, mußte gefeiert werden, und Elisabeth Wolff lud ihre ganze Mannschaft zu sich nach Hause ein. Schon seit 1992 lebte sie in einer restaurierten Fabriketage in der Sophienstraße in Berlin-Mitte, in einem Haus, in dem Künstler ihre Ateliers, ein Buchverlag sein Archiv, eine Modedesignerin ihre Schneiderei, eine Schauspieleragentur ihr Büro hatten. Es war für Elisabeth Wolff selbstverständlich gewesen, ihre Villenetage im Grunewald aufzugeben und in den Ostteil Berlins zu ziehen – sie wollte dort alt werden, wo das Leben pulsierte.

Die Party hatte bis zum frühen Morgen gedauert, und im Laufe der Nacht waren fast alle Künstler und Galeristen aus dem Viertel vorbeigekommen. Zwischen ihnen und den Journalisten entspann sich eine heftige Diskussion über Mainstream und Elite, über Popkultur und Popularität. In der Woche darauf schrieb Elisabeth Wolff in *Mona Lisa* eines ihrer ausgezeichneten Editorials. Es ging um das Phänomen Prinzessin Diana und ihren Einfluß auf die Kunst. Elisabeth Wolff prophezeite eine Renaissance des Kitsch.

Alexa Schwarz hatte auf der Party einen New Yorker

Künstler kennengelernt, Joe Montoga, dessen Vater aus Buenos Aires, dessen Mutter aus Prag kam und der, des Kunstbetriebs von Manhattan überdrüssig, in einem Hinterhofatelier in der Linienstraße lebte und arbeitete. Sie mochte ihn, sie mochte ihn sogar sehr.

»Kann eine schöne große Strecke werden, sechs bis acht Seiten«, antwortete Elisabeth Wolff auf Alexas Frage nach dem möglichen Umfang der geplanten Story und fügte hinzu: »Natürlich nur, wenn die Dame hält, was die Morgenpost verspricht.«

Damit war das Thema für die Chefredakteurin abgeschlossen. Umständlich zog sie aus einem Stapel von Zeitungen und Akten, der wie ein Turm neben ihrem Schreibtisch emporragte, eine rote Pralinenschachtel heraus, klappte den Deckel auf, entnahm ein *Mon Chéri* und schob es sich genüßlich in den Mund. Jedesmal wenn Elisabeth Wolff eine gute Geschichte witterte, genehmigte sie sich etwas Süßes.

»Sonst noch jemand?« fragte sie in die Runde. Allgemeines Grinsen; niemals würde jemand wagen zuzugreifen.

Nach der Konferenz kümmerte sich Alexa Schwarz sofort um eine Einladung für die ADDY-Gala. Sabine Heldt, die PR-Managerin des *Adlon*, informierte sie, daß Manfred Schmidt, der für seine Medientreffs bekannte Kölner Impresario, die Veranstaltung organisierte. Alexa hatte schon öfter mit ihm zu tun gehabt und erwischte ihn unter der vierten seiner sieben Handy-Nummern in einem Café auf der Rambla in Barcelona.

»Wollen Sie gesetzt werden, Alexa?« fragte er.

»Ich bitte darum«, antwortete sie.

»Möglichst an der Seite eines attraktiven Herrn, der noch zu haben ist«, imitierte Schmidt ihre helle Stimme – er mochte die Berliner Reporterin. »Ich versuche mein Bestes«, versprach er und gab ihr noch schnell ein paar Details über den Ablauf des Abends: Cocktails um 20 Uhr, Dinner um 21 Uhr, Preisverleihung um 22 Uhr 30, um Mitternacht ein kleines Konzert mit Julio Iglesias. Fünfzehn Zehnertische, also nur 150 Gäste, die Crème de la crème der internationalen Werbeszene und der deutschen Wirtschaft.

»Und was wissen Sie über den Ehrengast? Diese Maya von Miller sieht auf dem Morgenpost-Foto ziemlich glamourös aus«, bohrte Alexa Schwarz nach.

»Persönlich kennengelernt habe ich sie bisher nicht«, mußte Schmidt zugeben. »Ich habe mit einer Grace Siegel zu tun, das ist ihre PR-Dame und wohl auch so etwas wie eine Privatsekretärin, ein bißchen arrogant, aber ganz okay.«

Er gab ihr die Durchwahl von Grace Siegel in Maya von Millers New Yorker Büro und verabschiedete sich mit einem launigen »Hasta la vista«.

Alexa tippte die Nummer sofort in das Adreßverzeichnis ihres Powerbooks ein und wählte. Grace Siegel kam direkt an den Apparat und begrüßte Alexa, die damit in keiner Weise gerechnet hatte, wie eine gute Bekannte: Maya von Millers Public Relations Director kannte nicht nur *Mona Lisa*, sondern auch Alexa selbst.

»Getroffen haben wir uns zwar damals nicht, aber Sie haben vor zwei Jahren meine inzwischen verstorbene Chefin Pamela Harriman, die amerikanische Botschafterin in Paris, interviewt. Und das Porträt, das Sie daraufhin in Mona Lisa veröffentlicht haben, gehört zu den wenigen Artikeln, die ernsthaft versuchten, Pamela Harrimans vielfältiger Persönlichkeit einigermaßen gerecht zu werden«, brachte sie sich in Erinnerung. »Und nun arbeite ich für Maya von Miller.«

»Deshalb kam mir Ihr Name bekannt vor«, erinnerte Alexa sich nun auch. »Das trifft sich gut: Ich möchte gern ein ähnlich ausführliches Porträt über Ihre neue Chefin schreiben.« Vorsicht war die Mutter der Porzellankiste – sie hielt es für besser, zum jetzigen Zeitpunkt noch zu verschweigen, daß sie plante, das Porträt innerhalb ihrer »Social Climber«-Serie zu veröffentlichen.

»Das wird nicht ganz einfach sein. Frau von Miller hat, wie Sie sich vorstellen können, einen extrem engen Terminkalender. Was haben Sie denn mit ihr vor?«

»Ich möchte sie gern in Aktion erleben, zum Beispiel bei der ADDY-Verleihung in Berlin und bei dem einen oder anderen geschäftlichen und, wenn's geht, auch privaten Termin. Außerdem möchte ich sie gern ausführlich interviewen. Und selbstverständlich wollen wir sie fotografieren lassen«, ergänzte Alexa.

»Ziemlich aufwendig, das Ganze. Ich will Ihnen nicht allzu große Hoffnungen machen. Zuerst muß ich mit Frau von Miller sprechen.«

»Sagen Sie ihr bitte, daß wir an Fotografen wie Lord Snowdon, Richard Avedon oder Herb Neumann denken. Könnten Sie mir bitte auf jeden Fall vorab ein paar Informationen über Ihre Chefin schicken?«

»Sobald ich mit Frau von Miller gesprochen habe, faxe ich Ihnen gern unser Pressematerial«, versprach Grace Siegel.

Alexa machte sich im Computer einen Wiedervorlagevermerk und rief im Archiv des Axel Springer Verlages an, mit dem *Mona Lisa* einen Kooperationsvertrag hatte. Sie bestellte »alles über Maya von Miller«.

Schon zehn Minuten später bekam sie die Rückmeldung: »Negativ. Über eine Maya von Miller haben wir nur eine Morgenpost-Meldung.«

»Die hab ich schon gelesen«, sagte Alexa Schwarz. »Ich probier's über New York.«

In New York arbeitete sie mit Günter Krumminga zusammen, einem freien Journalisten, der ihr gelegentlich mit Recherchen aus amerikanischen Medien behilflich war. Es meldete sich sein Anrufbeantworter. Also gab Alexa ihm ihre Wünsche per e-mail durch: »Schick mir bitte die aktuelle Forbes 400-Liste und was über Maya von Miller in den letzten Jahren in den New Yorker Tageszeitungen und Magazinen gestanden hat. Die Vorauswahl überlaß ich dir. Bitte nicht mehr als zwanzig Seiten. Du weißt schon, Privates ist wichtiger als Busineß. Termin: so schnell wie möglich.«

Es war die erste große Auslandsreise, die Grace Siegel für Maya von Miller zu organisieren hatte. Der Wind, den die NEED-Präsidentin machte, stand dem ihrer früheren Chefin, der Botschafterin, in nichts nach.

Je näher der Tag der Abreise kam, desto unausstehlicher wurde Maya von Miller. Täglich mußte der Masseur kommen, stundenlang telefonierte sie mit Do, stündlich schmiß sie die Planung um – und dieser Prinz Dimitri ging mittlerweile allen auf die Nerven. Grace, die geglaubt hatte, mit Launen und Kapriolen umgehen zu können, stand am Rande eines Nervenzusammenbruchs. Und plötzlich war Maya von Miller die Freundlichkeit in Person.

»Wenn ich Sie nicht hätte«, sagte sie und überreichte Grace ein längliches Kästchen. »Sie haben ganze Arbeit geleistet.« Maya von Miller hatte am Abend zuvor in einer Biografie über Aristoteles Onassis, den verstorbenen griechischen Tycoon und Lebemann, der Jackie Kennedy zum zweitenmal zur Witwe machte, gelesen, daß man sich die Gunst auch des besten und treuesten Personals immer wieder neu erkaufen mußte. In einer alten Schmuckschatulle hatte sie eine kleine goldene Rolex gefunden, noch original verpackt, die Morgengabe eines früheren Liebhabers.

Die Hotelsuiten waren gebucht. In Berlin hatte Maya von Miller sich für das *Schloßhotel Vier Jahreszeiten* im Grunewald entschieden, dessen Einrichtung Karl Lagerfeld entworfen hatte. Im *Adlon*, wo die IAA für sie die Präsidentensuite mit Blick aufs Brandenburger Tor vorgesehen hatte, wollte Maya von Miller nicht logieren, im *Condé Nast Traveler* hatte sie über neugierige Touristen in der Hotelhalle gelesen. In München war sie wunschgemäß im *Bayerischen Hof* untergebracht, in Paris würde sie in einem der früheren Stadthäuser von Adnan Khashoggi residieren, das zum Verkauf stand. Grace hatte mit der Maklerin vereinbart, daß es Maya von Miller samt Personal zum Probewohnen zur Verfügung gestellt wurde. Gegen fürstliches Entgelt selbstverständlich.

Auch bei der Suche nach einer Villa in München war Grace fündig geworden. Ein smarter Immobilienmakler, ein Freiherr mit dem klingenden Namen Dido von Weitersheim, hatte nicht nur die interessantesten Angebote geschickt, er sah auch gnadenlos gut aus, wie Maya von Miller dem im Firmenportfolio abgebildeten Foto entnehmen konnte – und war seinem Vater wie aus dem Gesicht geschnitten. Wie klein die Welt war: Mit Hansi von Weitersheim hatte sie vor Urzeiten einmal eine kleine, heftige Affäre gehabt.

Das Verhältnis zwischen Maya und David nahm nach dem denkwürdigen Abendessen in Alans Haus eine verblüffende Wendung. Friedan hatte seinem Freund geraten, nicht auf Mayas Konfrontationskurs einzugehen. Er brauchte etwas Zeit für seine Nachforschungen und empfahl seinem Freund und Klienten, Maya unter allen Umständen auf ihrer Europareise zu begleiten. David hatte ihr daraufhin am nächsten Morgen eine Rispe weißer Orchideen geschickt, dazu eine Karte: »We NEED you«, was sie rührend fand und sie veranlaßte, sich ebenfalls zu entschuldigen: »Frauen meines Alters sind gelegentlich unberechenbar«, schrieb sie ihm.

Sie kamen überein, daß John Taylor, den sie ursprünglich hatte mitnehmen wollen, in New York die Stellung halten sollte, während Katzenstein und David mit ihr reisen und ihr einige Gespräche abnehmen würden. Zum Beispiel mit Rolf Schmidt-Holtz, dem Fernsehvorstand des Bertelsmann-Konzerns, mit Gottfried Zmeck, dem Chef der Pay-TV-Aktivitäten der Kirch-Gruppe, mit Dr. Georg Kofler von Pro 7, mit Fred Kogel von SAT.1.

Maya von Miller blieb dabei: Die Big Bosse gehörten ihr. Die entsprechenden Treffen zu arrangieren war nicht allzu schwierig gewesen: Den neuen Stern am internationalen Medienhimmel wollte jeder gern kennenlernen, zumal hinter ihr die mächtige Miller-Wagenstein-Gruppe stand. Leo Kirch lud sie in sein Privatkino ein, er wollte ihr einen Zusammenschnitt der Pretiosen seines Filmlagers zeigen, Friedrich-Carl Wunderlich sie zum Lunch im *Palais Garten* des *Bayerischen Hofs* treffen, Hubert Burda für sie ein Abendessen im kleinen Kreis von Medien- und Kulturleuten geben. Mark Wössner, der Vorstandsvorsitzende von Bertelsmann, würde sie mit Liz Mohn, der Frau des Firmengründers, bekannt machen, die die Stiftung Deutsche Schlaganfall-Hilfe leitete. Am meisten freute Maya sich auf ihr Treffen mit Friede Springer, die sie schon lange aus der Ferne bewunderte, sie lud zu einem Abendessen mit Konzert auf Schwanenwerder ein, in die legendäre Villa ihres verstorbenen Mannes, des Verlegers Axel Springer.

Noch befanden sich die Verhandlungen im Stadium des Sondierens. Was David und die Herren nicht vermutet hatten: Mayas Favorit Friedrich-Carl Wunderlich hatte sich im Laufe der Vorgespräche tatsächlich zu einem durchaus ernst zu nehmenden Kandidaten entwickelt. Außer dem Stammhaus, einem mittelständischen Zeitungsverlag mit dazugehörigen Druckereien, besaß er ein florierendes Versandgeschäft für Freizeitartikel mit exzellentem Vertriebssystem. Ausschlaggebend aber war, daß er über eine ungenutzte Satellitenfrequenz verfügte, die aus kartellrechtlichen Gründen keinem der großen deutschen Medienkonzerne zugeteilt werden konnte. Daß Wunderlich in einem finanziellen Engpaß steckte, war für Katzenstein ein mindestens ebenso zugkräftiges Argument, mit dem Münchner Verleger ins Gespräch zu kommen. Er freute sich schon auf die Verhandlungen – Notsituationen auszunutzen, Preise zu drücken war eine Katzensteinsche Spezialität.

Anna und Klara waren mit dem größten Teil des Gepäcks, Schrankkoffern, Kleidersäcken und Hutschachteln, bereits nach Berlin vorausgeflogen, Andrew mit dem Bentley ebenfalls. Maya von Miller mochte partout nicht ohne ihre Limousine reisen. Auch als Grace bei *Sixt* ein identisches Modell als Mietwagen aufgetrieben hatte, blieb sie dabei.

Grace und Robert würden mit einer Linienmaschine erst kurz vor ihrer Chefin in Berlin eintreffen. Maya von Miller wollte ihren ersten Langstreckenflug mit ihrem neuen Privatjet allein genießen. Prinz Dimitri, den sie gern an ihrer Seite gesehen hätte, mußte ihr einen Korb geben. Seine Begründung akzeptierte sie zähneknirschend: Sein Examen – der Gute studierte ernsthaft Economy – konnte nicht verschoben werden.

Die neue *Gulfstream IV* war ihr ganzer Stolz. Sie hatte den Jet anthrazit wie den Bentley spritzen lassen und Donatella Versace gewinnen können, die Innenausstattung zu besorgen, schwarz, rot, gold, ornamental, sehr exklusiv, sogar die Sitze der Piloten waren mit dem eigens für Maya gewebten Velours bezogen.

»Gibt es noch etwas, Grace?« fragte Maya, nachdem sie ihr die letzten Unterlagen für die Reise überreicht hatte.

»Ja, gnädige Frau, ich würde gern mit Ihnen einen Interviewtermin besprechen«, sagte sie.

»Lassen Sie mich doch damit in Ruhe. Sie wissen genau, daß ich jetzt noch keine Interviews gebe. Oder haben Sie auch das nicht verstanden?«

»Ich empfehle Ihnen, diese eine Ausnahme zu machen. Uns liegt eine Anfrage von Mona Lisa, einer renommierten deutschen Frauenzeitschrift, vor. Ein vernünftiger Artikel dort würde uns unsere spätere Pressearbeit in Deutschland sehr erleichtern. Alexa Schwarz, die Chefreporterin von Mona Lisa, kenne ich durch Pamela Harriman persönlich. Ich kann mich für die Qualität ihrer Arbeit verbürgen.«

Sie schob Maya von Miller drei Ausgaben von *Mona Lisa* über den Schreibtisch, in denen sie mit goldfarbenen Büroklammern Alexas Artikel markiert hatte.

»Was soll ich mit einem Mäuschen von Mona Lisa anfangen?« sagte Maya von Miller verächtlich und nahm mit spitzen Fingern ein Heft in die Hand. »Wenn schon deutsche Presse, dann eine Sibylle Zehle vom Manager-Magazin. Von mir aus auch jemand vom Spiegel oder vom Stern. Sie haben keine Ahnung von deutscher Presse, Liebchen.« Schon seit Wochen verfolgte Maya von Miller aufmerksam, was sich medienmäßig in Deutschland tat. Andrew brachte ihr täglich Zeitungen, Zeitschriften und Magazine, und sie verschlang jeden Artikel, den sie über ihre zukünftigen Gesprächspartner, deren Firmen und deren Privatleben finden konnte.

»Wenn ich Sie ausnahmsweise einmal korrigieren darf, gnädige Frau. Auch Ihre Exzellenz hat mit Mona Lisa gearbeitet. Es ist eine seriöse, erfolgreiche Zeitschrift mit einer Auflage von einer Dreiviertelmillion verkaufter Exemplare, was über drei Millionen Lesern wöchentlich entspricht. Und die Zielgruppe deckt sich weitgehend mit der Kundschaft, die wir in Deutschland anstreben. Sie bieten uns sechs bis acht Seiten und einen Fotografen unserer Wahl. Sie denken an ein Kaliber wie Lord Snowdon oder Herb Neumann …«

»Dann schauen wir uns das Heftchen doch mal an.« Maya von Miller war hellhörig geworden und blätterte schweigend in der Zeitschrift. Nach einer Weile sagte sie: »Holen Sie mir diese Alexa Soundso doch mal ans Telefon.«

Aus den Augenwinkeln hatte Grace beobachtet, wie ihre Chefin bei einer opulenten Fotostrecke von Herb Neumann über Ivana Trump hängengeblieben war. Sie hatte angebissen.

»Von Miller hier«, sagte sie, als Grace Siegel ihr den Hörer reichte. »Ihre Reportage über Ivana Trump hat mir gut gefallen. Wir können uns in Berlin kurz treffen, dann sehen wir weiter. Ich mache allerdings nur mit, wenn Neumann fotografiert, damit das klar ist. Snowdon ist mir zu langweilig, Avedon mag ich nicht. Neumann muß es sein. Grace Siegel wird sich mit Ihnen in Verbindung setzen.« Sie legte auf, ohne daß Alexa auch nur ein Wort sagen konnte.

Maya von Miller war überaus zufrieden: Manchmal passierten die Dinge einfach so. Diese Reise nach Deutschland ließ sich gut an. Sie würde sich einen Traum erfüllen: Maya von Miller, fotografiert von Herb Neumann.

Kurz darauf gab Grace Siegel Alexa telefonisch die vorläufigen Reisedaten durch, stellte die Fax-Unterlagen in Aussicht und bot ihr an: »Ich besorge Ihnen auch gern eine Einladung für die ADDY-Gala.«

»Nicht nötig«, bedankte sich Alexa, »habe ich schon erledigt. Aber wann kann ich Maya von Miller interviewen? Ich brauche mindestens anderthalb, zwei Stunden.«

»Ich glaube, ehrlich gesagt, nicht, daß es in Berlin klappen wird. Lassen Sie uns lieber gleich Paris einplanen: Sonntag, den siebenten Juni, um 12 Uhr 30 in der Avenue Montaigne Nummer 22. Paßt Ihnen das? Wir wohnen bei Khashoggis.

Herb Neumann kann dann am Montag, dem achten, seine Fotos machen. Sie können mich übrigens immer am besten über mein Handy erreichen.«

»Ich kann Herb Neumann also buchen? Und er kann im Haus von Khashoggi fotografieren?« vergewisserte sich Alexa. Das hörte sich gut an.

»Ja. Frau von Miller haßt Fotostudios.«

Wie in letzter Zeit häufig blieb Maya von Miller auch am Vorabend ihrer Reise länger im *Pierre*. Selbst in ihrem neuen Büro fand sie es mittlerweile gemütlicher als in Alans Haus. Sie genehmigte sich ein Glas Wodka und legte sich auf die kleine rote Chaiselongue, eine Kopie ihres geliebten Sofas.

Sie nahm die *Mona Lisa*-Hefte zur Hand und blieb bei einem Artikel von Alexa Schwarz hängen. Es war eine Reportage aus dem *Ritz*, nur wenige Tage nach dem Tod von Prinzessin Diana und Dodi al-Fayed geschrieben. Unter einem Foto stand: »*Mona Lisa*-Reporterin Alexa Schwarz im Gespräch mit Hoteldirektor Ferdinand Frey.« Maya von Miller hielt sich das Heft dicht vor die Augen. Das Foto war sehr klein, und sie konnte nur erkennen, daß Alexa Schwarz offensichtlich eine schlanke, blonde Person war.

Nachts hatte sie einen merkwürdigen Traum. Als sie mit ihrer *Gulfstream* zur Landung auf dem Berliner Flughafen ansetzte, war das Rollfeld über und über mit einer glitschigen Masse bedeckt, an der die Reifen kleben blieben. Sie weigerte sich, das Flugzeug zu verlassen, und mußte schließlich mit einem Rollstuhl zum Flughafengebäude gefahren werden.

Sie fand den Traum irgendwie amüsant. Daß die Masse Blut war, darauf kam sie nicht. Sie träumte in letzter Zeit immer in Schwarz-Weiß.

Alexa Schwarz gab Termine und Telefonnummern in ihr Powerbook ein und ging in die Fotoredaktion. Die Kollegin rief sofort bei der Agentin von Herb Neumann in Paris an. Sie hatten Glück. Neumann mußte zwar aus Nizza eingeflogen werden – er verbrachte die Wochenenden, so oft es ging, mit seiner jungen Familie in seinem Haus in Vence –, aber an dem fraglichen Tag war er noch frei.

Auch über das Honorar war man sich schnell einig. Starfotografen wie Neumann kassierten zwar Unsummen für Werbeaufnahmen, verlangten dagegen für redaktionelle Beiträge ein vergleichsweise bescheidenes Entgelt. Alexa ließ sich seine Telefonnummern geben. Sie wollte ihn später gemeinsam mit Detlef Strick, dem neuen Art Director von *Mona Lisa*, anrufen, um die Motive zu besprechen.

Auf dem Weg zurück in ihr Büro kam sie am Faxgerät vorbei. Krumminga hatte prompt geliefert und exakt zwanzig Seiten über Maya von Miller geschickt. Während sie einen *Vogue*-Artikel überflog, kam auch die Lieferung von Grace Siegel an, Maya von Millers Lebenslauf. Alexa las:

»Geboren am 13. April 1948 in München. Sternzeichen: Widder, Aszendent: Widder. Einzelkind.

Schulbesuch und Ausbildung in München.

Arbeit an Modekatalogen (*Quelle, Sonne* etc.).

Vater: Landschaftsarchitekt. Mutter: Hausfrau.

Verheiratet von 1984 bis zu seinem Tod 1996 mit Alan Miller-Wagenstein, New York/Palm Beach.

Seit 1997: stellvertretende Vorstandsvorsitzende der Miller-Wagenstein-Holding, Chief Executive Officer der TV-Gesellschaften NEED/USA und NEED/World.

Sprachen: Englisch, Deutsch, Französisch, Italienisch, Spanisch.

Hobbies: Mode. Das Leben der Herzogin von Windsor.«

Alexa stutzte, das las sich nicht sehr befriedigend. Was

sollte das heißen: Arbeit an Modekatalogen? Dennoch wollte sie es heute dabei belassen. Sie war mit Joe Montoga und seiner Clique im *Schwarzenraben*, einem In-Lokal in Berlin-Mitte, verabredet. An diesem Wochenende brauchte sie Ablenkung. Denn morgen war ein besonderer Tag. Morgen jährte sich zum erstenmal der Todestag ihrer Mutter. Und am Montag hatte sie einen Termin bei Dr. Leo Kohlhaas, dem Testamentsvollstrecker.

Friede Schwarz, die nicht ihre leibliche Mutter war, hatte Alexa zu sich genommen, als sie fünf Jahre alt war. Ein Jahr später, rechtzeitig vor Alexas Einschulung, wurde die Adoption amtlich.

Friede Schwarz hieß eigentlich Friederike Alexandra Freifrau von Schwarzenau. Aber auf das Tragen ihres Adelsnamens hatte sie nie Wert gelegt. Alexa wurde als Alexandra Sophie Gräfin von Hohenfeld in Paris geboren. Ihre leibliche Mutter war die Lieblingsnichte von Friede Schwarz, ihre Adoptivmutter also eigentlich ihre Großtante. Über die Umstände des Todes ihrer Eltern – auch ihr Vater war in der Nacht ihrer Geburt bei einem Autounfall ums Leben gekommen – hatte Friede Schwarz mit Alexa nie wirklich gesprochen.

Als sie mit zwölf Jahren zum erstenmal nach ihren Eltern fragte, gab Alexa sich mit Friedes Antwort, sie seien im Himmel, zufrieden und schloß sie seitdem in ihr Abendgebet ein. Ein Album mit Jugendfotos ihrer Mutter, das Friede Schwarz ihr damals gab, stellte sie mit einem unwirschen »*Du* bist meine Mutter« ganz hinten ins Regal.

Alexas Kindheit und Jugend waren ohne besondere Vorkommnisse glücklich verlaufen. Die Schule machte ihr Spaß, sie reisten viel. Friede und Alexa waren die besten Freundinnen. Erst an Alexas 17. Geburtstag kam es zwischen Mutter und Tochter zu einer ernsthaften Auseinandersetzung. Alexa war angetrunken von einer Party, die Freunde für sie gegeben hatten, nach Hause gekommen. Die Diskussion darüber führte Friede mit einer solchen Heftigkeit, daß Alexa die Welt nicht mehr verstand. »Ich habe meine Gründe«, hatte Friede Schwarz traurig gesagt, und sie hatten sich wieder versöhnt.

Schwerwiegendere Streitigkeiten, die letztlich zum Bruch zwischen Mutter und Tochter führten, fingen an, als Alexa – die auf Friedes Wunsch zunächst Germanistik studierte, bevor sie die Redakteursstelle bei *Mona Lisa* antrat – sich nicht nur auf Gesellschaftsthemen spezialisierte, sondern sich zu einer geradezu süchtigen Partygängerin entwickelte. Und weil das so war, schickte Elisabeth Wolff Alexa mit schöner Regelmäßigkeit zu Reportagen dorthin, wo der Jet-set sich tummelte, nach St. Moritz und Saint-Tropez, nach Marbella und Marrakesch.

»Muß das sein?« fragte Friede Schwarz ihre Tochter immer wieder. Und immer wieder antwortete Alexa: »Ja. Wo sonst treffe ich die Leute, über die ich schreiben will? Ich verstehe dich nicht. Du warst doch selbst kein Kind von Traurigkeit. Ein bißchen mehr Toleranz hätte ich dir schon zugetraut.«

Friede verbat sich störrisch, ihre eigene Rolle in der Berliner Gesellschaft mit der Society, in der Alexa sich bewegte, zu vergleichen. Bevor Alexa zu ihr gekommen war, hatte Friede Schwarz als Abteilungsleiterin den Einkauf des *Kaufhaus des Westens* unter sich gehabt und war anschließend eine erfolgreiche Agentin von Mode- und Lifestyle-Büchern gewesen. Sie kannte Gott und die Welt. Und Gott und die Welt waren in ihrem Haus in der Fasanenstraße zu Gast gewesen. Alexa war mit Prominenten aufgewachsen.

»Das ist etwas ganz anderes«, behauptete Friede. »Ich kann nun mal mit Klatsch und Tratsch nichts anfangen.«

Traurig stellten beide eine allmähliche Entfremdung fest. Sie konnten, sobald sie auf Alexas Job zu sprechen kamen, nicht miteinander reden. Insgeheim mußte Friede zugeben, daß Alexas Society-Stories tatsächlich eine gewisse Qualität hatten. Nur sagen konnte sie es ihr nicht. Als Alexa für ihre Reportage über die neuen jungen Russinnen in Berlin mit dem Egon-Erwin-Kisch-Preis ausgezeichnet wurde, lud Friede ihre Tochter und deren Clique immerhin zu einem opulenten Nachtessen in ihr Lieblingsrestaurant ein, die *Paris Bar* an der Kantstraße.

Eines Nachts war es dann zum endgültigen Zerwürfnis gekommen. Friede Schwarz hatte bis drei Uhr morgens auf ihre Tochter gewartet, die zum drittenmal in einer Woche total aufgekratzt von einer Party nach Hause kam.

»Kannst du nicht ein einziges Mal nüchtern bleiben?« fragte Friede Schwarz vorwurfsvoll, und da war Alexa der Geduldsfaden gerissen. »Wenn du es genau wissen willst: Ich habe heute abend nicht nur getrunken, ich habe heute abend meinen ersten Joint geraucht. Und es wird sicher nicht der letzte gewesen sein.«

Friede Schwarz hatte sie entsetzt angesehen, und dann war der entscheidende Satz gefallen: »Du wirst deiner Mutter immer ähnlicher.«

Da war es aus Alexa herausgeplatzt: »Wie war sie denn, meine Mutter? Warum hast du mir nie erzählt, wie meine Mutter wirklich war? Und was ist mit meinem Vater? Warum habe ich meine Großeltern nie kennengelernt? Was verheimlichst du mir?«

Friede Schwarz weigerte sich zu antworten, aber Alexa gab sich diesmal nicht mit dem Schweigen ihrer Mutter zufrieden. Ja, sie hatte zuviel getrunken, und, ja, sie hatte einen Joint geraucht, und, ja, sie bereute später sehr, daß sie in dieser Nacht so ausflippte. Aber ein Wort ergab das andere, und sie waren beide erschöpft und unversöhnt zu Bett gegangen. Am nächsten Morgen erklärte Alexa, daß sie ausziehen werde.

Friede Schwarz, die die ganze Nacht nicht schlafen konnte und schon am frühen Morgen mit ihrem Freund und Anwalt Leo Kohlhaas telefonierte, sagte beim Frühstück nur: »Ich kann nicht mit dir über deine Mutter sprechen. Aber ich verstehe, daß du das nicht akzeptieren kannst.«

Alexa zog tatsächlich aus, in ein kleines Apartment in einem Hochhaus am Lietzensee.

Keine drei Monate später war Friede Schwarz gestorben, ohne daß sie sich versöhnt hatten – und Alexa war in das Haus zurückgekehrt, in dem sie aufgewachsen war und das nun ihr gehörte.

DIE KELLY-BAG

Friedes Haus in der Fasanenstraße war ein Gründerzeitbau, eine schmale, vierstöckige Stadtvilla, im Zweiten Weltkrieg wie durch ein Wunder unversehrt geblieben. Nur das Ambiente der Straße hatte sich verändert. Aus der früher eleganten Wohngegend war die exklusivste Einkaufsstraße Berlins geworden. Das Haus befand sich seit Anfang der fünfziger Jahre in Friedes Besitz, sie hatte es von einer unverheirateten Tante geerbt, samt Ausstattung, Mobiliar, Bibliothek, Kunst. Friede Schwarz hatte damals das Haus nur ein wenig entstauben müssen, den Charakter wollte sie unbedingt erhalten. Genauso erging es jetzt, mehr als vierzig Jahre später, ihrer Erbin Alexa.

Im Souterrain befanden sich Friedes Büro, Küche und Hausarbeitsraum, in der Beletage der Salon, die Bibliothek, das Speisezimmer, in der Etage darüber Friedes Schlafzimmer, Bad und Ankleideraum, im oberen Stockwerk schließlich Alexas Apartment, Wohnzimmer, Schlafzimmer, Bad und eine kleine Küche. Unterm Dach zwei Gästezimmer, alles in allem fünfzehn Zimmer auf rund vierhundert Quadratmetern Wohnfläche.

Alexa kam das Haus, seit sie hier allein wohnte, viel zu groß vor, manchmal auch zu düster, zuweilen gar wie ein Museum. Sie hatte im vergangenen Jahr ernsthaft darüber nachgedacht, die beiden obersten Etagen zu vermieten. Wenn sie dann aber in Friedes Salon saß, von wo aus man einen Blick in den verwunschenen Garten hatte, an dessen

Grenze eine hochgewachsene Zeder stand, liebte sie das Haus über alles. Sie wußte nicht, wie, aber es war an der Zeit, daß sie sich Friedes Räume, das ganze Haus auch emotional zu eigen machte. Erst ein einziges Mal war sie in Friedes Schlafzimmer zu Bett gegangen, sie war auch eingeschlafen, aber nach einer Stunde wieder aufgewacht und in ihr eigenes Bett zurückgekehrt. Im Prinzip lebte sie so, als ob Friede nur verreist wäre.

Corry, ihre Cousine Corinna Gräfin von Hohenfeld, die als Assistenzärztin in Hamburg lebte, ihre einzige Verwandte, ihre einzige Vertraute, fand, daß das kein Zustand war, und empfahl ihr, sich intensiver mit dem Haus zu beschäftigen. Und so hatte sie mit einer Bestandsaufnahme angefangen, die Bilder mit Hilfe eines sachverständigen Freundes, des Kunsthändlers Hendrik Berinson, katalogisiert und festgestellt, daß der Lovis Corinth, der kleine Max Beckmann, der George Grosz und vor allem die Egon Schieles erste Wahl waren und die Bibliothek eine kleine, feine Erstausgabensammlung beinhaltete. Nie hatte Friede mit ihr darüber gesprochen, was da so Besonderes an den Wänden hing, in den Regalen stand, und sie hatte sich auch nie richtig dafür interessiert.

In einer Schublade von Friedes Sekretär entdeckte Alexa ein Bündel an Friede Schwarzenau adressierter Briefe aus den frühen sechziger Jahren. Es waren glühende Liebesbriefe eines Hugo Graf Meier von Zitzewill, der, unglücklich in Bad Oeynhausen verheiratet, sie um Verzeihung bat und ihr über drei Jahre einen Brief pro Woche schrieb. Alexa war enttäuscht; auch was das anging, hatte Friede ihr also nicht die Wahrheit gesagt. Sie hatte ihr nämlich, als sie einmal nachfragte, warum es außer dem Anwalt Dr. Leo Kohlhaas keinen Mann im Haus gab, geantwortet, daß das bei Frauen ihrer Generation nicht außergewöhnlich sei: Ihre große Liebe Hugo, ihr Verlobter, sei im Krieg geblieben. Alexa glaubte die Geschichte von Friede und Hugo, der als Adjutant bei Feldmarschall Rommel in Nordafrika gedient hatte und nicht zurückgekehrt war. Und nun erfuhr sie aus seinen Briefen, daß er zumindest in den sechziger Jahren noch gelebt hatte, und Friede war es, die offensichtlich nichts mehr von ihm hatte wissen wollen.

Je intensiver Alexa sich mit dem Haus beschäftigte, um so schmerzlicher wurde ihr bewußt, wie wenig sie von ihrer Mutter wußte. Das machte sie traurig und wütend zugleich. Es hatte, wenn sie es im nachhinein analysierte, viel zu viele Themen gegeben, die zwischen ihnen tabu gewesen waren. Warum hatte Friede über so vieles, das ihr jetzt so wichtig schien, geschwiegen? Warum hatte sie selbst nicht mehr Fragen gestellt?

Immerhin war da Kohlhaas, Friedes Jugendfreund und Bridgepartner, mit dem sie lachte und schwatzte. Mit ihm schien Friede wirklich vertraut zu sein. Kohlhaas war es auch, der Alexas Adoption durchgefochten hatte, damals ein diffiziles Unterfangen, denn Friede war Junggesellin und bereits über fünfzig Jahre alt. Eines Sonntags, Alexa war zehn, bat er sie, Onkel Leo zu ihm zu sagen. Sie schaute ihn verständnislos an und sagte: »Warum sollte ich das, Dr. Kohlhaas. Sie sind doch mein Anwalt, nicht wahr?« Friede lachte und nahm ihre Tochter in den Arm. »Ist schon gut, Alexa.«

Dr. Kohlhaas blieb also Dr. Kohlhaas, der einzige Mann in Friedes Leben. Selbstverständlich hatte er auch ihren Letzten Willen aufgesetzt und die Verantwortung als Testamentsvollstrecker übernommen. In dieser Funktion besuchte ihn Alexa nun am Montag nach Friedes erstem Todestag, dem Tag, an dem er ihr laut Testament die letzten Unterlagen aus dem Nachlaß überreichen sollte.

Corry, die ihre Cousine zuweilen besser kannte als die sich

selbst, hatte sich angeboten, am Nachmittag nach Berlin zu kommen, worüber Alexa sehr froh war. Sosehr sie es auch versuchte, ganz so locker nahm sie die Sache nicht. Ein Jahr nach Friedes Tod, ein Jahr, in dem sie alle Papiere gesichtet, alle Dokumente mit Kohlhaas besprochen hatte – was konnte da noch kommen?

Alexa fuhr mit dem Taxi in den Grunewald. Ihren Mini Cooper hatte sie vor dem *Schwarzenraben* stehenlassen; sie wollte nicht riskieren, ihren Führerschein zu verlieren. Es war ein ausgesprochen fröhlicher Abend gewesen, der zweite an diesem Wochenende, sie hatte mehr als ein Glas Bordeaux zuviel getrunken, und Joe hatte sie um drei Uhr morgens in ein Taxi gesetzt. Der Fahrer mußte sie an der Fasanenstraße wecken. Und nun war ihr, als sie in die Koenigsallee einbogen, ausgesprochen mulmig in der Magengegend, aber das hatte nichts mit dem Hang-over zu tun.

Kohlhaas hörte das Taxi vorfahren und öffnete selbst die Haustür seiner Villa, eines Baus aus den frühen dreißiger Jahren, in der er wohnte und in deren Hochparterre seine Kanzlei untergebracht war. Er begrüßte Alexa mit Handkuß. Das tat er erst, seit Friede nicht mehr bei ihnen war.

Sie folgte ihm über den roten Sisalläufer in sein Büro, einen ebenholzgetäfelten Erkerraum, und nahm in einem Ledersessel Platz, während er sich hinter seinen wuchtigen Schreibtisch zurückzog. Umständlich machte er sich an einer Seitentür zu schaffen und holte eine Kristallkaraffe und zwei Gläser hervor. »Ein Gläschen Port zur Feier des Tages?« fragte er. Alexa hatte Friede und ihn – zu welcher Tageszeit auch immer – nie ohne ein Gläschen Port gesehen.

»Kohlhaas, es ist elf Uhr morgens, und machen Sie es nicht so feierlich. Lassen Sie uns zur Sache kommen. Ich habe ein Jahr lang warten müssen.«

»Darf ich?« Kohlhaas schenkte sich ein. »Alexa, auch ich weiß nicht, was uns heute erwartet. Ich weiß nur, daß die Baronin, kurz bevor sie starb, doch bereit war, mit dir über deine Eltern zu sprechen. Sie hat es mir mehrmals angedeutet. Aber es ist nicht mehr dazu gekommen. Und so blieb mir nichts anderes übrig, als mich an ihre testamentarische Verfügung zu halten. Bist du bereit, Alexa?«

»Nun machen Sie schon«, antwortete Alexa burschikos und verfolgte gespannt, wie er vor den altmodischen gußeisernen Tresor hinter seinem Schreibtisch trat. Bedächtig stellte er den Zahlencode ein und drehte an dem großen blankpolierten Rad. Es knackte, und mit einem rauhen Knirschen ließ sich die Tür öffnen. Er beugte sich zum unteren Fach, in dem sich einige Ordner befanden – und ein in braunes Packpapier eingewickelter Karton. Den nahm Kohlhaas heraus und stellte ihn vor Alexa auf den Schreibtisch. Um den Karton war eine weiße Kordel geschlungen, und an allen Seiten prangten die roten Wachssiegel des Schwarzenauschen Familienwappens. Auf der Oberseite stand in Friedes steiler Handschrift »Geheim« und »Alexa Schwarz«.

Kohlhaas nahm außerdem ein ebenfalls versiegeltes, an Alexa adressiertes Kuvert aus dem Tresor. »Du mußt diesen Brief unbedingt lesen, bevor du dir den Inhalt des Kartons vornimmst. Das hat sie mir ausdrücklich aufgetragen.«

»Hören Sie bitte mit der Geheimnistuerei auf. Was ist da drin, Kohlhaas?« Alexa war ganz nach vorn auf die Kante des Sessels gerutscht und zog den Karton zu sich heran, rüttelte ihn und lauschte. Nichts, kein Geräusch, das auf den Inhalt schließen ließ, nur ein leises Rascheln.

Der Anwalt schüttelte den Kopf. »Ich habe wirklich keine Ahnung. Diesen Karton bewahre ich seit deiner Adoption auf. Drei Wochen vor ihrem Tod hat die Baronin ihn noch einmal abgeholt, aber schon am nächsten Tag mit einer neuen

Verpackung, frischen Siegeln und zusammen mit dem Brief zurückgebracht.«

Alexa machte sich ungeduldig an den Siegeln und an der vielfach verknoteten Kordel zu schaffen. »Kann ich bitte eine Schere haben«, bat sie den Anwalt, schnitt die Kordel durch, riß das Papier herunter und klappte die Deckel auseinander. Kurz sah sie zu Kohlhaas hoch, der jeden ihrer Handgriffe verfolgt hatte und sie nun mit einem Kopfnicken wortlos ermunterte weiterzumachen.

Sie tastete sich durch einen Wust von weißem Seidenpapier und packte eine braune genarbte Ledertasche aus. Es war eine dieser Kelly-Bags von *Hermès*, wie ihr Friede etliche hinterlassen hatte. Nur war diese hier größer, aktentaschengroß. Die beiden Laschen an der Vorderseite waren mit einem kleinen goldenen Vorhängeschloß zusammengehalten.

»Soll ich sie aufmachen, Alexa?« fragte Kohlhaas behutsam. »Laß mich ruhig zuerst hineinsehen.«

Die ganze Situation erschien Alexa plötzlich absurd, und in ihr stieg wieder diese Mischung aus Sehnsucht und Wut auf, mit der sie oft an Friede dachte. »Kohlhaas, wenn Sie wüßten, wieviel ich darum geben würde, wenn Friede mir jetzt Rede und Antwort stehen könnte. Eine Handtasche, fein. Ein Brief, klasse. Was soll das? Wo ist der Schlüssel? Oder muß ich die Tasche etwa auch aufschneiden?«

»Der Schlüssel müßte in dem Brief stecken«, sagte Kohlhaas.

Alexa tastete den Umschlag ab, Kohlhaas hatte richtig vermutet. Energisch nahm sie die Kelly-Bag an sich, die nicht sehr schwer war, hängte sie sich über den Arm, stellte den leeren Karton auf den Boden und steckte den Brief in die Tasche ihrer Kostümjacke.

»Ich muß da allein durch«, sagte sie. »Vielen Dank für alles. Ich melde mich, wenn ich Sie brauche.«

Kohlhaas blieb in der Haustür stehen und sah Alexa lange hinterher, wie sie die Koenigsallee in Richtung Kurfürstendamm hinunterging. Erst hinter dem S-Bahnhof Halensee stoppte sie ein Taxi und nannte als Fahrtziel die *Paris Bar*. Es war kurz vor zwölf Uhr. Bei *Mona Lisa* hatte sie sich den ganzen Tag freigenommen, und Corry würde vor zwei nicht in der Fasanenstraße sein. Keineswegs wollte sie jetzt allein nach Hause gehen, allein mit dieser merkwürdigen Hinterlassenschaft, einer Kelly-Bag!

Wenn man die rote Filzportiere teilt, die die *Paris Bar* im Sommer vor der Hitze der Stadt und im Winter vor der Kälte schützt, taucht man in eine außergewöhnliche Atmosphäre ein.

Seit dreißig Jahren ist die *Paris Bar* das Speisezimmer der Leute, die die Kultur Berlins ausmachen oder zumindest davon überzeugt sind, es zu tun: Künstler und Lebenskünstler, Schauspieler und Selbstdarsteller, Verleger und Verlegte, Politiker, Journalisten und andere Wortgewaltige. In der *Paris Bar* werden Intrigen gesponnen und aufgedeckt, Geschäfte angebahnt und vereitelt, Ehen gestiftet und Freundschaften zerstört, wird Networking betrieben oder verhindert. Hier wird viel getrunken und noch mehr gestritten. Gelegentlich wird behauptet, daß die *Paris Bar* démodé sei, out. Dennoch kommen sie alle immer wieder, die einen mehr, die anderen weniger regelmäßig.

Auch für Friede Schwarz war die *Paris Bar* so etwas wie ihr zweites Speisezimmer gewesen. Von ihrem Haus in der Fasanenstraße war es ein Katzensprung, keine zehn Minuten zu Fuß. An ihrem Stammplatz, einem Vierertisch direkt am Fenster, hatte sie beinahe täglich zu Mittag gegessen, wochentags mit Geschäftsfreunden, am Wochenende manchmal allein, oft mit Alexa. Abends hatte sie das Restaurant –

mit wenigen Ausnahmen – nie betreten. Die Abendgesellschaft mit ihren Trinkgelagen war nicht ihre Welt.

Friedes Lieblingsgericht in der *Paris Bar* war Le Boudin, gebratene Blutwurst mit lauwarmem essigsaurem Kartoffelsalat, Alexa bevorzugte Leichteres, den Salade Niçoise, der hier noch comme il faut angerichtet wurde, mit frisch sautierten Bohnen und lauwarmen Kartoffelwürfeln, hartgekochten Eiern, Thunfisch im eigenen Saft und Sardellen.

Alexa hatte sich zwar nach und nach in Richtung Berlin-Mitte orientiert, sie liebte das *Oren* neben der Synagoge, das *Lutter & Wegner* am Gendarmenmarkt, das *Schwarzenraben* an der Neuen Schönhauser Straße. Was allerdings nichts mit der *Paris Bar* an sich und schon gar nichts mit dem Wirt Michel Würthle, einem gutaussehenden, grauhaarigen frankophilen Österreicher, und seinen Kellnern zu tun hatte, sondern allein mit der Tatsache, daß Alexa es damals an der Zeit fand, sich ihr eigenes Terrain abzustecken.

Und so kam ihr, als sie um kurz nach zwölf, der ruhigsten Zeit des Tages, die *Paris Bar* betrat, der Wirt mit einer kleinen Verbeugung und einem überraschten Augenaufschlag entgegen.

»Du warst lange nicht hier«, sagte er und drückte Alexa fest die Hand.

»Sorry«, sagte sie. »Aber wenn es wirklich wichtig ist, komme ich doch wieder.«

»Und was ist heute so wichtig?«

Sie zeigte auf die braune Kelly-Bag. »Friede hat mir noch eine alte Tasche vererbt.«

Michel, der von dem Zerwürfnis zwischen Mutter und Tochter eine vage Ahnung hatte, auch wenn er nichts Genaues wußte – Friede hatte in ihren letzten Jahren dazu geneigt, ihm ein bißchen ihr Herz auszuschütten –, nickte verständnisvoll und bat sie, an Friedes Tisch Platz zu nehmen. »Was darf's denn sein?«

»Eine kleine Portion Salade Niçoise vorweg und danach das Boudin, was sonst? Und eine große Flasche stilles Wasser, bitte.« Alexa zog das Kuvert aus der Jackentasche. Sie fand dies einen guten Platz, um Friedes Brief zu lesen.

Sie drehte und wendete den Umschlag und brach vorsichtig das Siegel auf. Aus dem Umschlag fiel ein kleiner goldener Schlüssel, den sie gleich an dem Vorhängeschloß der Kelly-Bag ausprobierte. Er paßte. Sorgfältig faltete sie den Brief auseinander.

Es waren fünf eng beschriebene Blätter. Alexa schaute auf die Seiten, auf die steile Handschrift ihrer Mutter, aber die Buchstaben wollten sich vor ihren Augen nicht zu Worten formen.

Da stand auch schon Salvatore, der Kellner, vor ihr. »Darf ich?« Er setzte Alexa den Salade Niçoise vor. Unwillkürlich mußte sie an Friede denken. »Laß uns erst mal was Ordentliches essen«, hatte sie immer gesagt, wenn es etwas zu besprechen gab.

Als sie auch mit dem Boudin fertig war, blickte sie sich im Restaurant um; etliche Tische waren jetzt besetzt. Salvatore räumte ab, brachte ihr einen Espresso, und Alexa Schwarz begann zu lesen:

»Liebste Alexa, mein liebes Kind!

Diesen Brief wirst Du erst erhalten, wenn ich nicht mehr bei Dir bin. Du hast Dein Leben unlängst schon in die eigene Hand genommen. Darüber war ich sehr traurig. Aber ich bin sehr stolz auf Dich. Du bist klug und stark und voller Gefühle, Du wirst Deinen Weg machen. Und ich werde Dich, wo immer ich jetzt auch bin, auf all Deinen Wegen beschützen. Ich habe Dich gut verstanden, als Du mich verlassen hast. Und ich hoffe so sehr, daß Du mich wieder liebhast …«

Alexa spülte die aufsteigende Rührung mit einem Schluck Wasser herunter und las weiter:

»Heute, ein Jahr nach meinem Tod, kann ich Dir endlich das wenige sagen, was ich über Sophie und Max und ihren Tod weiß. Nur Du allein kannst die ganze Wahrheit herausfinden. Es gibt ein Geheimnis um Deine Geburt, und ich habe nicht das Recht, es Dir für immer vorzuenthalten. Bitte glaube mir, daß es mir sehr, sehr schwer gefallen ist, niemals mit Dir darüber sprechen zu können. Aber ich habe mich an das Schweigegelübde halten müssen – und auch halten wollen –, das ich meiner Familie und der Familie Deines Vaters gegeben habe.«

Alexa legte den Brief zur Seite und winkte nach Michel.

Der kam sofort. »Was kann ich für dich tun?«

»Bring mir doch bitte ein Glas Champagner.«

»Gute Nachrichten also?« wollte er wissen.

»Wie man's nimmt«, antwortete sie. Der Wirt brachte ihr ein Glas *Roederer Crystal*, Friedes Lieblingschampagner. Alexa nahm einen Schluck und widmete sich wieder dem Brief.

»Du bist, wie Du weißt, fast drei Monate zu früh geboren. Ein Wunder, daß Du überhaupt überlebt hast. Du hast mich danach gefragt, und ich hatte den Eindruck, daß Du mir die Antwort nie so recht geglaubt hast, deshalb will ich es ein letztes Mal bekräftigen: Deine Mutter ist nicht an Deiner Geburt gestorben. Sie lag schon im Sterben, als man sie damals in ihrem Zimmer im *Ritz* fand.

Man hat sie sofort ins *American Hospital* gebracht und Dich dort mit einem Kaiserschnitt geholt. Du warst bei Deiner Geburt ein winziges Wesen, nicht mal zwei Kilo hast Du gewogen. Die Ärzte sagten uns damals, Deine Chancen stünden schlecht. Sie haben Dich in einen Brutkasten gelegt, und erst nach einer Woche hast Du Deinen ersten Schrei getan.

Ich aber habe von dem Augenblick an, als ich Dich zum erstenmal in meinen Armen hielt, an Dich geglaubt, ich habe Deinen Überlebenswillen sofort erkannt. Du hast mich damals angesehen, als wüßtest Du schon alles über das Leben. Dein Gesicht war nicht das eines kleinen Kindes, sondern das einer Frau. In den ersten zwei Jahren warst Du sehr nervös, Du hast monatelang nur geschrien. Wir mußten Dich sogar eine Zeitlang künstlich ernähren lassen, weil Du einfach nicht essen wolltest. Eines Tages hattest Du wohl genug gelitten, und fortan hast Du Dich prachtvoll entwickelt.

Ich werde mir nie verzeihen, daß ich es zugelassen habe, daß Du die ersten fünf Jahre Deines Lebens in diesen Heimen hast verbringen müssen. Aber Deine Großmutter, meine Schwester Victoria, war nicht stark genug, um für Dich sorgen zu können. Sie hatte das Sorgerecht, nicht ich. Aber lassen wir das, Du bist ja schließlich doch zu mir gekommen.

Ich will der Reihe nach erzählen, was ich weiß. Und dann mußt Du für Dich entscheiden, was Du damit anfangen willst. Nichts wünsche ich mir mehr, als daß Du die Kraft hast, die Wahrheit über Sophie und Max herauszufinden.«

Alexa zögerte. Es war jetzt ein Uhr. Sollte sie nicht doch lieber auf Corry warten? Nein, sie konnte ihre Neugier nicht unterdrücken. Und so las sie weiter:

»Deine Mutter wurde in eine Welt und in Umstände hineingeboren, die nicht gut für sie waren. Ihr Vater, Dein Großvater, war einmal ein sehr wohlhabender Mann – und ein Filou. Er hat es Sophie immer zu leicht gemacht. Ihre Mutter, meine Schwester Victoria, Deine Großmutter, litt an Melancholie, heute würde man sagen, sie hatte Depressionen, und konnte sich nie richtig um ihre Tochter kümmern. Sophie verließ das Internat *Louisenlund* vor dem Abitur, reiste lieber mit ihrem Vater um die Welt. Ein Jahr waren die beiden damals unterwegs. Danach lebte sie einige Zeit auf Ibiza. Mein Schwager hatte sich dort schon Anfang der fünfziger Jahre eine ganze Bucht gekauft und später ein Haus gebaut, das er nach Deiner Großmutter *Casa Victoria* nannte. Ich bin nie dort gewesen, aber ich habe mich erkundigt: Heute soll es ein Hotel sein.

Sophie tat nichts, und ihr Vater verlangte nichts von ihr. Deine Mutter hatte keine Berufsausbildung, nicht mal einen Schulabschluß. Ich war darüber, wie Du Dir vorstellen kannst, entsetzt. Einmal, als sie mich in Berlin besuchte, habe ich sie gefragt, was sie mit ihrem Leben denn eigentlich vorhabe. Da hat sie mich mit diesem verzauberten Lächeln angesehen, mich umarmt und gesagt: ›Mein Leben soll ein einziger Tanz sein.‹ Nun, damit konnte ich wenig anfangen. Sie blieb ein paar Wochen bei mir, aber ich habe sie kaum gesprochen. Tagsüber hat sie geschlafen, und jede Nacht ist sie ausgegangen und erst frühmorgens, meistens betrunken und sehr aufgedreht, nach Hause gekommen. Vielleicht verstehst Du jetzt, warum ich immer so unglücklich war, wenn Du spät nach Hause kamst und oft mehr, als Dir guttat, getrunken hattest.

Sophie hatte eine ernste Affäre mit einem Mann, der nicht gut für sie war, den sie mit ihrer Clique auf Ibiza kennengelernt hatte und der, wie ich vermutete, in der Hauptsache hinter ihrem Namen her war. Gott sei Dank hat sie ihn verlassen und später Deinen Vater kennengelernt. Max hat sie bedingungslos geliebt und Sophie ihn wohl auch. Er war von einer unbändigen Lebensfreude, und die hat er auf Deine Mutter übertragen.

Am ersten Adventssonntag 1969 haben sie sich verlobt.

Da trug sie Dich schon unter ihrem Herzen. Die Hochzeit sollte am 20. Februar 1970 stattfinden, dem 23. Geburtstag Deiner Mutter. Am 8. Februar fuhr sie nach Paris, um bei *Chanel* ihr Brautkleid abzuholen, mein Hochzeitsgeschenk. Am nächsten Tag wollte sie zurück in Hamburg sein.

In der Nacht vom 8. auf den 9. Februar hat sie der Nachtportier des *Ritz* bewußtlos in ihrem Zimmer gefunden. Er hat den Notarzt geholt und sie ins *American Hospital* einliefern lassen. Dort wurdest Du um 6 Uhr 21 geboren, und um 6 Uhr 30 wurde Sophies Tod festgestellt.

In derselben Stunde verunglückte Dein Vater kurz vor Paris tödlich. Wir haben nie herausgefunden, warum Max Hackberg mitten in der Nacht aus Hamburg nach Paris aufgebrochen ist. Es gibt da einen Brief, den er, schon auf dem Weg zur Autobahn, noch bei seiner Mutter vorbeigebracht hat. Aber den haben wir nicht so recht verstanden.

Natürlich haben wir damals versucht, die letzten Stunden im Leben Deiner Mutter zu rekonstruieren. Aber nachdem uns die Ärzte den Obduktionsbericht des *American Hospital* erklärt hatten, demzufolge Fremdverschulden auszuschließen war, und auch der Unfall Deines Vaters geklärt war – er war, total übermüdet, im Tunnel vor Neuilly mit 180 Stundenkilometer gegen einen Pfeiler geprallt –, beschloß der Familienrat nur mit meiner Gegenstimme, die Dinge auf sich beruhen zu lassen. Wir nutzten unsere Verbindungen und konnten erreichen, daß die Presse stillhielt. Wenigstens das.

Ob es richtig war, die Nachforschungen einzustellen? Ich habe es mein Leben lang bezweifelt. Aber wir haben uns in unserer Familie stets an gemeinsam gefaßte Beschlüsse gehalten. Sophie und Max waren tot. Sie sollten ihren Frieden haben.

Ich für meinen Teil habe mit ihnen meinen Frieden geschlossen, weil sie mir Dich geschenkt haben, meine Tochter, mein Glück.

Mehr kann ich Dir nicht sagen. Jetzt mach Dich auf den Weg. Und denke immer daran: Ich liebe Dich.

Deine Mutter, Deine Friede«

Die *Paris Bar* war inzwischen bis auf den letzten Tisch besetzt, und die geschwätzige Atmosphäre ging Alexa plötzlich auf die Nerven. Schnell faltete sie Friedes Brief zusammen, steckte das Schlüsselchen in ihr Portemonnaie und winkte dem Kellner.

»Die Rechnung laß heute bitte meine Sorge sein.« Der Wirt hatte gesehen, daß sie aufbrechen wollte, und war an ihren Tisch gekommen. Sie bedankte sich und teilte resolut die rote Filzportiere. Sie streckte ihr Gesicht in die für einen Junitag überraschend kühle Luft und bog mit schnellen Schritten nach rechts in die Fasanenstraße ein.

Ihr Kopf war leer, sie konnte keinen klaren Gedanken fassen. Bewußtlos im *Ritz*, Tod im *American Hospital*, der Vater, der gegen einen Pfeiler raste, Ärzte, die damit rechneten, daß sie nicht überlebte ... Warum konnte sie nicht, wie andere auch, ganz normale Eltern haben, zu denen sie am Sonntag zum Mittagessen ging, die sich mit ihr auf ihre Zukunft freuten? Warum mußte sie in ihrer Vergangenheit herumstochern, die doch nur Grauenvolles bereithalten konnte? Anders konnte sie den Brief jedenfalls nicht interpretieren. Was mochte in dieser Tasche stecken?

»Verdammt!« rief sie laut aus. »Ich will damit nichts zu tun haben.« Gott sei Dank entdeckte sie just in diesem Augenblick schon aus hundertfünfzig Metern Entfernung ihre Cousine. Corry lehnte an dem schwarzen schmiedeeisernen Treppengeländer, das hinauf zur Eingangstür des Hauses führte, winkte Alexa zu und lief ihr ein paar Schritte entgegen. Eine herzliche Umarmung, ein fragender Blick. Corrys »Wie geht's dir?« beantwortete Alexa mit einem resignierten Schulterzucken und einem knappen: »Beschissen.«

»Nun erzähl schon!«

Alexa hielt ihrer Cousine die Kelly-Bag entgegen. »Hier, darauf habe ich ein Jahr warten müssen.«

Sie schloß die Haustür auf, und während Corry ihre Reisetasche abstellte, berichtete Alexa von ihrem Treffen mit Kohlhaas. Untergehakt gingen sie hinauf in den ersten Stock. Alexa schaltete dabei jeden erreichbaren Lichtschalter an, das Treppenhaus war eng, und durch das runde Fenster im ersten Stock konnte man sehen, daß sich der Himmel zugezogen hatte. Sie tippte auf den Anrufbeantworter, der auf dem Schreibtisch in der Bibliothek stand: »Darling, ich denke an dich. Bitte melde dich, so bald du kannst«, sagte eine sonore Stimme auf deutsch mit starkem amerikanischem Akzent.

»Oha.« Corry schnalzte mit der Zunge und gab Alexa eine kleine vorwurfsvolle Kopfnuß. »Darling? Wer war denn das?«

Alexa gab sich ahnungslos und grinste. »Sag bloß, ich hab dir noch nichts von Joe erzählt?«

»Hast du nicht.«

»Später. Hier, lies«, sagte sie, als sie in Friedes Salon an dem runden Empiretisch Platz genommen hatten, und gab Corry Friedes Brief, »ich mach uns erst mal einen Kaffee.«

Als Alexa nach ein paar Minuten mit dem Tablett zurückkam, hatte Corry den Brief bereits zu Ende gelesen. Sie hatte eine CD aufgelegt, Chet Baker, und trommelte im Takt auf der Tischplatte.

»Ja, worauf warten wir denn noch?« fragte sie. »Die Starjournalistin auf der Spur einer heißen Geschichte aus den besseren Kreisen.«

Alexa tippte mit ihrem Zeigefinger an Corrys Stirn. »Was hat das eine mit dem anderen zu tun?«

»Das kann ich dir ganz genau sagen. Du bist nicht einfach so Journalistin geworden. Du hast dich nicht von ungefähr auf Gesellschaftsthemen spezialisiert. Du hast in deinem Beruf die Erfahrung gesammelt und das Handwerkszeug erhalten, um deine eigene Story recherchieren zu können. Davon bin ich überzeugt«, erklärte Corry, zwischen Aufregung und Begeisterung hin- und hergerissen. »Los, mach die Tasche auf.«

Alexa, deren Zorn sich allein durch Corrys Anwesenheit gelegt hatte, nahm die braune Kelly-Bag auf den Schoß, steckte das Schlüsselchen in das goldene Vorhängeschloß, öffnete es, nahm die Riemen aus der Halterung und klappte die Tasche auf. In dem großen Mittelfach steckten einige Umschläge von unterschiedlicher Größe, die rückwärtige Seitentasche war mit einem Reißverschluß verschlossen. In den beiden vorderen befanden sich, soweit sie sehen konnten, ein goldener Kugelschreiber, ein goldener Füllfederhalter und ein schmales Telefonbüchlein.

Zögernd nahm Alexa den ersten Umschlag heraus. Corry schlitzte ihn ungeduldig mit dem Finger auf. Sie zog einige Schwarzweißbilder heraus und reichte sie Alexa, die behutsam eines nach dem anderen auf dem Tisch ausbreitete, wie ein Patiencespiel. Es waren zwölf Fotos. Ohne Zweifel zeigten sie Sophie, ihre leibliche Mutter, und waren im Eingang irgendeines Restaurants aufgenommen.

Corry beugte sich nun auch über die Fotos. Was sie beide sahen, war eine große schlanke, blasse Frau, die direkt in die Kamera schaute, ganz so, als wäre sie mit der Person, die sie fotografierte, sehr vertraut. Obwohl sie lächelte, wirkte sie nicht fröhlich. Ihre Augen waren dunkel geschminkt und bildeten einen starken Gegensatz zu der hellen Haut und dem fast weißen Haar, das – wie Alexas – kinnlang geschnitten und glatt war. Ihr dunkler Mantel war geöffnet, die linke Hand steckte in der Manteltasche, die rechte lag auf dem Griff der Glastür. Offensichtlich handelte es sich um eine Serie schnell hintereinander gemachter Schnappschüsse. Nur wer es wußte, konnte erkennen, daß diese junge Frau ein Kind erwartete.

»Schau sie dir genau an«, sagte Corry, ganz Ärztin und sofort um eine Diagnose bemüht. »Jedes Foto zeigt einen anderen Gesichtsausdruck. Vielleicht läßt sich daraus eine Abfolge erkennen.«

Alexa konzentrierte sich auf die dunklen Augen und den schmalen, fast weiß geschminkten Mund und legte die Fotos in einer neuen Reihenfolge aus, probierte herum, bis sie sicher war, den Ablauf erkannt zu haben. Es schien, als ob auf Sophies Gesichtszügen aus einer anfänglichen Freundlichkeit verhaltener Zorn wurde. Auf einem Foto, dem letzten, wie Alexa vermutete, drehte sie sich abrupt weg. Corry wies auf einen Mann hin, der hinter der Glastür zu erkennen war und der auf ihre Mutter – und wohl auch auf die Person, die sie fotografierte – zu warten schien, ein eleganter Herr, ganz in Schwarz, mit schwarzem breitkrempigem Hut und schwarzem Mantel.

Je länger Alexa die Fotos betrachtete, desto sicherer war sie: »Meine Mutter wollte nicht fotografiert werden.« Es war das erste Mal, daß sie von Sophie sprach und »meine Mutter« sagte.

Corry hatte bereits einen anderen Umschlag in der Hand, auf dem *American Hospital* stand. Er war irgendwann einmal aufgerissen und dann mit Tesafilm wieder zugeklebt worden. Sie entnahm vier Blätter, die sie rasch überflog.

»Hier haben wir etwas sehr Wichtiges«, stellte Corry fest. »Das ist das Protokoll der Autopsie, die am zehnten Februar

1970 an deiner Mutter vorgenommen wurde. Das muß ich in Ruhe studieren. Laß uns erst mal weitersichten.«

Aus einem zweiten Umschlag zog Alexa einen vergilbten Zeitungsausschnitt hervor, die Todesanzeige, veröffentlicht im *Hamburger Abendblatt* am 16. Februar 1970. Sie las vor:

»Max Alexander Hackberg, geboren am 8. Mai 1941 in Lübeck, und Sophie Gräfin von Hohenfeld, geboren am 20. Februar 1947 in Hamburg, gestorben am 9. Februar 1970 in Paris. Familien Hackberg, Hohenfeld, Schwarzenau. Hamburg, den 16. Februar 1970. Die Beisetzungen haben in aller Stille stattgefunden. Seelenamt am 20. Februar 1970 im Lübecker Dom. Von Beileidsbekundungen bitten wir Abstand zu nehmen.«

»Du bist mit keinem Wort erwähnt ...«, sagte Corry, als Alexa zu Ende gelesen hatte.

»... so, als würde ich gar nicht existieren«, ergänzte Alexa.

In einem auf der Rückseite mit dem Doppel-C von Chanel geprägten, mit dunkelrotem Seidenpapier gefütterten Originalumschlag steckte ein Brief von Coco Chanel, adressiert an Ihre Durchlaucht Friederike Freifrau von Schwarzenau und auf schwerem Bütten mit der zittrigen, altmodischen Handschrift der Modeschöpferin geschrieben. Diesmal las Corry:

»Verehrte Baronin! Lassen Sie mich Ihnen versichern, wie sehr ich, wie sehr wir alle Ihre Nichte gemocht haben. Sie war ein wunderbarer Mensch, und ich habe mich so gefreut, daß sie nach all diesen schwierigen Jahren ihr Glück gefunden hatte. Ich habe sie am Nachmittag vor ihrem Tod noch hier bei mir gehabt. Sie war fröhlich und entspannt und schien mir voller Kraft und Pläne. Sie sah wunderschön aus in dem Brautkleid, das wir für sie haben machen dürfen. Sie freute sich so sehr auf ihr Kind – und ich bete mit Ihnen, daß die Kleine überleben wird.

Nun sind Sophie und Max nicht mehr bei uns. Wer kann das verstehen? Ich trauere mit Ihnen und Ihrer ganzen Familie. Das Brautkleid werde ich so lange in Ehren aufbewahren, bis Sie mir mitteilen, was damit geschehen soll. Ihr Scheck ist eingetroffen, es wäre nicht nötig gewesen. Um so mehr danke ich Ihnen. Nicht nur heute bin ich in Gedanken bei Ihnen.

In Freundschaft Ihre Gabrielle Chanel. Paris, den 25. Februar 1970.«

Corry holte tief Luft. »Na also. Wenigstens Coco Chanel bist du ein Wort wert gewesen.« Sie händigte Alexa eine Notiz von Friede aus, die an den Brief geheftet war: »Liebe Alexa, das Kleid ist noch bei Chanel. Ich habe mir so sehr gewünscht, Dich eines Tages darin zu sehen.«

»Was willst du mehr? Ein Brautkleid hast du also schon«, versuchte Corry einen kleinen Scherz.

Alexa reagierte nicht. Sie hatte sich an dem Reißverschluß der Kelly-Bag zu schaffen gemacht und die vordere Innentasche geöffnet.

»Schau dir das an.« Sie legte eine kleine quadratische Puderdose aus schwarzem Emaille auf den Tisch, die eine beigefarbene Quaste und helles Puder enthielt, außerdem einen weißrosa Lippenstift, zwei gestärkte Taschentücher aus weißem Batist mit den Initialen SH, ein Paar hauchzarte *Fogal*-Strümpfe, ein Nähetui und ein Necessaire, beides wie das Adreßbüchlein aus dem typischen roten Leder von *Cartier*. Dazu eine angebrochene Stange *Vivil*-Pfefferminz. Sophies Dinge des täglichen Lebens waren beinahe identisch mit der Grundausstattung in Alexas Handtasche.

Alexa zog den Lippenstift aus der Hülse und stutzte. »Meiner sieht genauso aus, so spitz und schräg abgenutzt«, sagte sie nachdenklich.

Die goldenen Schreibutensilien, versehen mit Sophies Initialen, waren in den fast dreißig Jahren ausgetrocknet. Dazwischen steckte das schmale rote Telefonbüchlein mit Goldschnitt. Alexa blätterte die erste Seite auf. Hier hatte Sophie ihren Namen, zwei Adressen und Telefonnummern, eine in Hamburg, eine auf Ibiza, Blutgruppe – AB Rhesusfaktor negativ –, Geburtstag und Kontonummer eingetragen.

»Das ist deine Handschrift«, stellte Corry fest, »dieselben runden Buchstaben, dieselbe leichte Neigung nach rechts, sogar derselbe Kringel statt eines Punktes auf dem i. Ich finde es wunderbar, daß es diese Ähnlichkeiten zwischen dir und deiner Mutter gibt.«

»Ich bin mir da noch nicht so sicher«, erwiderte Alexa nachdenklich und nippte an dem Portwein, den Corry eingeschenkt hatte. »Hier ist noch der Brief, den mein Vater an seine Mutter geschrieben hat. Lies du.«

Corry öffnete den Umschlag, der nur ein einziges Blatt enthielt. Sie konnte die Handschrift, eng aneinandergereihte, winzige Buchstaben, nur mit Mühe entziffern, zumal es sich offensichtlich nicht um das Original, sondern um eine verblaßte Fotokopie handelte.

»Maman«, hatte Max Hackberg geschrieben, »verzeih, daß ich wieder einmal Unruhe in Dein Leben bringe. Ich werde nicht zum Frühstück kommen können. Gerade habe ich einen Anruf erhalten, ich muß sofort zu Sophie nach Paris. Sie braucht meine Hilfe. Und ich brauche Klarheit. In Liebe und Verzweiflung, Dein Sohn. Hamburg, den 9. Februar 1970, nach Mitternacht.«

Es war also ein Anruf gewesen, der Alexas Vater mitten in der Nacht veranlaßt hatte, von Hamburg nach Paris zu fahren.

»Damit ist ja wohl alles klar.« Corry lehnte sich zufrieden in ihrem Sessel zurück; die beiden hatten sich in die Sitzecke in Friedes Bibliothek zurückgezogen, Alexa hatte sich eine

Zigarette angezündet, Corry sich einen zweiten Port eingeschenkt.

»Ich wüßte nicht, was da klar sein sollte«, widersprach Alexa. »Außer, daß es jetzt ein paar Fragen mehr gibt, die mir niemand beantworten kann.«

»Was ist los mit dir?« Corry war hinter das Sofa getreten und massierte Alexas verspannten Nacken. »Was heißt, niemand kann deine Fragen beantworten? Du kannst es! Du mußt nach Paris, ins Ritz, da kennst du dich doch aus. Und zu Chanel. Es gibt so viele Anhaltspunkte. Morgen gehst du zu deiner Chefredakteurin und läßt dir ein paar Tage freigeben.«

»Du hast ja recht«, sagte Alexa und straffte sich. »Im übrigen trifft es sich gut: Ich muß sowieso in der nächsten Woche nach Paris, diese Maya von Miller interviewen. Aber was ist denn nun mit diesem Obduktionsbericht?«

Corry setzte sich an Friedes Schreibtisch und legte die vier Blätter nebeneinander. Alexa blieb erwartungsvoll hinter ihrer Cousine stehen.

»Du machst mich nervös«, wies Corry sie ab, »laß mich das erst mal allein lesen. Bitte.«

Es dauerte eine Viertelstunde, bis Corry sich zu ihrer Cousine umdrehte, die in Sophies Telefonbüchlein blätterte.

»Alexa, deine Mutter ist an einer Überdosis Heroin gestorben.«

DER PREIS

Anna und Klara wurden am Flugsteig in Berlin-Tegel von einem Fahrer des *Schloßhotel Vier Jahreszeiten* in Empfang genommen. Sie reisten mit drei mannshohen Schrankkoffern, drei großen festen Koffern und zwei Hutschachteln an – alles handgefertigte Sondermodelle von *Louis Vuitton* – und fuhren mit einem Taxi hinter dem vollgepackten Hotelbus her.

Insgesamt okkupierte Maya von Miller im *Schloßhotel* zehn Zimmer, sie selbst die Kaiser-Suite, in der schon Hollywoodstar Robert Wagner, Pop-König Elton John und eine echte Majestät, König Juan Carlos von Spanien, residiert hatten.

In dem Doppelzimmer mit Verbindungstür zur Kaiser-Suite waren Klara und Anna samt Kleiderständern und Schrankkoffern einquartiert, auf der anderen Seite Robert, dessen Zimmer gleichzeitig dem Personal als Aufenthaltsraum dienen mußte. Grace Siegels Zimmer befand sich ein Stockwerk tiefer, Andrew und die Piloten waren in der Dependance untergebracht. Nur Irène Courtens hatte in New York zurückbleiben müssen; sie sollte den Einbau der Küche im *Pierre* überwachen.

Nach der Inspektion der Zimmer – für sich selbst baten sie um zwei Einzelbetten statt des Kingsize-Bettes – machten sich Klara und Anna an die Arbeit. Reto Gaudenzi, der Direktor des *Schloßhotels*, ein weltgewandter Schweizer, stellte zwei Zimmermädchen ab, die verwundert aus einem der Schrankkoffer eine superleichte, übergroße Daunendecke, zwei Kissen, eine Nackenrolle sowie zwei Garnituren feinster champagnerfarbener *Porthault*-Bettwäsche auspackten. Ein anderer verwandelte sich in eine Kommode, in deren abschließbaren Schubladen eine komplette Parfümerie und eine umfangreiche Reiseapotheke verstaut waren.

Im *Schloßhotel* war man Extratouren gewohnt. Aber einen solchen Aufwand, wie ihn diese Frau aus New York für einen Aufenthalt von nur drei Tagen betreiben ließ, hatte Gaudenzi im Laufe seiner langjährigen Karriere in Fünf-Sterne-Häusern selten erlebt. Sogar ihr Bentley war per Luftfracht von New York nach Berlin geschafft worden, samt Chauffeur und Reservereifen.

Grace und Robert waren pünktlich, wenn auch nur wenige Stunden vor ihrer Chefin, in Berlin gelandet und überprüften als erstes die Kaiser-Suite. Anna und Klara beobachteten sie gespannt. Robert, der sich gern als Haushaltsvorstand aufspielte, fand die Matratzen zu hart, Grace entdeckte, daß der Champagner im Kühlschrank nicht der richtige Jahrgang war, Maya von Miller trank *Dom Perignon Brut Impérial* nur vom Jahrgang 1985. Im Bad sollten weiße Lilien stehen, in den Salons gelbe Freilandrosen und im Schlafzimmer ein Bouquet von frischem Lavendel. Und wenn es irgend möglich wäre, fiel Anna noch ein, sollte ein Bettüberwurf aus Nerz oder Zobel besorgt werden. Sie hatte Maya von Millers Lieblingsdecke in New York vergessen.

»Kein Problem«, sagte Gaudenzi.

Eine Viertelstunde, bevor sie zum Flughafen aufbrechen mußten, um Maya von Miller in Empfang zu nehmen, war die Suite picobello gerichtet. Selbstverständlich hatte Gaudenzi von einem befreundeten Pelzhändler eine Zobeldecke auftreiben können, ein besonders edles Stück, drei mal drei

Meter groß und hermelinverbrämt, antik, aus dem Nachlaß der mondänen Brigitte Horney, einer Legende des deutschen Films.

Andrew war vorausgefahren und stand mit dem Bentley auf dem Rollfeld parat, neben ihm ein Fahrer des *Schloßhotels* mit einem Mercedes T-Modell für das restliche Gepäck. Mit Robert und Grace bildeten sie das Begrüßungskomitee und beobachteten, wie die anthrazitfarbene *Gulfstream* mit der Kennung US-NEED auf der Landebahn von Berlin-Tempelhof aufsetzte.

Als Maya von Miller, trotz der sommerlichen Temperaturen in ihren bodenlangen Zobel gehüllt, in der Flugzeugtür erschien, den Kopf gesenkt, das Haar zu einem wirren Gebilde aufgetürmt, war allen sofort klar, daß mit ihr heute nicht gut Kirschen essen war. Mit versteinerter Miene, die Augen hinter einer großen *Ray ban*-Brille versteckt, tippelte sie hinter ihrem Chefpiloten, der ihre große braune Handtasche trug, die Gangway herunter und ging grußlos an dem Spalier ihrer Leute vorbei auf den Bentley zu. Eilfertig öffnete Andrew den Schlag. Mit einer unwirschen Handbewegung winkte sie Grace zu sich und fuhr den Chauffeur an: »Worauf warten Sie noch?«

Während der Fahrt durch das sonnige Berlin ließ sie die Fenster verdunkelt. Grace Siegel roch die penetrante Wodkafahne ihrer Chefin sofort, versuchte dennoch behutsam, mit ihr den Ablauf des morgigen Tages zu besprechen. Es galt einige Termine abzustimmen, einige Telefonate zu erledigen. Maya von Miller las stumm die Notizen, die Grace ihr in einer Unterschriftenmappe vorlegte.

»Auch Frau Gorski bittet um Ihren Anruf, es sei dringend.«

»Lassen Sie mich mit dem ganzen Quatsch in Ruhe! Frau Gorski will ich morgen nacht nach der Gala sehen, richten

Sie ihr das aus«, war Maya von Millers einzige Reaktion, bis sie eine Dreiviertelstunde später das Hotel erreichten. Ohne den Direktor, der zwischen den Säulen im Eingang des *Schloßhotels* zur Begrüßung bereitstand, auch nur eines Blikkes zu würdigen, rauschte sie hinter Grace durch die Hotelhalle und fuhr im Lift direkt hinauf in ihre Suite.

»Kann ich noch etwas für Sie tun?« wollte Grace wissen und zog, als sie keine Antwort bekam, die Tür des Master-Bedrooms hinter sich zu. Mit einem tiefen Seufzer ließ Maya von Miller ihren Pelz auf den Boden fallen, schleuderte die Pumps in die Ecke, riß die Jackenknöpfe ihres Reisekostüms und den Vorderverschluß ihres Büstenhalters auf und warf sich aufs Bett.

»Klara«, schrie sie.

»Herzlich willkommen in Berlin, gnädige Frau. Ich hoffe, Sie hatten einen angenehmen Flug«, sagte das Dienstmädchen, das im Nebenzimmer auf die Ankunft ihrer Chefin gewartet hatte.

»Ich habe während des ganzen verflucht langen Fluges kein Auge zugetan. Schauen Sie sich an, was Sie angerichtet haben! Sie haben meine Schlaftabletten vergessen«, keifte Maya von Miller und nahm die Sonnenbrille ab. Ihre ungeschminkten Augen waren zu einem Schlitz verquollen, ihr Blick war ein einziger vernichtender Vorwurf.

»Das tut mir außerordentlich leid, gnädige Frau. Aber selbstverständlich hatten Sie Ihre Schlaftabletten dabei. Hier sind sie doch.« Klara zog eine Medikamentenpackung aus der Seitentasche des Beautycase, das Maya von Miller mit an Bord gehabt hatte.

»Warum waren sie dann verdammt noch mal nicht wie immer in meiner Handtasche?«

»Entschuldigen Sie bitte, aber Sie selbst haben sie in das Beautycase gesteckt.«

»Und wenn schon. Wer wird dafür bezahlt, daß er sich um meine Sachen kümmert, Sie oder ich?« maulte Maya von Miller weiter und drehte sich wütend weg. »Nun machen Sie schon! Oder wollen Sie, daß ich nie zur Ruhe komme?«

Sie drückte zwei Tabletten aus der Packung, gab sie Klara, die sie in einem Löffel mit Wasser auflöste. Maya von Miller spülte den Tablettenbrei mit einem Schluck Wodka herunter, streckte ihrem Dienstmädchen dann wie ein kleines Kind die Arme entgegen. Schweigend entkleidete Klara ihre Chefin, die die Sonnenbrille wieder auf die Nase gesetzt hatte, massierte ihr den Nacken, zog ihr den Schlaf-BH an, darüber ein Negligé und knetete ihr schließlich sanft die Füße.

»Genug«, seufzte Maya von Miller. »Bis morgen früh will ich nicht gestört werden, von niemandem, haben Sie mich verstanden?«

Zufrieden legte sie sich unter ihr eigenes Bettzeug, auch das hatte sie von der Herzogin von Windsor übernommen. Andrew hatte ihr erzählt: Nie waren die Windsors ohne gereist.

Auf dem Nachttisch lag die Medikamentenpackung, in der sich keineswegs nur ihre Schlaftabletten befanden, sondern in einer Zwischenlage auch drei Gramm Kokain, ihre Reiseration. Sie war während des Fluges beinahe durchgedreht. Seit Jahrzehnten war sie nicht mehr einen ganzen Tag ohne ihr geliebtes weißes Pulver gewesen. Jetzt wollte sie nur noch schlafen, schlafen. Das Tütchen Kokain hielt sie in ihrer Faust umklammert.

Keine fünf Minuten später schlug sie Alarm. Durch einen schmalen Schlitz blitzte zwischen den schweren Vorhängen ein Schimmer Tageslicht hindurch. Während Robert und die Hausdame das Fenster rasch mit dunkler Folie abklebten, schnarchte Maya von Miller bereits leise vor sich hin. Den Rest des Tages verbrachte das Personal in Roberts Zimmer in Alarmbereitschaft, Backgammon spielend. Aber Maya von Miller gab keinen Ton mehr von sich.

Auf ihrer Suite telefonierte Grace Siegel mit David Miller-Wagenstein, der zusammen mit Jeff Katzenstein im *Adlon* abgestiegen war, und schilderte ihm die aktuelle Lage. Er beruhigte sie: »Wissen Sie, Grace, für Ihre Chefin hat diese Reise sicher eine noch größere Bedeutung als für uns. Sie müssen nett zu ihr sein, ich bitte Sie darum.«

Grace hatte sich Miller-Wagenstein in ihrer Not kurz vor der Abreise in New York anvertraut. Sie wollte ihren Job bei Maya von Miller aufgeben und hoffte, daß er im Unternehmen eine andere Verwendung für sie finden würde. Miller-Wagenstein hatte nicht ja und nicht nein gesagt, sie aber gebeten, die Reise mit voller Energie durchzuziehen, was sie ihm versprach.

Als Klara Maya von Miller am Morgen um neun Uhr mit einer Fußmassage sanft zu wecken versuchte, öffnete sie kurz die Augen, nur um mit schwacher Stimme mitzuteilen: »Grace soll für heute alles absagen. Wecken Sie mich am Nachmittag, um vier. Und dann will ich das große Programm.«

Nachdem Alexa und Corry einen ersten Schlachtplan für Paris entworfen hatten – Alexa wollte vom *Ritz* aus recherchieren und Corry in Hamburg; sie erinnerte sich, daß auf ihrem Speicher ein paar Kisten von Tante Victoria herumstanden –, waren sie mit dem Taxi nach Berlin-Mitte gefahren und hatten im *Oren* zu Abend gegessen. Vegetarischen Couscous, Joghurt mit Minze, dazu eine Flasche israelischen Rotwein von den Golanhöhen.

»Wann stellst du mir diesen Joe endlich vor?« fragte Corry, als sie nach dem Essen Arm in Arm zum *Schwarzenraben* schlenderten, um Alexas Mini Cooper, der seit gestern nacht vor der Tür geparkt war, abzuholen. »Ich denke, er hat sein Atelier gleich hier in der Gegend. Oder hast du Angst, daß ich ihn dir abspenstig mache?«

»Ich bin mir einfach noch nicht sicher, was aus uns wird. Du kennst mich doch, im Prinzip bin ich wie Friede, ich bin mir selbst genug«, antwortete Alexa lachend.

»Ja, ich weiß. Genau deshalb solltest du dir langsam mal Gedanken um dein Gefühlsleben machen«, meinte Corry, aber Alexa konterte: »Wie sagst du immer so schön: Alles zu seiner Zeit. Jetzt muß ich mich erst um meine Vergangenheit kümmern, die Zukunft kommt dann von ganz allein.«

Dem konnte Corry nicht widersprechen.

Noch lange saßen die beiden in Friedes Salon und besprachen die notwendigen Schritte. Als sie um zwei Uhr zu Bett gingen, stand fest: Gleich morgen früh würde Alexa ihre Chefredakteurin um Sonderurlaub bitten.

Alexa brachte Corry zur Frühmaschine nach Hamburg und fuhr vom Flughafen aus direkt in die Redaktion. Elisabeth Wolff saß jeden Tag pünktlich um halb acht an ihrem Schreibtisch, las Tageszeitungen und Nachrichtendienste, zeichnete Rechnungen ab, die die Geschäftsführende Redakteurin ihr abends in Unterschriftenmappen im Sekretariat hinterlegte, und genoß die Ruhe vor dem Sturm.

»Was gibt's?« fragte sie, als Alexa ihren Kopf durch den Türspalt steckte.

So sachlich wie möglich und so ausführlich wie nötig berichtete die Reporterin von ihrem überraschenden späten Erbe und bat: »Ich brauche zehn Tage Urlaub. Ich muß nach Paris.«

»Wieso Urlaub? Hast du mir nicht gestern gesagt, daß du wegen dieser Maya von Miller ohnehin nach Paris mußt? Na also, da kannst du gleich zwei Fliegen mit einer Klappe schlagen. Wann willst du los?«

»Übermorgen. Morgen abend ist diese Gala im Adlon, die will ich mir auf keinen Fall entgehen lassen.«

»Dann gebe ich dir hiermit offiziell zwei Aufträge: diese Maya-von-Miller-Story und deine eigene«, sagte Elisabeth Wolff abschließend und in so bestimmtem Ton, daß Alexa nicht widersprechen konnte.

»Aber schreiben werde ich nur über Maya von Miller«, beeilte sie sich klarzustellen.

»Warten wir's ab«, meinte ihre Chefredakteurin und kramte in einem Stapel von Akten und Unterlagen. Diesmal zog sie eine Schachtel *Lindt's Feine Blättchen* heraus. Genüßlich schob sie sich ein Schokoladentäfelchen in den Mund und sah Alexa aufmunternd an. Die griff tatsächlich zu. Beide lachten und gaben sich die Hand. »Du machst das schon«, sagte Elisabeth Wolff und gab Alexa einen mütterlich-fürsorglichen Klaps auf die Schulter. »Viel Glück in Paris. Und melde dich, wenn du Unterstützung brauchst.«

Auf ihrem Schreibtisch fand Alexa eine Telefonnotiz vom Redaktionssekretariat vor. Grace Siegel mußte das für heute vage in Aussicht gestellte Vorgespräch mit Maya von Miller absagen, hatte aber die Nummer von David Miller-Wagenstein hinterlassen, der ihr zwischen 9 und 10 Uhr gern im *Adlon* für ein Telefonat zur Verfügung stehen würde.

»Na dann mal los, was wollen Sie wissen?« fragte er. Seine Stimme war ihr auf Anhieb sympathisch.

»Wenn Sie Ihre Stiefmutter charakterisieren müßten ...«, begann Alexa.

»Tun Sie mir das bitte nicht an«, sagte er mit gespielter Empörung, beschrieb Maya von Miller dann als »sehr spontan« und als eine Frau mit »beachtlichen Stärken und ein paar Schwächen; ihre Stärke ist ganz sicher ihr ungeheurer Wille zum Erfolg«, führte er aus. »Was sie sich vorgenommen hat, erreicht sie, manchmal auch auf Umwegen oder unter größten Anstrengungen.«

»Zum Beispiel?« hakte Alexa nach.

»Wenn Sie sich ihren Terminkalender der nächsten Tage ansehen würden, dann wüßten Sie, was ich meine.«

»Und ihre Schwächen?«

»Wie ich schon sagte: ihre Spontaneität. Aber darüber sollten Sie sich schon mit ihr selbst unterhalten. Sie haben ja einen festen Interviewtermin in Paris, wie Grace mir sagte.«

»Herr Miller-Wagenstein, darf ich Ihnen eine etwas indiskrete Frage stellen?«

»Nur zu. Aber ob ich sie beantworten werde ...?«

»Warum heißt Ihre Stiefmutter eigentlich Maya von Miller und Sie und Ihr Vater Miller-Wagenstein?« wollte Alexa wissen.

»Sie gefallen mir, danach hat mich noch niemand zu fragen gewagt. Aber ich erkläre es Ihnen gern. Mein alter Herr war sehr sentimental und konnte seiner Frau selten einen Wunsch abschlagen. Sie müssen wissen, daß Maya mit zweitem Namen Veronika heißt, also V. Als sie eines Tages erfuhr, daß ein Zweig unserer deutschen Vorfahren von Müller hieß, wurde aus dem großen V Punkt ein kleines v Punkt, und ihr, die Medien, habt daraus ein von gemacht. Meinem Vater war es gleichgültig, und meine Stiefmutter hat nichts dagegen unternommen. Von Miller ist, wenn Sie so wollen, ein Künstlername.«

Alexa war über seine Offenheit erstaunt, und sie hätte gern weitergefragt, zum Beispiel, wie er persönlich solche Eitelkeiten fand. Aber sie beschloß, ihn jetzt nicht mit so etwas zu behelligen. Sie würde ihn vielleicht später noch brauchen. »Kann sein, daß sich nach meinem Interview mit Ihrer Stiefmutter konkretere Fragen ergeben. Darf ich dann noch einmal auf Sie zukommen?«

»Aber gern«, antwortete er. »Jederzeit.«

»Ich nehme Sie beim Wort«, verabschiedete sich Alexa. »Wir sehen uns heute abend bei der Gala?«

»Sicher.«

Nach fast 24 Stunden im Bett und nur vier Stunden vor dem offiziellen Beginn der ADDY-Gala bequemte sich Maya von Miller endlich, sich zu erheben. Sie hatte schlecht, stundenlang überhaupt nicht geschlafen. Dennoch hatte sie nicht aufstehen können, obwohl sie sich inzwischen mehr als zwei Gramm Koks genehmigt hatte. Wie gelähmt hatte sie im Bett gelegen. Diese Unruhe, diese verfluchte Unsicherheit hatten sich während des Fluges nach Deutschland so auf ihr Gemüt gelegt, daß sie kaum sich selbst, geschweige denn ihr Personal ertragen konnte.

»Was wollt ihr denn? Das Timing ist perfekt«, beschwerte sie sich, als Klara anfragte, ob man den Masseur nicht ausnahmsweise einmal ausfallen lassen könnte. »Wir haben vier Stunden Zeit, niemand erwartet, daß ich pünktlich bin.«

Das »große Programm«, das in der Regel drei Stunden dauerte, konnte endlich beginnen: Massage, Algenbad, Maniküre und Make-up, Frisur, Garderobe. Den Masseur warf sie nach einer halben Stunde raus, er war ihr zu sanft.

Mürrisch schweigend ließ Maya von Miller Klaras und Annas Handreichungen über sich ergehen, Entspannung fand sie dabei nicht. Kurzerhand schickte sie ihre Leute aus der Suite und bewilligte sich eine weitere Line. Erst dann löste sich ihre Anspannung, und sie fing sogar an, sich auf den Abend zu freuen. Im Spiegel fand sie bestätigt, daß sie gut aussah, ihre Augen abgeschwollen und die Falten um den Mund kaum sichtbar waren.

Was wollte sie mehr? Sie war in Deutschland, und sie sollte gefeiert werden.

Wieder rief sie nach Klara und Anna und gab die ersten normalen Worte von sich, seit sie in Berlin war: »Was soll ich anziehen?«, aber nur, um sich gleich wieder in Schweigen zu hüllen.

Unten in der Hotelhalle wartete bereits Udo Walz, der Berliner Prominentencoiffeur, über den sie in *Gala* und *Vogue* nur das Beste gelesen hatte. Kurz vor acht wurde er auf die Suite gebeten, um ihrem von Klara bereits gewaschenen, eingedrehten und vorgefönten Haar den letzten Pfiff zu geben. Walz, der kapriziöse Kundinnen gewohnt war, der regelmäßig Gabriele Henkel frisierte, aber auch an Sharon Stone und Claudia Schiffer hatte Hand anlegen dürfen, spürte, daß diese Dame hier für ein Schwätzchen nicht zu haben war, und machte sich, nachdem er sich vorgestellt hatte, wortlos an die Arbeit. Schon nach wenigen Minuten zischte Maya von Miller ihn an: »Wie lange wollen Sie eigentlich an mir herumfummeln?«

»Eine Viertelstunde brauche ich noch, Frau von Miller.«

»Eine Viertelstunde? Dann müssen wir kurz unterbrechen.«

Als sie von ihrem Stuhl aufstand, verrutschte ihr Negligé, und für den Bruchteil einer Sekunde entblößte sie ihren perfekten Busen. Walz sagte »Pardon«, worauf sie laut auflachte und auf ihren Pantoletten ins Bad tippelte. Wenig später kam sie zurück, war wie verwandelt, tätschelte Udo Walz beide Wangen und forderte ihn auf: »Dann machen Sie mich mal fertig, mein Liebster. Wissen Sie eigentlich, daß Sie eine gewisse Ähnlichkeit mit Sean Connery haben?«

Bevor Walz antworten konnte, brachte Robert ihr das Telefon. »Herr Miller-Wagenstein«, flüsterte er.

»Warum flüstern Sie? Wir sind hier doch nicht in der Kirche«, scherzte sie. Der Butler hatte noch nichts von ihrem Stimmungswandel mitbekommen.

»David. Wo bist du?«

»Unten in der Hotelhalle«, sagte Miller-Wagenstein. »Ich komme gerade vom Cocktail beim Regierenden Bürgermeister. Alle haben dich sehr vermißt. Kann ich raufkommen? Ich würde gern kurz den Ablauf des Abends mit dir besprechen.«

»Du bist viel zu früh, mein Liebster. Frauen in Lockenwicklern empfindest du doch sicher als Zumutung.« Sie warf neckisch ihre Mähne nach hinten und zwinkerte Walz zu. »Wir sehen uns um Viertel vor neun in der Halle.« Sie verspürte keinerlei Sehnsucht nach ihrem Stiefsohn, es reichte ihr, daß sie den Abend mit ihm verbringen mußte.

Es war schließlich neun Uhr, als Maya von Miller und David Miller-Wagenstein in ihrem Bentley vom *Schloßhotel* im Grunewald zum *Adlon* am Pariser Platz aufbrachen. Und wieder ließ sie die Scheiben verdunkelt, bekam sie nicht mit, wie Andrew sie durch das hell erleuchtete Brandenburger Tor fuhr.

David informierte sie, daß Mick Friedan, ihr Anwalt, sich kurzfristig entschlossen hatte, ebenfalls nach Berlin zu kommen, um an der Gala teilzunehmen.

»Und warum hat mich niemand gefragt?« wollte Maya wissen.

Er zuckte die Schultern und schwieg. Sie bat ihn, ihr aus dem Programmheft der ADDY-Gala den Ablauf des Abends vorzulesen.

»Ich komme also vor elf gar nicht dran«, keifte sie. »Warum hat mir das keiner gesagt?«

»Maya, der ganze Abend findet zu deinen Ehren statt«, versuchte David sie zu besänftigen.

Den Rest der Fahrt schwiegen sie sich an.

Friedan war keineswegs der Gala wegen nach Berlin gekommen. Er hatte David eine wichtige Mitteilung zu machen. Leider gab es keine Gelegenheit, sich vor der Veranstaltung zu treffen. Zur Sicherheit hatten sie sich für drei Uhr nachts an einem neutralen Ort verabredet, an *Harry's New York Bar* im *Grand Hotel Esplanade*.

Als Maya und David schließlich vor dem *Adlon* vorfuhren, führten zwei Bodyguards sie durch den Troß von Fotografen, die wie wild drauflosblitzten. Erschrocken hielt Maya die Hand vor die Augen, sie fühlte sich überrumpelt, überfallen und rannte vor den Bodyguards hinein in die Hotelhalle, wo Sam Saville, der IAA-Präsident, Manfred Schmidt, der Organisator, und Hoteldirektor Jean van Daalen auf sie warteten. Beinahe wäre sie in ihrer Panik an ihnen vorbeigestürzt.

»David, hilf mir«, rief sie ihrem Stiefsohn zu, der in aller Ruhe hinter ihr her ins Hotel gekommen war. Er legte seinen Arm um sie und begleitete sie mit dem Empfangskomitee in den Ballsaal. Für den Begrüßungscocktail war es zu spät, sie kamen gerade noch rechtzeitig zum Dinner; der Service an den Tischen war bereits angelaufen. Der von Schmidt so sorgfältig geplante Einzug des Ehrengastes ging in einer Schar von Kellnern unter, die gerade die Vorspeise, einen halben Hummer mit Limonenmayonnaise, servierten. Ein TV-Team der RTL-Sendung *Exclusiv* versuchte die hektische Ankunft mitzudrehen, Manfred Schmidt hielt seine Hand vor die Linse der Kamera.

»Hätte man nicht auf mich warten können?« zischte Maya von Miller ihn an.

»Sorry, Frau von Miller, aber die Verleihung wird live im Berliner Lokalfernsehen übertragen, wir mußten pünktlich beginnen.«

»Im Lokalfernsehen?« fragte sie ungläubig nach. Und brach in ein wütendes »Wissen Sie eigentlich, wen Sie vor sich haben?« aus.

»Ja, gnädige Frau.« Schmidt war so perplex, daß ihm nichts anderes einfiel.

Alexa Schwarz beobachtete den Einzug des Ehrengastes vom Nachbartisch aus. Schmidt hatte sie hervorragend plaziert, sie hatte sowohl die Bühne als auch Maya von Millers Tisch voll im Blick. Auch über ihre Tischherren konnte sie sich nicht beschweren. Auf der einen Seite saß Jean-Remy von Matt, der blendend aussehende Chef einer der wichtigsten Werbeagenturen Deutschlands, auf der anderen Dr. Mick Friedan, ein New Yorker Anwalt, der sich ihr als Freund David Miller-Wagensteins vorstellte.

Sie war nicht ganz bei der Sache. Den Tag hatte sie damit verbracht, ihre Paris-Reise vorzubereiten. Und dann war da noch Joe gewesen, den sie auf einen Kaffee getroffen hatte und der ihr auf den Kopf zusagte, daß sie ihm etwas Entscheidendes verheimliche. Es war daraufhin zu einem Streit gekommen, den sie anschließend bereute. »Es geht dich nichts an«, hatte sie ihn angezischt, als er insistierte. Seinen Monolog über Vertrauen als Grundlage für Freundschaft, ja Liebe hatte sie sich schweigend angehört. Zu voll war ihr Herz, als daß sie ihm antworten konnte. Jedenfalls hatte sie ihm versprochen, ihn vor ihrer Paris-Reise noch einmal zu treffen. Dabei wußte sie, daß sie log.

Ihr Fotograf Paul Schirnhofer war draußen in der Lobby geblieben, er wollte die Ankunft des Ehrengastes auf keinen Fall verpassen. Und tatsächlich hatte er sein erstes ungewöhnliches Foto bereits im Kasten. Maya von Miller war beim Aussteigen aus ihrem Bentley in eine Pfütze getreten, Schirnhofer liebte solche Symbolfotos und war für den Abend eingestimmt.

Als Maya von Miller und Sam Saville am Ehrentisch eintrafen, kam es zu einem kleinen Gerangel zwischen den Kellnern und den Herren am Tisch, die zur Begrüßung der

Preisträgerin eilfertig aufsprangen. Ein Teller ging zu Bruch, ein Hummer rutschte über den Boden, was Maya von Miller ein etwas zu lautes Lachen entlockte, das am Nachbartisch zwei Personen aufhorchen ließ, Mick Friedan und Alexa Schwarz.

Aber Maya war nun bester Laune. Hemmungslos flirtete sie mit Julio Iglesias, der sich allerdings nach dem Hummer in seine Garderobe zurückzog. Danach ließ sie sich von Ron Sommer, dem Vorstandsvorsitzenden der Deutschen Telekom, hofieren. Der charmante Österreicher überschüttete sie mit Komplimenten. Es hatte sich in der Branche herumgesprochen, daß Maya von Miller nicht nur nach Deutschland gekommen war, um den ADDY entgegenzunehmen.

David Miller-Wagenstein entdeckte Friedan erst nach einiger Zeit am Nachbartisch und winkte ihm diskret zu. Schließlich wurde der Hauptgang abserviert; Maya von Miller hatte keinen Bissen gegessen. Es gab mit Kräutern gefüllte ausgelöste Wachteln an einer Rosmarincreme, dazu feine Gemüse und Kartoffelstreifen. Sie haßte Geflügel, nie aß sie Kartoffeln. Hätte man sich nicht nach ihrem Geschmack richten können? Sie wollte aufstehen, um zur Toilette zu gehen, sie brauchte einen Schluck Wodka, da wurde die Bühne in Licht getaucht.

»Es geht los«, signalisierte ihr Sam Saville. Maya blieb also sitzen, zückte ihre Puderdose, zog die Lippen nach und straffte sich. David Letterman, Vorbild von Thomas Gottschalk, Harald Schmidt und Co., war an den Rand des Podiums getreten und verneigte sich in Richtung des Ehrentisches, während ein Scheinwerferspot durch den Ballsaal schwenkte und auf Maya von Miller stehenblieb.

»Und nun, meine Damen und Herren, kommen wir zum Höhepunkt des heutigen Abends, was sage ich, des ganzen Jahres. Ich darf Maya von Miller auf die Bühne bitten.«

Beifall rauschte auf, als die Frau, zu deren Ehren man sich hier in diesem festlichen Rahmen versammelt hatte, sich erhob und kurz hinter ihrem Stuhl verweilte, um sich mit leichten Verbeugungen in alle Richtungen zu bedanken. Auch David Miller-Wagenstein war aufgestanden und geleitete seine Stiefmutter zwischen den Tischen hindurch nach vorn zur Bühne, wo Letterman sie in Empfang nahm. Peter Duchin, der Liebling der New Yorker Society, und seine Band, wie Letterman eigens aus New York eingeflogen, begleitete ihren Auftritt mit einer jazzigen Variation von »If I ever needed you«.

Maya von Miller sah phantastisch aus, glamourös, mondän, eine rundum außergewöhnliche Erscheinung. Das bodenlange Abendkostüm aus schwarzem Satin war elegant, feminin, eng tailliert, ihre Figur perfekt betonend. Das taillenkurze Schoßjäckchen war mit weißen Perlenknöpfen verschlossen. Auf ihrem linken Mittelfinger trug sie einen Solitär, der im Blitzlichtgewitter der Fotografen tausende Funken versprühte.

»Das teuerste Kostüm der Welt«, konnte man später im *Stern* lesen. Hans-Peter Junker, ein junger Gesellschaftsreporter, hatte die Preisträgerin hautnah beobachtet und ihr Auftreten bitterscharf kommentiert. »Von dem amerikanischen Modeschöpfer Oscar de la Renta für das Pariser Modehaus Pierre Balmain entworfen, jeder Knopf eine seltene australische Perle, eingerahmt von südafrikanischen lupenreinen Brillanten und je 100000 Dollar wert, wie *W*, die Modebibel der High-Society, enthüllte. Fünf Knöpfe, macht also eine halbe Million Dollar, davon könnten 10000 Kinder in der dritten Welt ein Jahr lang vor dem Hunger gerettet werden.«

Auf ihren hohen Pfennigabsätzen stieg Maya von Miller behende die steilen Stufen zur Bühne hinauf.

Im Saal wurde getuschelt, die Leute reckten die Köpfe, einige zückten ihre Pocketkameras. Jeder kannte den Namen, kaum einer die Frau.

»Meine Damen und Herren«, rief David Letterman, »Maya von Miller, unsere Preisträgerin!« Sie verbeugte sich zum Publikum, er legte seinen Arm um ihre Schulter. Im Saal wurde es dunkel, auch das Licht auf der Bühne wurde zurückgenommen, während eine riesige Monitorwand lautlos von der Decke herunterglitt. Auf dem Bildschirm verwandelte sich das geschwungene NEED-Logo im Sekundentakt, und in Überlebensgröße erschienen die Topstars Amerikas, die Maya von Miller für ihren Sender unter Vertrag genommen hatte, und sprachen einen einzigen Satz in die Kamera: »We NEED you.«

Liz Taylor roch dabei für ihre Aids-Foundation an einem Parfümflakon, Jerry Lewis zupfte seine Krawatte für die Anonymen Alkoholiker zurecht, Madonna nahm für Waisenkinder einen Schluck aus einer Flasche Mineralwasser, und Michael Douglas schrieb mit einem Füllfederhalter für seine Aktion gegen Analphabetismus ein Autogramm. Die Protagonisten warben ausnahmsweise einmal nicht nur für den guten Zweck, sondern für die Frau, der sie die grandiose Idee des Geschäfts mit dem Mitleid zu verdanken hatten.

Sam Saville hatte ebenfalls die Bühne betreten, in der Hand den GOLDENEN ADDY, ein von dem französischen Bildhauer César entworfenes Kunstwerk aus 18-karätig vergoldeter massiver Bronze in Form eines auf den Kopf gestellten großen A, ein stilisiertes Victory-Zeichen, 25 Zentimeter hoch und auf einen schwarzen Marmorsockel montiert.

Mit einem verächtlichen Lächeln beobachtete Maya, wie Saville die kurze Laudatio von einem Teleprompter ablas:

»Mit sicherem Gespür für die Motivierung von Frauen, den wahren Trägern unserer Wirtschaft, und einer genialen Marketingstrategie ist es Maya von Miller aus dem Stand gelungen, NEED, den bis dahin, pardon, David«, Saville nickte Miller-Wagenstein zu, »nur mäßig erfolgreichen Tele-Shopping-Kanal der Miller-Wagenstein-Gruppe zum weltweit erfolgreichsten Sender seines Genres zu machen.

Mit der Verpflichtung herausragender Persönlichkeiten – einige von ihnen haben Ihnen, sehr verehrte gnädige Frau, gerade auf unserer Leinwand ihre Reverenz erwiesen – ist es Ihnen, liebe Maya, gelungen, die Wirtschaft in die Pflicht zu nehmen. Zehn Prozent der Erlöse führt NEED an ausgewählte soziale und kulturelle Projekte ab. Die gigantische Resonanz auch in unserer Branche – wie ich höre, sind die Werbezeiten von NEED auf Monate ausgebucht – und die durchweg exzellenten Einschaltquoten geben Ihrem Konzept recht. NEED ist die TV-Innovation des Jahres.

Das ist uns die höchste Auszeichnung unserer Academy, den GOLDENEN ADDY, wert.

Es ist übrigens der letzte, den wir in diesem Jahrtausend verleihen, und der erste, der an eine Frau geht. Wir freuen uns sehr, Sie, sehr verehrte Frau von Miller, damit auch als erstes weibliches Ehrenmitglied im Präsidium unserer Academy willkommen heißen zu dürfen. Der GOLDENE ADDY für Maya von Miller.«

Saville überreichte ihr den Preis und küßte sie auf beide Wangen. Sie drückte die Skulptur fest an ihren Busen und verneigte sich wieder vor dem Publikum. Die Herren am Ehrentisch erhoben sich von ihren Plätzen, innerhalb weniger Sekunden formierte sich der ganze Saal zu Standing ovations.

Mit zwei energischen Schritten ging Maya zum Mikrofon und sagte mit ihrer rauhen Stimme, in die sie eine Extraportion Erotik legte, was allerdings nur Miller-Wagenstein, Katzenstein und Friedan auffiel: »Danke, Sam, danke, David. Mein besonderer Dank aber gilt der Jury der Academy, die mir den Preis zugedacht hat. Daß heute zum erstenmal eine Frau mit dem GOLDENEN ADDY ausgezeichnet wird, ist eine gute Entscheidung. Sie kommt allerdings reichlich spät – besonders für eine Gesellschaft wie die Ihre, die von sich eigentlich mit Recht behaupten kann, mit allem, was sie tut, immer einen Schritt voraus zu sein.«

Das Publikum reagierte mit Heiterkeit, auch David Letterman klatschte, während Sam Saville sich um ein Lächeln bemühte und sichtlich erleichtert war, als Maya von Miller fortfuhr: »Ich freue mich selbstverständlich dennoch sehr über diese schöne Auszeichnung, die in meinem Leben einen Ehrenplatz bekommen wird.« Wieder verneigte sie sich vor dem Publikum.

Völlig überraschend richtete sie plötzlich ruckartig ihren Blick nach oben, streckte den rechten Arm aus und hielt das glänzende Victory-Zeichen über ihren Kopf, als wollte sie es jemandem zeigen. Mit geschlossenen Augen verharrte sie so ein paar Sekunden, drückte die Trophäe wieder an ihren Busen, dann an ihren Mund und küßte sie. Alle Farbe war aus ihrem Gesicht gewichen. Schließlich öffnete sie die Augen und sagte laut und deutlich: »Danke.«

Letterman hakte sich bei ihr ein. »Maya, vielleicht sollten Sie für unsere Freunde noch einmal wiederholen, wem Sie da gerade im stillen so beeindruckend gedankt haben.«

»Nun, das werde ich sicher nicht tun«, antwortete sie mit einem kühlen Lächeln, nahm den Strauß langstieliger roter Rosen entgegen, den Sam Saville ihr überreichte, und verließ mit ihm die Bühne. An ihren Tisch zurückgekehrt, griff sie nach dem erstbesten Glas Champagner – es war das von Ron Sommer – und trank es in einem Zug aus.

»Wie war ich?« fragte sie David.

»Gut. Und danke, daß du an Vater gedacht hast.«

Verständnislos schüttelte sie den Kopf und wandte sich den anderen Herren am Tisch zu. Als Manfred Schmidt sie nach draußen bat – »Die Presse!« –, folgte sie ihm unverzüglich. In der Hotelhalle wartete ein Heer von Reportern, Fotografen und TV-Teams.

Sie lächelte in die Fernsehkameras und Fotoapparate, gab ein paar nichtssagende Statements ab und posierte kurz Arm in Arm mit Schmidt und dem Hoteldirektor. Alles in allem dauerte es keine zehn Minuten.

»Das war's.« Sie wandte der Presse ihren Rücken zu und sagte zu Schmidt: »Wenn Sie so lieb wären, mich bei meinem Stiefsohn und Sam Saville zu entschuldigen. Mir ist nicht gut, ich muß gehen.«

»Sie können uns doch jetzt nicht schon verlassen«, flüsterte Schmidt entsetzt. »Das Dessert ist eine Hommage an Sie, und Julio ist nur Ihretwegen gekommen.«

»Na und?« antwortete sie lapidar. Es blieb Schmidt nichts anderes übrig, als sie zum Ausgang zu begleiten, wo Andrew schon bereitstand. Schmidt hielt ihr den Schlag auf. Lautlos fuhr der Bentley davon. Den GOLDENEN ADDY hatte sie auf dem Flügel in der Hotelhalle stehenlassen.

Alexa war ihr gefolgt und hatte die Szene beobachtet. Sie wollte gerade auf Maya von Miller zugehen und sich vorstellen, da entwischte sie am Arm von Schmidt schon zum Ausgang. Paul Schirnhofer war schneller gewesen, auf ihren Fotografen war eben Verlaß. Alexa sah, wie er in ein Taxi sprang und Maya von Millers Bentley folgte. Beruhigt ging sie zurück in den Ballsaal.

An ihrem Tisch saßen David Miller-Wagenstein und Mick Friedan, ins Gespräch vertieft. Eine Weile blieb sie etwas abseits stehen. Sie dachte an morgen, an Paris. Sie sah auf die

Uhr, es war kurz vor Mitternacht. Eigentlich konnte sie gehen; das Dessert hatte sie verpaßt, aber Iglesias, den Friede aus unerfindlichen Gründen verehrt hatte, würde sie noch mitnehmen.

»Darf ich Sie David Miller-Wagenstein vorstellen?« Friedan hatte sie entdeckt und führte sie an ihren Tisch zurück. »David, das ist die junge Reporterin, von der ich dir erzählt habe. Man kann sich nicht nur köstlich mit ihr unterhalten, sie scheint auch ein großes Interesse an unserem Metier zu haben.«

»Alexa Schwarz«, sagte sie. »Wir haben gestern kurz miteinander telefoniert. Ich arbeite für Mona Lisa an einem Porträt über Ihre Stiefmutter.«

»Ach, Sie sind das. Sehr erfreut.« Miller-Wagenstein reichte ihr die Hand. »Ist sie noch draußen bei den Reportern?« fragte er.

»Nein, sie ist soeben weggefahren.«

Maya von Miller ließ sich in den weichen Rücksitz des Bentley fallen, betätigte die Zentralverriegelung und preßte zwei Knöpfe an der Mittelkonsole. Leise surrend verdunkelten sich die Fenster, schob sich hinter Andrew eine schwarze Trennscheibe nach oben. Fahrig nestelte sie eine kuvertartige Tasche aus demselben Stoff wie das Polster unter ihrem Sitz hervor und nahm zwei Briefchen Kokain heraus, ihre Ration für heute nacht und morgen früh. Sie steckte sie in ihren BH und verstaute das Kuvert wieder in dem Geheimfach, wobei sie den Klettverschluß sorgfältig festdrückte.

Dann schob sie in der Mittelkonsole die Rolltür zur Seite, hinter der sich ein Barkühlschrank verbarg. Sie setzte die Miniflasche *Absolut* an ihre Lippen und leerte sie mit einem Schluck.

»Fasanenstraße, Ecke Lietzenburger«, ließ sie Andrew über die Sprechanlage wissen. »Und ein bißchen flott.«

Sie nahm ihr Handy aus der Handtasche, tippte auf die 1 und sagte nur: »In einer halben Stunde bin ich bei dir.«

Sie schloß die Augen und fühlte sich plötzlich verloren und von aller Welt verlassen. Ihre Heimkehr nach Deutschland hatte sie sich anders vorgestellt; seit zwei Tagen kannte sie nichts als Angst und Wut, und dann diese furchtbaren Leute in dem Ballsaal, die sie alle anstarrten, als habe sie die Pest. Und was wollte Friedan in Berlin? ›Do, liebe Do‹, dachte sie und sehnte sich danach, ihrer Freundin in die Arme zu fallen.

Dorothea Gorski stand wartend am Fenster, als Maya von Miller in ihrem Bentley vorfuhr. Tatsächlich war Maya nur ein einziges Mal hier bei ihr gewesen, zu ihrer ersten Sitzung vor mehr als vierzehn Jahren. Seitdem war viel passiert.

Viel von dem, was sie vorhergesehen hatte, war eingetroffen, aber mehr stand Maya und damit auch ihr selbst noch bevor.

Do ging ihr über die breite, mit braunem Sisal bespannte Treppe entgegen und nahm die Freundin in die Arme. »Schön, daß du da bist. Willkommen in Berlin. Ich habe mich so auf dich gefreut.« Maya zuckte zusammen. Sosehr sie sich noch vor wenigen Minuten nach Do gesehnt hatte, so ungeheuer kam sie ihr jetzt vor. Was machte sie hier eigentlich?

In der schwachen Beleuchtung des Flurs erkannte Do sofort, daß mit Maya nicht viel anzufangen war.

»Wie geht es dir?« fragte sie eindringlich, als sie in ihrem Sprechzimmer Platz genommen hatten. Dutzende von schwarzen Kerzen tauchten das dunkle Boudoir in ein geheimnisvolles Licht, ließen die Schatten der kleinen Bronzefiguren tanzen, die überall an den Wänden auf kleinen

Holzborden standen. Durch einen Spalt in den schwarzen Vorhängen entdeckte Maya die von einer Laterne angestrahlte Blutbuche, die mit ihrem gewaltigen Wipfel den ganzen Hinterhof ausfüllte. Irritiert stand sie aus ihrem Sessel auf und zog den Vorhang zu. Was sie gesehen hatte, trieb ihr den kalten Schweiß auf die Stirn: Eines der roten Blätter hatte die Form eines winzigen zuckenden Herzens …

»Wie geht es dir?« wiederholte Do.

Maya krallte sich an der Armlehne fest, unverwandt sah sie Do an und wußte plötzlich, daß sie dieser Frau ausgeliefert war. Aber sofort hatte sie sich wieder unter Kontrolle und änderte ihren Plan. Was ging Do ihr Innerstes an?

»Ich bin dabei, das Geschäft meines Lebens abzuschließen«, sagte sie. »Leg mir die Karten.«

»Ich habe gedacht, daß wir uns heute einmal deine Ängste ansehen, von denen du mir neulich erzählt hast.«

Maya steckte sich, obwohl sie wußte, daß Do es haßte, einen Joint an und inhalierte tief. »Vergiß es. Fang endlich an.«

Do bekreuzigte sich andächtig und nahm ihre Karten aus einem über und über mit goldenen Ornamenten bemalten Ebenholzkasten. Sie spürte eine große innere Ruhe. Diese Sitzung würde eine entscheidende Rolle spielen, in welcher Verfassung auch immer Maya sich befand. Do fühlte sich stark wie nie.

Zuerst mischte sie das Spiel ihrer Urgroßmutter und fächerte es vor Maya aus. »Zieh bitte drei Karten mit der linken Hand.« Maya tippte auf drei Karten, Do nahm sie aus dem Fächer heraus und legte sie verdeckt vor sich hin.

Sie mischte ein zweites Spiel, bat Maya abzuheben, legte die beiden Stapel aufeinander, mischte neu und fächerte die Karten wieder aus. Diesmal mußte Maya sieben Karten ziehen. Aus einem weiteren Kartenspiel zog Maya noch einmal drei Karten und fing an, sich die Jacke ihres Kostüms aufzuknöpfen.

Do unterbrach das Ritual. »Maya, du bist nicht bei der Sache.«

»Reicht es nicht, wenn du bei der Sache bist?« kam es schnippisch zurück. »Ich brauche dringend einen kleinen Muntermacher.«

Maya griff in ihren BH, zog ein Tütchen hervor und genehmigte sich in aller Ruhe auf ihrer Puderdose eine Line.

»Du kannst ruhig weitermachen«, sagte Maya, ohne aufzuschauen.

Do schloß die Augen und konzentrierte sich, sie war fest entschlossen, Mayas negative Energie nicht an sich heranzulassen.

»Du kennst meine Regeln. Du mußt mich, wenn wir einmal angefangen haben, unbedingt ausreden lassen«, sagte sie. »Womit wollen wir anfangen, mit der Liebe, der Gesundheit, dem Beruf, dem Geld, den allgemeinen Prognosen?«

»Fang mit der Liebe an.«

Do drehte mit Bedacht die von Maya gewählten Karten um, ordnete sie in eine bestimmte Folge, atmete tief ein und ebenso intensiv wieder aus. Sie tauchte ihre rechte Hand in eine Schale Weihwasser, das sie sich einmal im Jahr von einer Wallfahrt nach Lourdes mitbrachte, bespritzte, kleine Kreuze schlagend, zuerst die Karten, dann Maya, zum Schluß sich selbst. Nach einem weiteren andächtigen Kreuzzeichen schloß sie die Augen, legte die Kuppen ihrer gespreizten Finger fest an ihre Schläfen, wiegte den Kopf nach rechts und nach links, erst langsam, dann immer heftiger, bis es sie so schüttelte, daß ihre Haare wie ein Strahlenkranz um ihren Kopf flogen.

Sie hielt inne, horchte in sich hinein, öffnete ihre Augen

und fing in abgehackten Sätzen an zu sprechen. Die Stimme war monoton und fremd.

»Du wirst ... Liebe erfahren. Leid. Ein, nein ... mehrere Männer aus deiner Vergangenheit. Eine Frau ... kommt auf dich zu. Hat in deinem Leben ... eine Rolle gespielt. Am Ende ... nein, der Kerl muß zur Seite gehen, ich kann nicht richtig sehen. Nein, nein«, rief sie, Schweiß stand ihr auf der Stirn. »Tod.«

»Wer?« schrie Maya.

Do schlug wütend mit der flachen Hand auf den Tisch, Mayas Aufschrei hatte ihre Trance unterbrochen. »Ich höre sofort auf. Du mußt dich an die Spielregeln halten. Ich kann dir deine Frage nicht beantworten. Willst du, daß ich weitermache?«

»Ja.«

»Womit?«

»Mit dem Beruf. Und dann Gesundheit.«

Do nahm die entsprechenden Karten auf und versetzte sich erneut in Trance. Ihr Gesicht war regungslos, als sie mit harter Stimme fortfuhr: »Gravierende Einschnitte, Irritationen. Konkurrenz ... Der erste ist es nicht ... aber der zweite, ja ... ja ... ja. Der zweite.«

Maya starrte gebannt auf die noch verbleibenden Karten. Wie stand es um ihre Gesundheit?

»Kein Schlaf ... Unruhe ... immer Unruhe. Große Operation ...«, stieß Do hervor. Sie fuhr sich mit den Händen über die Stirn und weckte sich aus ihrer Trance auf. »Soll ich weitermachen?«

»Aber ja. Ich bin allerdings sehr neugierig, wie du mir erklären wirst, warum du plötzlich nur noch Grauenhaftes erkennen kannst, nachdem du mir jahrelang das Beste vom Himmel heruntergelogen hast.«

»Es liegt nicht an mir, es liegt an dir. Ich lüge nie, das

weißt du genau«, antwortete Do und nahm sich nun noch die Geld-Karten vor. Wieder dauerte es einige Minuten, bis sie das erste Wort hervorstieß: »Genug ... mehr als genug.«

Maya lief in kurzen Schritten vor dem Fenster auf und ab.

Do war tief über die letzten sieben Karten gebeugt, die allgemeine Prognose bedeuteten, und stöhnte: »Andere ... entscheiden. Tod ... Alle tot.«

»Do, muß ich sterben?« Maya beugte sich über den Tisch und rüttelte die Wahrsagerin an den Schultern. Die sprang auf und stieß sie von sich.

»Do«, flehte Maya, »hör auf. Hilf mir.«

»Wenn du es nur zulassen würdest«, sagte Do, die völlig erschöpft aus der Trance aufgewacht war. »Ich habe deine Verzweiflung nicht vergessen, als du mich aus New York angerufen hast. Laß uns darüber sprechen, ich sehe doch, daß sie immer noch in dir ist, Liebes.«

Da warf sich Maya mit ganzer Wucht hemmungslos schluchzend ihrer Freundin in die Arme. »Es kommt und geht. Dieses entsetzliche Rot. Vorhin im Adlon habe ich es gesehen, und in deinem Baum im Hof ist es auch.«

»Ist es jetzt da?« fragte Do leise und streichelte Mayas Gesicht.

»Nein.«

»Sei ganz ruhig. Erscheinungen wie diese haben ihre Wurzeln immer in uns selbst. Es gibt da etwas, an dem du zu ersticken drohst. Ich sehe das schon seit einiger Zeit ganz deutlich, aber du mit deinen Problemchen warst ja nicht ansprechbar. Wir müssen herausfinden, was es ist, Maya.«

»Was soll ich tun?«

»Versuch dich zu erinnern, wem du an dem Tag, als es zum erstenmal zu dir kam, begegnet bist.«

Maya schüttelte den Kopf. »Dutzenden von Leuten,

meinem Personal, Handwerkern, dem Vorstand, David. Es war der Tag, an dem ich meine erste Sitzung im Pierre hatte.«

»War irgend jemand darunter, den du lange nicht gesehen hattest?«

»Nein.«

»Niemand aus deiner Vergangenheit?«

»Was soll das alles, Do? Ist das hier ein Verhör?«

»Menschen aus deiner Vergangenheit werden in deiner Zukunft eine entscheidende Rolle spielen. Das habe ich gerade wieder ganz deutlich gesehen. Es gibt da etwas in deinem Leben, das ich – entschuldige bitte – das Böse nennen muß. Deine quälenden Erscheinungen bedeuten nichts anderes, als daß dieses Böse an dir nagt.«

Mayas Stimme hatte wieder den alten kalten Ton. »Ich will mir diesen Unsinn nicht länger anhören. Ich gehe.«

Sie ist noch nicht soweit, sie sieht die Zeichen nicht, dachte Dorothea Gorski mit großer Traurigkeit. »Du kannst deinem Schicksal nicht entgehen. Ruf mich an, wenn du mich brauchst, ich bin immer für dich da.«

Maya war schon auf dem Weg zur Tür.

Andrew, der eingenickt war und nicht so bald mit seiner Chefin gerechnet hatte, fuhr erschrocken hoch, als Maya von Miller an die Fensterscheibe des Bentley klopfte. Er sprang aus dem Wagen und öffnete ihr den Schlag. Er sah, daß sie geweint hatte und daß sie verwirrt und wütend war.

»Zum Hotel«, sagte sie.

Als Andrew in die Koenigsallee einbog, ließ sie die Trennscheibe herunter und sagte: »Wenn Sie mich abgesetzt haben, können Sie Ihre Sachen packen.«

Andrew drehte sich um und sah sie verständnislos an.

»Sie haben richtig gehört, Andrew. Packen Sie Ihre Sachen, und fahren Sie los. Ich brauche Sie morgen in München. Und sagen Sie Klara Bescheid, sie soll mich um sieben wecken.«

Auf Alexas Anrufbeantworter waren zwei Nachrichten. Eine von Joe Montoga: »Ich denke an dich«, die andere von Paul Schirnhofer: »Du ahnst nicht, wo sich diese Dame hat hinchauffieren lassen. Zu Dorothea Gorski. Sie scheinen sich sogar gut zu kennen, jedenfalls hat unsere berühmte Wahrsagerin sie mit einer Umarmung begrüßt.«

Das versprach eine interessante Geschichte zu werden.

DIE SPUR

Paris war grau und fremd. Als Alexa vor dem *Ritz* aus dem Taxi stieg, fing es auch noch zu regnen an. Während sie den Fahrer bezahlte, hielt der Wagenmeister ihr bereits den Schlag auf und geleitete sie unter einem großen Schirm zum Portal des Hotels. Ein Page nahm ihr Gepäck aus dem Kofferraum und verschwand durch einen Nebeneingang.

Alexa wußte viel über dieses Haus. In den letzten Jahren hatte sie mehrmals über das *Ritz* geschrieben. Aber daß ihr eigenes Schicksal so eng mit diesem mondänen Hotel verknüpft sein sollte, wäre ihr nie und nimmer in den Sinn gekommen. Entsprechend zwiespältig waren ihre Gefühle, als sie die flachen Stufen hinauf zur Drehtür ging. Durch diese Tür hatte also auch ihre Mutter die Halle des Hotels betreten, in jener Nacht vor fast drei Jahrzehnten, die zur letzten ihres Lebens werden sollte.

Sie ging nach rechts zur Rezeption, wo sie das bereits ausgefüllte Anmeldeformular nur noch unterschreiben mußte. Ferdinand Frey, der Hoteldirektor, hatte ihr eine Nachricht hinterlassen. Er hätte sie gern persönlich begrüßt, mußte sich aber für heute entschuldigen. Er erwartete sie gleich morgen früh um neun in seinem Büro, sofern es in ihre Planung paßte. Alexa ließ ausrichten, daß es ihr recht sei, und fuhr mit dem Pagen im Lift hinauf in das oberste Stockwerk.

Mit 800 Mark pro Nacht – ohne Frühstück – hatte sie eines der günstigsten Zimmer im *Ritz* reserviert. Obwohl Elisabeth Wolff ihr angeboten hatte, die Kosten des Aufenthaltes zu übernehmen, hatte Alexa darauf bestanden, die Rechnung selbst zu bezahlen. Maya von Miller, der bevorstehende erste Todestag Prinzessin Dianas – das war alles richtig, aber: Dies hier war ihre Geschichte. Und sie wollte sich durch nichts, schon gar nicht durch eine Hotelrechnung, in ihrer Unabhängigkeit einschränken lassen. Das 800-Mark-Zimmer lag unter dem Dach, es war keineswegs klein, die Schrägen fingen erst über Kopfhöhe an. Die Fenster und ein schmaler balkonartiger Austritt gingen auf die Place Vendôme hinaus, die Napoleonsäule schien zum Greifen nah. Die warmen Gelbtöne, in denen der Raum dekoriert war, sorgten dafür, daß Alexa sich auf Anhieb wohl fühlte.

Neben dem Schreibsekretär stand ein Tischchen mit kombiniertem Faxtelefon, um das Alexa gebeten hatte. Neugierig überflog sie die drei Faxe, die bereits eingetroffen waren: ein Willkommensgruß von Joe, der um Rückruf bat; ein Fax von Grace Siegel aus München, das Interview mit Maya von Miller mußte von Sonntag mittag auf den Nachmittag verschoben werden; die dritte Nachricht war ein handschriftliches Fax von Karl Lagerfeld, dem Chef des Hauses *Chanel*. Sie hatte ihm von Berlin aus eine Kopie des Briefes von Coco Chanel mit der Bitte um einen Termin geschickt. Er bot ihr ein Treffen an: Samstag, 12 Uhr, im Atelier von *Chanel* in der Rue Cambon, nur wenige Schritte vom *Ritz* entfernt. Wegen der bevorstehenden Haute-Couture-Schauen wurde auch am Wochenende gearbeitet. Alternativ kam nur ein Termin in drei Wochen in Frage, und das war Alexa zu spät.

Morgen früh der Direktor des *Ritz*, Lagerfeld am Samstag, Sonntag nachmittag das Interview mit Maya von Miller – paßte ausgezeichnet. Langsam gewann ihre Recherche

Kontur. Maximal zwei Wochen mußten genügen. Nicht viel, wenn man bedachte, daß fast drei Jahrzehnte lang Schweigen über den Ereignissen gelegen hatte. Auch Corry hatte gewarnt: »Überstürz nichts.« Alexa aber wußte genau, daß sie es hinter sich bringen mußte, wollte und konnte.

»Wenn du gut drauf bist, dann kann dich niemand stoppen«, sagte sie laut vor sich hin. Den Spruch hatte sie bei dem Münchner Filmproduzenten Bernd Eichinger aufgeschnappt. Nur auf den ersten Eindruck war es eine Platitüde. Als sie die Balkontür zur Place Vendôme aufstieß, tief durchatmend die Arme ausstreckte, da wußte sie, daß sie nicht zu stoppen war.

Immer wenn sie gut drauf war, bekam Alexa Heißhunger auf – egal was. Sie checkte die Minibar und widerstand der Versuchung, die Portion Gänsestopfleberpastete anzubrechen, obwohl ihr das Wasser im Mund zusammenlief. Kurz zog sie auch in Erwägung, unten in der Bar einen Nachtsnack einzunehmen, studierte doch lieber das Room Service-Menue und bestellte sich ein Club-Sandwich, ohne Speck.

Der Hausdiener hatte mittlerweile ihr Gepäck heraufgebracht, und es dauerte keine zehn Minuten, bis der Zimmerkellner mit einem kleinen Servierwagen kam, auf dem gleich zwei silberne Clochen verheißungsvoll glänzten. Im *Ritz* wurde das Club-Sandwich stets mit einer großen Portion extradünner, handgeschnittener Pommes frites serviert. Sie hatte noch nicht einmal ihre Sachen ausgepackt, und schon verschlang sie mit Blick auf die Napoleonsäule ein Sandwich, trank ein Glas Bordeaux und spürte, daß sie sehr bald ein anderer Mensch sein würde.

Beim Operator bestellte sie sich den Weckdienst für sieben Uhr. Bevor der Tag mit seinen Pflichten losging, wollte sie morgens im Pool des *Ritz* ihre Bahnen schwimmen, das hatte sie sich fest vorgenommen. Es klopfte wieder.

»Darf ich Ihr Zimmer richten?« fragte das Zimmermädchen, eine freundliche junge Frau in Alexas Alter. Im Nu waren das Bett abgedeckt, die Frotteematten im Bad ausgelegt, nur die Vorhänge, die durfte sie nicht zuziehen. Léonie, so hatte sie sich vorgestellt, fragte noch einmal: »Darf ich?« In dem kleinen Vorraum hatte sie Alexas unausgepackten Kleidersack und die Reisetasche entdeckt. Flink hängte sie die wenigen Kleidungsstücke auf die Bügel, legte Accessoires und Wäsche in die oberste Schublade des Einbauschrankes; sie fand, daß die beiden Chanel-Kostüme nicht aufgebügelt werden mußten, bat aber darum, einen schwarzen Minirock mitnehmen zu dürfen.

»Es reicht, wenn Sie ihn morgen früh zurückbringen«, sagte Alexa und hatte damit endgültig beschlossen, das Zimmer nicht mehr zu verlassen. Das Bett sah verlockend aus, die Handtücher waren gut gewärmt.

Sie duschte, hüllte sich in den pfirsichfarbenen weichen Bademantel, kuschelte sich unter die Decke und wählte zuerst Joes Nummer. Es war kurz vor Mitternacht, nicht unbedingt die ideale Zeit, um ihn zu Hause anzutreffen. Sicher war er mit seiner Clique unterwegs. Es meldete sich, wie sie nicht anders erwartet hatte, sein Anrufbeantworter. Was ihr wirklich auf dem Herzen lag, darüber konnte sie mit ihm immer noch nicht sprechen. Und einfach nur so mit ihm plaudern? Dazu lag ihr zuviel an ihm. Sie hinterließ also nur: »Schade, daß wir uns immer verpassen. Hier ist Alexa. Ich bin jetzt in Paris und habe in den nächsten Tagen viel zu tun. Ich melde mich. Ja. Ich denke auch an dich.«

Das *Ritz* war immer für eine Überraschung gut. Schon als sie kurz nach sieben auf dem Weg zum Pool zum internationalen Zeitungskiosk ging – ›kein Morgen ohne BILD-Zeitung‹ ist ein ungeschriebenes Gesetz bei deutschen

Journalisten –, stand sie neben Helmut Newton, dem Fotografen, und kurz darauf schwamm sie ihre Bahnen fast parallel mit Jerry Hall, der Frau von Mick Jagger, deren Baby Gabriel am Swimmingpoolrand in einer Wippe lag und schlummerte.

Ferdinand Frey erwartete sie um neun in seinem Büro, einem im Vergleich zum Glanz des Hotels bescheidenen Comptoir direkt hinter der Rezeption.

In Mainz geboren, in der Welt zu Hause, hatte Frey in den mehr als dreißig Jahren, die er in renommierten Häusern arbeitete, allein zwanzig davon im *Ritz*, Schicksale jeglicher Couleur erlebt, Dramen, Komödien und Tragödien. Der Schock über den Tod Prinzessin Dianas und seines Juniorchefs saß noch tief, auch wenn er kein Wort darüber verlor. Er wußte, daß Alexa die al-Fayeds kannte, aber er hatte schon bei ihrem Anruf aus Berlin darum gebeten, das Thema auszuklammern. Alexa versicherte ihm, daß es sich bei ihrem Besuch um eine rein private Angelegenheit handelte und keineswegs um eine verdeckte Reportage im Stil von »Ein Jahr danach«. Frey schätzte die *Mona Lisa*-Reporterin; aber zuviel und zuviel Unsinn war in den vergangenen Monaten über das *Ritz* geschrieben worden.

Interessiert hörte er sich ihre Schilderung an. Sie beendete ihren Bericht mit einer Bitte: »Nur Sie können mir helfen, die letzten Stunden im Leben meiner Mutter zu rekonstruieren.«

Frey mußte nicht lange überlegen, er würde ihr helfen können. Und er wußte auch schon, wie.

»Sie haben Glück, Mademoiselle, der gute alte George lebt noch«, sagte er. »Über vierzig Jahre lang war er unser Nachtportier. Und ich bin sicher, daß er auch in der fraglichen Nacht Dienst hatte, George Richard war gewissermaßen immer im Dienst. Wir mußten ihn vor zwei Jahren geradezu zwingen, in Pension zu gehen. Mit achtzig machten seine Ohren nicht mehr mit. Ich werde ihn gleich anrufen.« Frey hatte den Telefonhörer schon in der Hand.

»George, guten Morgen. Frey hier, wie geht es Ihnen?« Dann kam er gleich zur Sache. »Bei mir ist eine junge Dame, die Sie gern sprechen möchte. Es geht um einen Vorfall vor fast dreißig Jahren. Eine junge Frau wurde damals nachts bewußtlos in ihrem Zimmer aufgefunden. Ja, Hohenfeld, Sophie Gräfin von Hohenfeld. Richtig, George. Ich habe doch gewußt, daß ich mich auf Sie verlassen kann.« Frey nickte zufrieden und sagte zu Alexa: »Er kann sich erinnern. Selbstverständlich erinnert er sich.« Und dann wieder ins Telefon: »George, die Tochter von Gräfin Hohenfeld ist hier bei mir, und sie möchte Sie gern sprechen. Die Tochter, ja, Sie haben richtig gehört. Nein, nicht am Telefon. Sie möchte sich gern persönlich mit Ihnen unterhalten. – Paßt es heute nachmittag?« vergewisserte sich Frey bei Alexa und traf, als sie nickte, eine Verabredung für fünf Uhr.

»George hat ein phänomenales Gedächtnis. Stellen Sie sich vor, er konnte sich noch an die Nummer der Suite erinnern, in der Ihre Mutter damals übernachtete, 102/104«, sagte er zu Alexa, nachdem er aufgelegt hatte. »Kann ich noch etwas für Sie tun?«

»Ja«, sagte Alexa. »Ich würde mir gern 102/104 ansehen.«

Frey schaute auf seinen Computerbildschirm: »Ja, es geht. 102/104 ist gestern abend frei geworden. Aber Sie müssen wissen, daß wir alle Zimmer in der Zwischenzeit renoviert und teilweise wieder mit den Originalmöbeln eingerichtet haben, die jahrzehntelang in unseren Kellern lagerten. 102/104 sieht heute nicht mehr ganz so aus wie damals.« Er klingelte nach dem Concierge, der umgehend in der Tür erschien und kurz darauf Alexa abholte, den Schlüssel von 102/104 in der Hand.

Langsam folgte sie ihm die Haupttreppe hoch in die erste Etage, durch einen breiten Flur, bis zu der Tür, auf der in goldenen Ziffern 102 stand. Er schloß die Tür auf und überließ ihr den Vortritt. Und dann stand sie im Salon der Suite, in der ihre Mutter nur wenige Stunden vor ihrer Geburt um ihr Leben gekämpft hatte.

Was sie sich in den letzten Tagen wieder und wieder aufgesagt hatte, funktionierte tatsächlich: Alexa Schwarz war jetzt ganz die *Mona Lisa*-Reporterin, die sich sehr aufmerksam umsah, in Gedanken ihre Notizen machte. Der Salon war mit einem tiefen Sofa ausgestattet, mit zwei Sesseln, einem ovalen Teetisch, einer Kommode, einem Sekretär und einem runden Eßtisch mit vier Stühlen. An einer Wand über dem Kamin hing ein riesiger vergoldeter, matter Spiegel, an den anderen feingerahmte französische Genrebilder, alles Empire. Vorhänge, Kissen und Bezüge waren dunkelgrün mit silbergrauen Streifen und einem blaßroten Rosendekor. Sie ging zum Fenster und schaute auf den Innenhof des *Ritz*, der einer der schönsten Gärten von Paris war. Als sie dann aber das Schlafzimmer betrat, war es mit ihrer Fassung vorbei. In Gedanken sah sie ihre Mutter bewußtlos in dem hohen Bett liegen. Sie legte ihre Hände vor die Augen, als könnte sie das Bild auf diese Weise verschwinden lassen, und verließ die Suite, ohne sich noch einmal umzudrehen. Sie eilte die Treppe hinunter, durch die Hotelhalle schnurstracks auf die Drehtür zu, hinaus auf die Place Vendôme, und dann lief sie einfach drauflos. Erst eine Stunde später kam sie zurück, außer Atem und wild entschlossen.

Der Concierge kam ihr mit einer Nachricht entgegen. Soeben hatte Corry aus Hamburg angerufen und ihr ausrichten lassen: »Bitte ruf mich in der Klinik an. Es ist wichtig.«

Sie erreichte Corry zwischen zwei Operationsterminen im Aufenthaltsraum ihrer Station und erstattete schnell Bericht. Sie tat es sachlich und kühl, aber Corry ließ sich nicht täuschen.

»Ist ja gut, meine Kleine.« Corry war zwei Jahre älter, aber zwanzig Zentimeter kleiner als ihre Cousine. »Tun wir doch nicht so burschikos. Kannst ruhig ein Täßchen weinen.«

»Halt dich zurück, ich bin nicht deine Patientin. Gott sei Dank bin ich das nicht.« Alexa konnte es nicht ausstehen, wenn Corry in ihrer »Kliniksprache« mit ihr redete, und fragte, ohne auf Corrys Bemerkung einzugehen: »Was ist denn so wichtig, daß ich dich bei der Arbeit stören darf?«

»Ich war gestern nacht auf meinem Dachboden«, berichtete Corry. »Und ich bin fündig geworden. Da standen tatsächlich zwischen all den Kartons, die ich bei der Entrümpelung von Großvaters Haus mitgeschleppt habe, auch die Sachen deiner Großmutter Victoria. Zuerst habe ich einen Karton gefunden, in dem waren aber nur Noten drin – und lauter weiße Handschuhe. Du weißt, daß deine Großmutter immer Handschuhe getragen hat?«

»Außer, wenn sie Klavier spielte«, ergänzte Alexa. »Und weiter?«

»Also, dann war da noch ein kleiner Lederkoffer, fein säuberlich in eine weiße Flanellhusse gehüllt. Ich hab das Ding erst mal entstaubt und mußte dann das Schloß leider aufbrechen. Ich zahl dir die Reparatur selbstverständlich, wenn du darauf bestehst.«

»Corry, hast du Quasselwasser getrunken, oder was ist mit dir los?« Alexa wurde ungeduldig. Corry kam einfach nicht zur Sache.

»Wenn du aufgeregt bist, wirst du still, bei mir ist es genau umgekehrt«, meinte Corry. »In dem Köfferchen habe ich ein Sammelsurium von Souvenirs aus dem Leben deiner Großmutter gefunden. Zeitungsausschnitte, Postkarten, ein Tagebuch und jede Menge Fotos von Sophie und deinem Großvater, auf einigen sind auch andere junge Leute drauf. Ich denke, die Fotos solltest du dir unbedingt angucken.«

»Keine schlechte Idee«, antwortete Alexa. »Was hältst du davon, wenn du zu mir nach Paris kommst? Ich spendier dir das Ticket und das Hotel.« Sie rief den Terminplaner in ihrem Powerbook auf. »Bei mir geht es morgen abend, und bei dir?«

»Im Prinzip geht es bei mir erst am Sonntag. Ich kann dieses blöde Seminar nicht absagen.«

»Was hältst du davon, wenn du mir das ganze Gerümpel einfach hierherschickst?«

»Davon halte ich gar nichts«, antwortete Corry. »Da möchte ich schon dabeisein. Aber Sonntag ist okay, ich habe grad im Flugplan nachgeschaut. Ich könnte um 22 Uhr landen. Was meinst du?«

»Ich hol dich ab.«

Monsieur George und Alexa verstanden sich auf Anhieb. Er war ein kleiner drahtiger Herr mit schlohweißem dichtem Haar und vergnügt blinzelnden Augen, über denen buschige Brauen wucherten, seine Stimme war hell und jung, und er sah, nachdem Ferdinand Frey sich zurückgezogen hatte, Alexa mit einem zu Herzen gehenden sentimentalen Blick an: »Sicher wissen Sie, daß Sie Ihrer Mutter auf eine sehr spezielle Weise ähnlich sehen.«

Alexa nickte und fühlte sich bei dieser kleinen Notlüge sehr unwohl. Friede, der einzige Mensch, der ihr das hätte sagen können, hatte nie mit ihr darüber gesprochen. Aber das ging Monsieur George nichts an.

»Die Nacht, in der das Unglück mit der jungen Gräfin geschah«, erinnerte er sich, als sie in der Hotelhalle abseits von den anderen Gästen in einer Sitzgruppe am Kamin Platz genommen hatten, »diese Nacht gehört zu den traurigsten meines Lebens, Mademoiselle. Ich kannte Ihre Mutter von Kind an. Das erste Mal habe ich sie gesehen, als sie vielleicht zehn oder elf Jahre alt war. Sie kam stets mit ihrem Vater, die beiden waren unzertrennlich.

Und dann habe ich sie sterben sehen. Ich begreife nur nicht, warum ich niemals erfahren habe, daß es Sie gibt, verehrte Alexa, ich darf doch Alexa zu Ihnen sagen? Ich war bis heute morgen, bis Monsieur Frey mich anrief, der festen Überzeugung, daß das Kind, das die Gräfin damals erwartete – sie hatte mir erst am Abend zuvor voller Stolz von ihrer Schwangerschaft erzählt –, nicht lebte. Sie können sich nicht vorstellen, wie glücklich es mich macht, daß Sie mir jetzt gegenübersitzen.«

Monsieur George zupfte ein Taschentuch aus seiner Hosentasche und schneuzte sich.

»Lieber George, mir geht es, wie Sie sehen, gut.« Alexa tätschelte seinen Arm. »Sie sollten wissen, daß mich fünf Jahre später Friede Schwarz, ich meine Baronin Schwarzenau, eine Tante meiner Mutter, zu sich genommen hat. Ich bin bei ihr in Berlin aufgewachsen, und mir hat es an nichts gefehlt. Leider ist meine Adoptivmutter vor einem Jahr ebenfalls gestorben.«

Ein Kellner brachte einen *Café américain* für Alexa, einen *Cognac Hennessy* für George und einen Teller mit winzigen Gurkensandwiches, die der Hoteldirektor für sie in Auftrag gegeben hatte. George nippte an seinem Glas, beugte sich zu Alexa und fragte: »Bitte, sagen Sie mir: Was führt Sie denn nun nach all den Jahren zu uns?«

Alexa berichtete ihm von der Kelly-Bag, die gerade erst in

ihren Besitz gelangt war, und von den Hinweisen, den Briefen und Dokumenten, die sich darin befanden. »Monsieur George, ich bin nach Paris gekommen, um mir Klarheit über den Tod meiner Eltern und über die Umstände meiner Geburt zu verschaffen. Und ich hoffe sehr, daß Sie mir dabei helfen können.«

»Wieso, Tod Ihrer Eltern? Lebt denn auch Ihr Vater nicht mehr?«

Ihr war klar, daß sie Monsieur George gegenüber nur mit offenen Karten spielen konnte, und berichtete ihm also auch von dem tödlichen Unfall Max Hackbergs kurz vor Paris. Sie tat das mit sehr leiser Stimme. Erst in den letzten Tagen war ihr bewußt geworden, daß sie von ihrem Vater noch weniger wußte als von ihrer Mutter und wie sehr sie ihn vermißte.

Monsieur George spürte ihre Rührung, und nun war es an ihm, ihr den Arm zu tätscheln. »Ich habe Ihnen etwas mitgebracht«, sagte er feierlich nach einer kleinen nachdenklichen Pause.

Aus einer Plastiktüte wickelte er ein dickes, in schwarzes Leinen gebundenes Tagebuch, DIN A4 groß.

»Das ist mein persönliches Notizbuch. Ich habe mir in jeder Nacht ein paar Stichworte gemacht. Sie haben Glück, ich habe nämlich erst kurz bevor das mit Ihrer Mutter passierte damit angefangen. Damals war gerade ein Roman über das Ritz erschienen, ein dümmliches Machwerk, in dem nichts stimmte. Und ich hatte mir vorgenommen, eines Tages mein eigenes Buch zu schreiben. Selbstverständlich habe ich es nicht getan. Aber in Ihrem Falle hielt ich es für angebracht, wieder einmal hineinzuschauen. Sehen Sie hier ...«

Er schlug das Buch auf der Seite des 8. Februar 1970 auf. »S.H., 102/104«, las er vor und hielt sogleich wieder inne.

»Ich habe stets nur die Initialen notiert, damit, sollten meine Notizen jemals in die falschen Hände gelangen, kein Unbefugter etwas mit den Eintragungen anfangen kann.« Dann fuhr er fort: »S.H., also Sophie Gräfin Hohenfeld, von einer Dame und einem Herrn um drei Uhr ins Hotel gebracht und von mir auf ihr Zimmer begleitet. S.H. ist alkoholisiert. Die Dame und der Herr verlassen das Hotel um drei Uhr zwanzig. Die Dame erklärt, daß S.H. um zwölf Uhr geweckt zu werden wünsche. Trinkgeld zehntausend Francs für die Personalsammelkasse angenommen.«

Der nächste Eintrag stammte von 5 Uhr 30: »Mit A. – das ist Alice, unser Zimmermädchen – nach S.H. gesehen und sie bewußtlos in ihrem Bett gefunden. Notarzt, Ambulanz. Vergeblicher Versuch, die Familie zu benachrichtigen.«

Unter dem Datum 9. Februar hatte er notiert: »S.H. morgens im *American Hospital* verstorben. Familie H. in Hamburg benachrichtigt.«

Und am 10. Februar 1970 war verzeichnet: »Eine Verwandte der Verstorbenen eingetroffen, die das Gepäck von S.H. an sich nahm. Eine traurige Geschichte.«

»Mehr habe ich mir leider nicht aufgeschrieben«, sagte George und sah Alexa mit einem Blick voller Bedauern an.

Aber sie war keineswegs enttäuscht: »Das ist fabelhaft, George, herzlichen Dank. Das sind doch konkrete Anhaltspunkte, mit denen wir arbeiten können. Erzählen Sie ...«

»Das kann ich nicht einfach so. Sie müssen mir schon mit ein paar Fragen helfen«, sagte er. »Ich werde mich dann nach bestem Wissen und Gewissen zu erinnern versuchen.« Besorgt sah er Alexa an. »Kann ich offen zu Ihnen sprechen, Mademoiselle?«

»Ich bitte darum. Sie brauchen mich nicht zu schonen.

Ich weiß, daß meine Mutter Probleme mit Alkohol und auch mit Drogen hatte.«

Der alte Herr seufzte und lehnte sich in seinem Sessel zurück. »Es war damals eine recht wilde Zeit, und die Gräfin war, wie ihr Vater auch, kein Kind von Traurigkeit. Häufig habe ich sie erst im Morgengrauen ins Hotel zurückkommen sehen, und oft in keinem guten Zustand.« Monsieur George räusperte sich und fuhr dann fort: »An diesem Abend war es aber besonders schlimm, sie konnte nicht mehr allein stehen und gehen. Der Mann und die Frau mußten Ihre Mutter stützen. Ich dachte damals: Mein Gott, warum tut sie sich das an? Sie erwartet doch ein Kind.«

»Können Sie sich an die beiden erinnern? Versuchen Sie, sie so genau wie möglich zu beschreiben.«

»Ich werde mich bemühen, Mademoiselle. Würde es Sie sehr stören, wenn ich mir eine Zigarre anzünde? Die Schwäche eines alten Mannes ...«

Aus der Innentasche seines Jacketts zog er ein Lederetui, entnahm ihm eine *Cohiba*, schnüffelte an ihr, präparierte das Mundstück und zündete sie sorgfältig mit einem Fidibus an. Den Kopf in den Nacken gelegt, die Augen geschlossen, zog er an seiner Zigarre und fing an, sich jene Nacht ins Gedächtnis zu rufen, die nun schon so lange zurücklag.

»Den Mann sehe ich nur noch schemenhaft vor mir. Er war ganz in Schwarz gekleidet, trug einen schwarzen breitkrempigen Hut und einen fast bodenlangen Mantel.«

»Was war er für ein Typ? Können Sie sich an sein Gesicht, an seine Statur erinnern?« versuchte Alexa weitere Einzelheiten zu erfahren.

»Leider nein.« George schüttelte den Kopf. »Ich könnte nicht einmal sagen, ob er alt oder jung war. Er war jedenfalls nicht sehr groß, aber doch größer als die Frau; die war nun wiederum eher klein. Er hat auch kein einziges Wort gesagt, geredet hat sie allein.«

»In welcher Sprache?«

»Französisch, akzentfrei. Es muß eine Französin gewesen sein.« Stück für Stück holte George die Szene in sein Gedächtnis zurück.

»Stört es Sie, wenn ich mir ein paar Notizen mache?« Alexa holte ihren Ringblock hervor. George verneinte. Er sprach langsam und deutlich. Er schien ganz ins Damals versunken. Alexa erkannte, daß sie ihn jetzt nicht mehr unterbrechen durfte.

»Es war gegen drei Uhr morgens. Ich saß hinter meinem Tresen. Von dort hatte ich alles im Blick: den Hoteleingang, den Lift, die Treppen, den Eingang zur Bar, die Halle. Wie immer um diese Uhrzeit war die Drehtür abgeschlossen. Wer nach ein Uhr ins Hotel wollte, der mußte damals läuten und draußen warten, bis der Nachtportier ihm aufschloß. Es klingelte also, und ich sah, daß vor der Drehtür drei Personen standen, zwei Frauen und ein Mann. Ich nahm meinen Schlüssel, ging zur Tür und fragte nach Namen und Zimmernummer. Die eine der beiden Frauen sagte: ›Hohenfeld, 102/104.‹ Erst da erkannte ich, daß die weibliche Person in der Mitte Gräfin Sophie war. Ich schloß die Tür auf und ließ die drei herein.

›Kann ich Ihnen helfen, Gräfin?‹ fragte ich Ihre Mutter. Sie schüttelte den Kopf, ohne mich anzusehen, ihr Kinn berührte fast ihren Brustkorb. Das Haar hing ihr ins Gesicht, sie war sehr bleich, auch ihre Lippen, daran erinnere ich mich genau, waren fast weiß. Die Frau sagte, sie sei eine Freundin, und die Gräfin habe zuviel getrunken und müsse dringend ins Bett.

Wie gesagt, es war ja nicht ungewöhnlich, daß Ihre Frau Mutter beschwipst und spät nach Hause kam. Ich nahm also den Schlüssel von 102/104 und holte den Aufzug. Zu viert fuhren wir schweigend in die erste Etage, Ihre Mutter kauerte in einer Ecke des Lifts. Zur Suite mußte sie fast getragen werden. Es war ein Bild des Jammers.

Das Bett hatte Alice schon aufgedeckt, und die Frau zog Ihrer Mutter den Mantel aus. Der Mann half ihr, sie aufs Bett zu legen. Ich habe die Gräfin dann zugedeckt und die beiden gefragt, ob wir nicht besser einen Arzt kommen lassen sollten. Die Frau hat gelacht und schnippisch gesagt: ›Halb so wild, sie muß nur ihren Rausch ausschlafen.‹ Leider habe ich mich damals darauf eingelassen. Ich habe Ihrer Mutter dann noch ein Glas Wasser ans Bett gestellt und das Nachttischlämpchen eingeschaltet. Als ich das Zimmer verließ, hatte ich den Eindruck, daß sie bereits eingeschlafen war. Jedenfalls atmete sie – wie es mir schien – regelmäßig. Das Ganze dauerte höchstens fünf Minuten, dann sind wir zu dritt wieder hinuntergefahren.«

Monsieur George neigte sich nach vorn, hantierte mit Fidibus und Feuer und zündete umständlich seine Zigarre wieder an, die ihm während seiner Erzählung ausgegangen war.

»Und dann, wie ging es weiter?« ermunterte Alexa ihn.

»Ich fragte die Frau nach ihrem Namen, sie antwortete schroff, der täte nichts zur Sache. Ich insistierte. Sie streckte mir die Hand entgegen und wollte mir ein Trinkgeld geben, ein Bündel gerollter Geldscheine. Ich lehnte ab. Wissen Sie, sie war eine von dieser Sorte Leute, von denen unsereins kein Trinkgeld annimmt. Der Mann stand schon an der Drehtür und trommelte mit seinen Fingernägeln gegen die Glasscheibe, ein scheußliches Geräusch, ich erinnere mich genau. Sie ließ das Geld einfach auf dem Tresen liegen. Es waren zehntausend Francs, ein enormer Betrag, auch wenn es alte Francs waren. Ich habe das Geld in die Personalsammelkasse gegeben.

Ich ließ die beiden durch die Drehtür hinaus und war froh, als sie weg waren. Daß ich die Namen nicht notierte, das war allerdings ein unverzeihlicher Fehler.«

»Es ist müßig, sich darüber heute noch Gedanken zu machen, Sie haben Ihr Bestes getan«, tröstete Alexa. Sie war gespannt, wie es weiterging, und bat: »Versuchen Sie nun bitte, auch die Frau zu beschreiben.«

»Sie war eher klein, vielleicht eins sechzig.«

»Schlank?«

»Ich kann beim besten Willen nicht sagen, ob sie schlank war oder nicht. Aber sie war stark geschminkt, besonders an den breiten roten Mund kann ich mich erinnern.«

»Und ihr Haar?«

»Rötlich, wenn ich mich nicht irre. Sie hatte eine Pelzkappe auf, so, wie die Russen sie tragen, darunter schauten ein paar Locken hervor.«

»Die Kleidung?«

»Sie trug einen bodenlangen, dunklen Pelzmantel und sehr hohe Absätze, das sehen Männer sofort, Mademoiselle. Sie hatte schwarze Handschuhe an.«

»Hat sie die denn nicht ausgezogen, als sie meiner Mutter ins Bett half?«

»Nein, ganz sicher nicht.«

»Haben Sie diese Frau vorher schon einmal gesehen? Kam sie Ihnen irgendwie bekannt vor? Und der Mann, haben Sie den schon irgendwo mal gesehen?« setzte Alexa ihr kleines Verhör fort.

»Nein, ihn hundertprozentig nicht. Aber irgendwie kommt sie mir plötzlich bekannt vor – jetzt, wo Sie es sagen.« Der alte Herr nippte nachdenklich an seinem Cognac. »Also, diese Frau wirkte fast ordinär. Eine femme à hommes, wenn Sie verstehen.«

»War sie vielleicht vorher schon Gast im Ritz?«

»Nein, das kann ich definitiv ausschließen. An einen solchen Typ von Frau würde ich mich erinnern.« Er konzentrierte sich, schüttelte zweifelnd den Kopf und sagte dann: »Vielleicht kenne ich sie aus der Presse. Nachtportiers lesen viel, müssen Sie wissen. Bücher, Zeitungen, Magazine, wir lesen alles, was uns unter die Finger kommt. Von Paris Match zum Beispiel habe ich nach dem Zweiten Weltkrieg keine einzige Ausgabe verpaßt.«

»Na, dann könnten wir uns schlimmstenfalls die alten Ausgaben von Paris Match besorgen und sie gemeinsam durchgehen«, sagte Alexa.

Monsieur George wirkte auf einmal müde, leise gähnte er hinter vorgehaltener Hand, und Alexa fragte besorgt: »Sollen wir aufhören, wollen wir uns in den nächsten Tagen wieder treffen?«

»Nein, ist schon gut. Sich an so etwas Furchtbares zu erinnern, das ist doch recht anstrengend, Mademoiselle. Ein alter Mann wie ich braucht jetzt entweder ein Päuschen oder, was mir lieber wäre, noch einen kleinen Cognac.«

Alexa rief den Kellner und bestellte. Monsieur George sah sie erwartungsvoll an. »Fragen Sie«, er war wieder bereit.

»Hatten Sie den Eindruck, daß der Mann und die Frau sich kannten, ich meine, sich gut kannten?«

»Nicht unbedingt. Aber als ich sie hinausließ, habe ich ihnen hinterhergeschaut, und da sah ich, daß sie sich bei ihm eingehakt hatte und mit der freien Hand wild gestikulierend auf ihn einredete.«

»Sie meinen, die beiden sind um drei mit dem Taxi gekommen und um halb vier Uhr morgens zu Fuß weggegangen?«

»Ja, tatsächlich, obwohl ein paar Taxen vor dem Hotel standen. Merkwürdig. Vielleicht wohnten sie in der Nähe. Oder sie wollten noch etwas Luft schnappen.«

Er zückte seine Taschenuhr, und Alexa fragte: »Wollen wir es nicht doch für heute dabei belassen?«

»Nein, nein. Ich muß nur kurz meine Schwester anrufen. Die macht sich Sorgen, wenn sie mich mal eine Stunde nicht unter ihren Fittichen hat.«

Monsieur George zog sich umständlich aus dem tiefen Sessel hoch, entschuldigte sich mit einer Verbeugung und ging hinüber zur Telefonzentrale. Als er zurückkam, machte er eine lustig-verzweifelte Grimasse. »Wir müssen doch aufhören, leider. Sie besteht darauf, daß ich zum Essen nach Hause komme. Sie kocht jeden Tag, und sie haßt es, wenn sie allein am Tisch sitzen muß. Wir könnten uns morgen früh wieder treffen, ich bin ja noch nicht am Ende angekommen.«

»Ich weiß nicht genau, wie mein Tag aussieht. Um zwölf habe ich einen Termin. Wir können uns gleich morgen früh zusammentelefonieren, so gegen acht, was meinen Sie?«

»Geht in Ordnung, ich bin ein Frühaufsteher.«

»Ich auch. Darf ich Sie rasch noch um einen Gefallen bitten?« Alexa war nun auch aufgestanden und hielt sein Notizbuch in der Hand.

»Aber gern.«

»Könnten Sie mir für heute abend bitte Ihr Buch überlassen? Ich würde mir gern Ihre Notizen kopieren.«

Der ehemalige Nachtportier, immer noch die Diskretion in Person, sah sie aus seinen verschmitzten Augen an und schnalzte ablehnend. »Leider geht das nicht. Sie sind doch Reporterin, nicht wahr? Aber ich schreibe Ihnen meine Notizen, die die Geschehnisse betreffen, gern ab. Wort für Wort, darauf können Sie sich verlassen.«

»Okay, okay, Monsieur. Ich habe verstanden. Darf ich Sie zum Taxi bringen?«

»Nein, danke, Mademoiselle, ich nehme den Bus auf der anderen Seite des Platzes, der hält direkt vor meiner

Haustür. Mit dem bin ich vierzig Jahre lang jeden Tag gefahren.«

Alexa war mit der Ausbeute des ersten Gespräches durchaus zufrieden. Die Beschreibung der beiden war Monsieur George so plastisch gelungen, daß sie den Mann in Schwarz und die Frau im Pelz geradezu vor sich sah. Sie bat den Concierge, sie doch noch einmal auf Suite 102/104 zu begleiten. Der vergewisserte sich bei seinem Direktor, woraufhin Ferdinand Frey sofort an der Rezeption erschien.

»Wie war der gute alte George?« wollte er wissen.

Alexa bedankte sich für die Vermittlung. »Er ist ein sehr sympathischer Herr, und sein Gedächtnis ist tatsächlich phänomenal. Wir sind nur nicht ganz fertig geworden. Seine Schwester scheint eine absolute Autoritätsperson zu sein, sie hat ihn nach Hause zitiert, er durfte nicht länger bleiben. Wir treffen uns morgen wieder.«

Frey hatte den Schlüssel von 102/104 bereits in der Hand. »Ich denke, Sie wollen sich noch einmal in Ruhe in den Räumen umsehen. Ich muß Sie nur darum bitten, den Schlüssel in spätestens einer Stunde wieder zurückzubringen. Wir erwarten neue Gäste. Ich habe da noch etwas für Sie gefunden.« Frey überreichte ihr eine alte Postkarte, die aquarellierte Zeichnung eines Hotelzimmers. »Das ist 102/104, wie es damals war, es war das Stammzimmer von Vincent Roux, einem Maler aus Saint-Tropez, der hat uns dieses Bild damals geschenkt, und wir haben eine Postkarte davon gemacht. Lassen Sie mich wissen, wenn Sie mich brauchen. Ich bin noch eine gute Stunde im Hause.« Frey zog sich zurück, und Alexa machte sich auf den Weg zur Drehtür.

Sie wollte exakt den Weg abgehen, den ihre Mutter und diese beiden damals genommen hatten. Mit der Schilderung von George im Kopf würde sie sich besser in die damalige Situation hineinversetzen können. Aber es passierte nichts. Sogar als sie sich im Schlafzimmer auf ein Sesselchen vor dem Frisiertisch setzte, das Bild von Vincent Roux in der Hand, empfand sie außer Ratlosigkeit nichts, was sie weiterbringen könnte. Enttäuscht zog sie sich auf ihr Zimmer zurück.

Joe hatte sie wieder einmal verpaßt, das wuchs sich zu einem richtigen Spielchen aus. Aber er hatte eine Pariser Telefonnummer hinterlassen. Alexa lachte, als sie seine Nachricht las: »Das ist eine alte Freundin von mir, die wird Dich auf andere Gedanken bringen.« Das grenzte an Telepathie: Gerade in diesem Moment hatte sie überlegt, mit wem sie sich zum Abendessen treffen könnte. In Gedanken war sie ihre Pariser Bekannten durchgegangen, Fotografen, Kollegen, Models. Und es war ihr niemand eingefallen, mit dem sie sich jetzt wohl gefühlt hätte.

So wählte sie die Nummer und verabredete sich mit dieser Amanda Lanson, deren Stimme sich am Telefon sympathisch anhörte, in einem kleinen Restaurant in Saint Germain. Joe hatte Amanda vorgewarnt, und sie hatte Alexas Anruf bereits erwartet.

Es entwickelte sich ein sehr interessantes Gespräch. Amanda kannte Gott und die Welt. Sie betrieb eine Public Relations-Agentur und amüsierte Alexa mit lauter bissigen Anekdoten über die Kaste, die man in Frankreich BCBG, Bon Chic Bon Genre, nannte. Als sie nach Mitternacht mit dem Taxi zum *Ritz* fuhren, hatte Alexa eine perfekte Stoffsammlung für eine neue Story im Kopf und einen kleinen Schwips.

»Was darf ich Joe sagen?« fragte Amanda zum Abschied.

»Wie meinst du das?« Alexa verstand die Frage nicht.

»Er hat mich auf dich angesetzt«, lachte Amanda. »Ich

sollte herausfinden, ob du in ihn verliebt bist. Und nun haben wir gar nicht über ihn gesprochen. Und, was ist?«

»Ich mag ihn. Ich mag ihn sogar sehr. Aber wehe, du sagst ihm das«, antwortete Alexa und bat den Taxifahrer um die Rechnung.

Sie hatte sich tatsächlich in Joe verliebt.

DER FEIND

»Gnädige Frau«, flüsterte Klara, als sie um sieben Uhr auf leisen Sohlen das Schlafzimmer der Kaiser-Suite betrat und vorsichtig die schweren Vorhänge zur Seite zog.

»Ich wußte gar nicht, daß ein Bauerntrampel aus Bayern so leise treten kann«, krächzte Maya von Miller und nahm ihre Schlafmaske von den Augen. Sie war schon vor einer halben Stunde von ganz allein wach geworden, was an ein Wunder grenzte. Sie setzte sich auf, lehnte sich gegen die hohe, gepolsterte Rückenlehne des Bettes und amüsierte sich köstlich, daß ihr Dienstmädchen erschrocken zusammenzuckte.

Klara fand die Bemerkung nicht komisch, lächelte dennoch freundlich. Sie wunderte sich, daß ihre Chefin am frühen Morgen so fröhlich war. Aus Erfahrung aber wußte Klara, daß gute Laune bei der gnädigen Frau nichts bedeutete, und harrte des nächsten Satzes.

»Heute ist ein ganz besonderer Tag, Liebchen.« Nachdem sich Maya von Miller mehrmals laut geräuspert hatte, war ihre Stimme geradezu weich. »Wir fahren nach Hause. Was sollen wir noch in Berlin? In München spielt die Musik, das wissen wir beide doch, oder? Holen Sie die anderen, und bestellen Sie mir einen Obstteller, einen doppelten Espresso und einen dreifachen Orangensaft. Und vergiß nicht, einen ordentlichen Schuß Wodka reinzutun.«

Nur wenn Maya von Miller wirklich gut gelaunt war, duzte sie ihre Leute.

»Ist Andrew schon unterwegs?«

»Selbstverständlich, gnädige Frau. Er ist bereits in Hof. Ich habe vorhin mit ihm gesprochen. Er wird Sie in München erwarten.«

Andrew, der raffinierter war, als seine Chefin ihn einschätzte, die ihn wegen seines leichten Stotterns gelegentlich »Mr. Trottel« nannte, hatte sich kurzerhand vom *Schloßhotel* einen Fahrer als Begleiter engagiert und sich auf der Rückbank des Bentleys schlafen gelegt. Er wußte, daß Hotelrechnungen nie richtig kontrolliert wurden, und notfalls würde er die 300 Mark lieber aus der eigenen Tasche bezahlen, als diese abenteuerliche Nachtfahrt zu riskieren. Andrew litt noch fürchterlich unter seinem Jet lag.

»Der Gute«, sagte Maya von Miller. »Dann mal los, Liebchen. Hol die anderen.«

Zehn Minuten später standen alle vier Angestellten um Maya von Millers Bett, Robert und Klara in ihrer Dienstkleidung, Anna und Grace, die gerade erst von der außerplanmäßigen Abreise erfahren hatten, in den bodenlangen Hotelbademänteln, was Maya bissig kommentierte: »Ihr habt ja keine Ahnung, wie sehr mich euer Anblick beruhigt. Anna und Grace ungeschminkt – da kann ich mich ja durchaus sehen lassen.«

Fröhlich gab sie ihre Instruktionen und warf Grace, die neben Anna auf der Chaiselongue vor Maya von Millers Bett Platz genommen hatte, einen Notizblock und einen Bleistift zu. »Wollen Sie sich das eigentlich nie merken? Immer kommen Sie ohne Blöckchen zu mir.«

Grace Siegel verzichtete auf einen Kommentar, sie hatte beschlossen, sich nicht mehr aufzuregen, und gestern nacht tatsächlich gebetet: »Lieber Gott, möge diese Reise gut über die Bühne gehen.«

Sie schrieb also auf, was Maya von Miller anordnete: Die

Gulfstream sollte in Tempelhof ab 11 Uhr abflugbereit sein, geplante Ankunft in München entsprechend eine gute Stunde später. Andrew sollte zum Franz-Josef-Strauß-Flughafen kommen. »Klara und Grace, ihr dürft mit mir fliegen, Anna und Robert, ihr kümmert euch ums Gepäck. Ich schick euch den Jet am Nachmittag zurück nach Berlin, wozu haben wir das Ding eigentlich?«

So gesprächig hatte das Personal Maya von Miller morgens noch nie erlebt. Seit sie das Tagesgeschäft bei NEED an John Taylor delegiert hatte, war sie keinen Tag vor zwölf aufgestanden, und vor zwei gab es selten mehr als knappe Befehle. Robert war entzückt, Anna, Klara und Grace alarmiert.

Grace hatte sich damit abgefunden, daß sie auf dieser Reise mehr als Privatsekretärin denn als Public Relations Director Einsatz fand. Einmal am Tag erstattete sie David Miller-Wagenstein Bericht. Sie zählte die Tage bis zu ihrer Rückkehr nach New York, und immer wenn Maya von Miller besonders gehässig zu ihr war, malte sie sich mit diebischem Vergnügen den Augenblick aus, an dem sie ihr die Kündigung in die Hand drücken würde.

Die Piloten mußten also informiert, die Suite und die Personalzimmer im *Bayerischen Hof* umgebucht, Dido von Weitersheim, der Immobilienmakler, aufgetrieben werden. Maya von Miller wünschte, ihn um halb vier Uhr im Hotel zu sehen.

Aber erst als sie anordnete: »Alle anderen Termine können Sie auf Eis legen«, wurde Grace die volle Tragweite dieser plötzlichen Abreise bewußt.

Was Grace nicht ahnte: Es war ihre eigene Terminplanung, die das Ganze durcheinanderwirbelte. Der zweite Verhandlungspartner, der laut Dos Prophezeiung der einzig richtige war, hieß Wunderlich und lebte in München.

Warum sollte Maya von Miller also noch eine Minute länger als nötig Zeit und Energie in Berlin verschwenden?

Was spielte es da für eine Rolle, daß sie eigentlich heute nachmittag eine Verabredung mit dem Berliner Unternehmer Erich Marx hatte, der ihr den Hamburger Bahnhof zeigen wollte, der eigens für seine bedeutende Kunstsammlung als Museum umgebaut worden war. Und daß sie am Abend gemeinsam nach Schwanenwerder fahren wollten, wo Friede Springer dreißig Persönlichkeiten aus Politik, Kultur und Medien zu einem Abendessen mit Hauskonzert geladen hatte. Grace hatte sich die Gästeliste schicken lassen, es war die Crème de la crème der Berliner Gesellschaft. Zum jetzigen Zeitpunkt noch abzusagen war ein Affront sondergleichen, das konnte sich nicht einmal eine Maya von Miller leisten.

»Richten Sie meinem Stiefsohn aus, daß auch er seine Termine erst mal vergessen kann«, fuhr Maya von Miller in aller Ruhe fort. Sie saß in ihrem Bett, vor sich ein Frühstückstablett, trank den mit Wodka versetzten Orangensaft in kleinen Schlucken und pickte an dem Beerenteller.

Ratlos protestierte Grace: »Ich glaube nicht, daß das die richtige Entscheidung ist, gnädige Frau. Wir sollten unbedingt am Ball bleiben. Sie sollten sich die Presse von heute ansehen, exzellent. Es könnte nicht besser laufen. Ich würde auch äußerst ungern das Essen bei Friede Springer absagen ...«

Maya von Miller ignorierte den Einwand, überflog aber schnell die Artikel in der *Berliner Zeitung*, der *Morgenpost*, *BILD* und der *Süddeutschen*, die Grace angestrichen hatte. Sogar auf der Titelseite der *TAZ* prangte das Foto, wie sie ergriffen den ADDY in die Luft streckte.

»Verdammt noch mal. Laß mich doch in Ruh!« stieß Maya von Miller wütend aus. Was zuviel war, war zuviel – Grace rannte mit Tränen in den Augen aus dem Zimmer und schlug die Tür hinter sich zu. Betroffene Stille, Klara schaute betreten aus dem Fenster, Anna war bleich geworden, und Robert knackte mit seinen Fingergelenken, was bei ihm ein Zeichen höchster Nervosität war.

»Raus, alle raus!« Dieses Foto, es machte sie fertig. Hastig wählte Maya Dorothea Gorskis Nummer.

»Du, so früh? Welche Überraschung. Was kann ich für dich tun?«

»Schau dir das Foto auf der ersten Seite der heutigen Zeitungen an, und du wirst verstehen, daß ich keine Minute länger in Berlin bleiben kann. Gott sei Dank sieht man nicht, was ich sehe.«

»Soll ich zu dir kommen?« fragte Do. Sie hatte sich noch in der Nacht bittere Vorwürfe gemacht, daß sie Maya in diesem verheerenden Zustand sich selbst überlassen hatte. »Ich kann in einer Stunde bei dir sein.«

»Um Gottes willen, nein.« Das würde sie jetzt nicht aushalten, die Fragen von Do, den besorgten Blick. Warum hatte sie Do überhaupt angerufen?

»Ich reise ab«, sagte sie. »Noch heute vormittag. Ich werde mich, wie du gesagt hast, ganz auf den zweiten Verhandlungspartner konzentrieren. Und der sitzt in München.«

»Mach, was du willst, aber du mußt wissen: Du kannst es nicht erzwingen«, warnte Do. »Du mußt die Dinge auf dich zukommen lassen. Abzureisen ist keine Lösung, glaub mir. Ich hätte dich heute wirklich gern noch einmal gesehen.«

»Ich dich aber nicht. Ich wüßte nicht, was du mir nach gestern abend noch Neues zu sagen hast.« Maya wollte das Gespräch unbedingt beenden, aber Do redete weiter: »Ich muß dir wenigstens noch etwas mitgeben, ich konnte ja nicht wissen, daß du Berlin schon heute verläßt.«

»Du bist mir eine gute Wahrsagerin, wenn du nicht einmal so einfache Tatsachen wie meine Abreise vorhersehen kannst«, lästerte Maya. »Schick, was immer du mir mitgeben willst, mit dem Taxi ins Schloßhotel. Und mach dir keine Sorgen, ich werde mich genau an deine Anweisungen halten.«

›... und die hast du, wie immer, vollkommen mißverstanden‹, dachte Do, als sie das Gespräch beendeten.

Zur selben Zeit telefonierte Grace Siegel mit David Miller-Wagenstein. »Langsam bin ich mit meinem Latein am Ende. Sowohl Sie als auch ich, wir sollen alle bisher getroffenen Verabredungen auf Eis legen, was immer das bedeutet. Wir reisen ab.«

Er schwieg einen Moment und reagierte anders, als sie erwartet hatte, er schien sogar erleichtert. Nach seinem langen Gespräch mit Mick Friedan in *Harry's New York Bar* hatte er nur zwei Stunden geschlafen, und Grace Siegels Anruf kam ihm in der Tat sehr gelegen. Friedan und er waren sich einig: Sie mußten Zeit gewinnen.

»Grace, machen Sie sich keine Gedanken«, beruhigte er sie. »Danke für die Information. Ich nehme Ihnen gern die Telefonate mit Erich Marx und Friede Springer ab. Bitte halten Sie mich weiter auf dem laufenden. Sie können sich auf meine Diskretion verlassen, wie ich mich hoffentlich auch auf die Ihre verlassen kann.«

»Selbstverständlich können Sie das«, verabschiedete sie sich erleichtert.

Dido von Weitersheim, ein smarter Münchner Immobilienhändler, hatte sein Glück kaum fassen können. Da war aus heiterem Himmel ein Anruf aus New York gekommen. Eine Grace Siegel, die sich mit »Büro Maya von Miller« meldete, fragte nach Villen in München, und zwar in einer Preislage, die in Deutschland schon lange nicht mehr zu erzielen war.

Wie der Zufall es wollte, hatte er erst vor wenigen Tagen in der *Financial Times* den Bericht über die Jahresbilanz der Miller-Wagenstein-Gruppe gelesen, exzellente Zahlen, und da stand auch, daß man sich anschickte, von Deutschland aus ins europäische TV-Geschäft einzusteigen.

Dennoch ließ er über seine Hausbank eine Auskunft über die persönliche Bonität dieser Maya von Miller einholen. Das Ergebnis war höchst erfreulich. Wann hatte man es in diesen Tagen schon mit einem Interessenten zu tun, der uneingeschränkte Bonität genoß. Er beschloß, aus Prinzip zehn Prozent auf die Angebote, die er für diese Maya von Miller zusammenstellen würde, aufzuschlagen. Das war doch endlich mal wieder ein vernünftiger VHS – Verhandlungsspielraum.

Das Glück war mit ihm. Nach einem Jahr Flaute hatte von Weitersheim tatsächlich ein Objekt exklusiv an der Hand, das ihm für eine so anspruchsvolle Klientin maßgeschneidert schien. Es handelte sich um ein herrschaftliches Anwesen in Bogenhausen, erbaut in der Mitte des vergangenen Jahrhunderts, erst vor wenigen Jahren von Grund auf renoviert und technisch auf den neuesten Stand gebracht, in bester Lage, in bester Nachbarschaft. Außerdem war das Haus eine Goldgrube. Sollte ihm der Verkauf gelingen, würde es ihm die höchste Provision seiner Karriere einbringen: Fünfzehn Prozent, statt der üblichen 6,9, bot ihm die zerstrittene Erbengemeinschaft, wenn er die Villa innerhalb von sechs Monaten veräußern konnte. Gegen Barzahlung. Es blieben ihm noch genau sieben Tage.

Weitersheim ließ eine Putzkolonne antanzen und engagierte Franziska Bräunlich, eine Stylistin, mit der er gelegentlich zusammenarbeitete. Sie mußte das Haus auf Vordermann bringen, hier und da etwas umstellen, Blumen und ein paar Getränke besorgen. Die Interessentin sollte den

Eindruck bekommen, daß sie sofort einziehen konnte. Er war wild entschlossen, den Deal zu machen.

»Weitersheim, das Haus ist ein Traum.« Maya von Miller stand mit dem Makler in der Schwimmhalle im Souterrain der Villa. Sie war durch das Haus gerauscht, hatte in jeden Raum nur flüchtig hineingesehen und wohl zwanzigmal »interessant« gesagt.

Interessant hieß nichts, überhaupt nichts, das wußte Weitersheim nur zu gut. Wie oft hatte er dieses verfluchte Wort schon gehört – und danach nie wieder etwas von dem Interessenten. Maya von Miller streckte ihm die Hand entgegen und sagte: »Ich nehm's.« Kräftig schlug er ein.

Er fing an zu schwitzen. Denn nun kam der schwierigere Teil. Er hatte keine Ahnung, wie sie auf sein Ansinnen nach Barzahlung reagieren würde. Wenn sie ihm doch nur Gelegenheit geben würde, seinen Charme spielen zu lassen. Sie schien ähnliches zu denken, jedenfalls hakte sie sich bei ihm unter, führte ihn die schön geschwungene Treppe hinunter auf die Kiesvorfahrt, drehte sich mit ihm zum Haus zurück und sagte: »Wann kann ich einziehen?«

»Sofort«, antwortete er und schwenkte den Hausschlüssel durch die Luft. Sie lachte und schaute ihm tief in die Augen. Mit diesem Bürschchen wollte sie es unten am Pool treiben, sehr bald. Sie lud ihn ein, neben ihr im Fonds des Bentley Platz zu nehmen und sie zum *Bayerischen Hof* zurückzubegleiten. Euphorisch erzählte sie ihm von ihrem anderen Neuerwerb, dem Turm des *Pierre*, zeigte ihm ein Foto ihres Hauses in Palm Beach, das sie gern verkaufen wollte.

»Unter Umständen hätte ich da einen Interessenten, Frau von Miller«, meinte er dienstbeflissen und versuchte, sich dem heiklen Punkt anzunähern. »Wie ist Ihr Timing, gnädige Frau? Wie wollen wir den Transfer abwickeln?«

»So schnell schießen die Preußen nicht, mein Lieber, wir müssen uns erst noch über den Kaufpreis einig werden. Ich erwarte, daß Ihre Auftraggeber mir entgegenkommen. Ihr Angebot hätte ich gern morgen früh.«

Weitersheim schluckte: Er hatte seine zehn Prozent auf den Kaufpreis aufgeschlagen, also genug Spielraum. Dennoch – er war mit einer gesunden Skepsis ausgestattet, und das hier ging ihm entschieden zu schnell, also sagte er: »Wollen Sie sich das zweite Objekt nicht wenigstens einmal ansehen, gnädige Frau? Es ist etwas ganz Besonderes, ein hochherrschaftliches Haus aus ehemaligem Besitz der Familie Hohenzollern.«

»Weitersheim, Sie kennen mich nicht. Noch nicht ...«, sagte sie und legte eine Hand auf seinen Schenkel. »Das hier ist mein Haus. Machen Sie sich keine Sorgen, ein Handschlag von Maya von Miller ist so gut wie ein Vertrag. Ich zahle übrigens bar.«

Weitersheim lehnte sich erleichtert in die Polster zurück und spannte die Muskeln seiner durchtrainierten Schenkel an, Maya von Millers Hand bewegte sich auf und ab, während sie weiter auf ihn einplauderte. »Um Ihnen die Wahrheit zu sagen, es könnte sein, daß ich sehr schnell einziehen möchte. Der Preis versteht sich inklusive Interieur, nicht wahr?«

»Ja, wenn Sie wollen, können Sie nicht nur das Mobiliar, sondern auch Wäsche, Geschirr und so weiter übernehmen. Es sind einige schöne Stücke dabei. Meine Auftraggeber sind die Erben von Luise Berger, der Schauspielerin. Ich lasse Ihnen gern eine Dokumentation zusammenstellen. Das Haus ist sehr gepflegt, aber seit sechs Jahren unbewohnt. Ich will Ihnen allerdings nichts vormachen: Sie werden mehr loswerden als behalten wollen. Ich kann gern die Entrümpelung für Sie veranlassen.«

›Das laß mal meine Sorge sein, du kleiner Klugscheißer‹,

dachte Maya und lächelte ihn aufs liebenswürdigste an. Im Schlafzimmer hatte sie einen kleinen Renoir entdeckt, und das silberne Centerpiece auf dem Eßtisch war auch nicht von schlechten Eltern.

Das war allerdings beileibe nicht die einzige Überraschung gewesen, die dieses Haus für sie bereitgehalten hatte. Die Entscheidung für den Kauf war gefallen, bevor sie es betreten hatte. Just in dem Moment, als sie beim Aussteigen aus dem Bentley einen Blick nach links geworfen hatte, war der Nachbar, ein stattlicher Mann mittleren Alters, durch das Eisentor auf sein Haus zugegangen. In der Tür war er von einer hochschwangeren blutjungen Frau und zwei kleinen Mädchen stürmisch begrüßt worden.

Das konnte kein Zufall sein. Ihr Triumph war in greifbarer Nähe.

»Weitersheim, wer sind eigentlich meine Nachbarn?« fragte sie, während sie die Maximilianstraße herunterfuhren. Die edle Broschüre, die Weitersheim ihr überreichte, legte sie achtlos in die Mittelkonsole.

»Die Villa rechts gehört dem Bauunternehmer Christian Krawinkel, der allerdings viel auf Reisen ist. Links wohnt ein Münchner Verleger. Fritz Wunderlich mit seiner jungen Frau und seinen sechs Kindern. Wegen des Lärms brauchen Sie sich keine Sorgen zu machen. Der Spielplatz liegt auf der anderen Seite des Hauses, grenzt nicht an Ihr Grundstück.«

Maya von Miller hatte gehört, was sie hören wollte.

»Was machen Sie eigentlich heute abend, mein Lieber?« erkundigte sie sich. »Ich würde Sie gern zum Abendessen einladen.«

»Danke, sehr liebenswürdig, gnädige Frau. Aber das kann ich nicht zulassen, ich möchte Sie einladen. Eine gute Freundin, die Galeristin Six Friedrich, die Sie unbedingt kennenlernen sollten, gibt heute in ihrer Wohnung ein Nachtessen für den amerikanischen Regisseur Bob Wilson. Ein kleiner Kreis, wir sind zwanzig, lauter interessante Leute. Wenn Sie wünschen, rufe ich Six gern an. Es wird ihr eine Ehre sein …«

»Andrew, das Telefon.« Maya reichte dem Makler den Hörer.

»Hallo, hier ist Dido. Ich würde dir gern heute abend eine sehr interessante Frau vorstellen, Maya von Miller ist in der Stadt, ich habe dir von ihr erzählt. Wunderbar, um halb elf also.«

»Halb elf«, wiederholte Maya von Miller zufrieden. »Und vielleicht haben Sie ja bis heute abend schon geklärt, wie der Preis ist. Ich möchte es gern erledigt wissen.«

»Ich werde mein Bestes tun«, sagte Weitersheim und dachte nicht im Traum daran, schon heute bei den Besitzern anzurufen, die Dame sollte ruhig ein bißchen zappeln.

»Liebchen«, sagte Maya von Miller, als sie auf den Promenadeplatz einbogen. »Bring doch heute abend die Schlüssel wieder mit, vielleicht schauen wir uns das Haus noch einmal gemeinsam an.«

Maya von Miller hielt es, obwohl sie sich zwischen Gunter Sachs und dem charmanten Victor Erdmann, einem Bauunternehmer, durchaus amüsierte, genau anderthalb Stunden bei Six Friedrich aus. Sobald Kaffee und Cognac serviert waren, bat sie Weitersheim aufzubrechen. Einer der Gäste war der Verleger Dr. Hubert Burda, und sie wußte nicht, ob Grace schon die Verabredung mit ihm abgesagt hatte. Gott sei Dank befand sich der Tisch, an dem er und seine attraktive Frau, die Schauspielerin und Ärztin Dr. Maria Furtwängler-Burda, plaziert waren, in einem anderen Salon als der ihre, und die Tafel hatte sich noch nicht aufgelöst. Wenn sie jetzt mit ihm sprechen würde, brächte das Dos Vorhersage vollkommen durcheinander. Das durfte nicht passieren.

»Entschuldigen Sie mich bei der reizenden Gastgeberin. Ich werde mich in den nächsten Tagen bei ihr melden. Ich habe einige Bilder gesehen, die mich interessieren«, sagte sie zu Weitersheim, dem ihre Nervosität nicht entgangen war. »Ich möchte noch einmal zu meinem Haus fahren, ich will doch sehen, wie es nachts aussieht. Manche Häuser entfalten erst nachts ihre ganze Kraft.«

Weitersheim mußte in der Villa mit Andrew vorausgehen und in allen Zimmern das Licht einschalten, ebenso die Außenbeleuchtung, die die hohen alten Bäume in diffuses Licht tauchte. Fasziniert stand Maya von Miller an ihren Bentley gelehnt, aber sie blickte nicht auf ihr Haus, sondern auf das des Nachbarn zur Linken. Im ersten Stock sah sie die Silhouetten von zwei Körpern: einen Mann und eine Frau, die sich innig umarmten.

Schnell lief sie auf ihr Haus zu und beschied Andrew, draußen zu warten. »Kommen Sie in einer Stunde wieder«, ordnete sie an und lächelte Weitersheim zu. »Dann werden wir fertig sein.«

Als Andrew die Haustür hinter sich zugezogen hatte, nahm sie den Makler an der Hand und führte ihn in die Küche. »Wo sind die Kerzen?« fragte sie und zog eine Schublade nach der anderen auf. »Holen Sie den silbernen Leuchter aus dem Speisezimmer«, bat sie ihn und lief vor ihm hinunter zum Swimmingpool. »Machen Sie das Licht aus.«

Weitersheim tat, was sie sagte. Er wußte, was jetzt kam, und er war bereit. Sein bestes Stück auch. Er hatte es schon am Nachmittag kaum bändigen können.

Während er die Kerzen in den Leuchter steckte und eine nach der anderen anzündete, ging Maya von Miller auf die andere Seite des Pools. Er sah, wie sie ihr Kleid fallen ließ, wie sie an ihren Strapsen fingerte. Und dann sah er, wie sie ihre Pumps wieder auf ihre nackten Füße streifte und langsamen Schrittes auf ihn zukam. Er glaubte seinen Augen nicht trauen zu können. Diese Brüste, diese gewaltigen, festen Brüste. Er stand da wie ein Schuljunge. Unbeholfen machte er sich an seiner Hose zu schaffen. Sie schlug ihm auf die Finger.

»Ich möchte, daß Sie es mir mit dem Mund machen«, bedeutete sie ihm, ließ sich auf einer der Holzliegen nieder und spreizte die Beine. Weitersheim fiel vor ihr auf die Knie und verschlang sie mit solcher Gier, daß sie sofort kam. Sie zog ihn zu sich und zeigte ihm, wie sie es nun haben wollte. Er war ein gelehriger Schüler, er kam zwischen ihren Brüsten. ›Er ist besser als sein Vater‹, dachte sie und lachte ihn wissend an.

Am nächsten Mittag hielt Maya von Miller vom Bett ihrer Suite aus hof. Sie hatte sich zum Frühstück zwei Paar Weißwürstl mit Brezn und süßem Senf aufs Zimmer kommen lassen, sie fachmännisch gezuzelt und Grace und Robert, die sie mit Interesse beobachteten, eine kleine Lektion in bayerischen Eßsitten gegeben. Auf ihrem Gesicht lag eine grünliche Maske, und Klara weichte die Fingerspitzen ihrer Chefin anschließend in einem Schälchen mit Limettenöl ein, der erste Schritt der Maniküre.

Begeistert erzählte Maya von Miller von dem gestrigen Abendessen. Sie war erst um drei ins Hotel zurückgekommen, und Grace mußte Six Friedrich einen riesigen Blumenstrauß schicken.

»Eine phantastische Wohnung, phantastische Kunst, phantastische Leute«, schwärmte Maya von Miller. »Münchner Gesellschaft ist doch ganz etwas anderes. Da wird noch gelacht und geflirtet. Die Frauen sind jung und schön, zumindest gut geliftet, und die Männer sind erfolgreich und attraktiv.« Minutenlang lamentierte sie über die New Yorker Greisengesellschaft und wie das Leben in den letzten Jahren an ihr vorbeigezogen war. Gleich nach dem Aufwachen hatte sie sich ihre erste Line gelegt und mit den Weißwürsten zwei *Prozac* geschluckt. Daß sie direkt nach dem Essen mit Weitersheim geflohen war, verschwieg sie genüßlich.

Grace mußte sich die Namen der Gäste notieren, über die sie mehr Informationen haben wollte, weil sie ihr interessant und nützlich erschienen: eine Unternehmersfrau namens Heidi Schoeller, Autorin eines Buches über Tischkultur, ein Dr. Reitzle, Vorstand bei BMW, der mit einer Fernsehmoderatorin liiert war: »Nina Ruge oder so ähnlich.« Am meisten aber hatte sie ein Friseur beeindruckt, Gerhard Meir, der den Abend mit seinen Histörchen geschmissen hatte. »An dem ist ein Entertainer verlorengegangen. Den muß ich für NEED engagieren. Unbedingt.«

»In welche Richtung soll ich recherchieren, gnädige Frau?«

»Ich will alles wissen. Ich brauche Gesprächsstoff.«

Robert war zur Tür gegangen, es hatte geklopft. Ein Hotelboy brachte ein Päckchen vom *Schloßhotel Vier Jahreszeiten.*

»Schaun Sie rein«, ordnete Maya von Miller an.

»Es ist von Frau Gorski«, antwortete Robert, nachdem er die Papierhülle entfernt hatte.

»Halt, stopp, dann geben Sie mal her. Grace, Robert, Anna, Sie haben zu tun. Klara, Sie brauche ich gleich noch. Ich rufe Sie dann.« Sie wischte sich ihre öligen Finger an der Bettdecke ab und riß das Päckchen ungeduldig auf.

In einem mit schwarzem Seidenpapier ausgeschlagenen Schuhkarton befanden sich vier kleine Kugeln und ein flaches kuvertartiges Gebilde aus Aluminiumfolie sowie ein Brief.

»Liebste Maya«, schrieb Do, »bitte lies diesen Brief, auch

wenn Dir jetzt gerade nicht danach ist. Ich mache mir Sorgen, ernsthafte Sorgen, aber ich kann Dir helfen. Vor allem aber kannst Du selbst Dir helfen. Ich schicke Dir anbei ein paar kleine Hilfsmittel, die Wunder bewirken, wenn Du meine Ratschläge Schritt für Schritt befolgst.

Die vier Kugeln leg bitte unter Deine Bettpfosten, jede Nacht, wo auch immer Du schläfst. Du mußt allerdings sicherstellen, daß nur Du sie berührst. Das flache Stückchen Folie sollte nachts auf Deinem Leib liegen, in der Mitte unter Deinen Brüsten. Du kannst es auch tagsüber tragen – kleb es einfach mit Leukoplast auf Deine Haut. Glaub mir auch ohne weitere Erklärungen: Wenn Du meinen Rat befolgst, dann bist Du beschützt, und dieses Rot dringt nicht mehr bis zu Dir.

Du kannst aber noch mehr tun, auch wenn Dir das, wozu ich Dir jetzt rate, wie ich Dich kenne, nicht leichtfallen wird. Versuch zu beten. Kleine Gebete, die Du kennst, ›Gegrüßet seist Du, Maria‹, ›Vater unser‹, ›Lieber Heiland, sei so gut‹. Wenn Du das nicht kannst, so versuche wenigstens, Dich zu bekreuzigen. Und zwar mußt Du ›Im Namen des Vaters und des Sohnes und des Heiligen Geistes. In Ewigkeit. Amen‹ sagen und Dich dabei in alle vier Himmelsrichtungen drehen. Das ist sehr, sehr wichtig.

Ich weiß, daß Du Dich dagegen sträuben wirst. Aber tu es, bitte, mir zuliebe. Es sind wirklich nur kleine Übungen im Vergleich zu dem, was Du Dir sonst zumutest. Und noch etwas: Sei gut zu den Menschen, mit denen Du im Alltag zu tun hast. Sie stehen stellvertretend für die, an denen Du etwas wiedergutmachen mußt und die Du wohl vergessen hast.

Maya, Du mußt Dich mit Güte umgeben. Das kann man lernen, auch das mußt Du mir einfach glauben. Nur wenn Du das Gute in Deinem Leben wieder neu entdeckst, dann hat das Böse, das Dir die Alpträume schickt, keine Macht mehr.

Ich sage es noch einmal: Wenn Du tust, was ich Dir auftrage, wird es Dir bald bessergehen.

In Liebe Deine Do«

Zuerst hatte Maya den Brief zerreißen wollen: Sie konnte Dos moralinsaures Geschwafel von Gut und Böse nicht ertragen. Was fiel Do eigentlich ein: beten, in der Bibel lesen, Kreuze schlagen, Gutes tun, Alufolie zwischen die Brüste kleben.

Maya von Miller stieg aus dem Bett und trat auf die Terrasse ihrer Suite hinaus. Die Sonne strahlte auf die Türme der Theatinerkirche und ihr mitten ins Gesicht. Sie blinzelte und sah diesen blauen Himmel, wie hatte sie in all den Jahren dieses bayrische Blau vermißt. In Gottes Namen, sie würde Dos Ratschläge befolgen, sie würde es wenigstens versuchen. Sie bekreuzigte sich und drehte sich dabei laut lachend in alle vier Himmelsrichtungen. Anna beobachtete die Szene aus dem Nebenzimmer. Sie ahnte es schon lange: Diese Frau war nicht bei Trost.

Von diesem Moment an war Maya von Miller wie verwandelt. Freundlich machte sie Anna Komplimente: »Ohne Sie wäre ich doch eine graue Maus«, und gab allen zusammen einen Nachmittag frei. »Macht euch ein paar schöne Stunden. Ihr könnt Andrew auch mitnehmen, er soll euch ein bißchen was von meinem geliebten München zeigen. Ihr könnt auch diesen Weitersheim anrufen und euch das Haus angucken.«

»Sie haben das Haus tatsächlich gekauft?« fragte Grace Siegel.

»Liebchen, ich konnte nicht widerstehen, es ist eine Pretiose. Weitersheim wird heute den endgültigen Kaufpreis durchgeben, dann können Sie Katzenstein aktivieren. Das hätte ich doch beinahe vergessen. Ich brauche Bargeld. An die sieben Millionen.«

Unverzüglich erstattete Grace Siegel Miller-Wagenstein in Berlin Bericht: »Sie hat ein Haus gekauft. Katzenstein soll sieben Millionen Mark in bar besorgen. Sie war die ganze Nacht aus, und ihre Stimmung ist so gut wie lange nicht. Irgendwas ist passiert. Sie hat uns tatsächlich den ganzen Nachmittag freigegeben. Heute trifft sie übrigens Dr. Wunderlich, das ist der einzige, dem ich nicht absagen mußte.«

»Frau von Miller«, meldete der Portier des *Bayerischen Hofs*, »Dr. Wunderlich ist da. Soll er Sie hier unten in der Halle erwarten, oder treffen Sie sich gleich im Palais Keller?«

»Schicken Sie ihn bitte herauf«, sagte sie. »Aber erst in zehn Minuten. Und dann möchte ich nicht gestört werden. Auch keine Anrufe! Ich will absolute Ruhe, verstanden? Bis ich mich wieder melde. Den Tisch im Palais Keller bestellen Sie ab. Geben Sie ihn mir bitte kurz ans Telefon.«

»Wunderlich«, meldete sich eine tiefe Stimme.

»Von Miller«, stellte sie sich ebenfalls vor. »Dr. Wunderlich, wie wär's, wenn Sie zu mir auf die Suite kämen? Lassen Sie uns hier oben auf meiner Terrasse einen kleinen Imbiß nehmen, das ist doch viel gemütlicher als im Restaurant. Bitte geben Sie mir zehn Minuten.«

»Aber gern, Frau von Miller«, sagte Wunderlich.

Sie vergewisserte sich im Spiegel, daß sie gut aussah, puderte sich die Nase, bürstete die Spitzen ihrer Locken, kontrollierte, ob die Naht ihrer schwarzen Strümpfe nicht zu akkurat saß. Sie trug ein türkisfarbenes *Christian Dior*-Kostüm mit weißem Piquékragen, Haute Couture, um den Hals ein *Harry Winston*-Collier, ein Brillant an den anderen gereiht. Seit Alans Tod trug sie nur noch Originale. Im Bad setzte sie sich aufs Bidet, kontrollierte mit einem Handspiegel, daß sie perfekt rasiert war, befeuchtete einen Konturenstift mit Spucke und malte noch ein wenig mehr Rot auf ihre Schamlippen. Dann legte sie sich auf dem Handspiegel eine Line und erwartete, auf dem Bidet sitzend, die Wirkung.

Danach war sie bereit. Aus dem Kühlschrank im Salon nahm sie eine Flasche *Dom Perignon Brut Impérial* Jahrgang 1985 und stellte den Kühler und ein Tablett mit zwei Champagnerschalen hinüber ans Bett. Ein Gong ertönte, gefolgt von einem Klopfen.

»Einen Augenblick noch«, rief sie und öffnete lächelnd die Tür. Das war ihr Auftritt – er war zu ihr gekommen.

»Frau von Miller, Ihr Gast.« Der Hotelboy verschwand mit einer eleganten Drehung im Flur.

Einen Hut hat er früher nicht getragen, war Maya von Millers erster Gedanke, als sie Friedrich-Carl Wunderlich gegenüberstand. Er war auch mit Anfang Fünfzig noch ein ausgesprochen attraktiver Mann, groß und stattlich, ein Typ wie Ronald Reagan in seinen besten Jahren. Sein doppelreihiger Kamelhaarmantel war tailliert und saß perfekt, und als er den Hut abnahm, kamen wellige dunkle, nur leicht ergraute Haare zum Vorschein, mit etwas Brillantine in gleichmäßigen Furchen nach hinten gekämmt.

Er verbeugte sich galant. »Guten Tag, Frau von Miller. Ich freue mich sehr, Sie endlich kennenzulernen.« Seine Stimme hatte immer noch diesen tiefen, weichen Klang.

»Friedrich Zeh«, sagte Maya und schenkte ihm ein mädchenhaftes Lächeln. »Komm rein.«

Ungläubig starrte er sie an. Nur *ein* Mensch hatte ihn jemals in seinem Leben Friedrich Zeh genannt: Marianne, die einzige Frau, nach der er wirklich verrückt gewesen war. Die einzige Frau, die er nie hatte vergessen können. Sie waren so jung gewesen, sie das wildeste Geschöpf unter der Sonne, sie hatten alles miteinander probiert, die gewagtesten Trips erlebt, mehr als einmal waren sie bis an die Grenze gegangen. Wie hatte er diese Frau begehrt. Noch heute murmelte er ihren Namen, wenn er masturbierte. Friedrich Zeh – so hatte sie ihn genannt, wenn er an ihrem großen Zeh saugte, nachdem sie es ihm mit ihrem schönen Mund besorgt hatte.

»Marianne?« fragte er.

»Ja.«

Er war fassungslos. Maya von Miller, die Unternehmerin aus New York, eine der reichsten Frauen der Welt, die Frau, die seine letzte Rettung war – diese Maya von Miller war Marianne, seine geliebte Marianne. Die er damals verlassen hatte. Die er so verletzt hatte, wie man nur eine Frau verletzen kann, die man liebt. Er hatte nie wieder etwas von ihr gehört. Und nun stand sie vor ihm.

Sie hakte sich bei ihm ein, so vertraut, als hätten sie sich erst vor ein paar Tagen zum letztenmal gesehen – und nicht vor fast dreißig Jahren. Sie nahm ihm den Mantel ab, legte seinen Hut auf einen Stuhl und bat ihn herein.

Wie sie da vor ihm herging, in diesen schwarzen Lackpumps und den Strümpfen, deren Nähte ein kleines bißchen schief saßen, wußte er genau, wohin sie ihn führte. Er folgte ihr, von unbeschreiblicher Gier getrieben.

Vor dem Bett angekommen, drehte sie sich zu ihm um, knöpfte, als wäre es das Selbstverständlichste der Welt, ihre Jacke auf und bot ihm ihre großen, schweren Brüste dar. Als er sie berühren wollte, küßte sie seine Hände und glitt vor ihm auf die Knie. Mit flinken Fingern knöpfte sie geschickt seine Hose auf.

Ohne noch einmal zu ihm aufzublicken, fing sie an, seinen Schwanz zu liebkosen, der sich ihr in seiner ganzen Größe und Kraft entgegenstreckte.

Eine Stunde später lagen sie erschöpft aufeinander. Er war dreimal gekommen, einmal in ihrem Mund, einmal zwischen ihren Brüsten und einmal in ihrem Schoß. Sie hatte sich das bis zum Schluß aufgehoben, und es war ihr gelungen, sich, bevor er in sie eindrang, unbemerkt ein paar Stäubchen Kokain zwischen die Schamlippen zu reiben. Sie war mit ihm gekommen, und es geschah mit derselben Wucht wie damals, als sie jung waren.

Sie schwiegen beide. Sie hatte nicht erwartet, daß sie ihn so genießen würde. Und er wußte erst recht nicht, was er sagen sollte.

Unablässig streichelte er ihre Brüste, ihre Lippen, fuhr immer wieder mit seinen Fingerspitzen durch ihren nackten Schoß, und dann küßte er sie mit einer solchen Leidenschaft, daß sie wußte, es war höchste Zeit, wenn sie heute noch zum Geschäftlichen kommen wollte.

»Ich will mehr«, flüsterte er und küßte sich erneut zu ihr hinunter. Aber sie zog ihn an den Haaren zu sich herauf.

»Für heute ist Schluß. Jetzt reden wir übers Geschäftliche. Deshalb bist du schließlich hier. Hast du das schon vergessen? Ich muß meinem Stiefsohn Bericht erstatten. Und ich möchte ihm sagen können, daß wir uns geeinigt haben.«

»Worauf?«

»Einundfünfzig zu neunundvierzig. Einundfünfzig für mich.«

»Ausgeschlossen, Marianne!« sagte er und setzte sich aufrecht.

»Maya. Ich möchte, daß du mich Maya nennst«, korrigierte sie ihn.

»Maya«, wiederholte er und versuchte, seine Blöße mit ihrer Bettdecke zu verhüllen.

Sie zog ihm die Decke weg. »Du bist pleite, lieber Friedrich Zeh, blank, blitzblank. Du weißt das, deine Bank weiß das, ich weiß das. Und wenn wir uns hier und heute nicht einigen, dann weiß es morgen die ganze Welt.«

»Was willst du, Marianne?«

Sie zog ihre Augenbrauen hoch.

»Was willst du, Maya?«

»Dich«, sagte sie und schmiegte sich an ihn.

»Ich mache keine Geschäfte auf der Bettkante.« Er versuchte, sich ihr zu entziehen.

»Aber ich«, sagte sie und hielt ihn an seinem Schwanz fest, der in ihrer Hand sofort wieder steif wurde. »Du wirst dein Versprechen einlösen.« Ihre Stimme war beängstigend sanft.

»Ich weiß nicht, wovon du sprichst.«

»Wie oft warst du seitdem verheiratet? Und wie viele Kinder hast du inzwischen, Friedrich?«

»Vier Ehen und sechs Kinder. Sechs Mädchen, und vielleicht bald einen Sohn. Meine Frau erwartet wieder ein Kind. Und du?« Wunderlich wollte von sich ablenken.

»Ich habe einen Sohn …«

»Glückwunsch.«

»… deinen Sohn …«

»Mein Gott, Marianne.«

»… gehabt.«

»Wo ist er? Was ist passiert?«

»Er ist tot.«

Maya von Miller war aufgestanden, hatte sich ein Handtuch um die Hüften geschlungen, war hinüber in den Salon gegangen und kam mit einem Joint zurück.

»Du auch?« fragte sie. Er lehnte ab, er war clean, seit fünfundzwanzig Jahren, es war mühsam genug gewesen. Sie lachte verächtlich, inhalierte und blies ihm den Rauch ins Gesicht. Sie setzte sich neben ihn auf die Bettkante, ohne ihn zu berühren.

»Ich möchte deinem Erinnerungsvermögen gern nachhelfen. Du hast mir damals die Ehe versprochen«, begann sie. »Aber deine Eltern waren dagegen.«

»Hör auf.« Wunderlich hatte sich von ihr abgewandt, doch Maya fuhr unbeeindruckt fort: »Und du Feigling hast dich gebeugt. Als sie dich ins Ausland schickten, war ich im zweiten Monat schwanger. Ich habe es dir nicht gesagt, weil ich dich und deine Familie vor vollendete Tatsachen stellen wollte. Niemand sollte mich dazu bringen, dein Kind abzutreiben. Und dann kam dein Brief, in dem stand, daß du dich verlobt hast, mit einer Frau aus besseren Kreisen. Aus Rücksicht auf deine Familie, hast du geschrieben. Daß ich nicht lache.«

»Maya, hör auf.«

»O nein, mein Lieber. Und mich hast du angefleht, deine Geliebte zu bleiben. In der Nacht habe ich mir – hör gut zu – zum erstenmal nach fünf Monaten wieder einen Schuß gesetzt. Es war kein guter Stoff, ich kam auf einen Horrortrip. Ich wäre beinahe verblutet, mutterseelenallein. Ich war im fünften Monat, als ich dein Kind verlor, und es war ein Junge. Ich habe den Fötus genau untersucht.

Ich bin beinahe dabei draufgegangen, ein halbes Jahr habe ich gebraucht, bis ich wieder auf den Beinen war. Und dann hat diese Frau, dieses Aas, ihre Verlobung mit dir gelöst. Dein Sohn war umsonst gestorben.«

»Warum hast du mir das nie erzählt? Warum hast du dich nie bei mir gemeldet?« Auf Wunderlichs Stirn standen Schweißperlen.

»Weil ein mittelloses Mädchen aus einem kleinen bayerischen Dorf, das nie mehr Kinder bekommen kann, in Familien wie deiner keine Chancen hat. Aber wie du siehst, ich habe es auch ohne euch geschafft«, höhnte sie. »Und jetzt bist du dran.«

Wunderlich war ins Bad gestürzt. Sie hörte, wie er sich erbrach, und folgte ihm siegesgewiß. Sie stellte sich hinter ihn und massierte seinen Nacken. Während er würgte, ließ sie ihre Brüste auf seinem Rücken pendeln.

›Sie ist verrückt‹, dachte er, und gleichzeitig begehrte er sie erneut. Er drehte sich zu ihr um und sah in ihre kalten Augen. »Was willst du?«

»Ich will dich heiraten.«

Wunderlich wollte schreien, aber sie schmiegte sich zärtlich an ihn und wischte ihm mit einer fürsorglichen Geste den Schleim aus den Mundwinkeln. Sie flüsterte ihm zu: »Alles wird gut.«

Sie sah, wie er schwach wurde.

»Maya, was soll ich tun?« winselte er.

»Du brauchst dich um nichts zu kümmern. Für meine einundfünfzig Prozent an deinem Unternehmen bekommst du einhundertfünfzig Millionen. Hast du verstanden: einhundertfünfzig, das ist doppelt soviel, wie deine Kaschemme wert ist. Das weißt du besser als ich. Und davon kannst du dir eine großzügige Scheidung leisten.«

Er bäumte sich noch einmal auf. »Ich lasse mich nicht von dir kaufen.«

»Warum eigentlich nicht?« entgegnete sie und küßte ihn. »Wir werden das sehr elegant lösen. Unsere gemeinsame Aufgabe ist ein ausgezeichnetes Alibi. Wir arbeiten zusammen, wir verlieben uns. Dann läßt du dich scheiden. Was, entschuldige, bei dir ja gar nicht einmal so etwas Besonderes ist. Und eines Tages werde ich dann deine fünfte Frau. Ich habe keine Eile.«

»Ich liebe meine Frau!«

»Du liebst mich.«

»Ich will meinen Jungen.«

»Wenn es tatsächlich ein Junge ist, will ich ihn auch. Ich werde deinen Sohn adoptieren.«

Sie zog die Nachttischschublade auf und entnahm ein eng beschriebenes Stück Papier. »Du mußt mir nur das hier unterschreiben. Lies in aller Ruhe«, sagte sie und küßte sich Millimeter für Millimeter zu seinem Schwanz hinunter. Er ließ es geschehen. Er las, atemlos. Was sie ihm anbot, war das Geschäft seines Lebens.

»Darf ich kurz meinen Anwalt anrufen?« fragte er.

»Selbstverständlich«, murmelte sie, ohne seinen Schwanz aus dem Mund zu nehmen. »Aber erst, wenn du unterschrieben hast.«

Sie schielte nach oben und sah, daß er unterschrieb und dann zum Telefon griff.

»Es gibt eine vollkommen neue Situation«, informierte er seinen Anwalt. »Ich habe mich soeben mit der Miller-Wagenstein-Gruppe zusammengetan. Einzelheiten später. Bereiten Sie bitte einen Brief an die Banken vor.«

Maya konnte leider nicht verstehen, was der Anwalt antwortete.

»Ich muß der Vereinbarung noch einen Satz hinzufügen«, erklärte Wunderlich, als er aufgelegt hatte, und küßte ihre Brüste.

»Und der wäre?« fragte sie.

»Bei Unterzeichnung durch die beiden Vertragsparteien wird ein Betrag in Höhe von siebenunddreißig Komma fünf Millionen Deutsche Mark fällig. Für den Fall, daß der Kauf aus Gründen, die ich nicht zu vertreten habe, nicht zustande kommt, verbleibt das Geld bei mir.« Er sah sie lauernd an.

»Kein Problem.« Sie lächelte. »Du traust mir also nicht?«

Er zuckte mit den Schultern.

Sie ließ sich seinen Stift geben, den Satz diktieren und setzte dann schwungvoll ihre Unterschrift über die seine. Er zeichnete noch einmal gegen.

»Champagner«, rief sie, ließ den Korken knallen und schenkte beide Gläser bis an den Rand voll.

»Auf dich, Maya«, sagte er feierlich.

»Auf uns, Friedrich Zeh.«

»Frieder. Ich möchte, daß du mich Frieder nennst.«

»Frieder, darf ich kurz meinen Stiefsohn anrufen?« ahmte sie ihn nach und nahm den Hörer auf. »David, Maya hier. Wir haben die Frequenz. Du kannst mir gratulieren. Wunderlich ist bei mir, wir sind uns soeben einig geworden. Einundfünfzig zu neunundvierzig. Einundfünfzig für mich.«

»Das hört sich ja interessant an.« Miller-Wagenstein war überrascht und beunruhigt. Damit hatte er nicht gerechnet. »Aber überstürz bitte nichts. Katzenstein und ich werden uns der Sache annehmen.«

»Nicht nötig, ist bereits alles unter Dach und Fach«, erklärte sie. »Ich habe den Vorvertrag schon unterschrieben.«

»Maya, mach keinen Fehler, wir können noch heute abend nach München kommen.«

»Zu spät. Ich fliege morgen in aller Frühe nach Paris. Da wäre noch etwas, das du in die Wege leiten müßtest ...«, fügte sie schnell hinzu. »Es müssen unverzüglich fünfundzwanzig Prozent des Kaufpreises, also siebenunddreißig Komma fünf Millionen Mark, auf Wunderlichs Konto transferiert werden.« Sie legte auf.

Während sie gemeinsam duschten, sagte sie beiläufig: »Das können wir bald häufiger haben. Demnächst sind wir Nachbarn.«

»Du warst die Frau in dem Bentley, die sich gestern unser Nachbarhaus angesehen hat ...«

»Ich habe es gekauft.«

»Do, verzeih mir, daß ich so ungerecht zu dir war. Du bist die Beste. Ich weiß nicht, was ich ohne dich tun sollte. Du hattest recht, ich bekomme ein Kind«, sprach sie auf Dorothea Gorskis Anrufbeantworter. Absichtlich wählte sie nicht die Direktnummer. Sie wollte nicht mit Do sprechen, sie wollte nur, daß sie Bescheid wußte.

DAS KLEID

»Warum treffen wir uns nicht im Café de Flore, Mademoiselle?« Monsieur George rief pünktlich um acht Uhr im *Ritz* an. Alexa war bereits ihre Bahnen geschwommen, heute morgen hatte sie den Pool ganz für sich allein gehabt.

»Eine fabelhafte Idee. Ich nehme mir ein Taxi. In einer Dreiviertelstunde bin ich bei Ihnen.«

Monsieur George saß an einem der Ecktische im hinteren Teil des Hauptraumes und war nicht allein. Als sie im *Flore* eintraf, unterhielt er sich angeregt mit zwei Herren, die mit auf dem Rücken verschränkten Händen vor ihm standen. Den älteren stellte er Alexa als Jacques, den Oberkellner, vor und den anderen, einen jungen Mann, der eine schwarzweiß karierte Hose und eine weiße Schürze trug, als Henri, den Chefpatissier.

»Wir sind hier alle eine große Familie«, erläuterte George. »Mit Jacques spiele ich seit vierzig Jahren Boule, und mit Henris Großvater bin ich im Krieg gewesen.«

»Passen Sie nur ja auf, daß George Sie mit seinen alten Geschichten nicht langweilt«, warnte Jacques und stieß seinen jungen Kollegen an. »Henri, wir werden hier nicht mehr gebraucht. Was darf ich Ihnen denn bringen?«

Alexa sah kurz in die Speisekarte. »Zwei Croissants mit Butter und Orangenmarmelade und einen Café crème«, bestellte sie, George für sich einen zweiten Café au lait.

»Können wir da weitermachen, wo wir gestern aufgehört haben?« bat Alexa und zückte Block und Bleistift. Er nickte und zog seine Zigarre, die kalte *Cohiba* von gestern, aus seinem Etui und legte sie neben seine Kaffeetasse.

»Ich bin bereit«, sagte der alte Herr. »Fragen Sie bitte.«

»Warum haben Sie meine Mutter früher geweckt, als Ihnen diese Frau aufgetragen hatte?«

George schloß die Augen, sammelte sich und setzte seinen Bericht fort:

»Es war eigentlich eine ruhige Nacht. Gegen fünf Uhr kam Alice zu mir herunter, wir hatten oft gemeinsam Nachtdienst. Wir tranken einen Kaffee, lösten ein Kreuzworträtsel, und ich erzählte ihr, daß Gräfin Hohenfeld wieder einmal betrunken nach Hause gekommen sei, daß sie da oben in voller Kleidung auf ihrem Bett liege und daß ich mir Sorgen um sie machte, weil sie doch schwanger sei. Alice kannte wie ich Ihre Mutter seit Jahren. Und wir beschlossen, nach ihr zu sehen.

Ich wartete im Salon der Suite, während Alice ins Schlafzimmer ging. Schon nach ein paar Sekunden kam sie zurück und flüsterte erschrocken: Da stimmt was nicht, da stimmt was nicht. Ich folgte ihr. Ihre Mutter – Alexa, verzeihen Sie, aber wollen Sie wirklich jede Einzelheit wissen?«

Alexa nickte.

»Die Gräfin war halb aus dem hohen Bett gefallen. Ihr Kopf hing seitlich herunter, die Augen waren weit geöffnet, die Pupillen riesengroß, sie röchelte leise. Mit einer Hand klammerte sie sich an ihrem Nachttisch fest, so als habe sie nach dem Telefon greifen wollen. Der andere Arm hing schlaff herab. Ich habe sie sofort hochgelegt, sie atmete noch, auch ihren Puls konnte ich fühlen.

Alice rief den Notarzt, der Gott sei Dank innerhalb von zehn Minuten kam. Alice ist dann mit ins American Hospital gefahren.

Ich blieb im Hotel, ich hatte ja Dienst. Ich habe sofort

versucht, ihre Familie in Hamburg anzurufen, konnte aber niemanden erreichen.« Er hielt in seinem Bericht inne und sah wieder besorgt zu Alexa hinüber.

»Sie brauchen auf mich keine Rücksicht zu nehmen«, versicherte sie ihm erneut. »Viel schlimmer war für mich die Ungewißheit. Da ist noch etwas, was ich nicht verstehe: Mein Vater hat wohl versucht, meine Mutter in der Nacht telefonisch im Ritz zu erreichen, jedenfalls kann man so einen Brief interpretieren, den er in der Nacht an seine Mutter geschrieben hat.«

»An einen Anruf für die Gräfin kann ich mich nicht erinnern. Aber mein Dienst fing erst um zwölf an«, erklärte George. »Wenn er also vorher angerufen hat ...«

»Warum hat er sich auf den Weg zu ihr nach Paris gemacht«, überlegte Alexa laut, »wenn sie sich am nächsten Tag in Hamburg doch sowieso gesehen hätten? Wußte er, daß es ihr schlechtging? Woher?«

Auch darauf hatte George keine Antwort. »Ich befürchte, ich bin mit meinem Latein am Ende.«

»Sicher nicht, hier, schauen wir uns doch bitte gemeinsam diese Bilder an«, sagte Alexa und legte nun die Fotos aus der Kelly-Bag vor George auf den Tisch. »Ich habe keine Ahnung, wo und wann die Bilder aufgenommen worden sind. Aber ich vermute, daß es hier in Paris am Tag vor ihrem Tode war.«

George hielt sich eines der Fotos dicht vor die Augen. »Wenn ich alter Mann mich nicht sehr irre, dann weiß ich, wo Ihre Mutter da steht. Sehen Sie nur«, sagte er und wies auf die Eingangstür des *Flore*, »schauen Sie sich die Glastür auf dem Foto an, und dann sehen Sie bitte dort hinüber.«

Alexa schaute auf das Bild, dann in Richtung Eingangstür und bestätigte verblüfft seine Vermutung: »Das Foto ist tatsächlich hier aufgenommen. Das ist die Tür zum Café de Flore. Sie sind also hier gewesen.«

»Alexa, ich sehe noch mehr.« George hatte sich ein weiteres Foto dicht vor seine Augen gehalten, runzelte die Stirn und tippte dann mit seinem Finger auf den Mann in Schwarz, der wartend hinter der Tür stand. »Derselbe schwarze Mantel, derselbe breitkrempige Hut. Ich müßte mich schon sehr täuschen, wenn das nicht der Mann ist, der Ihre Mutter gemeinsam mit dieser Frau ins Ritz gebracht hat.« Aufgeregt winkte er seinem Freund, dem Oberkellner.

Jacques kam grinsend an ihren Tisch. »Was kann ich für dich tun, mein Lieber?«

»Setz dich, du alter Halunke.« George rückte zur Seite und bedeutete Jacques, neben ihm Platz zu nehmen. »Wie lange arbeitest du schon im Flore?«

»Das weißt du doch genau, nicht ganz so lange, wie du im Ritz warst. Dreißig Jahre«, antwortete Jacques. »Was soll die Frage?«

»Nur wenn du 1970 schon im Flore warst, darfst du dir jetzt dieses Foto angucken. Kennst du den Mann?«

»Tut mir leid, nein.« Jacques warf einen kurzen Blick auf das Bild. »Das heißt allerdings gar nichts. Du weißt, daß ich im Gegensatz zu dir kein gutes Gedächtnis habe. Wenn es ein junges Mädchen wäre, dann könnte ich mich vielleicht erinnern, aber an einen mürrischen Mann? Ich zeig das Foto aber gern dem alten Philippe.« Er nahm das Foto und ging zur Kasse, wo er kurz mit einem Kollegen sprach. Alexa sah, daß der den Kopf schüttelte.

»Er arbeitet hier mindestens so lange wie Jacques«, erklärte George.

Kurz darauf kam Jacques zurück. »Kein Gast von uns, tut mir leid. Auch Philippe hat den Mann nicht erkannt.«

Mürrisch murmelte George: »Unnützes Pack«, aber

Alexa tröstete ihn: »Wir wissen immerhin, daß dieser Mann nicht zufällig auf dem Foto ist, sondern daß meine Mutter ihn kannte. Sogar so gut kannte, daß sie offensichtlich den Abend mit ihm verbrachte. Das ist eine ganz wichtige Information.«

Auf der Uhr, die über der Kasse des *Flore* hing, sah sie, daß es bereits kurz vor elf war.

»Sie müssen mich entschuldigen, George. Ich habe um zwölf eine Verabredung bei Chanel. Ich muß mich beeilen. Wann sehen wir uns wieder?« fragte sie.

»Wann immer Sie mich brauchen. Überlassen Sie mir doch bitte das Foto für heute. Ich bringe es später zurück ins Ritz. Es kann nicht sein, daß sich niemand hier erinnert. Ich werde den Burschen schon auf die Sprünge helfen.«

»Machen Sie sich nicht verrückt. Das Foto können Sie natürlich heute gern behalten«, sagte Alexa und steckte die restlichen Bilder zurück in ihre Kelly-Bag.

Monsieur George brachte sie zur Tür, stoppte ein Taxi und verabschiedete sich: »Mademoiselle, Sie werden von mir hören.«

»Aber sicher, George.« Alexa schmunzelte über seine grimmige Laune.

Nummer 34, Rue Cambon, die legendäre Boutique von *Chanel*, das Stammhaus des heutigen Weltkonzerns, lag keine 50 Meter vom Hinterausgang des *Ritz* entfernt. Durch diesen Ausgang, auf dieser Straße, waren Prinzessin Diana und Dodi al-Fayed zu ihrer tödlichen letzten Fahrt aufgebrochen. Die Bilder, aufgezeichnet in der Sicherheitszentrale des Hotels, waren um die Welt gegangen. Alexa mußte daran denken, als sie jetzt auf die Rue Cambon trat.

Über die Köpfe einer Schar von schnatternden Japanerinnen hinweg, die sich in der *Chanel*-Boutique allerlei Accessoires zeigen ließen, entdeckte sie eine ältere Dame, die ihr zuwinkte und ihr entgegenkam.

»Françoise Girbaud«, sagte sie und reichte Alexa die Hand. »Sie können gern Françoise zu mir sagen. Ich war damals eine der Assistentinnen von Mademoiselle Chanel. Heute bin ich pensioniert und helfe nur manchmal noch aus. Ich kannte Ihre Mutter. Ich kannte die Baronin. Wir haben uns sehr gefreut, von Ihnen zu hören. Lassen Sie uns nach oben gehen, Monsieur Karl ist im Studio. Wir nehmen die Treppe.«

»Die Treppe«, das war jene legendäre Treppe, über die die Mannequins vom Atelier hinunter in den verspiegelten Modesalon schritten, um den Kundinnen, die dort auf zierlichen goldenen Stühlchen sitzend gespannt warteten, die neuesten Kleider vorzuführen, während Mademoiselle Chanel das Geschehen von oben und unsichtbar für ihre Kundinnen beobachtete.

»Kommen Sie rein, kommen Sie rein«, rief Lagerfeld, als er Madame Françoise und Alexa in der Tür zu seinem Studio entdeckte. »Ich bin gleich soweit.« Er wies einen Assistenten an, am Kopf des langen Arbeitstisches für Alexa Platz zu machen, hielt dann aber inne. »Moment«, sagte er und führte sie in die Mitte des Raumes.

»Attention!« rief er und klopfte mit seinem geschlossenen Fächer auf eine Tischkante. »Das ist Alexa Schwarz, eine junge Journalistin aus Berlin, die das Glück hat, eines der schönsten Kostüme von Mademoiselle Chanel zu besitzen. Sehen Sie hier«, er gab Alexa einen sanften Schubs und drehte sie langsam im Kreis.

Alexa hatte von Friede mehrere *Chanel*-Kostüme geerbt und für heute ein pastellblaues mit hellgrauen Litzen aus den frühen siebziger Jahren gewählt. Bei ihrer Größe endete der schmale Rock zwei Handbreit über dem Knie. Dazu trug sie die obligatorischen hohen schwarzen Lederstiefel, was in dieser Kombination sehr extravagant wirkte, sehr modern, sehr up to date.

»Darf ich?« fragte ein Assistent und machte, als Alexa nickte, ein paar Polaroids.

Lagerfeld klopfte erneut mit seinem Fächer auf die Tischkante. »Genug, genug, an die Arbeit. Ihr wißt, was ihr zu tun habt. Ich bin in einer Viertelstunde zurück.«

Es dauerte dann doch noch einige Augenblicke, bis er soweit war. Lagerfeld machte sich rasch noch an einem lose gehefteten, halbfertigen Kleid zu schaffen, einem Entwurf für die nächste Kollektion, steckte hier etwas ab, suchte aus einer Schachtel einen Knopf heraus, ließ sich eine Schere reichen und trennte einen Abnäher auf. Jede seiner Bewegungen, jedes seiner Worte war von rasender Schnelligkeit und enormer Präzision. Mit einem dicken schwarzen Filzstift warf er noch eine Skizze aufs Papier und reichte sie an einen Assistenten weiter.

»So, und jetzt zu Ihnen«, sagte er und nahm Alexa am Arm. Sie kannten sich, sie hatte ihn für *Mona Lisa* bereits zweimal interviewt und bewunderte ihn sehr, seine Kreativität ebenso wie seine Persönlichkeit, seinen Witz und sein Wissen. Es gab kein Thema, zu dem er nicht einen besonderen Aspekt beitragen konnte, jedes Gespräch mit ihm war eine einzige große Anregung. Er war souverän und herrlich respektlos, für Journalisten eine wahre Fundgrube. Alexa besaß eine ziemlich komplette Sammlung seiner Interviews aus deutschen und internationalen Magazinen, seiner Fernsehauftritte und Radiointerviews. Sie liebte seine Formulierungen und hatte sich fest vorgenommen, eines Tages in *Mona Lisa* eine Lagerfeldsche Zitatensammlung zu veröffentlichen.

»Kommen Sie.« Lagerfeld nahm Alexa am Ellbogen und führte sie hinaus, die Treppe hinunter. »Françoise hat alles vorbereitet.«

Er wies auf zwei goldene Stühle, die gegenüber der großen Spiegelwand standen und von denen aus man den besten Blick auf die Treppe hatte. Er klemmte seinen Fächer unter die linke Achsel, klatschte in die Hände und setzte sich neben sie.

Oben auf der Treppe erschien in einem bodenlangen, langärmeligen, hochgeschlossenen blaßrosa Brautkleid eine gertenschlanke, hellhäutige junge Frau mit strohblondem Bubikopf, ungeschminkt bis auf die zartrosa Lippen. Sie schritt Stufe für Stufe langsam und sehr graziös die Treppe herunter, eine kleine Schleppe hinter sich herziehend, über ihrem Haar und ihrem Gesicht lag ein feiner Schleier aus alter Spitze.

Alexa war sprachlos. In keiner Modezeitschrift der Welt und schon gar nicht in Wirklichkeit hatte sie jemals etwas so Schönes gesehen. Oben auf der Treppe standen dicht gedrängt Lagerfelds Mitarbeiterinnen und Mitarbeiter, die sich das Ereignis nicht entgehen lassen wollten, Madame Françoise schluchzte leise. Das Mannequin drehte sich langsam vor Lagerfeld und Alexa im Kreis und schritt dann die Treppe wieder nach oben.

»Danke.« Alexa seufzte, ihre Rührung nur mühsam unterdrückend. »Das Kleid ist ein Traum«, sagte sie.

»Wohin sollen wir Ihnen Ihr Kleid denn nun schicken?« wollte Lagerfeld wissen.

»Um Gottes willen.« Erschrocken winkte Alexa ab. Was sollte sie mit dem Brautkleid anfangen? »Sie werden es noch behalten müssen; ich habe den richtigen Mann noch nicht gefunden. Und ob ich jemals so groß heiraten werde …«

Ein Serviermädchen brachte einen Kaffee für Alexa und für Lagerfeld eine Cola light.

»Ich weiß, daß es Ihnen nicht in erster Linie um das Kleid Ihrer Mutter geht. Was haben Sie auf dem Herzen?« fragte er. »Wie kann ich Ihnen helfen? Ich habe damals noch nicht für Chanel gearbeitet, aber Françoise, die kann sich, wie sie mir sagte, noch gut an Ihre Mutter erinnern.«

Er winkte Madame Françoise heran, die sich wieder beruhigt hatte und oben auf der Treppe auf sein Zeichen wartete.

»Bitte kümmern Sie sich um Mademoiselle Schwarz«, bat er sie. »Sie dürfen ihr alles erzählen, woran Sie sich erinnern«, fügte er auf ihren fragenden Blick hinzu. Auch bei *Chanel* galt wie im *Ritz* das Prinzip der absoluten Diskretion. Lagerfeld war aufgestanden und verabschiedete sich von Alexa mit einem Schwenken seines Fächers. »Rufen Sie mich an, wenn Sie mich brauchen.«

»Was halten Sie davon, wenn wir ins Ritz hinübergehen und uns dort unterhalten?« schlug Alexa Madame Françoise vor. »Besonders interessiert mich natürlich der Tag, an dem meine Mutter das Brautkleid abholen wollte.«

»Ich bin seit Jahren nicht mehr im Ritz gewesen«, antwortete Madame Françoise nachdenklich, während sie auf die andere Straßenseite der Rue Cambon hinübergingen. »Früher war ich beinahe jeden Tag dort. Ich habe oft mit ihr zusammen in ihrer Suite gearbeitet, nicht selten bis spät in die Nacht. Als sie älter wurde und viele ihrer Freunde schon gestorben waren, konnte sie schlecht allein sein.«

Die Bar im *Ritz*, vor dem Diner Treffpunkt der Schönen und Reichen und nach dem Diner ein idealer Ort für das intimere Rendezvous, hatte tagsüber die Atmosphäre eines eleganten Cafés. Durch die breite Fensterfront ging der Blick in den immergrünen Innenhof. Jetzt waren nur wenige Plätze an den weiß gedeckten Tischen von ein paar älteren Damen besetzt, die Kaffee oder Cognac tranken oder beides, dazu ein Stückchen Kuchen aßen, in Magazinen blätterten oder einfach nur so herumschauten.

Madame Françoise und Alexa ließen sich von einem Kellner an einen Tisch direkt am Fenster begleiten und bestellten Kaffee und ein Stückchen *Tarte tatin*, ein Kuchen, belegt mit karamelisierten Apfelstücken.

Alexa erzählte von ihrem Treffen mit Monsieur George, worauf Madame Françoise sofort ins Schwärmen geriet. »Mademoiselle Chanel hat den guten George geliebt. Er war ein großer Charmeur und immer für ein Schwätzchen zu haben. Wie geht es ihm denn?«

»Er vermißt seine Arbeit. Aber sonst geht es ihm ausgezeichnet, soweit ich das beurteilen kann.«

»Ich würde ihn gern einmal wiedersehen«, sagte Madame Françoise gedankenverloren.

»Das wird sich wohl bewerkstelligen lassen.« Alexa dachte spontan, daß Monsieur George und Madame Françoise wirklich gut zueinander paßten. Bei dem Gedanken, was seine Schwester wohl dazu sagen würde, mußte sie schmunzeln. »Lassen Sie mich nur machen.« Sie hatte Madame Françoise wie Monsieur George sofort ins Herz geschlossen und nahm sich vor, dem Glück der beiden ein wenig nachzuhelfen. Das war das mindeste, was sie tun konnte.

Ein Ober brachte den Kaffee und den Kuchen. »Unverändert gut«, stellte Madame Françoise zufrieden fest.

Alexa legte ihre Kuchengabel beiseite. »Sie gehören zu den letzten, die meine Mutter noch lebend gesehen haben. Wie ich dem Brief von Mademoiselle Chanel entnommen habe, war meine Mutter nachmittags zur letzten Anprobe ihres Brautkleides im Atelier.«

Madame Françoise zog einen Umschlag aus dem Stapel von internationalen Modemagazinen, die ihr Lagerfeld zum Abschied gegeben hatte, und sagte: »Ich bin, als mich Monsieur Karl über Ihren Besuch informierte, in unser Archiv gegangen. Sie müssen wissen, daß wir von allen Haute-Couture-Modellen bei der letzten Anprobe ein Foto machen. Sehen Sie, hier.«

Sie reichte Alexa ein Schwarzweißfoto, das Coco Chanel mit ihrer Mutter zeigte. Sie trug das Hochzeitskleid, und man konnte erkennen, wie raffiniert die tiefe Empirefalte das Bäuchlein kaschierte. »Es ist ein Abzug, den wir für Sie haben anfertigen lassen. Sie dürfen das Foto gern behalten, wir haben das Negativ. Drehen Sie es doch einmal herum«, sagte Madame Françoise.

»Comtesse Sophie de Hohenfeld«, las Alexa und: »Client: Baronesse Friederike de Schwarzenau.« Darunter stand das Datum: 8. Februar 1970.

»Wissen Sie«, erinnerte sich Madame Françoise, »wäre es nicht die Baronin gewesen, die eine der liebsten Kundinnen von Mademoiselle war, wir hätten den Auftrag gar nicht angenommen. Erst zehn Tage zuvor hatte sie bei uns angerufen und das Brautkleid bestellt. Die Baronin hat mir viele Jahre später einmal am Telefon erklärt, warum damals alles so schnell gehen mußte. Sie hat ja alle Jahre wieder bei uns angerufen, um sich nach dem Kleid zu erkundigen, als ob wir es jemals weggegeben hätten! Die junge Gräfin hatte erst sehr kurzfristig den Heiratsantrag Ihres Vaters angenommen. Er hatte darauf gedrungen, daß sie vor Ihrer Geburt heirateten. Aber das wird Ihnen die Baronin ja sicher alles erzählt haben.«

›Wenn sie wüßte, wie wenig Friede mir erzählt hat‹, dachte Alexa und hatte wieder dieses ungute Gefühl, daß es offensichtlich etliche wildfremde Menschen gab, die wesentlich mehr über ihre eigene Lebensgeschichte wußten als sie selbst.

»Am achtundzwanzigsten Januar waren die Baronin und die junge Gräfin bei uns. Morgens wurde Maß genommen, und abends haben sie sich mit Mademoiselle im Ritz erste Skizzen angesehen. Unsere Schneiderinnen haben dann eine Meisterleistung vollbracht. Drei Tage später kam die Gräfin aus Hamburg allein zur ersten Anprobe, am achten Februar nachmittags waren das Kleid und die Accessoires, die Mademoiselle ausgewählt hatte, fertig.

Wir haben sogar diese alte Spitze für den Schleier besorgt. Weil Sie unterwegs waren, liebe Alexa, durfte Sophie nicht den Brautschleier ihrer Familie tragen, so streng waren damals die Sitten. Alle waren glücklich. Das Kleid saß perfekt. Und wir waren entzückt, wie sich das kleine Bäuchlein ganz leicht unter dem Stoff abzeichnete. Mademoiselle meinte, daß man es auch mit einem durchsichtigen Tüllüberwurf kaschieren könne, aber davon wollte Ihre Mutter nichts wissen. Ich erinnere mich noch, wie sie sagte: Jetzt darf man es doch sehen. Dabei sah man wirklich so gut wie nichts. Ihre Mutter war sehr schlank.«

»So dünn wie ich?« fragte Alexa.

»Dünner, noch dünner. Aber Sie müßten heute ungefähr im selben Alter sein wie Ihre Mutter damals.«

»Leider nein«, sinnierte Alexa. »Ich bin heute schon fünf Jahre älter, als meine Mutter je geworden ist. Aber, liebe Françoise, ob Sie sich doch bitte noch etwas genauer an diesen Nachmittag erinnern können?«

»Sophie kam gegen drei«, fuhr Madame Françoise fort. »Es war immer ein ganz besonderes Ereignis, wenn eine Braut ihr Kleid abholte. Mademoiselle trommelte alle zusammen, die daran gearbeitet hatten. Es gab Champagner, und es wurde viel gelacht. Ihre Mutter machte einen durch und durch glücklichen Eindruck. Sie zeigte uns Fotos von ihrem Bräutigam und schwärmte geradezu von ihm und dem Leben, das sie führen wollten. Ihr Vater muß ein wunderbarer Mensch gewesen sein. Sie rief vom Atelier aus in Berlin an, damit Baronin Schwarzenau sich bei Mademoiselle bedanken konnte.

Das Kleid und den Schleier sollten wir am nächsten Morgen hinüber ins Ritz bringen, Kartons und Seidenpapier lagen schon bereit. Schuhe, Handtasche, Taschentücher und was noch alles dazugehörte, wollte die Gräfin gleich mitnehmen. Es war gegen fünf, als sie mich bat, sie hinüber ins Hotel zu begleiten. Sie nahm eine der Tüten, ich die beiden anderen. Sie ließ die Sachen auf ihr Zimmer bringen, weil sie unbedingt noch mit mir auf das schöne Kleid anstoßen wollte. Wir haben dann hier an dieser Bar noch ein Gläschen Champagner getrunken. Sie war so fröhlich, so glücklich. Und am nächsten Morgen war sie tot …«

Unter Tränen fuhr Madame Françoise fort: »Gegen halb sieben begleitete mich Ihre Mutter zum hinteren Ausgang. Wir standen schon auf der Rue Cambon und waren gerade im Begriff, uns zu verabschieden, da stutzte sie. Sie bat mich, sie einen Moment zu entschuldigen, und ging auf eine junge Frau zu, die gerade im Begriff war, das Ritz zu betreten. Die beiden begrüßten sich, glaube ich, auf deutsch, redeten kurz miteinander, dann ging die Frau ins Hotel.

Ihre Mutter kam wieder zu mir und sagte etwas wie: So klein ist die Welt. Es war eine Freundin, die sie aus den Augen verloren hatte. Sie wartete auf sie an der Bar, und später am Abend wollten sie sich zum Essen treffen. Ich erinnere mich, daß Ihre Mutter auf mich plötzlich einen nervösen Eindruck machte.«

»Madame Françoise«, unterbrach Alexa. »War diese Frau ziemlich klein und stark geschminkt?«

»Ja. Aber wie kommen Sie darauf?«

»George hat mir die Frau recht genau beschreiben können, die in der Nacht meine Mutter ins Ritz zurückgebracht hat. Es liegt doch die Vermutung nahe, daß es sich um dieselbe Frau handeln könnte, mit der sie sich zum Abendessen verabredet hatte. Sie und ein Mann haben sie um drei Uhr morgens in einem jämmerlichen Zustand im Ritz abgeliefert. Den Mann hat George auf einem Foto bereits wiedererkannt, auch wenn wir ihn noch nicht identifiziert haben. Diese Frau und diesen Mann suche ich. Die beiden müssen wissen, was in der Nacht passiert ist, warum meine Mutter hat sterben müssen – und letzten Endes auch mein Vater.«

»Kann ich mir dieses Foto auch einmal ansehen?« bat Madame Françoise. Alexa mußte sie vertrösten, denn das Foto war bei George geblieben. Statt dessen zeigte sie ihr eines aus der Serie, auf dem ihre Mutter allein im Eingang des *Café de Flore* zu sehen war.

Madame Françoise nickte heftig und seufzte. »Wie schön sie war, aber hier sieht sie richtig zornig aus. Auf jeden Fall trägt Ihre Mutter auf diesem Foto denselben Mantel und dieselben Schuhe wie am Nachmittag, als sie zur Anprobe zu uns kam.«

»Ein Detail fügt sich an das andere«, sagte Alexa nachdenklich. »Ich werde jetzt George anrufen, er wollte das Foto zurückbringen. Kommen Sie mit, Sie wollten ihm doch gern guten Tag sagen.«

Auf dem Weg zur Telefonzentrale kam ihr der Concierge entgegen und überreichte ihr einen Umschlag: »Das ist soeben mit UPS gekommen, ich wollte es Ihnen gerade bringen lassen.«

Alexa riß den Umschlag auf. Es waren zwei Blatt: ein handschriftlicher Brief von Joe aus Berlin und eine Zeichnung, unverkennbar ihr Porträt, und es war verdammt gut.

Plötzlich hatte sie es eilig, sich zurückzuziehen. Sie ließ sich mit Monsieur George verbinden.

»Kabine drei, bitte«, sagte die Telefonistin.

»Ich bin noch nicht weitergekommen, Mademoiselle«, sagte er entschuldigend.

»Keine Bange, deshalb rufe ich nicht an. Ich muß mich bei Ihnen bitter beschweren. Ich habe heute nämlich gehört, daß Sie ein großer Charmeur sind. Und Sie haben noch nicht eine Sekunde versucht, mit mir zu flirten. Das geht so nicht. Nein, sagen Sie jetzt nichts, George. Sagen Sie alles, was Sie auf dem Herzen haben, nicht mir. Denn hier ist jemand, der Sie unbedingt wiedersehen möchte.«

Madame Françoise protestierte vergeblich, schon hatte ihr Alexa den Hörer ans Ohr gedrückt, während sie sich in die Hotelhalle zurückzog und in einen der Fauteuils fallen ließ. Sie mußte sofort lesen, was Joe ihr geschrieben hatte. Es war eine Art Gedicht. Es war wunderschön.

»Being You is being strong. Being strong is being vulnerable. Being vulnerable is being sensible. Being sensible is being human. Being human is being good. Being good is not the worst. Being worst is the best. Being best is tough. It's tough to love.« Und am Schluß hatte er auf deutsch hinzugefügt: »Fortsetzung folgt.«

»Du zu sein ist stark. Stark zu sein macht verletzlich. Verletzlich zu sein heißt empfindlich zu sein. Empfindlich zu sein ist menschlich. Menschlich zu sein ist gut. Gut zu sein ist nicht das schlechteste. Schlecht zu sein ist das beste. Die Beste zu sein ist hart. Es ist hart zu lieben.«

Bevor sie weiter darüber nachdenken konnte, was er ihr damit sagen wollte, stand Madame Françoise wieder neben ihr.

»Das war aber ein kurzes Telefonat, dafür, daß Sie sich so lange nicht gesehen haben«, neckte Alexa die alte Dame, die prompt zart errötete.

»George und ich treffen uns morgen nach dem Mittagessen …«

Alexa unterbrach sie: »Das müssen Sie als erstes ändern. Ein Mann in seinem Alter sollte nicht unter der Fuchtel seiner Schwester stehen.«

Madame Françoise verstand kein Wort, aber sie lächelte

verlegen. »Es ist nicht das, was Sie denken. Wir wollen Ihren Fall besprechen, gemeinsam kommen wir bestimmt besser voran.«

»Danke für alles«, verabschiedete sich Alexa, die mittlerweile geradezu verliebt in die Idee war, George und Françoise zu verkuppeln. Siedend heiß war ihr eingefallen, daß sie sich noch auf das morgige Interview vorbereiten mußte. Den ganzen langen Tag hatte sie nicht einen Gedanken an Maya von Miller verschwendet.

Sie beschloß, Joe per Fax zu antworten. Sie schrieb nur einen einzigen Satz: »Worlds apart and yet so close.« – »Welten auseinander und doch so nah.« Genau so fühlte sie sich. Sie sehnte den Tag herbei, an dem sie die eine Welt überwinden konnte, um die andere begreifen zu können.

Kaum hatte sie das Fax losgeschickt, da klingelte ihr Telefon.

»It's me.« Es war Joe. »Endlich habe ich dich erwischt. Okay, Darling«, sagte er mit seiner knarrenden Stimme, die so anders war als die all jener Bürschchen, die in den letzten Jahren versucht hatten, sie zu beeindrucken. »Ich will wissen, was du in Paris machst.«

Ganz schön autoritär, fand Alexa, aber sie war beeindruckt. Dennoch: Ihre Zurückhaltung war immer noch größer als das Bedürfnis, sich ihm anzuvertrauen. Und so flüchtete sie sich in eine Notlüge: »Ich arbeite an einer Serie über die siebziger Jahre. Die Zeit, in der meine Eltern jung waren. Politische Proteste, sexuelle Befreiung, Exzesse, die Zeit vor AIDS, Drogen, du weißt schon.«

»Are you experienced?« Joe stellte die Frage, die Jimi Hendrix in den siebziger Jahren zum Hero einer ganzen Generation gemacht hatte, und summte mit einem »todu, todu, todu« ein paar Takte des legendären Songs ins Telefon.

Sie antwortete mit einer Gegenfrage: »Und du?«

»Wenn man in SoHo lebt, sind Drogen überall. Na, da zeichnet sich ja soeben eine Lösung unseres Kommunikationsproblems ab. Ich bin begeistert«, flachste er. »Also, wenn du schon keine Zeit hast, mich zu treffen, dann kannst du mich wenigstens als Auskunftei benutzen. Ich stehe gern zu Ihren Diensten, Reporter Schwarz.«

»Keine schlechte Idee«, sagte sie und meinte es ernst. »Mal sehen, vielleicht komme ich schon bald auf dein Angebot zurück.«

»Ich bitte drum. Ich bin für jede Ablenkung dankbar. Zur Zeit bin ich nämlich mal wieder ein Maler, der nicht malt. Totale Blockade. Farbe? Pinsel? Was ist das?«

»Wir wissen wenig voneinander, nicht wahr?« sagte Alexa nachdenklich.

»Das können wir ändern. Jeden Tag eine Frage und eine Antwort. Heute bist du dran«, bot er an. »Also, frag mich was.«

»Kennst du dich im Internet aus?«

»Du bist nicht ganz bei Trost. Sonst noch was?«

»Heute nicht, sorry. Also?« Alexa gefiel das Spielchen und sein gespieltes Entsetzen.

»Ich bin ein Virtuose auf dem Internet, ein Meister. Frag mich was, und die Welt antwortet dir.«

»Kann sein, daß ich dich beim Wort nehme. So, jetzt müssen wir Schluß machen. Ich muß noch ein paar Rückrufe erledigen, und dann muß ich mich auf dieses entsetzliche Interview vorbereiten, das ich morgen mache.«

»Auf wen lassen sie dich denn los?« Joe hatte überhaupt keine Lust, das Gespräch schon zu beenden.

»Kennst du nicht.«

»Woher willst du das wissen?«

»Maya von Miller.«

»Nein!« schrie Joe ins Telefon.

»Was ist denn mit dir los?«

»Und ob ich die kenne. Eine ätzende Person«, erläuterte Joe ihr seine Reaktion. »Ich habe sie sogar schon gemalt, vor zwei, drei Jahren. Es war das einzige Bild, das Leo Castelli jemals von mir verkauft hat. Ein Porträt, das ihr uralter Mann ihr zum Hochzeitstag geschenkt hat. Sie hat mich damals vernaschen wollen.«

»Und? Weiter.«

»Nix weiter. Ich bin standhaft geblieben. Aber Titten hat sie, unglaublich. Was hältst du von ihr?«

»Keine Ahnung, sie interessiert mich nicht so richtig. Obwohl ich es ganz spannend fand, daß sie kürzlich nachts nach einer Gala zu ihren Ehren in Berlin zu einer Wahrsagerin gegangen ist, morgens um eins. Sonst noch was – außer der Größe ihres Busens, meine ich –, was ich für mein Interview wissen sollte?« fragte sie amüsiert.

»Sag das Interview ab. Sie ist deiner nicht wert, Darling«, antwortete er und fügte hinzu: »Ich meine es ernst, sie ist kein Umgang für Mädchen wie dich.«

»Okay, du kleiner Macho. Ich muß jetzt wirklich Schluß machen. Ciao, bello.«

Er schickte ihr einen Kuß durch die Telefonleitung und legte ebenfalls auf.

Es dauerte nicht einmal eine Stunde, und ihr Laptop gab das Signal, daß eine e-mail angekommen war. Joe schickte ihr einen Artikel, den ein gewisser Dr. Victor Karoly in einem Juristen-Journal veröffentlicht hatte, die Zusammenfassung eines Referats über Drogen und Gesellschaft, in dem er sich auf die Cliquen-Mechanismen gewisser – namentlich nicht benannter – Pariser Kreise der siebziger Jahre bezog.

»Sehr interessant. Vor allem, weil es am Ende heißt, daß er an Erfahrungsaustausch interessiert ist. Ruf ihn an«, hatte Joe handschriftlich hinzugefügt und die Telefonnummer und

Anschrift von Karoly ebenfalls notiert. Alexa schickte Joe eine e-mail zurück: »Thanxxx.« Die drei x hatte sie unterstrichen.

Der Anwalt war am Telefon eher zurückhaltend – merkwürdig für jemanden, der per Internet um Kontaktaufnahme bat. Erst als Alexa ihm zu verstehen gab, daß sie persönlich betroffen sei, und andeutete, daß es sich um den Todesfall ihrer Mutter handelte, der sich im Februar 1970 in Paris ereignet habe, wurde er freundlicher. Er bat, ihm doch zunächst etwas Schriftliches zukommen zu lassen. Sie schlug vor, ihm von ihrem Anwalt in Berlin eine kurze Legitimation schicken zu lassen, was Karoly begrüßte.

»Soviel darf ich Ihnen sagen: Wir haben in unserer Familie einen ähnlichen Fall«, sagte er schließlich. Alexa wäre am liebsten gleich zu ihm gegangen. Er aber schlug ein Treffen für den morgigen Vormittag vor: »Sofern mich das Fax Ihres Anwaltes überzeugt. Dann sind wir allein in meiner Kanzlei.«

Eine Bemerkung, die sie nicht unbedingt vertrauenerweckend fand. Kohlhaas, dem sie den Artikel, der auf englisch verfaßt war, rasch zufaxte, erwischte sie zu Hause.

Er erbat sich ein paar Minuten Bedenkzeit und versprach ihr wenig später, den Pariser Kollegen noch heute zu kontaktieren. »Ich werde ihm schreiben, daß du meine Mandantin bist, und wenn du es erlaubst, werde ich ihm sagen, daß deine Mutter durch Drogen ums Leben kam.«

DIE FAUST

Zur Kanzlei von Dr. Victor Karoly in der Rue de Rivoli waren es vom *Ritz* aus nur wenige Minuten zu Fuß. Sie lag – mit Blick auf den Louvre – im dritten Stock über dem berühmten *Café Angélique*, wo es die beste heiße Schokolade der Welt gibt und eine köstliche tennisballgroße Trüffelkugel mit Sahnehäubchen namens *Mont Blanc*. Alexa hatte schon oft im *Angélique* geschlemmt, wenn es zwischen den Prêt-à-porter-Schauen im Cour Carré du Louvre ein paar Minuten Zeit gab. Heute aber ließ sie das Café links liegen und ging unter den Arkaden eine Tür weiter.

Kohlhaas hatte sie noch am Abend angerufen. Karoly hatte sich sofort bei ihm zurückgemeldet und ihm den Fall in seiner Familie geschildert, auf dem seine Forschung und sein Aufsatz basierte. Es handelte sich um seine Cousine, die seit den siebziger Jahren nach einem Drogenvorfall geistesgestört war.

Der Anwalt kam ihr im Flur entgegen. Er war ein ungewöhnlich kleiner Mann, Alexa überragte ihn beträchtlich. Seine Gestalt war nicht das einzige, was ihr auffiel. Die gelblich getönten Gläser seiner Brille verbargen seine extrem hervorstehenden Augen kaum.

Erst als sie sich an seinem Schreibtisch gegenübersaßen, verschwand Alexas Unbehagen – Karoly war ein Sitzriese, und sein Lächeln war nicht unsympathisch. Er musterte seinen Gast unverhohlen und sagte ihr auch gleich, warum: »Ihr Anwalt wird Ihnen von unserer Familiengeschichte berichtet haben. Meine Tante hat sich in den vergangenen Jahrzehnten auf die merkwürdigsten Gestalten eingelassen. Sie ist besessen von der Idee, das Schicksal ihrer Tochter doch noch aufklären zu können, und greift deshalb nach jedem Strohhalm. Ich habe mir zur Aufgabe gemacht, sie vor weiteren Enttäuschungen zu schützen: Sie müssen also zuerst mich überzeugen, daß Ihr Anliegen seriös ist.«

»Ich verstehe. Sie haben ja bereits mit meinem Anwalt telefoniert …«

Karoly unterbrach sie: »Was er mir erzählt hat, reicht nicht. Vor allem aber müssen Sie mir dies hier unterschreiben.«

Karoly legte ihr ein Formular vor. Alexa las es und unterzeichnete, ohne zu zögern. Mit ihrer Unterschrift verpflichtete sie sich zu absolutem Stillschweigen über alles, was sie über die Familie Karoly erfahren würde. Das fand sie mehr als verständlich, weniger gefiel ihr der Zusatz, der bei Zuwiderhandlung eine Strafe von 100000 Dollar androhte. Sie bat: »Wenn ich bitte eine Fotokopie haben könnte …«

»Selbstverständlich.« Karoly legte das Blatt in das Faxgerät auf dem Aktenschrank hinter seinem Schreibtisch und reichte ihr die Kopie.

Alexa sagte: »Ich bin froh, daß Ihre Tante mich so kurzfristig empfangen wird …«

»Eventuell empfangen wird, Mademoiselle«, korrigierte Karoly. »Ich gebe Ihnen eine Viertelstunde. Alles, was man nicht innerhalb einer Viertelstunde erklären kann, ist nicht erklärbar.« Er nahm seine Armbanduhr vom Handgelenk und legte sie vor sich auf den Schreibtisch. »Wann ist Ihre Mutter gestorben, Mademoiselle?«

»Am neunten Februar 1970, und zwar hier in Paris, im American Hospital, morgens um 6 Uhr 30, kurz nach meiner Geburt.« Und dann berichtete sie, was sie wußte.

Es waren keine fünf Minuten vergangen, da unterbrach

der Anwalt sie: »Ich denke, daß es sinnvoll ist, wenn wir nun zu meiner Tante fahren. Sie erwartet uns.«

Karoly griff zum Telefon und redete in einer Sprache, die Alexa nicht verstand. »Wir sind Ungarn«, erklärte er.

Das Haus, vor dem Karoly und Alexa kurz darauf aus dem Taxi stiegen, war eines dieser gediegenen, Mitte, Ende des letzten Jahrhunderts erbauten Großbürgerhäuser in der Avenue Faubourg Saint Honoré. Auf den blankpolierten Messingschildern der Rufanlage waren keine vollständigen Namen eingraviert, nur geschwungene Initialen. Karoly preßte den Knopf bei *K.* Während sie auf eine Reaktion warteten, ließ Alexa ihren Blick an dem Haus hochgleiten und entdeckte, daß im dritten Stock die Vorhänge einer Balkontür einen Spalt zur Seite geschoben wurden. Nicht länger als zwei, drei Zehntelsekunden konnte Alexa ein winziges, blasses Frauengesicht sehen, das ihr unendlich traurig vorkam.

»Wohnt Ihre Tante im dritten Stock?« fragte sie. Karoly nickte. Es hatte etwas gedauert, aber nun öffnete sich die Tür, ein mit schwarzem Blech verkleidetes, wohl drei Meter hohes schmiedeeisernes Tor, auf jeder Seite prangte in der Mitte ein Wappen. Mit einem Knirschen schloß sich das Tor automatisch hinter Karoly und Alexa, und sie standen in einer anderen Welt, einem verwunschenen parkartigen Innenhof mit Kieswegen, Oleanderbüschen, Rosenrabatten, einem bemoosten Brunnen. Linker Hand war der Innenhof von einer Art Villa begrenzt, die sich über drei Stockwerke an das Vorderhaus anlehnte, rechts von einer hohen Wand aus glänzendem dunklem Grün, der fensterlosen Rückmauer des Nachbargebäudes, die über und über mit Efeu bewachsen war.

»In Pariser Höfen verbergen sich ungeahnte Paradiese«, sagte Karoly, der Alexa ein wenig Zeit zum Staunen ließ.

»Meine Familie besitzt diesen Komplex seit mehr als hundert Jahren, mein Urgroßvater war Botschafter des Königreichs Ungarn in Paris. Meine Tante und ihre Tochter wohnen in seiner ehemaligen Residenz. Machen Sie sich auf etwas gefaßt: Wir werden uns auf eine Zeitreise begeben, Mademoiselle.«

Eine breite, geschwungene Treppe aus weißem Marmor mit flachen, in der Mitte abgetretenen Stufen dominierte die Eingangshalle. Am Fuß der Treppe wurden sie von einer alten Frau in schwarzem Kleid mit weißer Schürze, weißen Handschuhen und weißem Haar erwartet, die ihnen schweigend die Mäntel abnahm und in einem Wandschrank verschloß. Karoly nickte ihr freundlich zu, Alexa tat es ihm nach.

»Das ist unsere Louise, sie ist taub und Mitte Achtzig und seit siebzig Jahren bei uns«, erklärte er, warum er nicht mit ihr sprach, und tätschelte Louise die Wange, was ihr nicht sonderlich zu gefallen schien.

Ein enger Aufzug brachte Alexa und Karoly gemächlich in den dritten Stock. Louise fuhr nicht mit ihnen.

»Wenn meine Tante Sie mag, wird sie Ihnen eines Tages das ganze Haus zeigen, sie lebt in der kleinsten, der obersten Etage, die anderen Räume sind seit fünfzig Jahren nicht mehr bewohnt. Manchmal, wenn ich einen komplizierten Fall habe, setze ich mich für ein paar Stunden in das alte Studierzimmer meines Urgroßvaters. Dort ist mir noch immer eine Lösung eingefallen.«

Langsam wurde der Mann Alexa sympathisch.

Oben im dritten Stock öffnete Louise die Aufzugtür. Karoly, der Alexas Stirnrunzeln sah, klärte sie auf: »Louise würde nie und nimmer auf die Idee kommen, mit uns hinaufzufahren. Sie geht zu Fuß, über den Dienstbotenaufgang, obwohl sie auch den ehemaligen Lastenaufzug benutzen könnte. Sie ist eine sehr eigensinnige Frau – wie alle Frauen in unserer Familie …«

Eine winzige Dame mit silbergrauen Löckchen und einem kirschrot geschminkten Mündchen kam lächelnd auf sie zu. Karoly küßte ihr die Hand und stellte Alexa vor: »Tante Véronique, dies ist Alexa Schwarz aus Berlin, von der ich dir erzählt habe.«

»Mademoiselle, Sie ahnen ja nicht, was es für mich bedeutet, daß Victor Sie zu mir gebracht hat. Er verbietet mir schon seit Jahren jegliche Nachforschung in unserer Sache. Kommen Sie herein. Victor, bitte.« Sie ließ ihren Neffen vorausgehen und schaute Alexa prüfend an. »Sie sind sehr schön«, stellte sie fest.

»Danke, daß ich kommen durfte. Welch wunderbares Haus«, machte Alexa ihrerseits der alten Dame ein Kompliment.

»Wunderbar und eiskalt. Sogar im Sommer. Meistens geht die Heizung nicht, und Louise weigert sich, mehr als einmal in der Woche die Öfen zu feuern.«

Alexa gab ihr den kleinen Blumenstrauß, den sie in weiser Voraussicht auf dem Weg vom *Ritz* zu Karolys Kanzlei gekauft hatte, gelbe Moosröschen in einem Kranz von Kiefernzweigen.

»Ich liebe Rosen«, sagte die alte Dame erfreut und bat Louise um eine Vase. »Kommen Sie, setzen wir uns doch. Sie müssen mir alles erzählen. Ich bin sehr neugierig.«

Während Madame Karoly die Blumen in der Vase arrangierte, sah Alexa sich um. Die hohen, an der Decke abgerundeten Wände des Salons waren mit gelblicher Seide tapeziert, die millimeterschmal plissiert, vom Licht ausgebleicht und an vielen Stellen verschlissen war. Die Gemälde zeigten Porträts von stolzen Herren und schönen, feingliedrigen Damen. Über einer ornamental bestickten Sitzgarnitur hing ein riesiger Gobelin, eine Jagdszene. Das Sofa und die beiden Sessel waren tief und wuchtig. Viel zu groß für diese kleine Person, stellte Alexa fest.

Véronique Karoly nahm sie an der Hand und führte sie zu einer kleinen Sitzgruppe mit vier zierlichen Sesseln und vier Gedecken.

»Lassen wir etwas Licht herein, es ist ein schöner Tag«, sagte sie und zog die Vorhänge der Balkontür auf. Hinter diesen Vorhängen, da war Alexa sich sicher, hatte sich vorhin eine Frau gezeigt, und es war nicht Véronique Karoly gewesen.

Victor Karoly hatte sich kurz entschuldigt, war ins Nebenzimmer gegangen und gesellte sich nun wieder zu ihnen.

»Alexa, wenn Sie erlauben, werde ich selbst meiner Tante Ihre Geschichte kurz zusammenfassen. Ich muß mich nach dem Kaffee verabschieden. Bitte unterbrechen Sie mich, wenn ich etwas nicht richtig wiedergebe«, sagte er und winkte ab, als Alexa protestierte. »Sie haben später Gelegenheit, noch das eine oder andere hinzuzufügen.«

Und so berichtete Karoly mit seinen Worten, was sich in der Nacht vom 8. auf den 9. Februar 1970 in Paris ereignet hatte. Er hatte sich jedes Detail gemerkt, und von Satz zu Satz wurde Alexa klarer, warum er die Angelegenheit unbedingt mit seinen eigenen Worten rekapitulieren wollte. Karoly war überzeugt davon, daß es einen Zusammenhang zwischen den beiden Familienschicksalen geben mußte, und er sprach von einer Frist, die noch nicht abgelaufen sei. Und dann sprach er Alexas geheime Gedanken aus, die sie nicht einmal Corry gegenüber offenbart hatte.

Karoly sagte: »Mord verjährt erst nach dreißig Jahren. Auch wenn das Schicksal meiner geliebten Cousine etwas anders verlaufen ist – wir haben damals Anzeige gegen Unbekannt erstattet, wegen Mordversuchs, und diese Anzeige haben wir nie zurückgezogen. Mit Ihnen und dem traurigen Fall Ihrer Mutter sehe ich endlich eine Chance, die Sache zu Ende zu bringen. Sie ahnen nicht, wie sehr wir auf Sie gewartet haben.«

Er war vor Alexa und Véronique Karoly auf und ab gegangen, die Hände auf dem Rücken verschränkt, blieb am Ende seiner Ausführungen hinter dem leeren vierten Stuhl stehen und warf seiner Tante einen fragenden Blick zu.

»Ja, Victor, hol sie. Wir haben es hier mit einer Freundin zu tun«, forderte sie ihn auf. Und als ihr Neffe den Raum verlassen hatte, sagte sie zu Alexa: »Sie sehen aus, als ob Sie gute Nerven hätten. Ich würde Sie aber auch nicht verschonen, wenn dem nicht so wäre. Meine Tochter hat überlebt. Aber sehen Sie selbst, was das heißt.«

Nach wenigen Minuten erschien Karoly wieder, an seiner Hand hielt er eine tief gebeugte, bucklige Frau. Langsam kamen sie auf den Tisch zu, wobei sie mit schlenkernden kleinen Schritten einen Fuß vor den anderen setzte. Ihre tiefblauen Augen starrten Alexa wie aus einer fremden Ferne an. Es war das winzige traurige Gesicht, das vorhin hinter dem Vorhang auf die Straße heruntergeguckt hatte.

Karoly hatte sie zu dem vierten Stuhl geleitet; mit einer ungeduldigen Handbewegung wimmelte sie ihn ab, als er versuchte, sie daraufzusetzen. Mit großer Anstrengung schaffte sie es allein. Ihren Kopf tief nach unten geneigt, versuchte sie, mit ihrer Mutter Blickkontakt aufzunehmen. Ihre zitternden Hände lagen, zu zwei Fäusten geballt, auf der Tischkante. Louise band ihr ein weißes Lätzchen um, ein skurriler Gegensatz zu dem eleganten dunkelblauen Jackenkleid und der Perlenkette, die um ihren Hals lag, und stellte auf den bisher leeren Unterteller eine Schnabeltasse von demselben Porzellan wie die Kaffeetassen. Alexa war aufgestanden und streckte zögernd ihre Hand aus, legte ihre

Rechte dann nur kurz auf die rechte Faust der Frau. Sie reagierte nicht.

»Yvette, das ist Alexa, eine Freundin«, stellte Véronique den Gast vor. Sie sprach mit ihrer Tochter wie mit einem ganz normalen Menschen. »Alexa, das ist Yvette, meine Tochter.«

Karoly ergänzte: »Yvette ist heute achtundvierzig Jahre alt. Am 17. Februar 1970, also wenige Tage, nachdem Ihre Mutter umgekommen ist, hat man sie im Nachtzug von Paris nach Calais bewußtlos aufgegriffen und leider, leider eine Nacht in die Ausnüchterungszelle gesteckt. Sie war aber nicht betrunken. Sie war vergiftet. Wir haben in dem Blut, das die Polizei ihr für einen Alkoholtest entnommen hatte, einen teuflischen Drogencocktail festgestellt. Den Rest wird Ihnen meine Tante erzählen, ich lasse Sie jetzt allein. Wir hören dann voneinander, nicht wahr?«

Véronique Karoly war näher an ihre Tochter herangerückt und streichelte ihr sanft über den Unterarm. Auf dem Gesicht zeigte sich keine Regung. Es war nicht alt. Es war nicht jung. Nur diese tiefblauen Augen huschten von einer Seite zur anderen. Alexa kam es vor, als ob Yvette sie beobachtete.

»Ja, Alexa, das ist also meine Tochter. Eine sehr liebe, eine sehr intelligente Tochter. Im Gegensatz zu unseren Ärzten bin ich absolut sicher, daß sie jedes Wort versteht, sie kann sich nur nicht äußern.«

»Was ist passiert?« Alexa war fasziniert von den beiden Frauen und von der Leichtigkeit, mit der die alte Dame mit ihrer Tochter umging.

»Sie war eine bildschöne junge Frau, als sie in den Bannkreis dieser Teufelsleute gekommen ist. Mein Mann hat sie immer wie ein rohes Ei behandelt, nach Strich und Faden verwöhnt. Sie war unser einziges Kind, und er hat sie vergöttert. Sie hatte gerade das Lycée abgeschlossen und sollte in wenigen Tagen an der Sorbonne mit dem Philosophiestudium anfangen, da kam sie zu uns und sagte, daß sie sich erst einmal Wind um die Nase wehen lassen wollte.

Mein Mann war strikt dagegen, die beiden haben tagelang nicht miteinander gesprochen. Am Ende konnte er das Schweigen nicht mehr ertragen und erlaubte ihr, ein Semester später mit ihrem Studium anzufangen. Wir bestanden darauf, die Clique – außer Yvette waren es noch zwei junge Frauen und zwei junge Männer – kennenzulernen, wir trafen uns sogar mit den Eltern. Wir waren beruhigt, es waren nette junge Leute, und mein Mann organisierte alles, telefonierte rund um die Welt, kündigte Yvette und ihre Clique bei Freunden, Verwandten, Kollegen an.

Von Paris aus flogen sie nach Tanger, der marokkanischen Hafenstadt. Mein Mann hatte dafür gesorgt, daß sie eine Woche in der Villa von Malcolm Forbes, dem amerikanischen Verleger, dessen Frau wir gut kannten, wohnen konnten. Dort sind sie auch angekommen. Aber danach haben sie sich ihre eigene Route gemacht, zwei Monate lang bekamen wir Postkarten; sie waren auf dem Weg nach Indien. Mein Mann tobte, aber ich hielt ihn zurück, ich habe Yvette damals sehr verteidigt. Ich hatte mein Leben lang von einer solchen Reise geträumt. Ich war seit meinem sechzehnten Lebensjahr mit meinem Mann verlobt und erst achtzehn, als wir heirateten.

Die beiden jungen Männer kamen nach drei Monaten zurück. Sie brachten einen Brief von Yvette, in dem sie uns erklärte, daß sie vorläufig nicht nach Hause kommen werde und sich einer anderen Clique angeschlossen habe. Mein Mann wollte sie von Interpol suchen lassen, aber ich habe ihn davon überzeugen können, daß er dann seine Tochter auf immer verlieren würde. Hätte ich ihn nur gelassen. Wir haben Yvette erst zwei Jahre später wiedergesehen. Einer ihrer sogenannten Freunde lieferte sie bei uns ab, es war allerhöchste Zeit. Da war sie drogenabhängig, bis auf die Knochen abgemagert, nicht mehr Herr ihrer Sinne, sie war so fertig, daß wir sie in einer Privatklinik regelrecht eingesperrt haben. Ein Jahr ist sie dort geblieben und kam als gesunde junge Frau zu uns nach Hause zurück. Dachten wir.

Mein Mann mietete ihr ein kleines Appartement in der Nähe und besorgte ihr einen neuen Studienplatz. Wir taten alle so, als wären die letzten drei Jahre nie gewesen. Sie aber belog und betrog uns, sie war keineswegs geheilt, sie war lediglich raffinierter geworden. Kaum war sie aus der Klinik entlassen, wurde sie rückfällig. Nur spritzte sie sich das Heroin nicht mehr, sie schnupfte es, damit wir keine Einstiche entdecken konnten. Sie nahm alles, Tabletten, LSD, Kokain. Wir waren so furchtbar naiv und unwissend damals. Wir waren einfach nur glücklich, daß sie ihre alte Fröhlichkeit wiedergewonnen hatte.«

Unablässig streichelte Madame Karoly den Arm ihrer Tochter, die aufmerksam zuzuhören schien und zwischendurch immer wieder verstohlene Blicke zu Alexa hinüberwarf.

»Wir sind dann im Januar 1970 alle zusammen zum Skilaufen nach St. Moritz gefahren. Mein Mann und ich haben uns nichts dabei gedacht, als sie ein wenig länger bleiben wollte. Vier Tage später rief die Polizei bei uns an, wir sollten unsere Tochter abholen. Wer sie in den Zug gesetzt hatte, wie sie nach Paris gekommen war, was in Paris passierte – wir haben es nie herausgefunden, obwohl wir Himmel und Hölle in Bewegung setzten. In St. Moritz war sie schon einen Tag nach uns aus Badrutt's Palace Hotel ausgezogen, mit all ihrem Gepäck. Ein Freund der Familie hat sie zufällig auf dem Bahnhof von Zürich gesehen. Sie wollte nach Paris. Zu wem? Mit wem? Warum? Zwischen ihrer Abreise aus St. Moritz und dem Tag, an dem man sie uns zurückbrachte, liegt genau eine Woche. Was in dieser Woche geschah, das ist das große Rätsel unseres Lebens, nicht wahr, Yvette?«

Die kleine Frau reagierte nicht, sie hatte den Kopf weit nach unten geneigt, berührte mit ihrem Kinn beinahe das Brustbein und schaukelte mit ihrem Oberkörper hin und her und her und hin, hielt dann inne und schaute auf die Tasse. Still beobachtete Alexa, wie Madame Karoly die Schnabeltasse an den schiefen Mund ihrer Tochter führte, ein Käsesandwich in kleine Häppchen schnitt und sie fütterte.

»Mein Mann ist schon vor zwanzig Jahren gestorben«, fuhr Madame Karoly mit ihrem Bericht fort. »Vor Gram. Er hat es nicht verkraftet, seine Tochter dahinsiechen zu sehen, und ist darüber fast verrückt geworden, weil er immer daran denken mußte, daß irgendein Verbrecher unsere Tochter einfach ihrem Schicksal überlassen hat. Die Untersuchung hat damals ergeben, daß sie sich unmöglich alle Einstiche selbst hatte beibringen können. Aber über diese Dinge sprechen Sie besser mit meinem Neffen, da kennt er sich aus.«

»Wissen Sie, in welchen Kreisen sie verkehrte?« fragte Alexa leise. Welch ein Schicksal, welch eine Geschichte. Es könnte fast die Geschichte ihrer eigenen Mutter sein.

»Wir kennen sogar den Namen des Scharlatans, der unsere Tochter höchstwahrscheinlich auf dem Gewissen hat. Igor Wassiljew heißt er, ein opium- und morphinsüchtiger ehemaliger Solotänzer des Bolschoiballetts. Er war damals so etwas wie ein Guru. Wir konnten seiner nie habhaft werden, mächtige Leute schützten ihn. Aber Victor ist ihm immer auf den Fersen geblieben, so wissen wir wenigstens, daß er nicht ungeschoren davongekommen ist. Er lebt heute in völliger Armut in irgendeiner Pension in Saint Germain.«

»Trug er Schwarz? War er immer in Schwarz gekleidet?«

»Ja, woher wissen Sie das?«

Alexa kramte das Foto aus ihrer Handtasche, das Monsieur George ihr zurückgebracht hatte und auf dem Sophie an der Tür des *Café de Flore* stand, im Hintergrund der Mann mit dem schwarzen Hut und dem schwarzen Mantel.

Véronique Karoly nahm das Foto in beide Hände und schüttelte den Kopf. »Ich kann ihn nicht erkennen, aber ich sehe auch nicht mehr gut.« Dann legte sie das Foto vor Yvette auf den Tisch und sagte: »Sieh mal her, Liebes, kennst du die Leute?«

Yvette sah ihre Mutter stumm an, richtete ihre Augen starr auf das Foto. Und dann passierte es: Yvette stieß einen dumpfen Schrei aus, einen gewaltigen, lang anhaltenden Schrei. Alexa erschrak. Aber Madame Karoly beruhigte sie: »Das macht sie manchmal, wenn sie aufgeregt ist. Dieses Schreien, das ist die einzige Form, wie mein geliebtes Kind seine Gefühle zeigen kann.«

Sie hatte ihren Stuhl neben den ihrer Tochter geschoben und hielt ihr das Foto vor die Augen. »Schau genau hin, Yvette.« Sie tippte mit ihrem Zeigefinger zuerst auf Alexas Mutter. »Kennst du diese Frau?«

Yvette reagierte, indem sie Alexa wieder einen verstohlenen Blick zuwarf.

Madame Karoly zeigte auf den Mann im Hintergrund. »Und der, kennst du den Mann?« Da stieß Yvette erneut diesen dumpfen Schrei aus und trommelte mit der rechten Faust auf dem Foto herum. Madame Karoly nahm ihr das Bild weg. Sofort zog sich Yvette wieder in ihre stumme Welt zurück.

»Sie hat ihn erkannt«, sagte Madame Karoly. »Ich bin ganz sicher. Wer ist die Frau auf dem Foto?«

»Das ist meine Mutter, Sophie Gräfin Hohenfeld. Es ist

am Nachmittag vor ihrem Tod aufgenommen worden, und gestern hat der ehemalige Nachtportier des Ritz, Monsieur George, diesen Mann im Hintergrund als den Mann identifiziert, der meine Mutter gemeinsam mit einer Frau in dieser Schicksalsnacht zurück ins Hotel gebracht hatte. Und jetzt, jetzt wissen wir schon seinen Namen und daß er lebt und wo er lebt.« Sie umarmte die alte Dame und streichelte nun auch Yvette übers Gesicht, die ihre Augen schloß.

»Ich muß sie zu Bett bringen, es ist Zeit für ihr Mittagsschläfchen«, sagte Madame Karoly und klingelte nach Louise. »Bitte warten Sie, ich bin gleich wieder zurück.«

Erst jetzt spürte Alexa, wie aufgeregt sie war – sie durfte keine Zeit verlieren. Auf ihrem Handy rief sie in Karolys Kanzlei an. Er meldete sich sofort.

»Ich habe Yvette ein Foto gezeigt, auf dem meine Mutter und der Mann zu sehen sind, der sie in der Nacht ins Ritz zurückbrachte. Yvette hat ihn erkannt. Es ist der Russe, dieser Wassiljew. Ihre Tante und ich können das bezeugen«, klärte Alexa ihn aufgeregt über den aktuellen Stand auf. »Sie müssen mich zu diesem Mann bringen.«

»Langsam, langsam, verehrte Alexa. Das halte ich nicht unbedingt für ratsam. Können Sie noch einmal hier bei mir vorbeikommen?«

Alexa überlegte kurz: Sie würde vorher gern mit Joe und mit Dr. Kohlhaas telefonieren. Jetzt war es kurz nach vier, mit dem Taxi brauchte sie eine gute Viertelstunde bis zum *Ritz*. »Sagen wir, um sechs Uhr, ist Ihnen das recht, Dr. Karoly?«

Madame Karoly, die in der Tür stand, hatte den letzten Satz mitgehört. »Was sagt mein Neffe?«

»Er rät zur Vorsicht.«

»Lassen Sie sich von dem guten Victor nicht zu sehr beeindrucken. Wenn ich immer auf ihn gehört hätte, wären wir heute nicht soweit.« Madame Karoly hakte sich bei Alexa ein. »Sie sind voller Ungeduld. Das ist sehr gut. Gehen Sie ruhig, wir sehen uns sehr bald wieder. Lassen Sie mir bitte das Foto hier. Yvette war doch sehr aufgeregt, sie ist es nicht gewohnt, daß wir Besuch haben. Ich will es ihr später noch einmal zeigen. Hier«, sie gab Alexa einen Umschlag, »nehmen Sie das, sozusagen als Pfand.« Es war das Foto einer ernsthaften, bildschönen jungen Frau. Sie stand unten vor dem Brunnen im Innenhof, zwischen einem stattlichen eleganten Herrn und einer Frau, die Véronique Karoly war. »Wir waren einmal eine glückliche Familie.«

Kohlhaas hatte mittlerweile seine Erkundigungen eingezogen: »Dieser Karoly hat als Anwalt ein exzellentes Renommee. Du kannst ihm vertrauen.«

»Du hast mit diesem Artikel einen Treffer gelandet«, sprach Alexa auf Joes Anrufbeantworter. Er war wie immer nicht zu Hause. »Das hast du nun davon: Du mußt bitte weiterforschen. Ich will alles über einen gewissen Igor Wassiljew wissen, einen ehemaligen Bolschoitänzer, der in den sechziger Jahren nach Frankreich emigriert ist. Streng dich an und melde dich auf meinem Handy. Danke, Darling.«

Sie hatte eine halbe Stunde Zeit, aber sie konnte sich nicht konzentrieren. Sie müßte noch die letzten Artikel über Maya von Miller lesen, nie war sie so schlecht vorbereitet zu einem Interview gegangen.

»Ich habe gerade mit meiner Tante telefoniert«, begrüßte Karoly Alexa, als sie um sechs wieder in seine Kanzlei kam. »Yvette ist wirklich eine erstaunliche Person. Sie hat nicht schlafen können und ihre Mutter so lange durch das riesige Haus gestupst, Schritt für Schritt, bis sie unten im ehemaligen Büro ihres Vaters standen. Dort mußte Tante Véronique eine Schublade seines Schreibtisches öffnen, darin befand sich allerlei Krimskrams, aber auch ein Aktendeckel. Und der enthält in der Tat etwas, das für uns wichtig sein könnte. Hier. Ich habe ihn mit dem Taxi holen lassen.«

Er klappte einen Folder aus hellgrüner Pappe auf. Darin lagen einige Zeitungsausschnitte; die meisten Fotos waren bis zur Unkenntlichkeit vergilbt, aber die Texte konnte man noch einigermaßen lesen. Ein Artikel sprang Alexa sofort ins Auge. »Igor auf Ibiza« stand da. Er datierte vom August 1966 und zeigte einen gutaussehenden, hageren Mann in einem schwarzen kimonoartigen Gewand an der Reling einer Segelyacht. Sie überflog die Zeilen: Der berühmte Solist des Bolschoiballetts entspannte nach seiner Flucht ein paar Tage auf der Baleareninsel.

»Dr. Karoly, die Yacht meines Großvaters lag im Sommer immer vor Ibiza, 1966 war die Casa Victoria, das Haus, in dem meine Mutter einige Zeit gelebt hat, soweit ich weiß, noch im Bau. Das kann ich aber ganz einfach überprüfen, morgen abend kommt meine Cousine aus Hamburg, sie bringt Unterlagen aus dieser Zeit mit. Wichtiger ist mir ein anderer Punkt, auf den mich Kohlhaas aufmerksam gemacht hat. Sie haben doch sicher den Bericht, der damals nach Yvettes Blutuntersuchung angefertigt wurde?«

»Allerdings. Warum?«

»Nun, ich habe hier die Kopie der Ergebnisse der Autopsie meiner Mutter. Ein Vergleich würde nicht schaden.« Sie zog die vier Blatt aus einer Klarsichthülle.

Routiniert blätterte Karoly sofort die zweite Seite auf und sagte triumphierend: »Tja, es scheint sich tatsächlich bei beiden um denselben Heroinmix zu handeln, soweit ich das beurteilen kann. Die Dosis, an der Ihre Mutter starb, ist nur wenig stärker als die, an der Yvette zugrunde ging. Ich bin kein Fachmann, ich würde die beiden Ergebnisse gern von einem befreundeten Arzt vergleichen lassen.«

»Tun Sie das. Und wann gehen wir zu diesem Wassiljew?«

»Alexa, ich denke, es ist besser, wenn ich ihn zunächst allein aufsuche.«

»Warum kann ich nicht mitkommen?«

»Taktik, Alexa, Taktik. Einen Trumpf in der Hand darf man nicht zu früh ausspielen«

DAS INTERVIEW

»Weißt du, was?« Alexa saß in dem Erker ihres Dachzimmers im *Ritz* und telefonierte bereits seit einer Stunde mit Corry in Hamburg. »Ich laß diese Maya von Miller einfach sausen. Ich kann mich auf diese Frau nicht konzentrieren, sie erscheint mir so unendlich banal.«

»Sei nicht albern. Es ist doch wohl nicht das erste Mal in deinem Leben, daß du mehrere Dinge auf einmal zu bewältigen hast.«

»Das ist es nicht. Ich muß mich mit wichtigeren Dingen beschäftigen als mit einer Frau, bei der es hauptsächlich um Millionen oder Milliarden geht. Bei mir geht es um Leben und Tod.«

»Kommt gar nicht in Frage. Nur weil dir diese Frau jetzt lästig ist ... Du machst morgen dein Interview, und ich komme, wie verabredet, am Abend. Dabei bleibt's.«

Corry sprach ein Machtwort. Selbstverständlich berührte auch sie Yvette Karolys Schicksal zutiefst, selbstverständlich fand auch sie es wichtiger, sich auf die Spur dieses Russen zu machen. Aber nichts sprach dagegen, das eine zu tun, ohne das andere zu lassen.

»Es ist nicht so, wie du meinst«, versuchte Alexa ihr zu erklären. »Sie ist mir nicht lästig. Ich bin nur nicht neugierig auf das, was sie macht, was mit ihr war, wohin sie will. Verstehst du das? Ich kann an nichts anderes mehr denken als an meine Mutter, an diese Französin, von der ich nur weiß, daß sie klein und ordinär ist und Pelzmäntel liebt, und an diesen

Scharlatan, von dem ich immerhin schon den Namen habe und weiß, daß er keine zwanzig Minuten von hier in irgendeiner Pension lebt. Corry, meine Gedanken drehen sich im Kreis.«

»Eben. Genau deshalb mußt du morgen dieses verdammte Interview machen.«

»Gut. Du hast ja recht.«

Um sicherzugehen, vergewisserte sich Alexa telefonisch bei Grace Siegel, ob es denn nun bei dem Termin am morgigen Nachmittag bliebe.

»Ja, wir sind bereits in Paris. Mittags trifft sie sich mit John Galliano bei Dior. Sie will ihn für NEED gewinnen. Nach dem Lunch kommt der Masseur. Es bleibt bei unserer Verabredung, kommen Sie um vier, dann dürfte sie bereit sein«, bestätigte Grace.

»Ist es für Sie nicht merkwürdig, wieder in Paris zu sein?« wollte Alexa wissen, der diese Grace Siegel irgendwie sympathisch war. »Ich meine, wo Sie doch hier für die amerikanische Botschafterin gearbeitet haben?«

»Das ist kein Thema, das ich mit einer Journalistin diskutiere, schon gar nicht mit einer, die morgen meine Chefin interviewt«, sagte Grace. Alexa war nicht sicher, ob der unwirsche Unterton tatsächlich ihr galt. »Übrigens, sie hat morgen leider nur eine knappe Stunde Zeit.«

»Sie wissen genau, daß man bei einer Stunde Interview über den üblichen Small talk nicht hinauskommt. Dann können wir es auch gleich bleibenlassen. Richten Sie das Ihrer Chefin aus. Ich bin so scharf nicht auf diese Geschichte.« Sie war wütend geworden und sah außerdem eine winzige Chance, das Ganze platzen zu lassen, ohne daß sie selbst absagen mußte.

Grace Siegel ließ sich nicht darauf ein, sie wußte, daß Maya von Miller zwar an dem Interview wenig lag, um so mehr aber an dem Fototermin mit Herb Neumann. Schnell machte sie einen neuen Terminvorschlag.

»Wie wäre es mit einer Fortsetzung am kommenden Donnerstag in München? Wir übernehmen selbstverständlich die Flugkosten«, bot sie Alexa an, nachdem sie den Terminkalender gecheckt hatte. »Wir müssen noch einmal für ein paar Tage zurück. Sie wissen, daß wir uns an dem Wunderlich-Konzern beteiligt haben. Außerdem hat Frau von Miller dort ein Haus gekauft.«

Alexa hatte ihr Powerbook aufgeklappt und den Terminplaner aufgerufen. »Alles klar, aber wir von Mona Lisa zahlen unsere Tickets schon selber. Donnerstag ist okay. Wann und wo?« Erst am Montag darauf wollte sie wieder in Berlin in der Redaktion sein.

»Immer vorausgesetzt, daß bei Frau von Miller nicht noch etwas dazwischenkommt: Sie können sie in ihrem Haus treffen, wir haben am Vormittag die Architekten da, danach wäre sie frei. Die genaue Uhrzeit gebe ich Ihnen noch durch. Ich werde bei dem Interview übrigens nicht dabeisein – ich habe morgen nachmittag frei.«

»Viel Vergnügen«, wünschte Alexa. Das wäre ja noch schöner gewesen: Sie haßte diese Aufpasser, die in der Regel jede interessante Antwort gleich wieder relativierten. Mit Maya von Miller wollte sie, nachdem sie sich nun einmal durchgerungen hatte, die Story durchzuziehen, nicht zimperlich umgehen. Gern hätte sie noch einmal mit Joe über die Dame gesprochen, aber sie erreichte ihn – wie immer – nicht.

Absichtlich fuhr Alexa eine Viertelstunde früher an der Avenue Montaigne vor. Sie spekulierte darauf, sich während der Wartezeit in Khashoggis Haus ein bißchen umschauen zu können. Aber der Butler führte sie sofort hinauf in den ersten Stock und plazierte sie in einem kleinen weißen Salon. »Sie haben Glück: Die gnädige Frau ist schon soweit.«

Tatsächlich kam er bereits nach drei Minuten zurück und bat sie, ihm zu folgen. Sie gingen über einen mit dickem geblümtem Teppichboden ausgelegten, langen Flur, der in einer hallenartigen Diele mündete. An den Wänden hing eine Galerie von orientalischen Gemälden, jedes perfekt ausgeleuchtet. Der Butler verschwand kurz hinter einer Flügeltür, die er dann von innen öffnete. Alexa durfte eintreten.

»Alexa Schwarz«, meldete er und blieb in der Tür zum großen Salon stehen.

Alexa hatte das unwirkliche Gefühl, in eine Filmkulisse einzutreten: Maya von Miller ruhte auf einem tiefen, gelbgold geflammten Sofa und lächelte ihr huldvoll entgegen. Ihre Pumps lagen auf dem Boden, die Füße ruhten auf einem gepolsterten Hocker, eine purpurrote Kaschmirstola war um ihre Schultern drapiert.

»Entschuldigen Sie, wenn ich liegen bleibe«, sagte sie. »Ich hatte einen anstrengenden Tag. Wie ich höre, sehen wir uns nächste Woche in München noch einmal. Da können wir uns heute ja kurz fassen.« Sie sah auf die Uhr. »Wir haben genau eine Stunde.«

Alexa streckte ihr die Hand entgegen. Sie war entschlossen, aus dieser Stunde alles herauszuholen. Frauen wie dieser hier zeigte sie gern, was es hieß, wenn eine *Mona Lisa*-Reporterin den Auftrag hatte, jemanden »exklusiv zu knakken«, wie Elisabeth Wolff zu sagen pflegte.

»Nehmen Sie Platz«, sagte Maya von Miller mit ihrer rauhen Stimme, die Alexa heute hart und unangenehm vorkam, nicht schmeichlerisch wie bei ihrem ersten Telefongespräch und erotisch wie bei der kleinen Ansprache im

Adlon. Maya von Miller wies auf einen Sessel ihr gegenüber. Während Alexa ihr Handwerkszeug auspackte, Block und Aufnahmegerät auf die breite Armlehne legte, klingelte Maya von Miller ungeduldig mit einem goldenen Glöckchen nach dem Butler.

»Gnädige Frau?« Robert erschien sofort in der Tür.

»Was darf ich Ihnen anbieten?« fragte sie Alexa.

»Was trinken Sie?«

»Ich brauche jetzt einen Wodka«, sagte Maya von Miller.

»Für mich ein Mineralwasser, ein stilles, wenn es geht«, bat Alexa.

»Eine schöne Handtasche haben Sie da.« Maya von Miller zeigte auf Alexas große braune Kelly-Bag, die sie neben den Sessel auf dem Boden abgestellt hatte. »Aber lassen Sie uns anfangen. Grace wird Ihnen erzählt haben, daß ich in diesen Tagen sehr, sehr viel zu tun habe.«

»Ja, hat sie. Ich gratuliere zum neuen Haus. Und wie ich in der Süddeutschen gelesen habe, haben Sie noch eine wichtige Erwerbung getätigt, Sie haben sich bei Wunderlich eingekauft. Wieso haben Sie sich eigentlich für ihn entschieden?«

»Ach, Liebchen«, sagte Maya von Miller und zog ihre Beine an. »Das kann ich Ihnen so einfach nicht beantworten. Das ist eine lange Geschichte.«

»Dann versuchen Sie es doch einmal mit der kurzen Version.« Der Ton, die Haltung, die Gestik, Alexa hatte so etwas noch nicht erlebt: Alles an dieser Frau provozierte sie. War es, weil sie an Joes Bemerkung denken mußte? War es, weil ihr diese Frau so unendlich banal vorkam? Selbst die Schmuckkreuze, die Maya von Miller trug, empfand sie als Provokation. Im Ausschnitt ihres Bodysuits blitzte ein mit Brillanten besetztes Kreuz, an ihren Ohrläppchen baumelten dazu passende Kreuzchen, und auch die Brosche, die an der linken Seite des Bodys ungefähr auf Herzhöhe steckte, hatte die Form eines Kreuzes, es sah aus wie ein antikes Stück, Rubine und Brillanten.

»Ist das schon der Beginn unseres Interviews?« wollte Maya von Miller wissen und setzte sich ein wenig aufrechter.

»Ja, durchaus. Ich würde gern mein Aufnahmegerät einschalten«, bat Alexa.

»Tun Sie das ruhig. Wir haben ja ausgemacht, daß ich den Text vor Abdruck zu lesen bekomme.«

Alexa ahnte, daß die Textabsprache mit dieser Frau nicht einfach sein würde, sie würde geschickt formulieren müssen.

»Also, warum haben Sie sich nun für Wunderlich entschieden?«

»Wenn Sie ein bißchen Ahnung von meinem Geschäft hätten, dann bräuchten Sie mir diese Frage nicht zu stellen«, konterte Maya von Miller, der Alexas scharfer Ton nicht entgangen war. »Wunderlich ist im Besitz der Frequenz, um die sich die großen Medienkonzerne in Deutschland schlagen.«

»O ja, ich vergaß.« Alexa spürte, daß es an der Zeit war, den Ton zu wechseln, wenn sie es sich mit der Frau nicht innerhalb der nächsten Minuten verderben wollte.

»Auf Ihr Wohl, Frau von Miller«, sagte sie also und nippte an ihrem Wasser. Maya von Miller prostete ihr mit dem Wodkaglas zu, das bis an den Rand gefüllt war. Der Schluck, den sie nahm, hätte Alexa umgehauen.

»Ich habe vorhin kurz mit Herb Neumann gesprochen. Er freut sich sehr auf den morgigen Fototermin mit Ihnen. Und ich habe mir gedacht, daß wir das Interview in zwei Teilen führen. Hier und heute möchte ich Ihnen zunächst gern ein paar persönliche Fragen stellen. Zu Ihrer Familie, Ihrer Kindheit und Jugend, Ihrer Lebensphilosophie. In München möchte ich dann auf das Geschäftliche, Ihren Erfolg, Ihre Strategien zu sprechen kommen. Ich hoffe, das ist Ihnen recht.«

»Es kommt ganz auf Ihre Fragen an, Liebchen«, antwortete Maya von Miller mit einem nervösen Lächeln und nahm einen tiefen Zug aus ihrer Zigarette, die in einer perlmuttbesetzten Spitze steckte. Sie schaute auf die Uhr und stand abrupt auf, das rote Kaschmirtuch achtlos auf den Boden fallen lassend. »Ich bin gleich wieder bei Ihnen.«

Alexa sah ihr hinterher. Ohne ihre Pumps wirkte Maya von Miller sehr klein, sie machte in ihrem hautengen schwarzen Bodysuit mit den im Siebziger-Jahre-Stil ausgestellten Trompetenbeinen trotzdem eine exzellente Figur.

Alexa nahm die Gelegenheit wahr und inspizierte den Raum etwas genauer. Die Möblierung erinnerte sie an das New Yorker Apartment von Donald Trump, das sie kürzlich in dem opulenten Fotoband »New York Interiors« von Beate Wedekind gesehen hatte. Die Möbel im Renaissancestil waren mit Sicherheit Neuanfertigungen, wie bei Trump. Khashoggi und der amerikanische Multimillionär schienen einen weitgehend ähnlichen Geschmack zu haben. Trump hatte seinerzeit auch Khashoggis Luxusyacht »Nabila« gekauft, sie allerdings um einige Meter verlängern lassen und in »Trump Princess« umgetauft. Alexa hatte darüber in *Mona Lisa* geschrieben. »Die Grenze des guten Geschmacks« hatte sie ihren Artikel damals betitelt.

Maya von Miller wirkte, als sie zurückkam, wie ausgewechselt. Und das nicht nur, weil sie sich umgezogen hatte. Über ihrem Bodysuit trug sie einen bodenlangen, lila-rot-grün gestreiften pelzumsäumten Hausmantel. Die ganze Frau kam Alexa wie künstlich angestrahlt vor.

»Schießen Sie los«, sagte Maya von Miller, schenkte sich Wodka nach und ließ sich auf dem Sofa nieder.

»Ein phantastischer Hausmantel«, sagte Alexa anerkennend. »Lassen Sie mich raten. John Galliano?«

»Wenigstens von Mode scheinen Sie etwas zu verstehen«, lobte Maya von Miller voller Ironie. »John hat ihn extra für mich entworfen. Ich habe Galliano übrigens heute für meinen Sender verpflichtet. Sie dürfen mir gratulieren.«

»Glückwunsch«, sagte Alexa und fragte: »Darf ich?« Als Maya von Miller nickte, schaltete sie ihren Kassettenrecorder ein.

»Sie sind ein gläubiger Mensch?« war Alexas erste Frage.

»Wie kommen Sie um Gottes willen darauf?«

»Sie tragen eins, zwei, drei, vier, fünf Kreuze.«

»Das ist Schmuck, Liebchen, Dekoration, nichts als Dekoration. Ich bin vor langer, langer Zeit aus der Kirche ausgetreten.«

»Aus der katholischen Kirche?«

»Aus der katholischen Kirche. Sehe ich so katholisch aus?«

»Nein, durchaus nicht, aber Sie sind in München geboren, da ist es naheliegend zu vermuten, daß Sie der katholischen Kirche angehört haben. Beten Sie?«

»Was geht Sie das an?«

»Frau von Miller, Sie haben vorhin zugestimmt, daß ich Ihnen heute einige persönliche Fragen stelle«, erinnerte Alexa ihre Interviewpartnerin an die soeben getroffene Abmachung.

»Wenn Sie es denn nicht lassen können.« Mit scheinbarer Langeweile zündete sie sich eine neue Zigarette an, diesmal steckte sie sie nicht in die Spitze, sondern inhalierte tief und stieß den Rauch in kleinen Ringen wieder aus, Alexa registrierte einen süßlichen Geruch.

»Wenn Sie an Ihre Kindheit denken, welches Bild haben Sie spontan vor Augen?« lautete ihre nächste Frage.

»Das Grab meines Vaters«, antwortete Maya von Miller, ohne zu überlegen, korrigierte sich aber sofort. »Schreiben Sie: Ich sehe unseren wunderschönen Garten und meinen Vater, wie er mir einen Strauß Rosen schneidet. Sie müssen wissen, mein Vater hat unsere Rosen sehr geliebt, fast so sehr wie mich.«

»Wo sind Sie aufgewachsen? Was hat Ihr Vater beruflich gemacht?«

»Aufgewachsen bin ich in der Nähe von München, mein Vater war Gartenarchitekt, Landschaftsarchitekt. Meine Mutter war Hausfrau. Ich war das einzige Kind. Meine Eltern sind beide tot. Mehr gibt es dazu nicht zu sagen. Biografische Fragen langweilen mich. Grace soll Ihnen meinen Lebenslauf geben.«

»Den habe ich gelesen. Er ist nicht sonderlich ergiebig. Mir kommt es allerdings mehr auf Ihre Gefühle als auf die bloßen Fakten an«, erklärte Alexa.

»Soso, auf meine Gefühle kommt es Ihnen an«, wiederholte Maya von Miller und sagte dann wie zu sich selbst: »Irgendwoher kenne ich Sie.«

»Ich saß bei der ADDY-Verleihung an Ihrem Nachbartisch«, warf Alexa ein. »Leider haben wir uns dort letzten Endes doch verpaßt.«

»Nein, im Adlon habe ich Sie sicher nicht gesehen. Machen Sie weiter.«

»In einem Fragebogen von Vanity Fair haben Sie kürzlich auf die Frage nach dem größten irdischen Glück geantwortet: ›Einmal im Leben von einem Mann geliebt zu werden, den ich liebe.‹ Das klingt sehr sehnsuchtsvoll. Sind Sie auf der Suche nach der Liebe?«

Maya von Miller zog wieder an ihrer Zigarette. »Wissen Sie, die von Vanity Fair haben da ein entscheidendes Wort vergessen: noch – noch einmal habe ich gemeint. Noch einmal geliebt zu werden. Mein Mann ist jetzt seit zwei Jahren tot. Es ist nicht leicht, in meinem Alter Witwe zu sein. Ich würde gern noch einmal lieben und geliebt werden, ja.«

»Waren Sie glücklich in Ihrer Ehe?« fuhr Alexa fort.

»Wie kommen Sie darauf?« stellte Maya von Miller die Gegenfrage und korrigierte sich hastig, als sie Alexas erstaunten Blick sah. »Wie kommen Sie darauf, daß dem nicht so gewesen sein könnte?«

»Weil Sie erst nach seinem Tod angefangen haben, Ihre eigene Karriere zu machen, ein eigenes Profil zu zeigen«, erklärte Alexa.

»An der Seite meines Mannes war ich so glücklich, wie man nur glücklich sein kann. Alan war ein sehr starker, aber auch ein sehr dominanter Mann«, sagte Maya von Miller, und Alexa hatte wieder den Eindruck, als spräche sie zu sich selbst.

»Und in Ihrer ersten Ehe, wie war das da?«

»Woher haben Sie denn diesen Unsinn? Alan Miller-Wagenstein war mein erster und mein einziger Mann.«

Alexa hatte nur einen Versuchsballon losgelassen, ein alter Interview-Trick, und Maya von Miller war bedauerlicherweise nicht darauf hereingefallen. Dennoch hatte Alexa das sichere Gefühl, daß diese Frau log.

»Sie haben relativ spät geheiratet. Wenn ich richtig rechne, waren Sie sechsunddreißig. Haben Sie eigentlich nie Kinder gewollt?«

»Als Einzelkind bin ich in einer Welt von Erwachsenen groß geworden, ich habe Kinder nie gemocht und auch nie welche haben wollen. Nein, wirklich nicht.« Maya von Miller sagte das mit großer Heftigkeit und ergänzte dann: »Im übrigen habe ich einen Sohn, einen Stiefsohn, David Miller-Wagenstein.«

Alexa unterbrach sie: »Pardon, das zählt nicht. Ihr Stiefsohn ist zehn Jahre älter als Sie.«

Maya von Miller lehnte sich in die Kissen zurück. »Schreiben Sie am besten: Maya von Miller lebte mit einem Mann zusammen, den sie in den letzten Jahren umsorgen mußte wie ein Kind. Warum schreiben Sie das nicht auf, Liebchen?«

»Weil das Tonband läuft und ich später alles Wort für Wort abtippe. Lassen Sie uns noch ein bißchen bei den Männern bleiben.« Alexa blätterte ihren Notizblock um, auf dem ein paar Stichworte vermerkt waren. »Beschreiben Sie bitte Ihren Idealmann.«

»Das ist doch mal eine schöne Frage«, lobte Maya von Miller süffisant. »Mein Mann. Alan kam meinem Idealtyp schon sehr nahe.«

»Sie stehen also auf ältere Männer?«

»Nicht unbedingt.«

»Sie stehen auf Männer mit Glatze?«

»Warum versuchen Sie eigentlich ständig, mich in eine Ecke zu drängen? Ja, ich stehe auf junge schöne Männer, südländische Typen mit Knackärschen, jede Woche einen anderen. Ist es das, was Sie hören wollen?« Maya von Miller grinste, und Alexa mußte sich eingestehen, daß die Frau tatsächlich so etwas wie Humor hatte. »Ernsthaft: Mein Traummann muß einen starken Charakter haben, und vor allem muß er klug sein. Meine Ehe mit Alan Miller-Wagenstein war auch deshalb so glücklich, weil ich jeden Tag das Gefühl hatte, an ihm zu wachsen. Auch als er dann so krank wurde, hat er mir noch sehr viel gegeben. Ein Mann muß geben können, das ist vielleicht das wichtigste.«

»Sie stehen also auf reiche Männer …«

»Lassen Sie doch diese Provokationen.«

»Sie leben in großem Luxus«, fuhr Alexa fort, ohne auf

den Einwurf zu reagieren. »Worauf könnten Sie am leichtesten verzichten?«

»Warum sollte ich auf irgend etwas verzichten? Ich habe ein gutes Gewissen. Ich arbeite hart. Mir ist nichts im Leben geschenkt worden, weiß Gott nicht. Ich habe mir alles selbst verdient.«

»Entschuldigen Sie, wenn ich Ihnen widerspreche. Daß Sie heute zu den reichsten Frauen der Welt gehören, haben Sie, mit Verlaub gesagt, der Tatsache zu verdanken, daß Alan Miller-Wagenstein Sie zur Witwe gemacht hat.«

»Ja, aber das heißt doch wohl nicht, daß ich es nicht verdient hätte. Mit einem Mann wie Alan Miller-Wagenstein das Leben zu teilen, an seiner Seite zu repräsentieren, in seinem Schatten zu stehen, das ist ein Job, der per se gut bezahlt werden sollte. In einem gewissen luxuriösen Rahmen leben zu können, das dürfen Sie ruhig als einen Ausgleich dafür betrachten, daß man sich an der Seite solch bedeutender Männer nur relativ selten selbst verwirklichen kann. Solange mein Mann lebte, bestand überhaupt keine Veranlassung für mich, an eine eigene Karriere zu denken. Es mag pathetisch klingen, aber es gibt Männer, die jedes Opfer wert sind.«

»Können Sie das präzisieren? Was meinen Sie mit Opfer?«

»Was bilden Sie sich eigentlich ein, warum soll ich Ihnen etwas aus meinem Leben erzählen? Ich habe Grace gleich gesagt, ich will kein Interview mit einer Zeitschrift, die Mona Lisa heißt.«

»Entschuldigen Sie, ich glaube, wir haben heute beide keinen guten Tag, Frau von Miller. Dann brechen wir doch lieber hier ab. Sollten Sie allerdings überhaupt kein Interview wollen, dann müßte ich sofort bei Herb Neumann anrufen …«

Sie dachte an Dr. Karoly: Einen Trumpf mußte man immer in der Hand behalten. Sie hatte den ihren soeben ausgespielt.

»Immer mit der Ruhe, junge Frau. Stellen Sie mir einfach etwas weniger dämliche Fragen, und Sie bekommen von mir lauter interessante Antworten.«

»Gut.« Alexa schlug einen versöhnlicheren Ton an. »Sie haben in einem Interview mit der amerikanischen Vogue einmal gesagt, daß Sie die Herzogin von Windsor sehr bewundern, eine Frau, die ihren Mann immerhin um den Thron von England gebracht hat.«

»Wallis war eine der großen Liebenden dieses Jahrhunderts. Sie hat sich für ihren Mann aufgeopfert, ohne dabei ihre Identität zu verlieren. Darum geht es, wenn Sie verstehen, was ich meine.«

»Sie haben, wie ich in der amerikanischen Vogue las, bei der berühmten Genfer Auktion 1987 für eine halbe Million Dollar Gegenstände aus dem Nachlaß der Herzogin ersteigert.«

»Über Zahlen spreche ich nicht. Aber ich habe es als meine Aufgabe angesehen, einige der persönlichsten Gegenstände der Herzogin davor zu bewahren, in alle Winde verstreut zu werden.«

»Zum Beispiel ...«

»Zum Beispiel diese Zigarettenspitze, die sie über fünfzig Jahre lang täglich benutzt hat. Ich frühstücke von ihrem Meißener, und mein Personal trägt die Uniformen ihres Personals.«

Alexa verzichtete darauf, weiter zu insistieren. Sie fand das Ganze lächerlich, aber sie wollte ihre Energie nicht an diese Frau verschwenden. Sie wechselte also das Thema.

»Sie waren Ende der sechziger, Anfang der siebziger Jahre jung«, fuhr Alexa fort. »Das waren damals besonders spannende Zeiten. Wie stehen Sie zu der Protestgeneration? Wie zu der Hippiebewegung? Wozu haben Sie sich selbst gezählt?«

»Weder zu den einen noch zu den anderen. Ich gehörte zu jenen rastlosen jungen Leuten, die sich überall dort zu Hause fühlten, wo es etwas zu erleben gab.«

»Wo haben Sie damals gelebt? Was haben Sie gemacht? Wann sind Sie in die Vereinigten Staaten gekommen?«

»Fragen Sie mich lieber, was ich heute mache, wie ich heute lebe, fragen Sie doch nicht immer nach dem Gestern …«

Maya von Miller schien wieder verärgert, und Alexa bemühte sich noch einmal, das Gespräch in harmlosere Bahnen zu lenken: »Mich interessiert diese Zeit persönlich. Ich bin neunzehnhundertsiebzig geboren.«

»Okay, Liebchen. Damals jung zu sein, das war in der Tat etwas ganz anderes als heute.« Maya von Miller hatte sich wieder beruhigt. »Ich bin viel herumgekommen, ich habe das Leben genossen, in vollen Zügen … Aber warum erzähle ich Ihnen das eigentlich alles?« Sie unterbrach sich mitten im Satz, erhob sich vom Sofa und nahm Alexas Kelly-Bag vom Boden auf.

»Das ist wirklich eine besonders schöne Tasche«, sagte sie nachdenklich. »Darf ich fragen, wo Sie sie herhaben?«

»Ich habe sie in einer Secondhand-Boutique hier in Paris gefunden«, antwortete Alexa, die keine Veranlassung sah, dieser Frau die Wahrheit zu sagen. Und es war gar nicht so weit hergeholt: Alexa kannte in Paris eine Boutique, in der solch exklusive Accessoires aus zweiter Hand verkauft wurden. Maya von Miller stellte die Tasche zurück und schaute wieder auf die Uhr.

Alexa reagierte sofort: »Ich weiß, wir haben nicht mehr viel Zeit. Nur noch ein paar Fragen: Woher kommt Ihr Ehrgeiz?«

»Ich bin nicht ehrgeizig. Ich habe nur das Bedürfnis, meine Talente einzusetzen.«

»Wo sehen Sie Ihre größten Talente?«

»Ich erkenne Zusammenhänge früher als andere und kann daraus Rückschlüsse ziehen.«

»Und wo liegen Ihre Schwächen?«

»Ich bin sehr spontan, tue manchmal Dinge, die ich später bereue.«

»Wie neulich bei der ADDY-Verleihung in Berlin? Diese Dankesgeste – wem hat sie eigentlich gegolten?«

Maya von Miller sah Alexa an, zum erstenmal trafen sich ihre Blicke. Maya von Miller schüttelte heftig den Kopf und sagte mit sehr tiefer Stimme: »Sie müssen mich jetzt in Ruhe lassen.«

»So schlimm bin ich nun auch wieder nicht«, versuchte Alexa einen kleinen Scherz. Was war auf einmal mit dieser Frau los? Warum sah sie sie so merkwürdig an?

»Ist Ihnen nicht gut?« fragte sie, aber da war Maya von Miller schon aufgestanden und auf dem Weg zur Tür.

»Sie entschuldigen mich«, sagte sie und zog die Tür hinter sich zu. Alexa hörte, daß sie telefonierte. Sie wagte es nicht, ihr Ohr an die Tür zu legen. Beiläufig schaute sie an den Wänden hoch in die Ecken, konnte zwar keine Kameras entdecken, aber in Häusern wie diesen gab es sicher irgendwo eine Art Sicherheitszentrale, von der aus alle Räume überwacht wurden.

»Do«, flüsterte Maya, »ich sitze hier mit dieser Reporterin von Mona Lisa. Und ich habe in ihren Augen das Rot gesehen, nur für den Bruchteil einer Sekunde, aber es war da.«

»Bleib ganz ruhig«, versuchte Do ihre Freundin zu beruhigen. »Worüber habt ihr gesprochen, als du das Rot in ihren Augen gesehen hast?«

»Sie hat mich auf die ADDY-Verleihung angesprochen.«

»Aha. Kennst du die Frau?«

»Nein, ich habe nur ein einziges Mal mit ihr telefoniert. Aber irgend etwas stimmt nicht mit ihr.« Weinerlich hauchte sie ins Telefon: »Do, ich will meine Ruhe haben. Hilf mir, so hilf mir doch endlich.«

»Trägst du die Aluminiumfolie?« fragte Do.

Maya bejahte, obwohl es eine Lüge war. Sie hatte die Folie seit Tagen vergessen und sich statt dessen mit Kreuzen ausstaffiert. Bei *Repossi* an der Place Vendôme hatte sie für mehr als hunderttausend Mark zugeschlagen.

»Gut. Dann kann dir nichts passieren. Versuch, diese Reporterin so schnell wie möglich loszuwerden. Und ruf mich danach wieder an.«

Maya legte den Hörer auf und lief die Treppe hinauf in ihr Schlafzimmer.

Robert, der vor der Tür des Salons auf Anordnungen wartete, sah sie und rief ihr nach: »Kann ich etwas für Sie tun, gnädige Frau?«

»Verschwinden Sie«, zischte sie und schlug die Tür zu ihrem Schlafzimmer mit einem lauten Knall zu. Sie fand das Stück Alufolie sofort, das sie zwischen ihren Dessous versteckt hatte, und klebte es im Bad mit Leukoplast fest unter ihren Busen. Dann tat sie, wovon sie sich jetzt am meisten versprach: Sie griff nach dem Kokain und legte sich hastig zwei Lines. Schon nach ein paar Sekunden spürte sie, daß ihre Angst in Gleichgültigkeit umschlug.

Lächelnd kehrte sie in den Salon zurück und trat hinter Alexa, die am Fenster stand und auf die Avenue Montaigne hinuntersah. »Ich mußte ein wichtiges Telefonat führen.« Sie nahm Alexa am Arm, drehte sie zu sich herum und sah ihr in die Augen, das Rot war nicht mehr da – die Alufolie wirkte offensichtlich tatsächlich. »Sie haben wunderschöne Augen«, sagte sie und führte Alexa zu einer Sitzgruppe unter dem Fenster. »Lassen Sie uns für heute zum Schluß kommen«, meinte sie dann. »Ich habe wirklich nur noch ein paar Minuten Zeit.«

Alexa hatte ihren Block aufgeschlagen. »Bitte geben Sie mir noch fünf Minuten für ein kleines Wortspiel, das ich mit jedem meiner Interviewpartner mache.«

»Aber fassen Sie sich bitte kurz«, sagte Maya von Miller.

»Genau darum geht es bei dem Spiel«, entgegnete Alexa. »Zu jeder Frage bitte nur ein Wort oder eine kurze Ergänzung des Satzes, den ich beginne …«

»Ich werde mir Mühe geben.«

»Rot?«

»Blut. Nein. Liebe.«

»Lügen …«

»… tut jeder.«

»Haß?«

»Tod.«

»Mutter?«

»Vater.«

»Geld?«

»Armut.«

»Ich wäre gern …«

»… noch einmal zwanzig.«

»Ich glaube an …«

»… mich.«

Kaum war Alexa Schwarz gegangen, stürzte Maya von Miller aus dem Salon und rannte nach oben in ihr Bad, sie brauchte dringend Nachschub. Beinahe wäre sie über Klara gestolpert, die gerade dabei war, das Bett aufzudecken. In einer Vase auf einem Beistelltisch neben ihrem Bett stand ein Bouquet mit frischen Lavendelblüten.

»Die sind gerade gekommen«, sagte Klara und reichte ihr ein Kärtchen. Sie waren von Friedrich Zeh, der sie daran erinnerte, daß sie früher immer ein Lavendelbeutelchen unter ihrem Kopfkissen gehabt hatte. Ihr schossen Tränen in die Augen.

Was sie nie und nimmer erwartet hatte: Sie verzehrte sich nach ihm. Sie mußte zurück nach München. Auf Khashoggis breitem Bett liegend, schloß sie die Augen, drückte mit ihrer Faust fest gegen die Folie zwischen ihren Brüsten und flüsterte: »Im Namen des Vaters und des Sohnes und des Heiligen Geistes. In Ewigkeit. Amen.« In Gedanken stand sie im Park ihrer Münchner Villa und drehte sich in die Himmelsrichtungen. Sie zitterte vor Angst. Sie wollte diesen Mann nicht verlieren. Sie hatte ihn noch gar nicht gewonnen.

Wenig später saß sie wieder unten im Salon, sah fern, blätterte in den Magazinen. Es klopfte an der Tür, und Grace trat ein, ohne ein »Herein« abzuwarten. Sie hatte das Telefon in der Hand. »Darf ich Sie mit Herrn Miller-Wagenstein verbinden?«

»Ich will nicht gestört werden«, fauchte Maya von Miller, ohne von ihrer Zeitschrift aufzublicken. Aber Grace Siegel blieb zäh. »Er muß Sie sprechen. Es ist wichtig.«

»Was gibt's?« fragte Maya gelangweilt ins Telefon.

»Wir müssen mit dir sprechen, wegen Wunderlich«, sagte Miller-Wagenstein. An seiner Stimme spürte sie, daß er verärgert war.

»Jetzt nicht«, antwortete sie.

»Bevor wir nicht miteinander gesprochen haben, werden wir ihm die erste Rate nicht anweisen.«

Sie horchte auf: Das war ein neuer Ton, den David da anschlug.

»Vor Donnerstag ist es bei mir nicht möglich«, kündigte

sie an. »Am Donnerstag bin ich in München, da können wir Tacheles reden. Schick ihm die Hälfte, sei so lieb. Wer sind im übrigen wir?« wollte sie noch wissen. »Ich denke, Katzenstein ist schon wieder in New York.«

»Wir, das sind Mick und ich, meine Liebe. Donnerstag in München, das trifft sich gut.«

DIE FOTOS

»Na, wie war sie?« fragte Corry, als sie mit Alexa im Taxi vom Flughafen Charles de Gaulle in die Stadt hineinfuhr.

»Ätzend«, sagte Alexa. »Die Frau lügt, wenn sie den Mund aufmacht. Schlimmer noch, sie ist eine von der Sorte, die lügt, ohne daß sie es weiß. Sogar ihr Name ist nicht echt. Und weißt du, wer mir das erzählt hat? Ihr Stiefsohn. Das von ist kein von, sondern eigentlich ein V Punkt und kommt von Veronika. Kein Wort mehr über Maya von Miller. Schön, daß du da bist. Ich hab mich in den letzten Tagen verdammt allein gefühlt.«

Als sie kurz vor Mitternacht im Hotel eintrafen, bezog Corry schnell ihr Zimmer, das auf demselben Flur wie Alexas lag und ebenso gemütlich war; im Bad gab es allerdings einen großen Jacuzzi.

»Schade, daß wir nicht genug Zeit haben«, meinte Corry, »darauf hätte ich jetzt richtig Lust: ein Stündchen mit dir in der Wanne und nur über Männer reden. Apropos, wie geht es deinem Darling?«

»Gut, wir telefonieren. Er hat eine kreative Pause, und ich habe ihn gleich für mich eingespannt. Ich habe ihn auf diesen Wassiljew angesetzt. Joe ist ein Internet-Freak, mußt du wissen.«

»Bleiben wir hier, oder gehen wir zu dir?« fragte Corry, die aus ihrer Reisetasche einen kleinen abgeschabten braunen Lederkoffer heraushob.

»Laß uns rübergehen und uns rasch noch etwas zu essen bestellen«, schlug Alexa vor.

Corry grinste: Solange Alexa noch ans Essen dachte, war alles in Ordnung.

Sie orderten zwei Hummersuppen, eine Portion kaltes Roastbeef für Corry und für Alexa einen Salade Niçoise.

Alexa legte die Zeitschriften und Magazine von ihrem Sofatischchen hinunter auf den Boden. »Dann zeig mal, was du mitgebracht hast«, sagte sie und schaute erwartungsvoll zu, was Corry aus dem Köfferchen auspackte.

Zuerst nahm sie einen Umschlag mit Notenblättern heraus. »Hier, die gute Tante Victoria hat sogar komponiert«, sagte sie.

Die Stücke trugen Titel wie »Sehnsucht, wo bist du?« und »Jeden Tag weniger ich« und »Tränen der Einsamkeit«.

»Meine Großmutter muß eine sehr traurige Person gewesen sein«, sinnierte Alexa. »Von Friede weiß ich, daß sie nur glücklich war, wenn sie an ihrem geliebten Flügel saß.«

Aus den beiliegenden Zeitungsartikeln, Kritiken über Konzerte großer Pianisten, fischte sie eine Besprechung aus dem Kulturteil der *Welt* heraus, in dem stand, daß aus Victoria Gräfin Hohenfeld eine große Pianistin hätte werden können. Das »hätte werden können« war dick rot unterstrichen.

»Sie muß aber auch sehr seltsam gewesen sein.« Alexa versuchte, einen der weißen ellbogenlangen Handschuhe aus feinem Kalbleder überzustreifen, die Corry aus einer Seitentasche des Köfferchens gezogen hatte.

»Ein Spleen. Victoria wollte sich nie die Finger schmutzig machen«, zitierte Corry ihren Großvater, der ab und zu von seiner merkwürdigen Schwägerin erzählt hatte, und dann fiel ihr noch einer seiner Sätze ein: »Er hat über sie gesagt, daß sie an ihrem Mann und an der Welt gelitten hat – ein sehr trauriger, aber irgendwie auch ein schöner Satz.«

Corry legte ihren Arm um die Schulter von Alexa, die eine schwarze Kladde in die Hand genommen hatte.

»Das ist das Tagebuch von Victoria«, sagte Corry. »Leider habe ich nur dieses eine gefunden, es ist aus dem Jahr 1967. Ich habe es, dein Einverständnis vorausgesetzt, im Flugzeug schon mal quergelesen. Kein Hinweis auf Paris, ein paar Namen, mit denen ich nichts anfangen kann. Ich habe sie dir rausgeschrieben.«

Sie gab Alexa einen Zettel, auf dem ungefähr zwei Dutzend Namen standen. »Du hast deinen Beruf verfehlt. Du hättest Detektivin werden sollen oder Journalistin wie ich«, kommentierte Alexa. Sie hatte ihr Powerbook aktiviert und rief eine Seite auf. »Hier, das sind die Namen, die ich in Sophies Telefonbüchlein gefunden habe. Laß uns schnell mal vergleichen. Lies bitte vor.«

Kein einziger Name stimmte überein. »Schade«, meinte Alexa. »Aber mir fällt auf, daß es etliche Abkürzungen gibt, schau hier, Bibi, Chris, Igi steht da, und hier ein Ma, hier ein Re. Das macht die Sache nicht leichter. Da muß ich mich in Ruhe hineinvertiefen. Laß uns weitermachen.«

Der Zimmerkellner rollte das Essen auf einem hübsch eingedeckten Tisch ins Zimmer, holte aus einem Thermobehälter die heiße Hummersuppe.

»Bon appétit«, wünschte er. »Rufen Sie mich bitte an, wenn ich abräumen kann.«

Corry und Alexa aßen mit Genuß, beide waren den ganzen Tag noch nicht dazu gekommen. Corry berichtete von ihrem Seminar, das sie überflüssig wie einen Kropf gefunden hatte, und Alexa von ihren morgendlichen Erlebnissen im Spa des *Ritz*. »Heute morgen bin ich mit Sharon Stone und ihrem Mann, diesem Chefredakteur aus San Francisco, geschwommen. Sie haben allerdings mehr geknutscht. Sie scheint wahnsinnig in ihn verliebt zu sein. Ich habe ihr heute eine Nachricht aufs Zimmer geschickt. Ich würde mit den beiden gern ein Doppelinterview machen.«

»Als ob du nicht schon genug um die Ohren hast.« Corry schüttelte den Kopf. »Dir ist wirklich nicht zu helfen. Mach mal halblang, irgendwann mußt du auch mal durchatmen können, um zu dir selbst zu kommen.«

»Ja, Fräulein Doktor«, neckte Alexa und rief nach dem Zimmerkellner. Er kam sofort, eine eiserne Regel im *Ritz* war, daß der Roomservice nie länger als eine Minute brauchte, um eine Bestellung aufzunehmen. »Sie können abräumen«, sagte sie und bat ihn, noch eine große Flasche *Evian* und zwei halbe Zitronen mitzubringen.

»Laß uns weitermachen«, bat Alexa ihre Cousine. Gemeinsam nahmen sie sich Victorias Tagebuch vor. Die Handschrift ähnelte sehr der von Friede Schwarz, steil und eng, nur war die von Victoria um etliches kleiner. Die Eintragungen waren Protokolle einer verlorenen, einer weltfremden Person, durchzogen von Selbsthaß und Selbstmitleid. Tatsächlich schien Victoria in ihrem Leben nur von zwei Dingen besessen gewesen zu sein: von der Untreue ihres Mannes und von ihrer verpatzten Karriere. Sophies Namen erwähnte sie nur selten, meist waren es Randbemerkungen des Alltags, wie »Anruf Sophie« oder ähnlich Banales. Ihre Tochter schien keine Rolle in ihrem Leben gespielt zu haben.

Nachdenklich schloß Alexa die Kladde und legte sie zu ihren Unterlagen. »Ich habe noch nie etwas so Trauriges gelesen. Ein schweres Erbe, das ich da mit mir rumschleppe: mein Großvater ein Hallodri, meine Großmutter depressiv, meine Mutter drogenabhängig; der einzig normale Mensch scheint mein Vater gewesen zu sein.« Sie zog die Augenbrauen hoch und zuckte mit den Schultern. »Wo sind die Fotos?«

Corry reichte Alexa zuerst noch einen braunen DIN-A4-Umschlag: »Das hier ist auch noch ganz interessant, Postkarten, die Sophie an deine Großmutter geschrieben hat.«

Alexa griff wahllos ein paar heraus. »Liebe Mam«, las sie vor. »Ich habe zu Friede Schwarz auch manchmal Mam gesagt. Liebe Mam, wir sind in Mexico. Dad ist auf dem Schiff, ich bin bei Tante Susanna. Mach Dir keine Sorgen, alles ist gut. Auch das Wetter. Deine Sophie.« Als Datum war der 25. April 1965 angegeben.

Schnell sortierte Corry die Karten nach den Daten, und tatsächlich ergab sich daraus die Route jener Weltreise von Vater und Tochter, von der Friede in ihrem Brief geschrieben hatte. Sie waren bis zum Frühjahr 1965 hauptsächlich in Südamerika unterwegs gewesen. Buenos Aires, Rio, Santiago de Chile, später auch Marokko und Spanien. Meist reisten Vater und Tochter allein, manchmal waren offensichtlich Freunde und Freundinnen mit von der Partie. Jedenfalls waren einige Postkarten mit mehreren Namen unterschrieben. Siggi stand da oder Marianne oder Bernie oder Yvi. Alexa verglich die Namen flüchtig mit denen, die Corry aus Victorias Tagebuch abgeschrieben hatte, es gab in der Tat einige Überschneidungen, mit denen sie aber auf Anhieb nichts anzufangen wußte.

Ab Mai kamen die Karten nur noch aus Ibiza. Vater und Tochter hatten »Casa Victoria« bezogen.

»Das bringt uns im Moment auch nicht weiter.« Alexa schob die bunten Karten von sich weg. »Liest sich durchweg wie typische Pflichtübungen für die liebe Daheimgebliebene. Also, her damit, wo sind die Fotos?«

Es war mittlerweile kurz vor eins, als Corry Alexa einen

großen Umschlag zuschob, prall gefüllt mit Schwarzweiß- und Farbfotos. Wahllos griff sich Alexa einen Stapel. Es waren lauter Aufnahmen von Vater und Tochter unterwegs, ein Sammelsurium von Menschen und Orten, die meisten zeigten den Vater, der stets mit einem breiten Lachen in die Kamera schaute. Er war eine imposante Erscheinung, wahnsinnig gut aussehend, ein Typ wie Errol Flynn.

»Auf diesen Fotos kommt er dem Klischee eines Lebemannes sehr nahe, nicht wahr?« fragte Alexa, die sich nicht entscheiden konnte, ob sie sich von ihrem Großvater angezogen fühlte oder nicht.

»War er ja wohl auch«, antwortete Corry. »Lebemann und Großwildjäger, ein Abenteurer vom alten Schlag, Kosmopolit, Dandy. Mein Großvater hat immer behauptet, sein Bruder habe den Jet-set erfunden. Ich kann mir schon vorstellen, daß die Frauen verrückt nach ihm gewesen sind.«

Die meisten Motive zeigten ihn in Siegerpose: der Graf als Jäger mit dem Löwen, den er erlegt hatte; der Graf als Vater mit seiner schönen Tochter, die auf diesen Fotos Alexa tatsächlich wie aus dem Gesicht geschnitten ähnlich war; Graf Hohenfeld, der Bootseigner, mit seinen Matrosen auf der Yacht, die, so konnte man erkennen, »Sophie I« hieß. Auf die Rückseite der Fotos hatte Sophie meist einen Gruß geschrieben.

»Dad in Jaipur« stand auf dem Foto mit dem Löwen. »Dad und seine Jungs« auf dem mit den Matrosen.

Dann gab es etliche Fotos von einer Baustelle und vom Richtfest der »Casa Victoria«. Sie waren mit Tagesdaten versehen, wohl um Victoria in Hamburg über den Fortschritt der Bauarbeiten zu informieren. An ein Foto war ein Bauplan geheftet. »Casa Victoria« war ein riesiges Haus hoch über einer Bucht, die Cala Tarida hieß und die, auch das wußte Corry, Alexas Großvater bereits in den fünfziger Jahren gekauft hatte, damals, als noch niemand auf Ibiza an Massentourismus dachte. Alexa wußte aus Friedes Brief, daß es heute ein Hotel war. Sie erzählte es Corry, und die war sofort Feuer und Flamme: »Wenn das hier alles überstanden ist, dann fahren wir beide da hin.«

Es gab auch einige Bilder, auf denen Sophie allein zu sehen war, offensichtlich von ihrem Vater fotografiert. Auf den meisten Fotos schaute sie ernst, auf einigen sah sie richtig schlecht aus, ungesund.

»Da hat sie vielleicht schon Drogen genommen«, meinte Corry. »Sieh sie dir genau an, diese junge Frau hier, die steht vollkommen neben sich.«

Alexa hatte sich eine Serie von großformatigen Fotos vorgenommen. Der Stapel war mit einem Gummi zusammengehalten, sah abgegriffen aus, so als hätte Victoria diese Fotos oft in die Hand genommen. Alexa las zuerst, was auf der Rückseite stand. Keine Anmerkungen von Sophie, sondern nur ein Stempel: Copyright Tom Wotko, *Abendzeitung*, München.

»Pressefotos«, erklärte sie, entfernte das Gummi und legte die Fotos nebeneinander, es waren zwölf. Sie zeigten Vater und Tochter in allen möglichen Posen, am Pool, im Salon, vor dem Kamin, auf der Terrasse mit Blick auf die Bucht, am Strand, die apricotfarbene Villa auf einem Hügel. Auf einem Foto standen Vater und Tochter in einem geöffneten schmiedeeisernen Tor, im Hintergrund die Villa, und zeigten auf den schön geschwungenen Namenszug »Casa Victoria«. Auf die Rückseite dieses Bildes hatte Sophie geschrieben: »Liebe Mam, nun fehlst nur noch Du.«

»Dieses Foto hier, das fällt aus der Serie heraus, das muß woanders sein«, sagte Corry und wies auf das Bild einer Gruppe von Hippies, die auf irgendeinem Platz in irgendeiner Stadt um ein rotes Käfer-Cabrio herumtanzte, auf dessen heruntergeklapptem Verdeck eine junge Frau im Minirock saß, die Arme weit ausgebreitet, so als wollte sie die Welt umarmen.

Die Menschen auf dem Foto waren relativ klein. Alexa nahm es in die Hand, sie suchte ihre Mutter. »Hier ist sie, die Frau, die da so lässig an dem Auto lehnt, das ist Sophie, ich bin mir ziemlich sicher, und das Ganze muß auch auf Ibiza sein. Da im Hintergrund, siehst du das Schild, da steht ›Viajes Ibiza‹.«

Sie reichte das Foto Corry, die bestätigte: »Ja, das ist Sophie«, und es Alexa zurückgab. Die wollte es gerade zur Seite legen, da hielt sie inne und starrte auf das Bild.

»Ich glaube, ich spinne. Aber diese Frau da, die auf dem Cabrio-Dach sitzt, die sieht verdammt aus wie Maya von Miller, ich schwöre es dir. Derselbe Mund, derselbe riesige Busen. Die Haare, gut, die sind hier kurz. Trotzdem ...«

Alexa lief in den Vorraum ihres Zimmers und kam mit der Kelly-Bag zurück, aus der sie eine Plastikhülle mit den Zeitungsausschnitten von der ADDY-Verleihung hervorzog. Sie legte das Cabrio-Foto auf die Seite der *Berliner Morgenpost*, direkt neben das Foto, auf dem Maya von Miller im Foyer des *Adlon* in die Kamera lachte.

Beide blickten gebannt von einem Bild zum anderen. »Man kann nicht zweifelsfrei sagen, daß es sich um ein und dieselbe Person handelt«, meinte Corry. »Aber wenn ich richtig rechne, liegen ja auch mehr als dreißig Jahre dazwischen. Die beiden sehen sich zumindest verdammt ähnlich. Weißt du, ob sie sich gekannt haben, Sophie und diese Maya?«

»Keine Ahnung, ich habe bisher keine Veranlassung gesehen, mit ihr über meine Privatangelegenheiten zu sprechen. Aber laß mich überlegen. Sie hat in unserem Interview zumindest kurz erwähnt, daß sie in den sechziger Jahren mit einer Jet-set-Clique rumgezogen ist. Das würde passen«, sagte Alexa.

»Ruf sie an, frag sie«, meinte Corry.

»Und was soll ich sie fragen? Ob sie meine Mutter mal auf Ibiza getroffen hat? Ob sie zufällig weiß, wer sie vier Jahre später umgebracht hat? Du bist nicht ganz bei Trost. Diese Frau schmeißt mich raus. Du hast keine Ahnung, was sie für ein Theater macht, wenn man nur versucht, sie ein bißchen nach ihrem Privatleben auszufragen. Zufall, das ist ein reiner Zufall. Ibiza war damals ein Eldorado für Mädchen wie Maya von Miller und meine Mutter«, resümierte Alexa und fuhr sich mit beiden Händen durchs Haar. Sie nahm das Foto wieder hoch und studierte auch die anderen Bilder, die dieser Tom Wotko gemacht hatte, noch einmal genauer. Sie entdeckte die Frau, von der sie vermutete, daß sie Maya von Miller war, nun auch am Rande des Swimmingpools, in inniger Umarmung mit Sophie.

»Vielleicht hast du doch recht, jede Spur ist wichtig, ich werde sie morgen anrufen. Sieh dir dieses Bild an: Wenn das Maya von Miller ist, die da meine Mutter umarmt, dann haben sie sich in der Tat gut gekannt. Es war allerdings 1966, vier Jahre vor den Ereignissen«, sagte Alexa und nahm sich noch einmal das Foto mit dem Cabrio vor. »Ich habe eine bessere Idee: Ich werde versuchen, diesen Fotografen ausfindig zu machen. Das sind nicht irgendwelche Schnappschüsse, es sieht so aus, als ob er diese Fotoserie für die Münchner Abendzeitung gemacht hat. Wenn er ein guter Fotograf ist, wird er sich an den Termin erinnern.«

Sie aktivierte wieder ihr Powerbook und rief das deutsche Telefonverzeichnis auf, das sie sich für die Reise von einer CD-Rom abgespeichert hatte. Es dauerte eine gute Minute, bis sie dem Dokument ihre Suchbefehle geben konnte. Sie tippte Wotko, Tom und *Abendzeitung*, München ein. Es dauerte nicht einmal eine Sekunde, und die erste der beiden Telefonnummern erschien auf dem Bildschirm. »Wotko, Tom, Fotograf, Adelheidstraße 6, Tel 089-3326969«.

Corry schob ihr das Telefon hinüber.

Alexa sagte: »Du spinnst, es ist fast zwei Uhr morgens.«

Aber Corry tippte schon Wotkos Nummer ein. »Was du heute kannst besorgen, das verschiebe nicht auf morgen. Der hat mit Sicherheit seinen Anrufbeantworter eingeschaltet.«

Es klingelte fünfmal, und dann hörten sie tatsächlich eine schnarrende Stimme: »Tom Wotko. Sie können mich im Moment leider nicht erreichen. Bitte hinterlassen Sie nach dem Piepton Ihre Telefonnummer und den Grund Ihres Anrufes. Ich melde mich, so schnell es geht. Danke.«

»Hier ist Alexa Schwarz, Redaktion Mona Lisa. Ich bitte um Ihren Rückruf unter ...«

»Wotko. Guten Abend. Ich höre immer erst rein, wer am Apparat ist. Eine Unart, ich weiß.«

Alexa hatte das Telefon auf Zimmerlautsprecher gestellt, damit Corry mithören konnte. »Entschuldigen Sie die späte Störung. Aber ich wollte Ihnen nur schnell auf Ihrem Anrufbeantworter eine Nachricht hinterlassen. Mein Name ist Alexa Schwarz, ich bin Reporterin der Zeitschrift Mona Lisa.«

»Schöne Zeitschrift«, sagte Wotko. »Was kann ich für Sie tun?«

»Ich schreibe gerade ein Porträt über Maya von Miller, diese New Yorker Unternehmerin, die in Deutschland groß ins Privatfernsehen einsteigen will. Vielleicht haben Sie den Namen schon gehört ...«

»Weiter.«

»Ich habe hier Jugendfotos von ihr, die Sie gemacht haben, vor vielen Jahren auf Ibiza.«

»Mit einem Käfer-Cabrio?«

Alexa und Corry sahen sich an, Corry hob den rechten Daumen und flüsterte: »Bingo!«

»Ja, genau. Sie sitzt auf dem heruntergeklappten Verdeck und um sie herum eine ganze Horde von lustigen jungen Leuten im Hippielook. Sie können sich an die Fotos erinnern?«

»Und ob. Was wollen Sie von mir?« fragte er.

»Fotos, Informationen«, sagte Alexa.

»Darüber läßt sich reden«, antwortete Wotko.

»Wann paßt es Ihnen?« fragte Alexa und erntete ein höhnisches Lachen.

»Das bin ich schon lange nicht mehr gefragt worden. Ich habe alle Zeit der Welt, ich bin ein arbeitsloser Fotograf. Wann paßt es Ihnen denn?«

»Ich habe morgen nachmittag ohnehin in München zu tun.« Sie mußte ihm ja nicht gleich auf die Nase binden, daß sie beabsichtigte, von Paris aus extra nach München zu fliegen, nur um ihm ein paar Fotos zu zeigen.

»Abends wäre mir lieber, nachmittags habe ich immer schlechte Laune, und das will ich Ihnen nicht zumuten. Sagen wir acht, halb neun?«

»Ist okay«, sagte Alexa. »Wo sollen wir uns treffen?«

»Wo wohnen Sie denn in München?«

»Im Hotel Splendid.« Da war sie erst vor kurzem gewesen, als sie Iris Berben interviewt hatte.

»Bestens, dann treffen wir uns bei Schumann's, das ist meine Stamm-Bar, vom Splendid sind es nur wenige hundert Meter.«

»Bis morgen also, bei Schumann's. Sagen wir lieber, um neun. Einen Augenblick noch, wie erkenne ich Sie?«

»Ich sitze am dritten Tisch links und bin der mit der Flasche Jack Daniels.«

Corry hatte in der Zwischenzeit auf dem Bildschirmtext einen Flug Paris–München gefunden, eine *Air France* würde um 18 Uhr 30 in München landen. Perfekt. Alexa wählte eine Nummer in Zürich, *Swiss Air* hatte für Geschäftsreisende einen Sonderservice, bei dem man rund um die Uhr Flüge buchen konnte.

»Gebont«, sagte sie, als sie die Buchungsnummer notiert hatte; das Ticket würde morgen früh sogar zum *Ritz* gebracht.

»Irgendwie hat er sehr zynisch reagiert, als ich den Namen Maya von Miller genannt habe«, überlegte Alexa laut. »Morgen weiß ich mehr. Und jetzt bist du wieder dran, Corry. Was steht in dem Obduktionsbericht? Von Karoly weiß ich immerhin schon, daß es sich bei Yvette um ähnliche Drogen gehandelt hat.«

»Ich war bei dem guten alten Dr. Moers«, sagte Corry, »unserem Hausarzt, bei dem auch deine Mutter damals in Behandlung war. Er kennt mich seit meiner Kindheit, und ich habe mal ein Praktikum bei ihm gemacht. Er hat mich nicht von der Schweigepflicht entbunden. Aber ich werde dir sagen, was du unbedingt wissen solltest.«

Sie zog einen Zettel hervor, auf dem sie ein paar Notizen aufgeschrieben hatte.

»Sie war einige Jahre tatsächlich drogenabhängig, ziemlich sicher von ihrem neunzehnten Lebensjahr an bis ein Jahr vor ihrem Tod. Zuerst war es Marihuana, dann LSD und Amphetamine und schließlich Heroin. Zweimal hat sie eine Entziehungskur gemacht, zweimal hat sie es ein paar Monate geschafft, clean zu sein. Das letzte Mal hat das wohl auch mit dir zu tun gehabt. Während der Schwangerschaft, so Moers, hat sie nicht einmal einen Schluck Alkohol getrunken.«

»Nun verstehe ich gar nichts mehr.« Alexa stutzte. »Wieso ist sie dann an einer Überdosis gestorben?«

»Ich befürchte, das ist genau das, was du herausfinden mußt. Mit wem auch immer sie die letzten Stunden ihres Lebens verbracht hat – diese Person wird dazu beigetragen haben, daß deine Mutter rückfällig geworden ist. Denn Moers hatte sie noch am Tag bevor sie nach Paris geflogen ist untersucht, da war alles in Ordnung.«

»Aber warum, Corry, warum? Sie wollte in wenigen Tagen heiraten. Sie trug mich unter ihrem Herzen. Sie liebte meinen Vater. Warum also sollte sie ausgerechnet zu diesem Zeitpunkt rückfällig werden?« fragte Alexa ratlos.

»Wer einmal abhängig war, wird es immer bleiben. Wenn man aber alles, was wir bisher wissen, zusammennimmt, vermute ich, daß sie an diesem Abend, wie übrigens dein Vater auch, irgend etwas erfahren haben muß, was sie völlig aus der Bahn geworfen hat.«

»Aber was?« Alexa fühlte sich plötzlich sehr müde, sehr niedergeschlagen. Corry nahm sie in den Arm und streichelte ihr über den Rücken. »Nicht schlappmachen, Alexa. Du bist auf der richtigen Fährte. Und du hast jede Menge Menschen, die dir helfen. Dieser Karoly, George und Françoise, deine Chefin, Joe, der Hoteldirektor, Karl Lagerfeld, ich, wir alle sind für dich da. Warte ab, alles wird gut«, munterte Corry ihre Cousine auf. Sie schaute auf ihre Uhr. Es war halb drei, um acht ging ihre Maschine zurück nach Hamburg.

»Komm, meine Kleine, laß uns schlafen. Wir haben beide morgen viel vor.«

»Ja, Mam«, sagte Alexa mit Kinderstimme und umarmte Corry. »Danke, danke für alles.«

Natürlich konnte sie nicht schlafen. Sie konnte keinen klaren Gedanken fassen. Was hatte das alles zu bedeuten? Welche Rolle spielte dieser Wassiljew? Und welche Maya von Miller? Gab es Zusammenhänge? Es war drei, als sie wieder aufstand und Joes Nummer wählte.

»Darling, das ist Gedankenübertragung. Ich wollte dich auch gerade anrufen, aber dann dachte ich, die fleißige Reporterin schläft mit Sicherheit schon den Schlaf der Gerechten«, begrüßte er sie hellwach und gut gelaunt. »Schön, deine Stimme zu hören.« Sie hatte außer ihrem Namen noch kein Wort gesagt. »Sag doch mal was«, kam es prompt.

»Joe, bist du fündig geworden?«

»Sag erst mal was Nettes, probier's einfach mal: Joe, ich habe Sehnsucht nach dir.«

»Joe, ich habe Sehnsucht nach dir«, sagte Alexa.

»Ich auch nach dir, Alexa. Du mußt bald zurückkommen. Ich will dich endlich richtig kennenlernen. Wie war Maya?«

»Ätzend. Du hast verdammt recht gehabt«, sagte sie und erzählte von ihrem Interview. Von dem Ibiza-Foto und von Wotko erzählte sie nichts. Das konnte sie nicht einfach so am Telefon. Sie schwieg.

»Schlaf jetzt nicht ein. Ich erzähle dir eine spannende Geschichte. Ich habe, brav wie ich bin, ein bißchen in den siebziger Jahren herumgestochert. Hör zu: Dieser Wassiljew ist für deine Story ein gefundenes Fressen. Daß er kein unbeschriebenes Blatt ist, hat dir ja dieser Anwalt sicher schon erzählt. Aber ich weiß Details, da kriege selbst ich rote Ohren.«

»Woher?« unterbrach Alexa ihn. »Doch wohl nicht aus dem Internet?«

»Nein, Darling. Wenn es sein muß, dann bin ich mein eigenes Internet. Ich habe gestern ein bißchen in den einschlägigen Kreisen herumtelefoniert. Es gab da eine verrückte Freundin in New York, die in den sechziger, siebziger Jahren ein sehr wildes Leben geführt hat. Die kannte ihn, die hat mir all diese Dinge über ihn erzählt. Kein angenehmer Zeitgenosse, das steht fest.«

Alexa hörte ihm aufmerksam zu und machte sich schweigend Notizen, als er die unglaubliche Story von Igor Wassiljew zum besten gab.

»Es war damals die Sensation, als sich Wassiljew in Paris von der Bolschoitruppe absetzte. Mitten im kalten Krieg, auf der ersten Auslandsreise, die das Ballett außerhalb des Eisernen Vorhangs unternehmen durfte. Er war der Star und wurde in der Pariser Gesellschaft wie eine Trophäe herumgereicht. Jeder wollte sich mit dem charismatischen Russen schmücken. Sie stellten ihm Wohnungen und Geld zur Verfügung, und schon bald lagen ihm sowohl die Damen der besseren Kreise als auch deren Söhne zu Füßen. Damals ging's drunter und drüber, alles war anders als heute«, fuhr er fort. »Von Aids sprach noch niemand, jeder probierte alles aus. Und dieser Wassiljew muß so etwas wie ein erotischer Lehrmeister gewesen sein, über geradezu wundersame Fähigkeiten soll er verfügt haben. Ein Meister des Orgasmus, und wohl auch so etwas wie ein Heiler. Wenn ich meiner Freundin glauben soll, dann hat er damals Wahnsinnsgeschäfte mit allerhand Mittelchen gemacht. Potenzfördernde, libidostärkende Mittelchen.«

»Auch mit Drogen?«

»Aber ja. Die haben damals alles genommen, und total durcheinander. Meine Freundin sagt, sie selbst wäre mehrmals auf einem Horrortrip gewesen, und wundert sich, daß sie das alles einigermaßen unbeschadet überlebt hat. Heute, sagt sie, nimmt sie wenigstens kein Heroin mehr.«

»Weiß sie, was er heute macht?« fragte Alexa.

»Nein, er ist völlig von der Bildfläche verschwunden, und das schon seit mehr als fünfundzwanzig Jahren. Es hat da einen Todesfall gegeben.« Alexa stockte der Atem. »Ein junger Mann ist während einer Drogenmesse umgekommen. Die Rolle von Wassiljew war jedem klar, er hatte die Drogen gemixt. Seine Beziehungen waren aber so gut, daß alles vertuscht werden konnte. Er wußte wohl auch zuviel über etliche bekannte Zeitgenossen. Danach, es muß 1972, 73 gewesen sein, ist er jedenfalls nie mehr in Erscheinung getreten. Auch insofern ist er für deine Story ein guter Fall: eine typische Zeiterscheinung, er hat zuviel gewollt. Von allem zuviel.«

»Weißt du, was mir heute bei dieser Maya von Miller aufgefallen ist?« wechselte sie scheinbar das Thema.

»Daß sie kokst.« Joe lachte. »Die kokst wie verrückt, brauchst dir nur ihre Nase anzuschauen, immer feucht.«

»As I am not experienced«, sagte Alexa, »ist mir das noch nicht aufgefallen, aber sie rauchte zwischendurch einen Joint. Und sie trinkt Wodka wie ich Mineralwasser. Auffällig fand ich, daß sie geradezu paranoid reagiert, wenn man sie auf ihre Vergangenheit vor ihrer Ehe mit Alan Miller-Wagenstein anspricht.«

»Wenn du mir damit sagen willst, daß ich meine Freundin mal nach ihr fragen soll, mach ich das gern. Die Welt ist klein. Ich kann mir sogar gut vorstellen, daß die sich schon mal begegnet sind. Remember, diese Maya von Miller ist in New York ein Star. Darling, jetzt geh bitte ins Bett, ich will, daß du morgen frisch bist.«

»Yes, Sir«, sagte sie, und diesmal war sie es, die ihm einen Kuß durch die Telefonleitung schickte.

Dr. Victor Karolys Besuch bei Wassiljew war kurz, aber effektiv gewesen. Er war überzeugt, daß sie auf der richtigen Fährte waren. Er hatte aber auch gesehen, daß sie sich beeilen mußten. Der Russe hatte nicht mehr lange zu leben. Merkwürdig, wie ruhig er reagiert hatte, als er ihn mit dem Foto konfrontierte. Dieses Grinsen, dieses teuflische Grinsen, das konnte nichts Gutes bedeuten.

Dennoch hatte Karoly ihm einen Tag Zeit gelassen. Er vermutete, daß Wassiljew etwas im Schilde führte, und wollte ihn nicht daran hindern.

Karoly fuhr zum Haus seiner Tante, setzte sich an den großen Schreibtisch seines Urgroßvaters und dachte nach.

Und während er so dasaß und an einem Glas Bordeaux nippte, zerriß ein gräßlicher Schrei die nächtliche Stille.

Er vergrub seinen Kopf in den gebeugten Armen. Das mußte ein Ende haben. Yvette mußte aus ihrem Gefängnis befreit werden, und Tante Véronique mußte ihren Frieden finden.

Hatte er gerade noch überlegt, ob er nicht doch die Polizei einschalten sollte, so verwarf er den Gedanken nun sofort. Er würde die Sache allein durchziehen, allein mit Alexa, dieser mutigen jungen Frau.

Er schaltete das Licht aus und ging im Dunkeln hinüber zu dem braunen Ledersofa. Er war müde, er wollte hier schlafen. Im Halbschlaf schreckte er wenig später hoch. Und was er sah, krampfte sein Herz zusammen: Yvette saß am Schreibtisch ihres Urgroßvaters und las in einem Aktenordner. Es war aber so dunkel, daß sie nichts erkennen konnte, selbst wenn sie in der Lage gewesen wäre, Buchstabe an Buchstabe zu Worten zu formen.

Leise ging er auf sie zu, sie schaute ihn aus ihrer gebeugten Haltung vertrauensvoll an. Im Licht der Straßenlaternen konnte er das Blau ihrer Augen erkennen.

»Yvette, was suchst du?« fragte er.

Sie tippte mit ihrer Faust auf die Seite, die sie aufgeschlagen hatte. Es war eine Liste von Namen, »Gästeliste« stand darüber. Es war die Gästeliste des Balls, den ihr Vater zu ihrem Baccalauréat gegeben hatte. Ihre Faust ruhte so, daß oberhalb ihrer Knöchel der Name Sophie Gräfin Hohenfeld stand. Der Name von Alexas Mutter.

Karoly umarmte seine Cousine, und sie schenkte ihm einen ruhigen, zufriedenen Blick. Er wollte sie nach oben bringen, aber sie bedeutete ihm, daß sie gern bei ihm bleiben wolle. Gemeinsam nahmen sie auf dem Sofa Platz und schliefen Hand in Hand ein.

DER RUSSE

Dicht an dicht und wohl sortiert hingen Mayas neue Kleider auf den Garderobenständern. Anna hatte einen der Konferenzräume in Khashoggis Villa in ein Ankleidezimmer umfunktioniert; zwei Standspiegel waren exakt so gestellt, daß man sich von vorn und hinten gleichzeitig betrachten konnte. In den Ateliers von *Dior* und *Saint Laurent*, von *Givenchy* und *Lacroix* hatte sie ausgesucht, was ihre Chefin zu Hause anzuprobieren wünschte: Tageskleider, Nachmittagskleider, Abendkleider, Schuhe, Taschen, Hüte.

Seit sieben Uhr waren am Lieferanteneingang die Kombis der Modehäuser vorgefahren. Robert mußte die Kleiderstangen durch den Küchentrakt schieben, und Klara half beim Auspacken der Kleidersäcke und beim Aufbügeln, damit Anna genug Zeit blieb, die Ensembles samt Accessoires perfekt zusammenzustellen. Maya von Miller brauchte nur noch hineinzuschlüpfen und die Auswahl zu treffen.

Sie hatte gut geschlafen, obwohl sie nur eine Schlaftablette genommen hatte, und fühlte sich überraschend frisch. Vorhin im Bett, das Tablett mit Kaffee und Orangensaft auf dem Schoß, hatte sie ganz deutlich vor sich gesehen, wie sie, die erfolgreiche Unternehmerin, an der Seite von Friedrich Zeh in München Mittelpunkt der Society war, wie die Leute danach gierten, auf ihre Einladungslisten zu kommen. Und sie allein würde entscheiden, wer den Fuß über ihre Schwelle setzen durfte. Sie konnte es kaum erwarten.

Irgend etwas hinderte sie daran, Do zu konsultieren. Seit

dieser Sitzung in Berlin, seit sie »das Böse« erwähnt hatte, war ihr Verhältnis ein anderes geworden. Es gab Momente, so wie an diesem Montagmorgen in Paris, da fühlte sie sich so stark, daß sie sich fragte: »Brauche ich Do eigentlich noch?«

Sie riß die Aluminiumfolie energisch von ihrer Haut, legte sie zwischen die Seiten des Buches, das sie gestern zum Einschlafen gelesen hatte – ein Krimi, eine interessante Verschwörungstheorie, die den Tod von Dodi und Diana vollkommen neu beleuchtete –, stand auf, ging ins Bad, steckte ihr wirres Haar zu einem Dutt auf den Oberkopf, was, wie sie im Spiegel feststellte, witzig aussah, und ging nach unten.

Kurz vor zwölf, eine geschlagene Stunde früher als angekündigt, stand Maya von Miller erwartungsvoll in der Tür und beobachtete Anna, wie sie die Accessoires zu den Kleidern sortierte.

»Bravo«, sagte Maya, und Anna erschrak, auch Klara lugte überrascht hinter einem Kleiderständer hervor.

»Aber gnädige Frau ...«, sagte Anna und schaute auf ihre Uhr.

»Ist schon gut, Liebchen«, sagte Maya von Miller. »Ihr werdet ungeschminkt mit mir vorliebnehmen müssen. Wir machen später das große Programm. Herb Neumann kommt um sieben, nicht wahr? Wir haben Zeit, herrlich viel Zeit.«

Zufrieden streichelte sie hier einen Stoff, nahm dort einen Schuh in die Hand, roch an dem Leder und blieb dann bei den Tageskleidern stehen. Das Leben war schön. Den Zwischenfall von gestern mit der Reporterin hatte sie vollkommen aus ihrem Gedächtnis verbannt. Sie nahm in diesen Tagen einfach ein bißchen mehr Kokain und hatte endlich auch festgestellt, daß sie die *Prozac* nicht mit Alkohol herunterspülen durfte. Sie fühlte sich gut.

Sie legte ihren Morgenmantel ab, eilfertig kam Robert

und hängte ihn auf einen Kleiderbügel. Er hatte seine Chefin noch nie nackt gesehen. Mit einem aufgeregten »Pardon, bitte rufen Sie mich, wenn Sie mich brauchen, gnädige Frau«, zog er sich zurück.

»Womit fangen wir an?« fragte Maya. Anna reichte ihr ein gelb-weiß gestreiftes Kostüm von Andrew MacQueen, dem Designer von *Givenchy*.

Anstatt wie üblich zu nörgeln, überschüttete Maya von Miller Anna mit Komplimenten. »Liebchen, das nehmen wir«, sagte sie bei beinahe jedem Outfit, das sie anprobierte, hängte beiseite, was mit nach München sollte und was direkt nach New York.

»Wie lange bleiben wir denn in München?« fragte Anna angesichts der Menge der Kleider. Maya hatte bereits das sechste Kostüm beiseite gehängt.

»Vorerst ein, zwei Tage. Aber wir können ein paar Sachen gleich dalassen. Ich habe vor, häufiger dort zu sein. Und erinnern Sie mich daran: Grace muß noch einiges organisieren. Ach was, geben Sie sie mir doch mal gleich ans Telefon.« Während sie sich in einem schwarzen Cocktailkleid vor dem Spiegel drehte, gab sie Grace für München eine Reihe von Anordnungen: Der Makler sollte einen bestimmten Innenarchitekten besorgen, den Namen hatte sie vergessen, sie hatte ihn vor ein paar Wochen in *House and Garden* entdeckt. Weitersheim sollte das Haus putzen lassen, neue Bettwäsche besorgen, Blumen.

»Und machen Sie einen Einkaufszettel, die Grundausstattung, Essen und Getränke. Rufen Sie Irène an. Nein, besser, rufen Sie bei Käfer an, ja, das ist ein Delikatessengeschäft, so was wie der Münchner Dean and De Luca, die sollen die Kühlschränke füllen. Gerd Käfer heißt der Chef, rufen Sie gleich ihn persönlich an. Er weiß, was Leute wie unsereins im Kühlschrank haben müssen. Ich will zu Hause essen.«

Grace machte sie darauf aufmerksam, daß sie in Paris noch einen Termin mit Bernard Arnault, dem Chef von *Dior, Givenchy, Christian Lacroix, Louis Vuitton, Moët Chandon, Hennessy*, habe. Und daß Anna, Klara und Robert von Paris aus nach New York zurückfliegen sollten.

»Da sind wir doch flexibel«, antwortete Maya von Miller ungeduldig, sie wollte mit der Anprobe fortfahren. »Wir kommen in München ein, zwei Tage schon allein zurecht, nicht wahr, Grace, Liebchen?«

»Anna, wir machen weiter«, rief sie und klatschte wie ein Kind begeistert in die Hände. Sie war gerade in ein hautenges Abendkleid, einen lilafarbenen Samtschlauch von John Galliano, geschlüpft und lachte, weil Anna mit Hand anlegen mußte und ihr half, ihren Busen in das Oberteil zu zwängen. »Nicht für mich gemacht«, amüsierte sie sich.

Da läutete das Telefon. Das konnte nur Wunderlich sein. Er rief jetzt täglich um diese Zeit an. Maya griff selbst zum Hörer. Es war das Mädchen aus Khashoggis Telefonzentrale. »Ein Gespräch für Sie«, sagte die Angestellte und legte auf.

»Von Miller«, meldete sich Maya und legte eine solche Zärtlichkeit in ihre Stimme, daß Anna aufhorchte. Sollte es mit diesem Dimitri doch etwas Ernsteres sein? Gerade gestern abend hatte sie sich mit Grace darüber unterhalten. Die gnädige Frau brauchte einen Mann, dann würden sich manche Probleme von ganz alleine lösen. Aber sie waren sich beide einig gewesen, daß es möglichst nicht dieses Bürschchen aus der New Yorker Society sein sollte.

»Wassiljew«, stellte sich der Anrufer vor.

Bis aufs Mark erschrocken, ließ Maya den Hörer fallen. Ihr war schwindlig, aber sie führte den Hörer wieder an ihr Ohr, nachdem Anna ihn für sie aufgehoben hatte.

»Woher hast du diese Nummer?« zischte sie ins Telefon. Sie fuhr sich mit der freien Hand in ihren Haarwuschel und hielt sich daran fest. Anna nahm ihre Hand aus dem Dekolleté ihrer Chefin und machte sich wieder an den Garderobenständern zu schaffen.

»Lassen Sie mich allein, und kommen Sie erst wieder, wenn ich Sie rufe«, ordnete Maya von Miller scharf an.

»Nervös wie eh und je«, amüsierte sich der Anrufer. »Deine Nummer herauszubekommen war ganz einfach. Meine Liebe, du hast deine Leute nicht im Griff. Dein New Yorker Büro hat sie mir ohne weiteres gegeben, ich mußte mich nur mit ›The Office of Hillary Clinton‹ melden«, spottete er, wechselte dann aber den Tonfall. Leise und jede Silbe betonend sagte er: »Ich muß dich heute noch sehen.«

So ernst und so konspirativ klang er, daß Maya aufhorchte. Dennoch schnauzte sie: »Ich habe ganz sicher keine Zeit für dich. Was gibt's?«

»Du wirst dir Zeit nehmen müssen. Was ich dir zu sagen habe, ist fürs Telefon nicht geeignet. Ich kann auch zu dir kommen, wenn dir das lieber ist ...«, bot er hinterhältig an.

»Untersteh dich!« Nervös lief sie vor den Kleiderstangen auf und ab, stolperte über die Schleppe des Abendkleides und fluchte. Was wollte Igor? Geld, was sonst?

»Wieviel brauchst du?« fragte sie.

Er lachte höhnisch, aber er antwortete nicht, er wiederholte nur: »Nicht am Telefon. Ich muß dich sehen.«

»Du kannst reden, ich bin allein«, drängte Maya.

»Nur soviel: Jemand forscht nach mir. Und ich habe das Gefühl, er forscht auch nach dir.«

»Wo bist du, wann soll ich kommen?«

»So schnell du kannst.«

»Wo finde ich dich?«

»Ich wohne am Boulevard Saint Germain, Nummer 128, Pension Colbert, Zimmer 34, im dritten Stock. Wie lange brauchst du?«

»Zwei Stunden«, sagte sie und legte auf.

Sie starrte in den Spiegel, riß sich das Band aus dem Haar und ließ ihre Locken wie einen Vorhang über das Gesicht fallen, sie konnte ihren Anblick nicht ertragen.

»Anna«, schrie sie. »Klara! Schluß fürs erste. Sagen Sie Andrew Bescheid, in einer Stunde fahren wir los. Klara, wir gehen nach oben.«

Maya von Miller hatte alles mögliche erwartet, aber nicht das. Der klapperdürre Mann, der ihr in der Etagenpension die Tür zu Zimmer 34 öffnete, hatte nichts mit dem eleganten Russen von früher gemein, der die schönsten Männer der Welt besessen hatte und dem die schönsten Frauen der Welt hörig gewesen waren.

Vor ihr stand ein Wrack, ein häßlicher, völlig verwahrloster Alter. Auf seinen gelblichweißen ungepflegten dünnen Haaren saß ein breitkrempiger, speckiger schwarzer Hut, seine Haut war fahl und brüchig wie benutztes Butterbrotpapier. Die Hand, die er ihr reichte, war die Knochenhand des Todes, unter seinen abgebrochenen Fingernägeln, die gelblich waren wie sein Haar, sah sie schwarze Schmutzränder. »Du brauchst eine Maniküre«, war das erste, was sie zu ihm sagte. Er reagierte mit einem höhnischen Grinsen und entblößte braune, viel zu lange Zähne und tiefblaues, blutig entzündetes Zahnfleisch.

»Gut siehst du aus«, begrüßte er sie, nahm sie bei den Schultern und wollte sie auf die Wange küssen.

»Rühr mich nicht an«, zischte sie und befreite sich mit einem Ruck aus seiner Umarmung.

»Seit wann so zimperlich?« beschwerte er sich.

»Was ist denn hier los?« lenkte sie ab und sah sich um. In seiner Behausung herrschte ein unbeschreibliches Chaos. Boden, Tisch, Bett, Stühle – bis in die hinterste Ecke war alles mit Zeitungen, Plastiktüten, dreckiger Wäsche vollgestopft. Es roch streng und süßlich, nach altem Mann und nach Lavendelwasser.

Er sah, wie sie ihre Nase rümpfte, und grinste. »Früher warst du doch ganz wild auf Männer, die nach Lavendel dufteten«, sagte er und bot ihr den einzigen freien Sessel an.

Mit dem Fuß stieß sie einen Stapel vergilbter Zeitungen beiseite. Ihren Mantel legte sie nicht ab. »Was ist los?« wiederholte sie.

»Sieh mich an.« Igor Wassiljew stellte sich am Fenster ins volle Licht, wickelte den Seidenschal vom Hals. Seine Haut war über und über mit schwarzen warzenartigen Geschwüren bedeckt. Kaposi. Aids. Im letzten Stadium.

»Wie lange hast du noch?« fragte Maya.

»Vielleicht einen Monat«, sagte er. »Vielleicht auch nur noch ein, zwei Wochen. Wenn ich will, auch nur noch ein paar Tage.«

»Seit wann weißt du es?«

»Was spielt das für eine Rolle, Marianne? Gibt es nicht wichtigere Dinge, die du mich jetzt fragen solltest? Zum Beispiel: Wie geht es dir?«

»Wie geht es dir?« Maya war aufgestanden. In einer nostalgischen Anwandlung hatte sie eine Flasche Champagner eingepackt. Die stellte sie nun auf den Tisch. »Gläser?« fragte sie. Er schüttelte den Kopf und holte aus einer Plastiktüte eine Stange Pappbecher hervor. Maya hielt ihm, als er keine Anstalten machte, provozierend die Flasche entgegen. »Soll ich die etwa öffnen?«

»Es wird dir nichts anderes übrigbleiben«, sagte er und streckte ihr seine spindeldürren, zitternden Finger entgegen. »Meine Hände machen nicht mehr mit.«

Maya entkorkte die Flasche routiniert und schenkte den Champagner in zwei Pappbecher ein, trank ihren in einem

Zug aus, schenkte sich nach und prostete erst dann Wassiljew zu, der am Fenster stand und sie beobachtete, wie sie ihm den Becher reichte.

»Ich trinke keinen Alkohol«, sagte er.

»Das ist ja ganz was Neues«, höhnte sie.

»Verträgt sich nicht mit meinen Medikamenten.«

»Woher soll ich das wissen? Warum setzt du dich nicht?« forderte sie ihn auf und bot ihm ihren Sessel an, während sie sich einen Stuhl in der anderen Ecke des Zimmers freiräumte.

»Auf dein Wohl«, antwortete er und schwenkte mit graziöser Geste ein imaginäres Glas. »Du kannst es gebrauchen.«

Sie sah ihn verständnislos an. »Wieso ich? Mir geht es gut.« Anstatt zu antworten, grinste er sie wieder an. »Ich weiß nicht, was es zu grinsen gibt, Igor«, fuhr sie ihn an.

»Ich grinse nicht, ich lache dich nur an. Ich bin glücklich, daß wenigstens du gesund bist. Scheinst in den Jahren, die wir uns nicht gesehen haben, vernünftig gelebt zu haben. Gut für dich.«

»Es wird dir nicht entgangen sein, daß ich verheiratet war.«

»Als ob das bei dir etwas heißt. Wie oft hast du deinen Alten betrogen? Einmal in der Woche, einmal im Monat?«

Erst neulich hatte sie in Gedanken die Männer gezählt, mit denen sie gevögelt hatte – keinen einzigen würde sie als ihren Liebhaber bezeichnen: 113 waren es gewesen. In zwölf Jahren. An die meisten Namen erinnerte sie sich nicht mehr.

»Igor, halt deine Klappe!« Wütend war sie aufgestanden. »Komm endlich zur Sache, ich habe nicht viel Zeit.« Sie öffnete ihre Puderdose, fuhr sich mit dem Quast über Nase, Kinn und Stirn und klappte die Rückseite auf. »Du auch?«

fragte sie, während sie sich eine Line legte. Er schüttelte den Kopf.

»Willst du eigentlich nicht wissen, warum ich dich hierhergebeten habe?« fragte er, während er sie beobachtete.

»Wieviel willst du?«

»Langsam, chérie, so schnell schießen die Russen nicht. Es geht um mehr. Wenn du es genau wissen willst: Es geht um Kopf und Kragen, um deinen Kopf und deinen Kragen.«

»Du bist nicht bei Trost.« Maya lief in kleinen Schritten zwischen Stuhl und Sessel hin und her und pflanzte sich vor ihm auf. »Was soll das? Du drohst mir, ausgerechnet du?«

»Ganz ruhig und immer schön der Reihe nach. Zuerst solltest du wissen, daß ich nicht der einzige bin von unseren Freunden, den es erwischt hat. Mario d'Angelo ist tot, es war nicht Krebs, wie in den Zeitungen stand, Friedhelm von Sander hat sich deswegen den Strick genommen, Sarah Czernovicz ist in Canada in einem Sanatorium, Jane Whitehall liegt in London im Koma.«

Maya lachte hysterisch auf. »Willst du mir etwa sagen, daß ich es auch haben könnte? Du weißt genau, ich habe eure großen Schweinereien alle nicht mitgemacht.«

»O nein, so einfach kommst du nicht davon, meine Liebe.« Igors Stimme war scharf und schneidend geworden. »Bei mir brauchst du nun wirklich nicht die Unschuldige zu spielen. Darf ich dich daran erinnern, wie gern du dir früher ein Spritzchen gesetzt hast? Es wäre durchaus ratsam, wenn du dich gelegentlich untersuchen ließest. Im American Hospital machen sie die zuverlässigsten Tests, du kannst noch am selben Tag das Ergebnis haben.«

»Danke für den Tip. Ich soll also einen Aids-Test machen. Deshalb hast du mich hierherkommen lassen?« Sie kicherte nervös.

»Da ist noch etwas, über das ich dringend mit dir sprechen möchte. Wir wissen viel voneinander. Und ich denke darüber nach, ob es ratsam für mich ist, mein Wissen mit ins Grab zu nehmen.« Die letzten Worte gingen in einem Hustenanfall unter, er wischte sich mit einem zerknüllten Taschentuch den Schweiß von der Stirn und würgte seinen Auswurf hinein.

Angewidert sah Maya ihm dabei zu. Als er sich ausgehustet hatte und erschöpft schwieg, raunzte sie ihn an: »Weiter.«

»Gestern ist plötzlich ein Mann hier aufgetaucht. Du erinnerst dich an Karoly?« Wassiljew sah sie fragend an, aber Maya reagierte nicht. »Er hat mir ein Foto gezeigt, auf dem ich im Eingang des Flore stehe.«

»Mein Gott, mach es nicht so spannend. Es gibt Tausende von Fotos, auf denen der berühmte Wassiljew zu sehen ist.«

»Aber nur eines, auf dem ich mit unserer lieben Freundin vor dem Café de Flore stehe, du hast es selbst gemacht.«

Entgeistert starrte sie ihn an, hielt sich die Hand vor den Mund. Wie ein Film lief die Szene vor ihren Augen ab. Wie sie vor dem *Flore* aus dem Taxi gestiegen war, wie sie ihre Pocketkamera gezückt hatte und einen ganzen Film verknipste. Wie Igor ihnen dann mit einer galanten Geste die Tür zum *Flore* aufhielt. Und wie ihr die Freundin die Kamera aus der Hand riß und in ihrer Kelly-Bag verschwinden ließ.

So leise, daß Wassiljew es kaum verstehen konnte, sagte Maya von Miller: »Mein Gott«, und schrie dann los: »Du Idiot, warum hast du mich damals nicht an die Kamera erinnert? Und wie kommt dieser verdammte Karoly an die Fotos?« Mit ihrer rechten Hand fuchtelte sie vor seinem Gesicht herum, als ob sie ihn ohrfeigen wollte.

Er griff zu, umklammerte ihr Handgelenk und drückte sie auf den Stuhl. »Immer sind die anderen schuld, du hast dich kein bißchen verändert«, schleuderte er ihr entgegen und hielt ihr Handgelenk fest.

»Du tust mir weh«, jammerte sie. »Igor, was machen wir jetzt?«

»Ich könnte unter Umständen schweigen.«

Maya horchte auf. Nun ging es zur Sache. Sie zündete sich eine Zigarette an, er bat sie, sie wieder auszumachen: »Ich vertrage keinen Rauch.« Nervös warf sie die Zigarette in die Neige ihres Champagners.

Wassiljews Stimme hatte tatsächlich wieder etwas von dem weichen Klang, mit dem er ihr, seiner gelehrigsten Schülerin, damals seine Anweisungen gegeben hatte. Sein Blick, seine Gesten, sein Ton zwangen sie zu voller Aufmerksamkeit.

»Es ist nicht leicht, dem Tod ins Auge zu sehen, besonders, wenn man so einsam ist wie ich«, fuhr er fort. »Und da entdecke ich doch zu meiner großen Überraschung vor ein paar Tagen dein Foto in der Zeitung. Und was lese ich? Meine kleine Freundin, die den alten Igor so schmählich im Stich gelassen hatte, hat eine wundervolle Karriere gemacht. Und zu meiner großen Freude lese ich auch, daß sie in ihre geliebte Stadt kommen wird. Wo hast du denn all die Jahre gesteckt, mein Schätzchen, warum hast du dich um deinen lieben Igor gar nicht mehr gekümmert? Ich war so froh, von dir zu lesen, und habe mich gleich mit deinem Büro in New York in Verbindung gesetzt, ich wollte dich wiedersehen, einfach nur wiedersehen. Aber dann stand plötzlich dieser Karoly vor mir. Du weißt, ich glaube an Schicksal. Und als er mir dieses Foto zeigte, da war mir klar, daß ich mit dir über deine Vergangenheit sprechen muß.«

»Wie ist Karoly an das Foto gekommen? Was hast du ihm gesagt?« stieß sie mit haßerfüllter Stimme hervor.

»Ich habe ihn weggeschickt, ich werde mich ihm gegenüber doch nicht äußern, bevor ich mich mit dir abgesprochen habe«, antwortete er. »Allerdings kannte er den Namen unserer lieben Freundin.«

»Willst du mich erpressen?« Maya sah ihn aus kalten Augen an.

»Nimm doch dieses böse, böse Wort nicht in deinen schönen Mund. Ich will nur die letzten Wochen meines Lebens nicht hier in diesem Loch verbringen. Ich will nicht einfach so verrecken. Ich will Morphin, und ich will Opium. Ich will einen Knaben. Ich will schöne Kleider, ein richtiges Bett, seidene Wäsche. Ich will noch einmal leben. Und da trifft es sich gut, daß das Schicksal dich mir ausgerechnet jetzt schickt. Warum sollte ich jemand anderen mit meinen Problemen, meiner Gewissenspein belasten, wenn sich meine liebste Vertraute persönlich um mich kümmern kann?«

Sie war ganz ruhig geworden. Hier bahnte sich etwas an, was sie im Keim ersticken mußte. Eine Maya von Miller war nicht erpreßbar. Von niemandem. »Ich wüßte nicht, warum ich das tun sollte, mein lieber Igor.«

»Dann will ich dir auf die Sprünge helfen: Du hast viel erreicht in deinem Leben. Das hätte auch ganz anders laufen können, wenn ich damals nicht geschwiegen hätte. Und wie ich in den Zeitungen lesen kann, hast du noch viel vor hier in Europa …«

»Also doch Erpressung, du Schwein.«

»O nein, meine Liebe, ich möchte nur, daß du dich für mein Schweigen dankbar erweist. Maya von Miller, eine der reichsten Frauen der Welt – du kannst mich doch aus deiner Portokasse bezahlen.«

»Wieviel willst du?«

»Du hast mich immer noch nicht verstanden. Schau mich an, mit Geld allein ist es nicht getan. Du mußt mich hier rausholen. Meinst du, ich weiß nicht, wie es hier aussieht, wie ich aussehe? Ich habe meinen Spiegel nicht weggeworfen. Ich möchte, daß du mich neu einkleiden läßt, ich will in die Sonne, ich will nach Cannes, ins Carlton, die Ecksuite, du weißt, welche ich meine. Ich will einen Butler, der alles für mich besorgt, ich will einen Arzt. Ich habe meine Miete seit zwei Jahren nicht mehr bezahlt. Und das wichtigste: Ich will noch einmal aus der Versenkung steigen. Ich möchte ausgehen, noch einmal den Glanz meiner alten Tage erleben. An deiner Seite.«

Maya von Miller bekam einen Lachanfall. »Das hast du dir aber fein ausgedacht. Nicht mit mir, Igor. Du kannst mich mal! Niemand wird dir glauben, wenn du deine Lügenmärchen über mich auftischst. Du spielst nicht mehr in meiner Liga, mein Lieber.«

»Wenn du dich da nicht ganz gewaltig irrst.« Je lauter sie wurde, desto ruhiger wurde er.

Sie stand auf, nahm ein Geldbündel aus ihrer Handtasche und legte es vor Wassiljew auf den Tisch. »Das muß reichen.«

Er wischte die Geldscheine vom Tisch, sie flatterten auf den Boden.

»Was soll das?« keifte sie ihn an. »Ich bin dir nicht einen einzigen Franc schuldig, du weißt, daß du genauso dran bist wie ich, mein Lieber, wenn alles herauskommt.«

»Nur daß ich nichts zu verlieren habe«, entgegnete er lächelnd.

Sie riß ein Stück Zeitungspapier ab und kritzelte eine Telefonnummer drauf, die Nummer ihres privaten Handys. »Da kannst du am nächsten Ersten anrufen. Dann sehen wir weiter. Und am übernächsten Ersten auch, wenn du dann noch lebst ...«

»Raus«, sagte er leise.

Als sie die Tür hinter sich zugeschlagen hatte, sammelte er die Geldscheine vom Boden auf. Mit zittrigen Händen zählte er: Es waren zehntausend Francs und eintausend Dollar. Er riß das Fenster auf.

»Der Teufel soll dich holen!« schrie er ihr hinterher. Er sah gerade noch, wie ein grauer Bentley auf dem Boulevard in Richtung Stadtmitte verschwand.

Wenig später setzte Maya von Miller, als wäre nichts geschehen, in Khashoggis Salon ihre Anprobe fort. Um fünf hatte sie insgesamt 39 Outfits mit den passenden Accessoires ausgesucht.

»126 Teile«, präzisierte sie. Sie hatte in Gedanken mitgezählt.

»Soll ich das alles bestellen?« fragte Anna.

»Was heißt bestellen?« fragte Maya von Miller zurück. »Ich will die Sachen sofort haben.«

»Gnädige Frau, das sind Musterstücke. Die müssen wir zurückgeben. Die Lieferung wird ein paar Tage dauern, einige Stücke müssen auch neu angefertigt werden, und die Änderungen ...«

»... lassen wir in New York machen«, beendete Maya den Satz. »Was wir nicht behalten können, nehmen wir nicht. Sagen Sie das den Herren Modeschöpfern, und erinnern Sie sie bitte daran, wer die Kleider gekauft hat: Maya von Miller, die Frau, die NEED ist. Das wird wohl reichen.«

Damit war für sie das Thema erledigt. Sie läutete nach Klara. »Ich brauche ein neues Make-up.«

Um Punkt sieben fuhr Herb Neumann vor.

»Mein lieber Herb, ich freue mich so, daß wir uns endlich kennenlernen.« Maya von Miller kam ihm, kaum daß er das Haus betreten hatte, mit ausgestreckten Armen entgegen. Sie war perfekt und unauffällig geschminkt, trug ein graues Busineßkostüm und führte ihn in die Bibliothek des Hauses.

Herb Neumann hatte sich zuvor mit Alexa Schwarz im *Ritz* getroffen – drei Motive wollte *Mona Lisa* haben. Er hatte der Reporterin angeboten, doch rasch mit zu Maya von Miller zu fahren. »Dann können wir die Motive gleich verabschieden«, sagte er. Aber Alexa hatte abgelehnt: »Das machen Sie besser allein.« Sie konnte Maya von Miller jetzt nicht treffen, nicht, bevor sie mit Wotko gesprochen hatte.

Robert führte Neumann durch das Haus, Maya folgte ihnen und plauderte charmant auf den Starfotografen ein. Gemeinsam entschieden sie sich für drei Fotos. Zuerst Maya von Miller hinter Khashoggis Schreibtisch. Das Kostüm, das sie trug, war das ideale Outfit. Dann sollte sie die große Treppe von der Galerie des ersten Stocks hinunter ins Entree schreiten. Neumann bat für dieses Motiv um ein Abendkleid. Das dritte Foto sollte auf Wunsch von Maya im Fitneßstudio entstehen, auf einem Laufband, auch das fand Neumann in Ordnung. Anna brachte eine schwarze Balmain-Robe mit kleiner Schleppe und einen schwarzen Body.

»Perfekt«, sagte Neumann.

»Lassen Sie uns loslegen. Ich will endlich wissen, wie es ist, von dem großen Herb Neumann ins rechte Bild gerückt zu werden«, drängte Maya und rief Robert zu: »Zur Einstimmung bitte ein Gläschen Champagner.«

Sie prosteten sich zu, und während sein Assistent das Equipment auspackte und Klara sich mit der Visagistin besprach, bat Maya den Fotografen ins Nebenzimmer.

»Ich habe mit Ihnen noch etwas vor«, sagte sie, nachdem sie die Tür geschlossen und sich mit dem Rücken dagegengelehnt hatte. Sie fragte, ob er sie im Anschluß an die Fotos für *Mona Lisa* auch noch privat fotografieren könnte. Auf ihre Kosten selbstverständlich.

»Ich bin jetzt im kritischen Alter«, scherzte sie. »Man weiß ja nie, wie lange man noch in Form ist. Und ich liebe Ihre Fotos. Ich möchte, daß Sie mich nackt fotografieren.«

Neumann tat, als wäre dies das normalste Ansinnen der Welt. Exhibitionismus war seine Leidenschaft – und sein

Geschäft. Über den Preis waren sie sich schnell einig, und sie legte ihm nach dem Handschlag einen Vertrag vor. Er sollte sich verpflichten, die Fotos niemals an Dritte zu veräußern, Abzüge nur für Maya von Miller anzufertigen und über die Produktion absolutes Stillschweigen zu wahren. Die Negative sollten in Maya von Millers Banksafe in New York aufbewahrt werden. Als er an der Stelle angekommen war, wo sie das Honorar einsetzen mußte, schob er das Papier zu ihr hinüber. Er sah, daß sie den Betrag, auf den sie sich soeben mündlich geeinigt hatten, noch einmal verdoppelte – und unterschrieb ohne Zögern.

Es war das höchste Tageshonorar, das Neumann jemals bekommen hatte, 150000 Dollar, cash bei Ablieferung der Fotos und Negative.

»An die Arbeit«, sagte er, und sie gab ihm einen Kuß auf den Mund. Arm in Arm gingen sie zurück zum Team. Die drei Schüsse für *Mona Lisa* waren schnell im Kasten. Eine Frau von Welt in drei verschiedenen Situationen. Maya von Miller spielte die Rollen perfekt. Jeder spürte, daß es zwischen den beiden knisterte, daß es ihr ungeheuren Spaß machte, sich vor Neumann zu exponieren. Er mußte sie einige Male stoppen, weil ihr Blick, ihre Gesten zu lasziv waren. Noch fotografierten sie für *Mona Lisa*.

Schließlich klatschte Neumann in die Hände. »Das war's für heute. Danke, Maya, danke, ihr Lieben.«

Sein Assistent und die Visagistin packten ihre Sachen zusammen und verabschiedeten sich.

Auch Maya schickte ihre Leute weg: »Kinder, ihr habt heute abend frei. Herb und ich haben noch etwas zu besprechen. Ich will euch erst morgen früh wiedersehen.«

Endlich mit Neumann allein, bot Maya ihm ein Glas Champagner an und eine Line. Er lehnte dankend ab und bat sie, es nicht zu übertreiben.

»Sie haben gerade so schöne weiche Züge. Das wollen wir uns doch nicht verderben«, bat er, während er durch die Kamera beobachtete, wie sie sich auszog. Er registrierte sofort, daß sie eine ungewöhnlich glatte Haut hatte und daß sie bis auf eine kleine Korrektur der Oberlippe bisher nichts an sich hatte machen lassen. Den Zug um den Mund fand er etwas hart und den Haaransatz ein wenig zu tief. Dafür waren ihre Lippen und ihre Zähne wunderschön. Sie hatte kräftige, gepflegte Hände. Ihre Bewegungen waren geschmeidig, ihre Haltung exzellent. Die Nasenlöcher schimmerten feucht, er hatte es nicht anders erwartet: Maya von Miller war eine Schneekönigin.

»Sie müssen ein bißchen auf Ihre Nase achten«, sagte er. Sie lachte neckisch und bot ihm das Du an.

Neumann beobachtete, wie sie ihren Büstenhalter ablegte und sich ihm erwartungsvoll lächelnd zuwandte. »Oh, là, là«, rief er aus und schnalzte mit der Zunge. »Da haben wir aber zwei besonders schöne Exemplare, wer hat denn die gemacht?«

»Der liebe Gott«, antwortete Maya von Miller stolz. Und tatsächlich konnte er durch das scharfe Auge seines Objektivs keine Narben erkennen. Er bat sie, ihm die Dessous zu zeigen, in denen sie fotografiert werden wollte.

»Ich will, daß du mich nackt fotografierst, Herb, vollkommen nackt«, sagte sie. Sie saß vor dem Spiegel und schminkte sich ab. Neumann runzelte skeptisch die Stirn, aber das Ergebnis war absolut verblüffend. Das vorher perfekt geschminkte Gesicht hatte ohne Make-up und Rouge, ohne falsche Wimpern und ohne Lippenstift eine so unvergleichlich stärkere Ausstrahlung, daß Neumann vor ihr niederkniete, ihr die Hand küßte und sagte: »Mon dieu.«

Bis auf wenige Anweisungen und ein paar Unterbrechungen, in denen sie auf seine ausdrückliche Bitte literweise

Wasser trank, arbeiteten sie fast drei Stunden lang, schweigend.

Die Frau war ein Naturereignis, ein Teufelsweib, sie lieferte sich seiner Kamera mit einer Hingabe aus, die kaum zu überbieten war.

»Das war's dann wohl«, sagte sie schließlich und sah sich zufrieden die Polaroids an. »Nicht schlecht. Wann bekomme ich die Kontakte zu sehen?«

»Nächste Woche könnten sie fertig sein.«

»Ich will sie morgen.«

Sie zog sich ihren Morgenmantel über, reichte ihm förmlich die Hand und ging ins Nebenzimmer. Sie hatte es nicht mehr ausgehalten. Erschöpft ließ sie sich in einen Sessel sinken und kam, kaum daß sie ihre Schenkel übereinandergelegt hatte.

DIE DOKUMENTE

Tom Wotko hatte sich gut beschrieben. Alexa entdeckte ihn sofort, als sie das *Schumann's* betrat. Am dritten Tisch links saß ein älterer Herr mit Halbglatze, vor sich ein Glas und eine Flasche *Jack Daniels*. Er war nicht allein. Ein markanter Fünfziger mit schulterlangem, gewelltem grauem Haar redete auf ihn ein. Alexa kannte ihn aus der *Windsor*-Werbung, es war Charles Schumann, dem die Bar gehörte und der ein bekanntes Model war. Das *Schumann's* war gut besucht, alle Tische waren besetzt.

Alexa war gewohnt, sich auf den ersten Blick einen Eindruck zu verschaffen. Die Stimmung hier war heute von einer besonderen Intensität, Spannung lag in der Luft, die Leute an den Tischen unterhielten sich mit beachtlicher Lautstärke. Sie verstand einzelne Wortfetzen: »Der Eichinger kann mich mal …«, »… der Wondratschek wird langsam gut …«, »… den Graeter haben sie voll verarscht …«, »… die Ferres ist Spitze …«, »… die M-Klasse? Kannste vergessen. Ein Jahr Lieferzeit. Wer bin ich denn?« sagte ein Bürschchen von vielleicht 25 Jahren, der mit einem Jaguar-Schlüssel spielte.

München, wie es klatscht und klagt. Sie hoffte inständig, daß sie von Wotko mehr erfuhr.

Sie ging auf die beiden zu. »Tom Wotko?« fragte sie.

Der Grauhaarige stand auf, Wotko sah von seinem Glas hoch und sagte: »Der bin ich. Und Sie kommen von Mona Lisa. Frau Schwarz, das ist Charles Schumann, Schumann wie Schumann's.«

Schumann wischte seine Hände an der bodenlangen weißen Schürze ab, begrüßte Alexa und fragte: »Was darf ich Ihnen bringen?«

»Ein Glas Rotwein, bitte.«

»Einen Bordeaux?«

»Gern.«

»Wenn Sie etwas essen möchten«, mischte sich Wotko ein, »dann sollten Sie unbedingt sein Roastbeef probieren. Mit Jus und den besten Bratkartoffeln südlich der Main-Linie.«

»Überredet. Aber bitte nur eine kleine Portion«, stimmte Alexa zu.

Wotko ergänzte: »Für mich dafür eine besonders große. Und, Charles, vorweg nehm ich eine Linsensuppe.«

Er sprach schleppend. Zuerst dachte Alexa, er habe schon mehr als ein Glas *Jack Daniels* zuviel getrunken, dann aber sah sie, daß seine linke Hand schlaff auf dem Tisch lag. Und als Charles Schumann die Linsensuppe brachte und Wotko eine große weiße Serviette um den Hals knotete, schenkte er ihr ein schiefes Lächeln und sagte: »Ich hatte einen leichten Schlaganfall, müssen Sie wissen. Um so erfreuter bin ich, daß Mona Lisa plötzlich Interesse an meinen Fotos hat. Ein bißchen Publicity kann ich, weiß Gott, gut gebrauchen.«

In seinen Augen sah Alexa eine Verletztheit, die uralt und zugleich ganz frisch war.

Schweigend und voller Konzentration aß Wotko seine Suppe, er wollte partout nicht auf das Lätzchen kleckern. Alexa nippte an ihrem Bordeaux.

Schumann brachte das Roastbeef, das er bereits in Häppchen geschnitten hatte. »Darf ich mich einen Moment zu Ihnen setzen?« fragte er. »Wotko ist normalerweise nicht so maulfaul, aber er wird Ihnen erzählt haben, warum ihm das Essen noch ein bißchen schwerfällt.«

Alexa nickte, und Wotko lächelte dankbar. »Charles, erzähl ihr doch mal, mit wem sie es hier eigentlich zu tun hat.«

»Tom Wotko war einer der berühmtesten Mädchenfotografen Münchens, was sag ich, Deutschlands«, erzählte Schumann. »Er hat sie alle entdeckt: Iris Berben, Iris Gras, Uschi Glas, Uschi Obermaier, Helga Lehner, unser deutsches Fräuleinwunder. Er kennt jeden und weiß alles.« Schumann hatte sich über den Tisch gelehnt und klopfte Wotko freundschaftlich auf die Schulter.

»Charles, du kannst uns jetzt ruhig wieder allein lassen«, sagte Wotko und schluckte den letzten Bissen herunter.

Schumann räumte die Teller weg, winkte einen Ober heran und bestellte eine große Flasche Wasser mit zwei Gläsern. Dann schenkte er Wotko noch einen Whiskey nach. »Jetzt wird gearbeitet«, sagte er und nahm die Flasche *Jack Daniels* mit.

»Scheint ein wirklicher Freund zu sein«, meinte Alexa. »Lassen Sie uns zur Sache kommen, Herr Wotko. Ich habe Maya von Miller in Berlin getroffen und gestern in Paris interviewt, eine sehr interessante Frau, von der man, da bin ich sicher, noch viel hören wird. Aber sie redet nur vom Heute und Morgen. Allerdings: Was ist ein Personality-Porträt wert, wenn man die Ursprünge nicht mit einbeziehen kann?«

Wotko musterte sie mit seinen leicht geröteten Augen und sagte mit unverhohlener Ironie: »Das haben Sie aber schön gesagt. Diese Frau redet selbstverständlich nicht von dem, was mal war, was *sie* mal war. Sie hat alles, was vor ihrer großen Zeit als Maya von Miller war, gestrichen. Sich selbst eliminiert. Ratzfatz. Diese Frau ist krank, sie leidet unter Gedächtnisschwund. Sie war schon immer so: eine radikale Selbstbetrügerin.«

»Das ist aber starker Tobak, woher wollen Sie das alles wissen?« fragte Alexa, die einen derart heftigen Ausbruch nicht erwartet hatte und sich plötzlich sicher war, daß sie, was auch immer diese Maya mit ihrer Mutter zu tun gehabt hatte, einer großen Story auf der Spur war. Sie legte den Umschlag auf den Tisch, aus dem eines der Ibiza-Fotos herausschaute.

»Zuerst muß ich wissen, was Ihnen meine Informationen wert sind. Erst dann fange ich an zu erzählen«, sagte Wotko und legte seine Hand auf den Briefumschlag. »Niemand benutzt meine Fotos gratis. Auch Sie nicht. Mir steht das Wasser bis zum Hals. Ich kann nicht mal mehr meine Arztrechnungen bezahlen.«

»Zehntausend«, sagte Alexa. Sie fand sich wahnsinnig, aber sie hatte den Betrag ausgesprochen. Sie streckte Wotko die Hand entgegen, doch er korrigierte: »Zehntausend für die Informationen, plus das übliche Abdruckhonorar für die Fotos.« Erst als Alexa nickte, schlug er ein. Sie beobachtete, wie er nun die Fotos aus dem Umschlag zog und jedes einzelne aufmerksam betrachtete.

»Das ist bei den Hohenfelds«, erläuterte er, in Gedanken versunken. »Die kleine Rothaarige ist Marianne, die große Blonde ist ihre Freundin Gräfin Sophie. Der Mann im Hintergrund ist deren Vater, der Graf.«

Als er das Foto zur Hand nahm, auf dem diese Marianne mit ausgestreckten Armen auf dem aufgeklappten Verdeck des roten Käfer-Cabrios saß, nickte er, runzelte die Stirn, fuhr sich mit der Hand an seinem unrasierten Kinn entlang und sagte: »Marianne, wie sie leibt und lebt. Wo haben Sie die Fotos eigentlich her?« Er drehte das Bild um, tippte auf seinen Copyright-Stempel und ermahnte Alexa noch einmal: »Kein Abdruck ohne Honorar.«

»Niemals, wir haben unsere Vereinbarung.« Geflissentlich lenkte sie ihn von seiner Frage ab, aber Wotko war mit seinen Gedanken schon weitergewandert. »Sehen Sie sich dieses Gesicht genau an, hier, auf diesem Foto erkennen Sie es überdeutlich«, behauptete er und hielt Alexa das Foto unter die Nase, auf dem Marianne neben Sophie am Pool saß und herausfordernd in die Linse des Fotografen blickte. »Diese Frau geht über Leichen.«

Alexa stutzte. Das ging ihr entschieden zu schnell. War dieser Mann ein Aufschneider? Ein Denunziant? Welche Interessen verfolgte er? Was wußte Tom Wotko über Maya von Miller?

»Um allen Mißverständnissen vorzubeugen«, unterbrach sie ihn, weil sie plötzlich das Gefühl hatte, sich noch einmal rückversichern zu müssen. »Ich interessiere mich für Ihre Story nur dann, wenn diese Frau hier auf den Fotos, die Sie Marianne nennen, identisch mit dieser Frau hier ist«, sie deutete auf das Foto von der ADDY-Verleihung, »mit Maya von Miller.«

»Nur keine Hektik, schönes Kind«, begehrte er ungeduldig auf. »Aber sicher doch. Wir reden von ein und derselben Person. Diese Frau hier«, er deutete mit dem Finger auf das Cabrio-Foto, »das ist Maya von Miller. Früher hieß sie Marianne Scheiberl, dann Marianne Wotkovicz, dann Marie-Claire Scheib, beinahe wäre aus ihr auch mal eine Principessa di Bandolani geworden.«

Alexa warf ihm einen zweifelnden Blick zu. Was redete er da? »Bringen Sie da nicht etwas durcheinander? Was sollen all diese Namen?«

Er lächelte sie von oben herab an. »Ich weiß, ich weiß, hört sich ein bißchen kompliziert an, ist aber eine ganz einfache Geschichte. Sie müssen sich allerdings ein bißchen Zeit nehmen. Ich werde weit ausholen müssen. Aber ich will, daß Sie von Marianne ein Gesamtbild bekommen. Sie können Ihren Kassettenrecorder übrigens gern auf den Tisch stellen. Jetzt, wo ich Ihnen gehöre.«

Tatsächlich lag ihr Aufnahmegerät bereits einsatzbereit auf ihrem Schoß, nun stellte sie es vor Wotko auf den Tisch. Er setzte sich in Positur, direkt vor das kleine Standmikrofon.

»Schießen Sie los«, forderte sie ihn auf und schaltete das Gerät ein.

»Zuerst brauch ich noch einen Whiskey«, jammerte er und schnipste mit den Fingern, Schweiß stand auf seiner Stirn und in der Kuhle seines Kinns. Schumann kam mit der Flasche, schenkte einen Daumenbreit ein. »Das muß genügen«, sagte er und nahm die Flasche wieder mit. Wotko umklammerte das Glas mit beiden Händen, räusperte sich und begann:

»Die berühmte Maya von Miller war einmal ein schönes Kind namens Marianne Scheiberl aus Sankt Pilaten bei Augsburg. Sie war eine von den vielen Mädchen, die in den sechziger Jahren aus der Provinz nach München kamen, um die Welt zu erobern. Eine kleine technische Zeichnerin. Ihr Vater, ein Gärtner, starb, als sie fünf war, ihre Mutter putzte im Haus des einzigen Fabrikanten vor Ort. Kamps & Co, Lampenschirme. Ich war damals schon vierzig, ein erfolgreicher Mädchenfotograf und immer auf der Jagd nach jungen Hasen. Ich habe Marianne auf der Leopoldstraße entdeckt, sie war ein entzückendes Wesen, mit dem, wenn ich das so sagen darf, schönsten Popöchen, das ich jemals aus einem Minirock habe hervorlugen sehen. Und als sie sich herumdrehte, da war es um mich geschehen ...«

Er formte mit seinen Händen gewaltige Brüste und winkte wieder nach Charles Schumann. Der aber zeigte auf die Uhr an der Wand und bedeutete ihm: Vor Mitternacht nicht. Ihm war nicht entgangen, daß dies nicht irgendein Kneipengespräch, sondern ein ernsthaftes Interview war. Und er kannte seinen Freund Tom, nach dem dritten Glas war er nicht mehr zu gebrauchen. Mit glasigen Augen taxierte Wotko sein Gegenüber.

»Ich habe sie, pardon, gevögelt und fotografiert und dann die Fotos bei der Abendzeitung für den Wettbewerb ›Die schöne Münchnerin‹ eingereicht. Ein paar Wochen später haben wir in Las Vegas geheiratet und sind zur Hochzeitsreise ab nach Ibiza, ein Fototermin für Jasmin. Es sollte der Anfang ihrer Karriere sein, dachte ich.«

»Halt, halt, nicht so schnell. Was heißt hier geheiratet? Alan Miller-Wagenstein war Maya von Millers erster und einziger Mann, das hat sie mir selbst gesagt.« Alexa beugte sich zu ihm hinüber und versuchte Wotko in die Augen zu sehen. Er hielt ihrem Blick stand.

»Daß ich nicht lache«, erzürnte er sich, und vor Aufregung schwollen die Adern auf seiner Nase an. »Diese Frau hat alle Männer der Welt gehabt, und vor ihrem reichen New Yorker Daddy war sie mindestens einmal verheiratet, nämlich mit mir. Und beinahe hätte sie sich auch noch einen Prinzen, einen stinkreichen, schwulen venezianischen Prinzen, geangelt.«

»Bitte der Reihe nach, ich komme nicht mehr mit.« Sie kontrollierte ihr Aufnahmegerät, das rote Licht leuchtete, das Band drehte sich langsam.

»Ja, diese große Maya von Miller war einmal Marianne Wotkovicz, meine kleine Frau. Ich mußte sogar noch ihre Mutter in Sankt Pilaten um ihr Jawort bitten, damals war man mit achtzehn noch nicht volljährig. Vier Wochen und drei Tage nach unserer Heirat in Las Vegas hat sie mich auf Ibiza sitzenlassen. Sie hatte dort bessere Männer kennengelernt, Männer mit Geld, Männer mit Macht, und ich war nur noch der Ehemann, der ihr furchtbar im Weg war.

Ich habe alles versucht, um sie zurückzubekommen. Ich bin sogar noch einmal hingefahren und habe ihr den ersten Preis des Abendzeitung-Wettbewerbs, das rote Cabrio, gebracht. Da wohnte sie schon längst mit einer ganzen Clique bei ihren neuen Freunden, reichen Freunden, eben diesen Hohenfelds. Sie war auf den Geschmack gekommen. Ich war mit Sicherheit der erste und einzige arme Schlucker, mit dem sich Marianne jemals eingelassen hat.«

»Und die Scheidung?« unterbrach Alexa ihn. Er kam vom Hundertsten ins Tausendste, sie wollte wenigstens eine gewisse chronologische Reihenfolge einhalten. Sie hoffte inständig, daß sie irgendwann wieder auf Sophie zurückkamen.

»Wie man geschieden wird, wenn man in Las Vegas geheiratet hat: Scheidung in Reno. Ich brauchte nicht mal hin, hat alles ihr Anwalt geregelt, nicht mal eine Gebühr habe ich zahlen müssen.« Wotkos Stimme wurde weinerlich. Mitleidheischend deutete er auf das leere Whiskeyglas. Alexa winkte Charles Schumann, und er kam noch einmal mit der Flasche, benäßte gerade mal den Boden des Glases. »Reiß dich zusammen, Tom«, zischte er ihm zu.

»Was ist passiert, daß Sie nach mehr als dreißig Jahren immer noch so verletzt sind?« insistierte sie, als Schumann sich wieder anderen Gästen zugewandt hatte.

In wehleidigem Ton fuhr Wotko fort: »Ich hatte meine Frau tatsächlich beinahe vergessen, aber dann hat sie mich ein zweites Mal vernichtet.«

»Wie das?«

»In mühsamer Überzeugungsarbeit war es mir endlich gelungen, meinen alten Kumpan, den Münchner Verleger Friedrich-Carl Wunderlich, zu bewegen, mir eine Fotoausstellung und ein Buch zu finanzieren. ›In bester Gesellschaft‹ sollte es heißen. Mondäne Fotos von schönen Frauen. Münchner Mädchen, die die Welt eroberten. Die wilden sechziger Jahre. Hundert Fotos der Lebenslust. Marianne sollte auf das Buchcover, auf das Ausstellungsplakat, in die Anzeigen.

Alles war unter Dach und Fach, die Fotos waren ausgesucht, das Stadtmuseum angemietet, das Plakat entworfen. Aber dann stand letzte Woche Wunderlichs Fahrer unangemeldet vor meiner Tür. Er hatte den Karton mit meinen Fotos dabei und gab mir einen Umschlag. Darin steckte ein Scheck über fünftausend Mark und ein Brief von Wunderlich. Lapidar teilte mir dieser Feigling schriftlich mit, daß er es sich anders überlegt hätte. Mehr als eine Aufwandsentschädigung wäre zur Zeit nicht drin.«

Wotko preßte seinen Mund zu einem schmalen Schlitz zusammen, Alexa sah, daß er mit den Backenzähnen malmte, seine Wut kaum noch zügeln konnte. Mühsam beherrscht redete er weiter: »Ich rief ihn an und fragte, was das Theater solle. Er vertraute mir unter dem Siegel der Verschwiegenheit an, daß es sich bei dieser amerikanischen Unternehmerin, mit der er gerade das Geschäft scines Lebens machte, ausgerechnet um unsere Marianne handelte. Sie sollten wissen, daß auch er damals kurz mit ihr liiert gewesen ist. Sie behauptete sogar, daß sie verlobt gewesen wären.

Unter den gegebenen Umständen, meinte er, wäre es vollkommen unpassend, wenn ausgerechnet er nun diese freizügigen Fotos von ihr veröffentlichte. Er bat mich in aller Freundschaft um Verständnis. O ja, ich habe ihn verstanden. Wir alle wissen, daß ihm das Wasser bis zum Hals steht. Er hat mir versprochen, daß er sich, sobald der Deal mit ihr über die Bühne ist, großzügig zeigen will. Er wollte mir ihre Fotos dann abkaufen.«

Maya von Miller und Wunderlich kannten sich also von früher! Alexa fiel blitzartig eine Bemerkung ein, die Miller-Wagensteins Anwalt bei der ADDY-Gala gemacht hatte, als sie ihn fragte, wer denn der zukünftige Partner von NEED sei. Der aussichtsreichste Kandidat sei ein ihnen bisher Unbekannter, ein mittelständischer Verleger aus München. Was

Wotko ihr da gerade eröffnete, könnte also durchaus auch für Miller-Wagenstein interessant sein. Überhaupt interessierte es Alexa brennend, was die beiden Herren von der bunten Vergangenheit der Witwe hielten.

»Ibiza«, nahm sie den Faden wieder auf. Bevor der Whiskey seine Wirkung zeigte, mußte sie Wotko noch alles entlocken, was er über Sophie und diese Marianne bzw. Maya wußte. »Erzählen Sie von Ibiza. Wer waren diese Hohenfelds, diese Freunde, bei denen sie lebte?« Alexa legte die Bilder von ihrer Mutter, ihrem Großvater und der »Casa Victoria« vor ihn hin und hoffte, daß er nicht noch einmal fragen würde, wie sie in ihren Besitz gelangt waren.

»Die sind alle tot«, sagte er. »Bei denen hat sie aber auch diesen schwulen Prinzen kennengelernt.«

»Nicht so schnell, wenn ich bitten darf«, hakte Alexa wieder ein. »Was ist aus den Leuten auf dem Foto geworden?«

»Sophie, Mariannes Freundin, ist schon Anfang der siebziger Jahre in Paris gestorben, unter mysteriösen Umständen, das wurde damals alles ziemlich unter den Teppich gekehrt. Der Graf hat später das gesamte Familienvermögen verballert und sich dann wohl umgebracht. Meine Marianne hatte ein Händchen für tragische Figuren, was Sie auch an mir sehen können.« Er lachte.

»Marianne und diese Sophie waren also befreundet?« fragte Alexa so harmlos wie möglich.

»Befreundet ist wohl nicht das richtige Wort.« Er lachte höhnisch. »Marianne und Sophie waren wie siamesische Zwillinge.«

»Wie meinen Sie das?«

»Sie sind zu jung.« Wotko lächelte nachsichtig. »Sie können sich nicht vorstellen, was damals los war.« Genüßlich leckte er den Rand seines Whiskeyglases ab, kein Tropfen sollte ihm entgehen. »Die schönsten Mädchen, die schönsten Jungs, die besten Drogen. Aids war noch kein Thema. Marianne und Sophie galten eine Zeitlang als Geheimtip im internationalen Jet-set: die große kühle Blonde und die kleine heiße Rote. Sie gehörten zu der Clique eines Russen, der so etwas wie ein Liebes-Guru war. Und die beiden waren sein begehrtestes Liebespärchen. Sie haben sich bis in die Königspaläste durchgevögelt, so war das. Seien Sie froh, daß Sie von so was keine Ahnung haben, mein Kind.«

Kein Zweifel, die Spur war heiß: Bei dem Russen konnte es sich nur um Igor Wassiljew handeln. Alexa nickte, in Gedanken versunken. Wie anders war das Bild, das sie bisher von ihrer Mutter gehabt hatte ... Sie mußte sich konzentrieren, Wotko durfte nicht merken, wie wichtig seine Informationen waren. Also stellte sie in möglichst harmlosem Ton die nächste Frage: »Und wie ging es dann weiter mit den beiden?«

»Sie haben sich wohl aus den Augen verloren. Sophie blieb auf Ibiza, als Marianne zu diesem Prinzen nach Venedig ging. Ich entdeckte sie erst ein halbes Jahr später wieder. Von einem riesigen Foto in dem italienischen Society-Magazin Gente strahlte mir ein glückliches Paar entgegen: meine Marianne, auf einer Art Thron sitzend, an ihrem linken Mittelfinger glänzte ein riesiger Brillant, ihr Verlobungsring. Hinter ihr stand ein etwas dicklicher Typ, eine Hand ruhte huldvoll auf ihrer Schulter. ›Der Prinz und die Königin seines Herzens‹ stand drüber, und drunter: ›Verlobung in Venedig: Principe Carlo di Bandolani und Marie-Claire Scheib aus München haben sich im kleinsten Familienkreis verlobt.‹

Sie nannte sich jetzt also Marie-Claire Scheib, hörte sich ja auch besser an als Marianne Wotkovicz, geborene Scheiberl, und gedachte, einen italienischen Prinzen zu heiraten. Meine Frau hatte einem anderen die Ehe versprochen, obwohl wir noch gar nicht geschieden waren.

Ich wollte keine Zeit verlieren und flog sofort nach Venedig. Es war leicht, sie ausfindig zu machen, die Bandolanis kannte jeder. Ich lauerte ihr schließlich auf, als sie mit ein paar Freundinnen aus Harry's Bar kam. Ich war wie besessen von der Idee, sie zurückzuholen. Sie müssen wissen, ich war damals immer high, ich glaubte, mir gehörte die Welt. Ich machte nur eine Andeutung, daß ich ihrem Verlobten reinen Wein einschenken würde, da ließ sie ihre Freundinnen laufen. Wir gingen zurück in das Restaurant, wo meine Frau schon mit ›Principessa‹ begrüßt wurde, Marianne Wotkovicz, die Principessa!

Sie sagte kühl, daß unsere Ehe ein Fehler gewesen sei und die Scheidung reine Formsache, ihr Anwalt habe ohnehin den Auftrag, mich in der kommenden Woche in München aufzusuchen. Ich erkannte sie kaum wieder, sie war total in ihre neue Rolle geschlüpft, sogar ihren süßen bayerischen Akzent hatte sie abgelegt. Ich redete auf sie ein, zehn Minuten, eine Viertelstunde. Ich malte ihr in den schillerndsten Farben aus, was mit ihr in Italien passieren würde, wenn herauskäme, daß sie noch verheiratet wäre. Bigamie – ich konnte ihr Leben ruinieren. Daß es Grenzen gäbe, Moral, Pflichten, daß ich ihr Mann sei und es auch bleiben wollte.

Da winkte sie einfach dem Kellner und verlangte die Rechnung. Als ich sie am Arm packte, sagte sie mit bedrohlicher Ruhe in ihrer Stimme: ›Und wenn *ich* auspacke, landest du im Knast.‹ Und dann nannte das Miststück ein paar Namen von Leuten, die sich von mir mit LSD und Koks versorgen ließen. Mir wurde angst und bange. Ich habe mir damals tatsächlich mit einem kleinen, aber feinen Handel von Aufputschmitteln ein schönes Zubrot verdient. Heute kann ich darüber sprechen, es ist verjährt.«

Alexa wollte ihn unterbrechen, aber er ließ es nicht zu. »Halt, ich bin noch nicht fertig. Marianne schlug vor, daß ich ihr doch gleich die Einwilligung in die Scheidung unterschreiben könnte. Sie würde mir im Gegenzug ewiges Stillschweigen über meine Drogengeschäfte quittieren. Flink setzte sie einen Text auf und reichte mir einen goldenen Füller.

Ich unterschrieb. Sie unterschrieb. Sie streckte mir die rechte Hand entgegen. Ich schlug ein. Sie legte ihre Linke auf meine Rechte, an ihrem Mittelfinger blitzte der Verlobungsring. Stolz erzählte sie mir, daß es ein besonders wertvolles Familienstück sei, eine Art Glücksbringer der Frauen des Hauses Bandolani und gut und gern ein Vermögen wert.

Später irgendwann flatterte mir eine Scheidungsurkunde von einem Friedensrichter in Reno/Nevada ins Haus. Aber die geplante Hochzeit fand und fand nicht statt. Zufällig erfuhr ich den Grund. Voraussetzung für die Eheschließung war, daß Marianne schwanger sein mußte. Dem guten Carlo sollte nämlich sein Erbe entgehen, wenn er vor seinem sechzigsten Geburtstag keinen männlichen Nachfolger präsentieren konnte. Ich habe die abenteuerlichsten Sachen gehört. Weil er im Prinzip mehr auf Knaben stand, haben sie es zu dritt versucht, mit allen möglichen Tricks, aber meine Marianne wurde nicht schwanger. Und so wurde die Verlobung wieder gelöst. Er ist kurz darauf übrigens gestorben. Das gigantische Erbe ist an eine Stiftung gegangen. Sehr schade, das muß ich schon sagen. Das einzige, was Marianne aus dieser Liaison behielt, war ihr Verlobungsring.«

»Den trägt sie noch heute«, bestätigte Alexa und zeigte ihm das Foto von der ADDY-Verleihung. Wotko warf nur einen flüchtigen Blick darauf und nickte.

»Den Rest kenne ich überwiegend aus den Gazetten. Ich habe sie noch ein paar Jahre weiter im Society-Zirkus begleitet. Ich war ja besessen von der Frau. Mal sah man sie im Umfeld von Fiat-Boß Gianni Agnelli, mal mit dem Film-

Beau Warren Beatty, je bedeutender oder verheirateter ihre Geliebten waren, desto mehr zog sie sich aus den Klatschspalten zurück. Sie war schließlich eine kluge Frau und wußte, daß in gewissen Kreisen Diskretion das halbe Geschäft ist.

Zehn Jahre später habe ich sie noch einmal, das letzte Mal, gesehen. Ich fotografierte auf einer Dinner-Party, die Alfonso Prinz von Hohenlohe, der Besitzer des Marbella-Clubs, gab. Wir kannten uns gut, und manchmal lud er mich ein, für ihn privat Fotos zu machen. So war es auch diesmal, ich mußte ihm garantieren, daß ich nur die Fotos veröffentlichen würde, die er persönlich freigab. Gegen elf hatte ich ein paar schöne Bilder im Kasten. Es waren die üblichen Marbella-Gäste, die Bismarcks, die Khashoggis, Don Jaime di Mora y Aragon, der Bruder der belgischen Königin, Shirley Bassey sang, die Stimmung war hervorragend. Ich wollte mich gerade auf einen Joint und einen Drink an die Bar zurückziehen, da sah ich Bewegung im Eingang.

Drei Bodyguards sondierten das Terrain. Nach wenigen Minuten zogen sie sich zurück, nur um kurz darauf mit einem hageren Mann in ihrer Mitte wieder auf der Bildfläche zu erscheinen. Damit hatte wohl keiner gerechnet: Es war der Schah von Persien, und er ging schnurstracks auf eine Frau zu, die ich bisher nicht beachtet hatte, weil sie etwas abseits bei mir unbekannten Leuten saß – und diese Frau war meine Marianne. Keine Ahnung, warum ich so geistesgegenwärtig war, aber ich hielt meine Kamera auf die Szene und rechnete jede Sekunde damit, daß sich ein Gorilla auf mich stürzen würde. Aber nichts passierte, ungehindert konnte ich ein halbes dutzendmal auf den Auslöser drücken. Der Schah hatte nur Augen für Marianne und sie nur für ihn, mich hat sie nicht mal bemerkt. Durch meine Linse sah ich, daß sie sehr vertraut miteinander waren, jedenfalls berührte er mit seiner Zunge ganz zart ihren Handrücken, als er ihr zum Abschied die Hand küßte. Er verließ die Party nach einer halben Stunde wieder. Sie ging zehn Minuten später. Am nächsten Morgen stand einer der Gorillas vor meinem Hotelzimmer und überreichte mir ein Briefchen von ihr. Sie hatte mich also doch erkannt. In allerliebsten Worten bat sie um den Film. Ich war gerührt und rückte einen Film raus, allerdings nur, weil ich noch zwei Fotos auf einem anderen hatte.

Das war das letzte Mal, daß ich von ihr gehört habe, danach war sie jahrelang wie vom Erdboden verschwunden. Irgendwann hat mir mal jemand erzählt, daß sie einen alten Knacker in Amerika geheiratet hat, aber daß meine Marianne diese Maya von Miller ist, das habe ich erst durch Wunderlich erfahren.«

Wotko schien mit seiner Story am Ende. »Entschuldigen Sie, wenn ich zu ausführlich geworden bin, Alexa. Aber vielleicht können Sie mich verstehen: Diese Frau war einmal der wichtigste Mensch in meinem Leben, und dann hat sie mich so verletzt und erniedrigt, daß ich beinahe daran zugrunde gegangen wäre. Und jetzt macht sie mir zum zweitenmal einen Strich durch die Rechnung.«

Er wirkte plötzlich sehr müde und bat um einen letzten Whiskey. »Sie sind ein Geschenk des Himmels, Sie sollen die ganze Geschichte schreiben. Ihnen kann man nichts verbieten, Sie müssen auf niemanden Rücksicht nehmen. Wenn Sie noch Fragen haben, dann müssen wir das zu einem späteren Zeitpunkt nachholen, ich bin fix und fertig.«

Leicht schwankend ging er zum Garderobenständer hinüber und fingerte einen braunen Umschlag aus seiner Manteltasche.

»Als Sie mich heute nacht anriefen, habe ich schnell ein paar Fotos zusammengestellt, an denen Sie die erstaunliche

Entwicklung der lieben Marianne ablesen können.« Er zog zwei Fotokopien aus dem Umschlag, faltete sie auseinander. »Und damit Sie nicht denken, der Alte spinnt: Das ist meine Heiratsurkunde und das hier das Scheidungspapier. Machen Sie damit, was Sie wollen. Gute Nacht, schönes Kind, es war mir ein Vergnügen.«

Umständlich zog er sich seinen Trenchcoat über, verbeugte sich linkisch und preßte einen feuchten Kuß auf Alexas Handrücken.

Als sich ihre Blicke trafen, sagte er: »Ich weiß, daß Sie etwas im Schilde führen. Geben Sie auf sich acht, Marianne ist gefährlich.«

Alexa bestellte sich noch ein Glas Bordeaux, Charles Schumann selbst brachte es ihr. »Ich hoffe, er hat Sie nicht zu sehr mit seinen Problemen belastet. Er ist ein einsamer alter Mann, unser Tom.«

»Schon in Ordnung«, antwortete Alexa. »Er ist ein guter Geschichtenerzähler.«

Als Schumann sich wieder zurückgezogen hatte, sah sie sich in Ruhe Wotkos Fotos an. Fein säuberlich hatte er auf der Rückseite Datum und Anlaß vermerkt. Die erste Aufnahme zeigte eine junge kesse Frau mit burschikosem Kurzhaarschnitt und offenem Blick. Sie saß auf einem Barhocker, die Beine brav nebeneinander, ihr Minirock endete drei Handbreit über dem Knie, sie trug ein hautenges weißes T-Shirt, und auf ihrem gewaltigen Busen prangte Mao. Sie hielt ein Bierseidel mit beiden Händen umfaßt und lächelte den Fotografen an. »Marianne Scheiberl, 1966 im *Capri* in München«, hatte Wotko auf die Rückseite geschrieben.

Das letzte Bild war das berühmte Foto, auf dem der Schah ihr den verräterischen Handkuß gab. Auf der Rückseite stand: »Nicht zur Veröffentlichung freigegeben«. Wotko hatte an alles gedacht.

Es war kurz vor elf, als Alexa nach der Rechnung verlangte und von Charles Schumann erfuhr, daß Wotko es sich nicht hatte nehmen lassen, sie einzuladen. Zu Fuß ging sie die Maximilianstraße hinauf in Richtung Maximilianeum und bog kurz vor der Isar nach rechts ab zu ihrem Hotel.

Der Nachtportier vom *Splendid* überreichte ihr ein Fax. Sie las es noch im Lift. In einer schönen altmodischen Handschrift stand da: »I. W. ist zu einem Treffen bereit. Erwarte Ihren Anruf morgen gegen elf. Karoly«

In ihrem Kopf war ein Wirrwarr von neuen Informationen, und jede erschien ihr wichtig. Aber wie paßte das alles zusammen? Sie mußte sich unbedingt sofort mit Corry beraten.

Corry hatte ihren Anrufbeantworter eingeschaltet.

»Geh bitte ans Telefon, wenn du noch nicht schläfst«, sprach Alexa auf das Band.

»Schon zur Stelle. Ich habe auf deinen Anruf gewartet«, meldete sich Corry nach ein paar Sekunden. »Wie war's?«

»Wahnsinnig.«

Schließlich sprach Corry aus, was Alexa sich ebenfalls schon gefragt hatte: »Ob Miller-Wagenstein das alles weiß?«

»Ich werde ihn fragen«, antwortete Alexa. »Weißt du, was mich geradezu verrückt macht? Daß ich ahne ... daß diese Frau zumindest etwas mit dem Tod meiner Mutter zu tun hat. Aber ich habe nichts, rein gar nichts in den Händen, womit ich das beweisen kann.«

»Halt, halt«, korrigierte Corry ihre Cousine: »Von Karoly wissen wir, daß Yvette und Sophie dieselben Drogen im Blut hatten. Von Wotko wissen wir jetzt immerhin, daß diese Marianne alias Maya Igor und Sophie gut kannte. Jetzt mußt du dir nur noch von deinem guten alten George bestätigen lassen, daß sie es war, die deine Mutter gemeinsam mit Igor ins Ritz gebracht hat.«

Alexa stöhnte. »Wie konnte ich den guten George nur vergessen. Du hast recht, ich habe ihm die Wotko-Fotos, die du mitgebracht hast, noch gar nicht gezeigt. Das muß ich morgen früh in Paris als erstes nachholen. Mann o Mann, wie soll ich das nur alles unter einen Hut kriegen? Schon um elf will mich Karoly mit diesem Wassiljew zusammenbringen ...«

Corry, die Alexas Nervosität spürte und befürchtete, daß sie langsam an ihre Grenzen kam, bot ihr an: »Ich kann mir ein paar Tage freinehmen. Soll ich dir helfen?«

Aber Alexa protestierte: »Das muß ich allein machen.« Sie schaute auf ihre Uhr, es war kurz vor halb zwölf, in New York also kurz vor halb sechs. »Laß uns Schluß machen. Vielleicht erreiche ich Miller-Wagenstein noch in seinem New Yorker Büro.«

Tatsächlich hatte Alexa Glück. Miller-Wagensteins Sekretärin teilte ihr mit, daß sich ihr Chef noch in Deutschland aufhielt und sie soeben mit ihm telefoniert habe. »Sie meinen, ich kann ihn jetzt noch stören?« wollte Alexa wissen. »Sie sollten sich aber beeilen«, riet die Sekretärin und nannte ihr die Nummer des Hotels *Vier Jahreszeiten* in München. Alexa wählte sofort und wurde prompt auf seine Suite durchgestellt.

»Guten Abend, Herr Miller-Wagenstein«, sagte sie. »Entschuldigen Sie die Störung. Aber ich bin gerade in München ...«

»Finden Sie nicht, daß dies eine ungewöhnliche Zeit für ein Interview ist?« unterbrach er sie. Er klang verärgert, und Alexa beeilte sich, den Anlaß ihres späten Anrufs zu erklären: »Es geht nicht um das Interview. Es wird Sie überraschen, aber ich rufe als Privatperson an, nicht als Reporterin. Ich habe im Laufe meiner Recherchen zufällig ein paar Informationen über Frau von Miller erfahren, die Sie interessieren werden. Ich habe hier ein paar Fotos und Dokumente, die darauf schließen lassen, daß Maya von Miller vor der Ehe mit Ihrem Vater schon einmal verheiratet war. Auch habe ich erfahren, daß sie Wunderlich gut kennen muß ...«

Sie bekam mit, daß Miller-Wagenstein den Telefonhörer abdeckte und sich im Hintergrund mit jemandem beriet, bevor er sie bat: »Darf ich das Telefon auf Zimmerlautstärke stellen? Mick Friedan ist gerade bei mir und möchte Sie gern kurz sprechen.«

»Guten Abend, Frau Schwarz«, schaltete sich Friedan ein. »Wo stecken Sie? Ich meine, in welchem Hotel?«

»Ich bin ganz in der Nähe, im Splendid, keine drei Minuten mit dem Taxi von Ihnen entfernt.«

»Wenn es recht ist, würden wir Sie gern jetzt noch sprechen. Können wir uns bei Ihnen in Ruhe unterhalten?« fragte er.

»Ich komme lieber zu Ihnen.«

»Wann können Sie hier sein?«

»In zehn Minuten.«

»Ich erwarte Sie in der Hotelhalle«, sagte Miller-Wagenstein.

Alexa packte Fotos und Dokumente zusammen und steckte auch ihr Aufnahmegerät in die Kelly-Bag. Kohlhaas würde zwar wenig erfreut sein, daß sie so eigenmächtig handelte, aber sie wollte ihn um diese Uhrzeit nicht mehr anrufen.

Wenig später saßen sie zu dritt an dem großen Eßtisch in Miller-Wagensteins Suite. Nachdem sie einander versichert hatten, daß alles, was fortan zwischen ihnen besprochen wurde, in beiderseitigem Interesse absolut diskret behandelt werden mußte, versprach Friedan ihr, sich gleich morgen früh mit Kohlhaas in Verbindung zu setzen. Gemeinsam verfaßten sie ein Fax, in dem sie seinen Anruf ankündigte. Friedan schickte es sofort von dem Gerät, das sich im Arbeitszimmer der Suite befand, los.

Schweigend hatten die beiden Männer sich zunächst Wotkos Fotos angesehen, drehten jedes einzelne um, lasen die unterschiedlichen Namen, die Orte, die Daten. Friedan schüttelte immer wieder den Kopf. Er war verärgert. Seine Leute hatten auf der ganzen Linie versagt, jedenfalls vor vierzehn Jahren, als es darum gegangen war, die Vergangenheit der zukünftigen Frau Alan Miller-Wagensteins zu durchleuchten. Warum waren sie nicht auf diese Fotos gestoßen? Er warf David einen bedeutungsvollen Blick zu.

Der legte die Fotos zur Seite und sagte: »Wir wissen, daß meine Stiefmutter kein Kind von Traurigkeit war, Alexa. Aber was haben Sie über eine frühere Ehe erfahren? Was wissen Sie über Wunderlich?«

Alexa war sich bewußt, daß jetzt der Zeitpunkt gekommen war, mit offenen Karten zu spielen.

»Ich muß Ihnen zunächst etwas Persönliches erzählen, damit Sie verstehen, um was es wirklich geht.«

Atemlos rekapitulierte sie die mögliche Verknüpfung der Schicksale von Sophie, ihrer Mutter, und Maya von Miller, Davids Stiefmutter; ihr Bericht dauerte keine zehn Minuten.

»Haben Sie irgendwelche Beweise?« fragte Friedan, der sich Notizen gemacht hatte.

Wortlos legte Alexa Wotkos Dokumente auf den Tisch: die Heiratsurkunde eines Thomas Alban Wotkovicz, geboren in Olmütz/Schlesien, und einer Marianne Verena Scheiberl, geboren in St. Pilaten bei Augsburg, sowie die Scheidungspapiere aus Reno/Nevada. Friedan beugte sich darüber.

Miller-Wagenstein sah ihn erwartungsvoll an. »Nun, was

macht dich so sprachlos?« wollte er wissen, nachdem Friedan auch nach drei Minuten immer noch schwieg.

»Scheiberl, nicht Schreiber, steht hier, Verena, nicht Veronika, St. Pilaten und nicht München, auch das Geburtsdatum stimmt nicht überein. 13. Mai steht hier. Sie feiert ihren Geburtstag aber immer am 13. April, nicht wahr, David? Entweder haben wir es hier bei den Papieren mit Fälschungen zu tun, oder die liebe Maya hat uns furchtbar auf den Leim geführt, was einiges erklären würde, worüber wir uns in den letzten Tagen unsere Köpfe vergeblich zerbrochen haben.«

Alexa konnte sehen, daß sich auf Friedans Stirn Schweißperlen gebildet hatten.

»Ich habe das Gefühl, David, wir sollten uns kurz unter vier Augen besprechen. Dürfen wir?« bat Friedan Alexa um Verständnis.

Als sie aus dem Nebenzimmer zurückkamen, sagte Friedan: »Alexa, Sie haben da vorhin eine Andeutung über Maya von Miller und den Tod Ihrer Mutter gemacht. Können Sie das präzisieren?«

Alexa fühlte, daß sie den beiden vertrauen konnte, und so erzählte sie die ganze Geschichte.

»Haben Sie den Obduktionsbericht des American Hospital dabei?« fragte Friedan. Sie nahm ihn aus ihrer Kelly-Bag. Er überflog die Blätter, schob sie Miller-Wagenstein hinüber. »David, ich glaube, auch wir sollten Alexa ins Vertrauen ziehen.« Miller-Wagenstein nickte, und Friedan erklärte: »Es könnte sein, daß dieses Papier Informationen enthält, die für einen Verdacht, den wir im Zusammenhang mit Alan Miller-Wagensteins Tod haben, von Bedeutung sind.«

»Wir sitzen also offensichtlich in einem Boot«, sagte Alexa. »Sie sollten sich gleich morgen früh nicht nur mit Kohlhaas, sondern auch mit Karoly in Verbindung setzen, damit wir jetzt keine Fehler machen.«

»Selbstverständlich«, antwortete Friedan. »Ab sofort stimmen wir unsere Schritte miteinander ab. Wann sehen Sie den Russen? Wann können wir uns weiter besprechen? Wann haben Sie diesen Interviewtermin mit Maya?«

»Morgen treffe ich als erstes Monsieur George im Ritz, danach bringt Karoly mich zu dem Russen. Ich kann also frühestens morgen abend wieder in München sein. Meine Verabredung mit Maya von Miller ist am Donnerstag nachmittag.«

DIE RACHE

»Bitte sehen Sie sich die Frau auf den Fotos genau an«, bat Alexa Monsieur George und Madame Françoise eindringlich. Sie hatte George auf dem Weg vom Flughafen zum Hotel von ihrem Handy aus angerufen und ins *Ritz* gebeten, und er hatte Françoise gleich mitgebracht. Zuerst hielt er sich das Foto, auf dem Marianne Scheiberl alias Marie-Claire Scheib alias Maya von Miller mit dem Schah zu sehen war, dicht vor die Augen, blinzelte und reichte das Bild kommentarlos zu Françoise hinüber. Erwartungsvoll sah Alexa die beiden an. George nickte.

»Kein Zweifel, das ist die Frau, die Ihre Mutter nachts ins Ritz zurückbrachte«, sagte er, und Françoise ergänzte: »Das ist auch die Frau, die Ihre Mutter am Nachmittag im Ritz getroffen hat. Ich bin mir vollkommen sicher. Wer ist es denn?«

»Eine Deutsche namens Marianne Scheiberl, und sie ist gerade hier in der Stadt«, antwortete Alexa knapp und fühlte sich dabei nicht wohl in ihrer Haut. »Ich kann Ihnen leider im Moment nicht alles anvertrauen, was ich weiß«, entschuldigte sie sich. »Ich darf Ihnen aber versichern, daß Sie ganz entscheidend dazu beigetragen haben, das Schicksal meiner Eltern aufzuklären.« Sie schaute auf ihre Uhr. »Danke Ihnen beiden. Jetzt muß ich leider gehen, ich habe noch eine wichtige Verabredung.«

»Ja, wollen Sie denn gar nicht wissen, was ich über diesen Mann in Schwarz herausgefunden habe?« George konnte seine Enttäuschung nicht verbergen. »Er heißt Igor Wassiljew und wohnt in einer kleinen Pension in Saint Germain. Jacques und ich wollen ihn heute aufsuchen.«

»Um Gottes willen, tun Sie das nicht!« rief Alexa und umarmte den nun vollends verschreckten alten Herrn. »George, Sie müssen mir einfach vertrauen. Bitte, tun Sie im Moment gar nichts. Ich selbst habe gleich eine Verabredung mit diesem Wassiljew.«

»Als ich Wassiljew gestern mit dem Foto konfrontierte, reagierte er sehr impulsiv«, berichtete Dr. Victor Karoly, der mit dem Taxi zum *Ritz* gekommen war, um Alexa abzuholen. »Er bedrohte und beschimpfte mich, bis ihm die Luft ausging, und schmiß mich raus. Aber wenig später rief er mich zu meiner großen Überraschung an und bat um ein weiteres Treffen. Er bräuchte meine Hilfe. Er *meine* Hilfe. Ich begreife es nicht. Jahrelang habe ich ihn nicht zu fassen gekriegt, und jetzt bietet er sich mir förmlich an.«

»Was weiß er über mich?«

»Nichts. Wir werden es auf eine Konfrontation ankommen lassen.«

»Riskieren wir da nicht etwas zuviel?« Plötzlich schien Alexa Vorsicht geboten. »Hat Friedan Sie erreicht?«

»Ja, ich bin auf dem laufenden. Alles wird gut, wir müssen nur die Ruhe bewahren.« Er dachte an Yvette und wie sie gestern in seinen Armen eingeschlafen war, und heiliger Zorn stieg wieder in ihm hoch.

»Sie kennen sich ja schon aus«, sagte die Pensionswirtin, als sie Karoly die Tür öffnete. Sie war die Freundlichkeit in Person: Er hatte ihr gestern eine Anzahlung auf Wassiljews ausstehende Miete in die Hand gedrückt und sie gebeten, ihn zu informieren, falls er das Haus verlassen sollte. »Er ist, seit Sie gestern bei ihm waren, nicht aus dem Haus gegangen. Er hat mir gesagt, daß er Sie erwartet.« Sie drückte zweimal kurz auf einen Knopf, der an einem hölzernen Brett befestigt war. »Ich habe Sie angekündigt.«

»Toi, toi, toi«, flüsterte Karoly Alexa zu, als sie die enge Treppe hochstiegen. In dem langen, düsteren Flur roch es nach kaltem Rauch und billigem Putzmittel. Hier war lange nicht gelüftet worden. Am Ende des Gangs öffnete sich eine Tür, und ein dürrer, leichenblasser Mann lehnte sich an die Wand, starrte dem Mann und der Frau entgegen, die langsam auf ihn zukamen.

»Ich hätte mir denken können, daß Sie nicht allein kommen«, sagte Wassiljew mit einem zynischen Lächeln und stutzte kurz, als er Alexa sah. »Ein Anwalt kommt nie ohne Zeugen, nicht wahr? Aber mir soll es recht sein.« Er öffnete die Tür zu seiner Behausung, und Karoly stellte seine Begleiterin vor: »Alexa Schwarz.«

Wassiljew deutete mit eleganter Geste einen Handkuß an und bat beide hereinzukommen.

»So sieht es aus, wenn man nicht mehr viel vom Leben erwartet«, sagte er und versuchte zwei Stühle freizuräumen. Sein Blick hing unverwandt an Alexa, die sich angeekelt in dem Chaos umsah. Schließlich nahm sie auf einem Stuhl Platz, über den er noch schnell ein Handtuch warf, Karoly lehnte sich gegen den Fenstersims, Wassiljew setzte sich auf die Kante seines Bettes. Es war ungemacht und die Bettwäsche über und über mit Flecken besät.

»Alexa Schwarz?« wiederholte Wassiljew und sah sie prüfend an. »Kennen wir uns?«

Karoly lenkte ab: »Wassiljew, was verschafft uns die Ehre dieses freundlichen Empfangs?«

Der Alte hatte sich in sein Bett verkrochen. Seine langen Finger krallten sich am Rand der Decke fest, und Alexa sah, daß sein Mund zitterte und er in kurzen Stößen flach atmete. Plötzlich überkam ihn ein Hustenanfall, der mehrere Minuten anhielt und in einem rauhen Krächzen erstarb.

»Sie sehen, daß es mit mir zu Ende geht«, sagte er und schlug die Decke zurück. Er war schweißgebadet, und Karoly reichte ihm einen Pappbecher mit Leitungswasser, den er gierig leerte. »Ich will gern zur Sache kommen. Als Sie mir das Foto zeigten, Karoly, da kam mir etwas in den Sinn, das mir die letzten Wochen meines Lebens erleichtern könnte. Und ich verschaffte mir das Vergnügen, die Frau zu empfangen, die das Foto damals gemacht hat«, erklärte er, sarkastisch bemüht, sich gewählt auszudrücken. Immer wieder warf er einen Blick zu Alexa hinüber, die regungslos auf ihrem Stuhl verharrte. Ihr war übel, sie ertrug den Gestank kaum, den dieser Mann ausströmte. Sie ging zum Fenster und öffnete es einen Spaltbreit.

»Bitte nicht«, bat Wassiljew. »Jeder Luftzug ist für mich lebensgefährlich.«

Karoly reagierte mit einer ungeduldigen Handbewegung. »Also, was haben Sie uns zu sagen?« forderte er den Russen auf.

»Was wollen Sie wissen?« stellte Wassiljew die Gegenfrage und fixierte Alexa mit einem starren Blick aus seinen gelblich verfärbten Augen. Karoly nickte ihr zu.

»Sie kennen die Frau auf dem Foto?« fragte Alexa. Sie war von ihrem klapprigen Stuhl aufgestanden und stellte sich neben Karoly an den Fenstersims.

»Ja«, antwortete er.

»Wie heißt sie?«

»Sie stellen die Frage nicht richtig. Sie müssen fragen: Wie hieß sie?«

»Wie hieß sie?«

»Sophie.«

»Sophie Gräfin Hohenfeld«, ergänzte Alexa.

Wassiljew starrte sie an. »Was wissen Sie?« fragte er.

»Nichts, was ich Ihnen jetzt mitteilen müßte.«

Wassiljew kletterte mühsam von seinem Lager, ging die zwei Schritte auf Alexa zu, packte sie an den Schultern und drehte sie ins Licht. »Sie sind Sophies Kind«, sagte er und brach in ein teuflisches Lachen aus. Alexa schwieg, über seine unerwartete, heftige Reaktion erschrocken.

»Wunderbar, wunderbar.« Wassiljew jauchzte geradezu, als er sich wieder auf sein Bett fallen ließ. »Es könnte besser gar nicht sein. Sie wollen als nächstes sicher wissen, wer das Foto aufgenommen hat.« Er gab die Antwort selbst: »Eine gewisse Marie-Claire Scheib, heute besser bekannt als Maya von Miller, die glorreiche Multimillionärin aus New York, die gerade anfängt, in Europa ihr Unwesen zu treiben. Sie werden über sie in der Zeitung gelesen haben.«

»Wassiljew, lassen Sie uns Tacheles reden. Jetzt stelle ich die Fragen, und Sie werden schön der Reihe nach antworten«, schaltete Karoly sich wieder ein. »Wir wissen, daß Sie und diese Frau, wie immer sie auch damals hieß, Gräfin Sophie in der Nacht vom achten auf den neunten Februar 1970 um halb drei Uhr morgens, wenige Stunden vor ihrem Tod, in einem katastrophalen Zustand im Ritz abgeliefert haben. Wir wissen auch, daß Gräfin Sophie diese Frau bereits am Nachmittag im Ritz getroffen und sich mit ihr zum Abendessen verabredet hat. Was ist in den Stunden, die dazwischenliegen, passiert?«

Wassiljew stopfte sich umständlich ein Kissen in den Rükken und saß nun aufrecht im Bett, den schwarzen Hut hatte er vom Kopf genommen, sein weißes Haar hing wirr und verschwitzt auf die Schultern herab. Er grinste breit und entblößte dabei seine langen, verfaulten Zähne.

»Ich muß vorher noch eine Frage stellen, und wenn Sie sie mir mit ja beantworten, Karoly, dann erzähle ich alles.«

»Fragen Sie, Wassiljew.«

»Beihilfe zum Mord verjährt in Frankreich nach fünfundzwanzig Jahren? Mord nach dreißig?«

»Zweimal ja«, antwortete Karoly und legte seine Hand beruhigend auf Alexas Arm. In ihrer Kelly-Bag, die auf dem Boden stand, hatte sie das Minigerät verborgen, das Friedan ihr gestern mitgegeben hatte, ein hochempfindliches Aufnahmegerät in Form einer *Marlboro*-Schachtel, vom CIA entwickelt, das ohne Nebentöne fünf Stunden lang lief. Karoly hatte der Benutzung zugestimmt. Jedes Mittel war jetzt recht.

»Als die gute Maya bei mir war, hat sie einen entscheidenden Fehler gemacht ...« In Gedanken verloren lehnte sich Wassiljew zurück und schloß die Augen. Es kam Alexa vor, als stockte sein Atem. Sie warf Karoly einen beunruhigten Blick zu und wies auf den leblos daliegenden Alten. Der Russe durfte jetzt, so kurz vor dem Ziel, nicht schlappmachen.

»Was ist mit Ihnen, Wassiljew?« Karoly schüttelte ihn an seinen dürren Schultern.

»Das sehen Sie doch«, murmelte der Alte schwach.

Der Anwalt nahm aus der Innentasche seines Jacketts ein kleines Etui und zog eine Spritze auf. Wassiljew hielt ihm seinen linken Arm entgegen. »Morphium«, erläuterte Karoly, und Alexa sah fassungslos zu, wie sich Wassiljews Gesicht innerhalb weniger Sekunden entspannte.

»Ich habe übrigens nichts dagegen, wenn Sie aufzeichnen, was ich zu sagen habe«, sagte er grinsend und lehnte sich in die Kissen zurück. Alexa nahm ihr eigenes Gerät aus der Kelly-Bag und stellte es auf den Nachttisch. Karoly nickte. Alexa machte ihre Sache fabelhaft. Als sie auf den Knopf drückte, begann Wassiljew:

»Als Sophie und Maya, wie sie sich damals schon nannte, sich an jenem Nachmittag zufällig im Ritz wiedertrafen, hatten sie sich einige Jahre nicht gesehen. Dabei waren sie eine kurze Zeit ihres Lebens unzertrennlich gewesen. Sie hatten auf Ibiza, in der Villa von Sophies Vater, zusammengelebt, waren gemeinsam gereist. Es gab keine Jet-set-Party, auf der sie nicht zu finden waren, und sie machten alles mit. Sophie wohl, weil sie keinen Sinn in ihrem Leben sah, und Maya, weil sie auf der Suche nach einem Mann war, einem reichen Mann. Ich werde keine Rücksicht auf Sie nehmen, gnädiges Fräulein, nicht wahr, Sie wissen ohnehin alles, beinahe alles?« Wassiljew hielt in seinem Redefluß kurz inne.

»Machen Sie weiter«, sagte Alexa unwirsch.

»Nun, dann sollen Sie auch wissen, daß die beiden jungen Frauen eine Weile ein Liebespaar waren. Wissen Sie, das war damals die Zeit, in der man alles ausprobierte: Drogen, Sex, Männlein, Weiblein, kreuz und quer, einfach alles.« Wassiljew saß nun mit weit aufgerissenen Augen aufrecht in seinen Kissen und starrte auf die Kelly-Bag. »Ja, was haben wir denn da?« spottete er. »Die gute alte Kelly-Bag kommt mir doch sehr bekannt vor. Wo haben Sie die bloß her?«

»Das geht Sie nichts an.« Alexa verspürte keinerlei Lust, mit ihm darüber zu sprechen.

»Dann will ich es Ihnen sagen: Sophie und Maya haben immer solche wertvollen Geschenke bekommen. Sie werden von ihr lauter schöne Kleinigkeiten von Cartier geerbt haben, eine goldene Rolex, Hermès-Foulards. All diese kleinen Morgengaben, mit denen die Herren einer gewissen Einkommensklasse gerne um sich werfen …«

»Bleiben Sie beim Thema, Wassiljew«, fauchte Karoly den Alten an, der nach einem weiteren Hustenanfall heiser fortfuhr: »Dann passierte etwas völlig Unvorhergesehenes. Als es ihnen ernst wurde mit der Liebe, hatten sie es auf ein und denselben Mann abgesehen.«

»Max Hackberg«, unterbrach Alexa.

»Nein, der Mann, um den es damals ging«, fuhr Wassiljew fort, »war der Sohn eines Münchner Unternehmers, ein sehr wohlhabender, sehr attraktiver junger Mann, der ungeheuer charmant und potent war und auf der Suche nach einer Ehefrau. Maya war wie besessen von der Idee, daß er der Mann ihres Lebens war. Sie hat ihn vergöttert, er sie wohl auch. Sie träumte davon, schon bald in München zu den oberen Tausend zu gehören, sie kam ja aus einem Kaff ganz in der Nähe, sie sprach von nichts anderem mehr. Aber seine Familie machte ihr einen Strich durch die Rechnung. Sie schickten ihren Sohn weit weg, nach Buenos Aires. Und es kam, wie es kommen mußte: Er verliebte sich in eine andere – ausgerechnet in Mayas beste Freundin, Ihre Mutter Sophie.«

»Mein Großvater besaß dort eine Rinderfarm«, ergänzte Alexa.

Wassiljew lachte auf: »Wie ich sehe, ist unsere kleine Gräfin bestens im Bilde. Was wollen Sie dann eigentlich von mir?«

Karoly insistierte kühl: »Was ist in der fraglichen Nacht passiert?«

»Drei Wochen, nachdem ihr Liebster abgereist war, stellte Maya fest, daß sie schwanger war. Sie konnte ihr Glück kaum fassen: Nun würde sie ihn doch bekommen, sie mußte nur ein paar Wochen abwarten und ihn und seine Familie vor vollendete Tatsachen stellen. Aber dann bekam sie einen Brief, in dem er ihr mitteilte, daß er sich mit Sophie verlobt habe, daß seine Eltern sehr mit seiner Wahl einverstanden seien, er sie, Maya, aber um nichts in der Welt verlieren wolle. Er schlug sogar eine Ménage-à-trois vor.«

»Woher wissen Sie das alles?« argwöhnte Karoly. »Ich warne Sie, binden Sie uns keinen Bären auf. Ich habe andere Mittel, Sie zum Reden zu bringen, vergessen Sie das nicht.«

»Sie hat mir den Brief zu lesen gegeben, sie tat damals keinen Schritt ohne mich. Ich war ihr Vertrauter, sie war von mir abhängig, so könnte man auch sagen.« Wassiljew lachte heiser und machte wieder eine Pause, die Alexa nutzte, um ihr Aufnahmegerät zu überprüfen.

»Alles klar?« fragte Wassiljew. »Dann kann's ja weitergehen. In der Nacht, als Maya von seiner Verlobung erfuhr, setzte sie sich nach Monaten der Abstinenz zum erstenmal wieder eine Nadel. Aber der Stoff war kein guter Stoff. Er war nicht von mir. Sie schaffte es gerade noch in ihre Wohnung. Aber dort erlitt sie – mutterseelenallein und auf einem absoluten Horrortrip – eine Fehlgeburt, an der sie beinahe verblutet wäre. Die Ärzte konnten sie retten, aber sie teilten ihr mit, daß sie in Zukunft keine Kinder mehr würde bekommen können. Damals war sie zwanzig.«

»Der Mann hieß Wunderlich«, sagte Alexa.

»Bravo, ja, Fritz Wunderlich hieß er, der Mann, der beinahe Ihr Vater geworden wäre, wenn man es denn so sehen möchte«, höhnte er. »Daß Sophie sich wenig später doch gegen ihn entschied, änderte für Maya nichts. Sie haßte ihn, und sie haßte jetzt auch Sophie. Sie haßte einfach alle.«

»Was passierte in der Nacht?« Alexa ließ nicht locker.

Wassiljew zuckte die Schultern und grinste. »Karoly, ich brauche Nachschub, sonst verläßt mich mein Gedächtnis.«

Angewidert nahm Karoly eine weitere Kanüle aus dem Etui. Wassiljew bot ihm wieder seinen Arm. Karoly stach zweimal neben die Vene, aber Wassiljew zeigte keine Reaktion und lehnte sich erst wieder zurück, als das Morphium wirkte. Dann fuhr er fort: »Sie wurde rückfällig, ein Junkie, sie brauchte Geld, viel Geld, sie wurde das, was man eine Edelhure nennt.«

Wassiljew schien sich in der Rolle des Erzählers zu gefallen. »Ist das ausführlich genug?« fragte er.

»Lenken Sie nicht immer wieder ab«, sagte Karoly drohend. »Was geschah in jener Nacht?«

»Als sie an diesem Nachmittag im Ritz zufällig Sophie wiedertraf, war sie gerade auf dem Weg zu mir. Wir sahen uns damals fast täglich, ich war ihr Seelenmasseur, und ich gab ihr die Mittelchen, die sie brauchte, um ihre Depressionen in den Griff zu kriegen. Sie verabredeten sich für neun Uhr im Café de Flore. Maya bat mich dazuzukommen. Gemeinsam gingen wir danach zu mir nach Hause. Alles fing ganz harmlos an, die beiden tranken Champagner, wir tauschten den neuesten Klatsch über unsere gemeinsamen Freunde aus. Sophie schien mir sehr verändert. Voller Stolz erzählte sie, daß sie schon ein halbes Jahr clean sei, weil sie die Liebe ihres Lebens gefunden habe und ein Kind erwarte. Sie war am Nachmittag bei Chanel zur letzten Anprobe ihres Brautkleides gewesen, die Hochzeit sollte in wenigen Tagen groß gefeiert werden. Ich erinnere mich noch ganz genau, sie lüftete ihren Pullover und zeigte stolz ihren Bauch. Ich spürte, daß Maya sich kaum noch beherrschen konnte.

Von einer Sekunde zur anderen kippte Sophies Stimmung um. Zuerst wurde sie weinerlich und dann immer nervöser. Maya lächelte zufrieden. Sie hatte Sophie ein Mittel in den Champagner gegeben. Keine zehn Minuten später hatte Maya erreicht, was sie wollte: Sophie war enthemmt und nahm widerstandslos den Joint an, den sie ihr reichte. Die beiden alberten herum und rauchten einen zweiten Joint. Eine weitere halbe Stunde später sah Sophie voller Gier zu, wie Maya sich mit einem Tuch den Oberarm abband, eine Spritze aufzog und in ihre Vene einführte. Maya sagte, sie hätte schon lange nicht mehr so guten Stoff gehabt, und bot Sophie ebenfalls einen Schuß an ...«

»Und Sie, was haben Sie gemacht, Sie Schwein?« Mit Alexas Beherrschung war es vorbei. Karoly legte einen Zeigefinger auf seine Lippen. Sie sank in sich zusammen, ihr blieb nichts anderes übrig, als diesem Scharlatan weiter zuzuhören.

»Das können Sie nicht verstehen«, meinte Wassiljew. »Ich war damals auf Opium, und ich war fasziniert von dem Spiel, das sich mir da bot. Soll ich weitermachen?« Er sah Alexa an, die stumm nickte.

»Maya zog die Spritze zum zweitenmal auf, legte sie vor Sophie auf den Tisch und sagte kalt: Bedien dich. Maya und ich sahen zu, wie sie ihren Pullover hochschob und in ihrer Armbeuge nach der Vene suchte. Als sie die Spritze in die Hand nahm, fing sie entsetzlich an zu zittern. Da nahm Maya ihr lächelnd die Spritze aus der Hand, führte sie tief in Sophies Vene ein und entleerte sie bis auf den letzten Tropfen. Mit einem seligen Lächeln brach Sophie zusammen. Maya setzte sich ganz dicht neben sie und sagte triumphierend, daß Sophie das, was sie jetzt erlebte, so schnell nicht wieder vergessen würde. Und das Kind? fragte ich sie. Wie du mir, so ich dir, sagte sie. Schließlich ist sie schuld daran, daß ich Wunderlichs Kind verloren habe. Ich legte eine Wolldecke über Sophie, die mit weit aufgerissenen Augen vor sich hin starrte und röchelte. Ich kannte solche Reaktionen. Das würde vorbeigehen, es war nur eine Frage der Zeit.«

»Was hat sie ihr gespritzt?« drang Karoly in Wassiljew.

»Das war mein Spezial-Cocktail für besondere Fälle, Halluzinationen von seltener Intensität«, erläuterte er stolz. »Aber Maya hatte ihre Rache noch nicht voll ausgekostet. Sie nahm aus Sophies Handtasche ein Adreßbüchlein und wählte eine Nummer. Es war Mitternacht. Ich bekam mit, wie sie mit verstellter Stimme auf englisch sagte, daß das Kind, das Sophie erwarte, nicht von ihm sei und er die Hochzeit sowieso vergessen könne. Seine Verlobte sei soeben rückfällig geworden. Dann hielt Maya den Telefonhörer an Sophies röchelnden Mund. Ich konnte hören, wie der Mann auf der anderen Seite der Leitung ihren Namen rief. Sophie riß die Augen auf und schrie nur ein Wort: Max! Den Rest kennen Sie.«

Wassiljew war mit seiner Erzählung am Ende, auf seinen zerfurchten Zügen lag ein Lächeln, kein Lächeln der Erleichterung, es war das Lächeln der Rache.

Karoly legte seine Hand wieder auf Alexas Schulter und fragte ein letztes Mal: »Und weiter?«

»Zwei Stunden später war Sophie so weit wieder bei Sinnen, daß wir sie im Taxi zurück ins Ritz bringen konnten«, fuhr Wassiljew unwillig fort. »Wir haben dann zwei Tage gewartet, bevor wir unter einem Vorwand dort anriefen. Man sagte uns, daß Gräfin Hohenfeld abgereist sei. Zwei Monate später haben wir zufällig erfahren, daß sie – und wir dachten, auch das Kind, das sie erwartete – im American Hospital verstorben war. Bis ich Sie soeben im Flur auf mich zukommen sah, habe ich nichts von Ihrer Existenz gewußt. Und auch Marianne, pardon, Maya weiß, da bin ich mir sicher, bis heute nichts von Ihnen.«

Karoly räusperte sich, und Alexa schwieg weiter. Voller Wehmut dachte sie an Friede und wie unendlich traurig es war, daß sie sich mit ihr nie über das Schicksal von Sophie und Max würde aussprechen können. Da saß sie hier in dieser elenden Pariser Pension und erfuhr nach 28 Jahren die grausamen Hintergründe der letzten Stunden ihrer Eltern. Aus Rache, Neid und Haß war ein Spiel mit dem Tod geworden, das sie als einzige überlebt hatte.

»Und warum erzählen Sie uns das alles so freimütig?« wollte Alexa wissen.

Anstelle einer Antwort wickelte er langsam den schwarzen Schal ab, den er um seinen Hals trug, und entblößte pechschwarze verkrustete Kaposigeschwüre, ohne Alexa dabei aus den Augen zu lassen.

»Wie lange haben Sie noch?« fragte sie.

»Nicht mehr lange, ein paar Tage mehr oder ein paar weniger.« Er grinste und fuhr dann fort: »Ich könnte Sie jetzt anlügen und sagen, ich wollte kurz vor meinem Tod noch mein Gewissen erleichtern. Aber ich habe meine Gründe, warum ich lieber die Wahrheit sage. Just als Sie, Karoly, kamen und mir das Foto zeigten, hatte ich in Paris Match gelesen, daß eine gewisse Maya von Miller in der Stadt sei. Neben der Notiz war ein Foto abgebildet. Ich glaubte meinen Augen nicht zu trauen: Maya von Miller war meine alte Freundin. Mit meinem Wissen um das Foto konnte ich sie zwingen, zu mir zu kommen. Aber dann machte sie einen Kardinalfehler: Sie wollte mich mit ein paar tausend Francs abspeisen. Sie hat mich fallenlassen wie eine heiße Kartoffel.«

Er hatte sich mühsam von seinem Bett erhoben, stand nun am Fenster und sagte mit schnarrender Stimme: »Es ist besser, wenn Sie jetzt gehen. Ich will nicht, daß Sie mich so sehen. Niemand soll mich so sehen.«

Karoly nahm Alexa am Arm und führte sie aus dem Zimmer.

Schweigend liefen sie den Flur entlang und die Treppe hinunter. Erst auf der Straße hielten sie inne.

»Danke«, sagte Alexa. Arm in Arm gingen sie zum Taxistand an der Straßenecke. »Was machen wir nun?« fragte sie den Anwalt, der in der letzten Stunde ihr Freund geworden war. »Ich habe Miller-Wagenstein und Kohlhaas versprochen, mich sofort zu melden.«

»Tun Sie das. Ich muß Sie jetzt allerdings allein lassen. So einfach kommt mir der Russe nicht davon.« Karoly mußte von Wassiljew noch erfahren, was mit Yvette geschehen war.

Corry analysierte die Situation am Telefon knallhart: »Schalte die Polizei ein.«

Alexa starrte aus dem Fenster ihres Zimmers, betrachtete den blauen Sommerhimmel, schaute, den Telefonhörer am Ohr, hinunter auf die Place Vendôme, hörte, wie aufgeregt Corry war, und wunderte sich, daß sie selbst so ruhig blieb. »Polizei? Später vielleicht, ja. Jetzt noch nicht«, sagte sie. »Ich will diese Frau selbst zur Rede stellen. Ich will, daß sie mir in die Augen sieht, wenn sie gesteht, was sie an meiner Mutter und meinem Vater verbrochen hat.«

Sie legte sich auf das Bett, sehnte sich nach Joe und seiner Stimme, wagte aber nicht, ihn anzurufen – er könnte ja zu Hause sein. Sie dachte an Elisabeth Wolff und daß sie sich in all den Tagen nur einmal bei ihr gemeldet hatte. Dennoch griff sie nicht zum Telefon. Sie dachte an Friede und an den Streit, den sie jetzt soviel besser verstehen konnte. Sie sah auf ihre Armbanduhr. Es war drei Uhr nachmittags. Sie konnte also mühelos die 18-Uhr-Maschine nach München erreichen.

In einem kurzen Telefonat informierte sie Miller-Wagenstein über ihre Ankunft und setzte sich noch rasch an den Schreibsekretär, um einen Gruß an Françoise und George zu schreiben. Danach fühlte sie sich besser.

Kurz vor neun Uhr checkte sie im Hotel *Vier Jahreszeiten* ein und rief von ihrem Zimmer aus als erstes Kohlhaas an; den ganzen Tag hatte sie nicht an ihn gedacht.

»Alles in Ordnung«, beruhigte er sie. »Friedan und Karoly sind auf ihrem Gebiet absolute Kapazitäten. Du bist in den besten Händen. Ich bin über alles informiert, und wir haben die nächsten Schritte bereits besprochen. Laß es dir von ihnen erzählen. Du machst deine Sache hervorragend. Die Baronin wäre stolz auf dich.«

»Danke, Kohlhaas, wir sehen uns Montag.«

Erleichtert ging sie hinüber in Miller-Wagensteins Suite.

»Nun müssen Sie uns alles erzählen«, forderte der sie auf.

Sie schenkte sich ein Glas Wasser ein und holte Friedans CIA-Gerät aus ihrer Tasche. »Niemand kann das besser als Wassiljew selbst«, sagte sie und schaltete ein.

Als Wassiljews letzte Worte verklungen waren, erhob Alexa sich, stützte sich mit den Händen am Tisch ab, beugte sich zu den beiden Herren hinüber und sagte sehr ruhig und sehr bestimmt: »Maya von Miller hat meine Eltern umgebracht.«

Miller-Wagenstein und Friedan sahen zuerst einander und dann sie an. Schließlich sagte Miller-Wagenstein leise: »Wir widersprechen Ihnen nicht.«

Und dann schilderte Friedan Schritt für Schritt den Plan, den er gemeinsam mit Miller-Wagenstein entwickelt und mit Kohlhaas abgestimmt hatte. Allerdings würde es nach so vielen Jahren schwierig sein, Maya die Tötungsabsicht nachzuweisen. Schließlich hatte Sophie zweifellos eine eigene Drogenvergangenheit, und Wassiljew war zu offensichtlich von Rache getrieben.

»Wir werden sie mit der Wahrheit konfrontieren, und sie wird mir in die Augen sehen, wenn sie gesteht«, sagte Alexa wild entschlossen. »Aber eines müssen Sie mir auf der Stelle sagen: Warum unterstützen Sie mich? Sie haben doch einen Ruf zu verlieren, nicht wahr? Wenn Maya von Miller die Mörderin meiner Mutter ist, dann ist sie erledigt.«

Friedan und Miller-Wagenstein sahen sich an.

»David, bitte«, sagte der Anwalt.

Miller-Wagenstein räusperte sich und knetete umständlich seine Hände. »Wir hegen schon seit einiger Zeit den Verdacht, daß sich Maya das Vermögen meines Vaters auf unlauterem Weg erschlichen hat. Wotkos Scheidungsurkunde ist tatsächlich gefälscht. Diese Frau wurde nie geschieden, sie war also auch nicht rechtmäßig mit meinem Vater verheiratet. Was das bedeutet, können Sie sich vielleicht vorstellen. Darüber hinaus haben wir die Leiche meines Vaters exhumieren lassen. Vielleicht ist Maya ja nicht nur schuld am Tod Ihrer Eltern ...«

Friedan ergänzte: »Wir bekommen das Ergebnis morgen vormittag.«

DAS HAUS

Dorothea Gorski stand erschöpft am Fenster und versenkte ihren müden Blick in die prachtvolle Rotbuche; das Licht der Kerzen flackerte unruhig durch den schwarzen Raum. Sie war schweißgebadet. Nie zuvor war sie in Trance gefallen, ohne daß sie es gewollt hatte. Es geschah, während sie auf dem Diwan lag, im Schein der Kerzen ein Kapitel der *Sandmeere* von Isabelle Eberhardt las, der Tagebücher jener Berlinerin, die um die Jahrhundertwende ausgezogen war, um in Männerkleidern die arabische Welt zu entdecken. Während sie las, wie Isabelle das Licht des Neumondes in der Wüste beschrieb, war sie hinübergeglitten in die andere Ebene ihres Bewußtseins.

Was sie sah, stieß an die Grenze ihrer Kraft. Es war die Steigerung jenes Bildes, das ihr gekommen war, als Maya sie zum erstenmal in Berlin aufsuchte. Jahrelang hatte sie in ihrem Inneren nach diesem Bild geforscht, es war ihr nie wieder erschienen.

Und jetzt wäre sie beinahe an ihm erstickt. Ein teuflischer Sog zog ihr die Luft aus den Lungen, die Seele aus dem Körper, ließ sie zwischen zwei Wesen hin- und herfahren, die stocksteif am Rande eines stillen Meeres aus rotem Schleim standen, die Knie zusammengedrückt, die Arme eng an den Körper gelegt, den Kopf tief geneigt. Die Wesen rührten sich nicht, und dennoch kämpften sie um ihr Leben. Beide sahen aus wie Maya, die eine war eine junge, die andere eine alte Frau. Und sie, Do, in ihrem seelenlosen Körper, stand im Hintergrund am Ufer inmitten goldenen Gesteins. Beinahe wäre ihr Bildnis in der gleißenden Felslandschaft verschwunden, so sehr glänzte es.

Sie glaubte zu verglühen. Am Ende, als sich das ganze Bild wundersam auflöste, die eine Maya, die junge, mit einem glückseligen Lächeln in das Meer stieg und versank, die andere, die alte, sich vor dem Meer verbeugte und fortging in die Ferne, erst da spürte Do, daß es der Glanz der Freude war, der sie umgab. Sie hatte einen Menschen befreit und wurde dafür in Gold aufgewogen.

Das Bild war die Ankündigung des Tages, an dem sich ihre Aufgabe im Leben von Maya erfüllen konnte. Do schlug ihre Bibel, das Buch der Alchimisten, auf und berechnete, daß der Tag morgen war, der Ort München und die Stunde zwischen 21 Uhr am Abend und neun Uhr am kommenden Morgen.

In diesem Moment klingelte das Telefon.

»Liebchen.« Maya, die sich seit Tagen hatte verleugnen lassen, säuselte: »Ich möchte, daß du morgen zu mir nach München kommst. Tagsüber habe ich zwar eine Menge zu erledigen, aber abends sind wir allein. Ich muß wissen, was deine Karten sagen.«

Es ging also los.

Dorothea Gorski war eine starke Frau, sie räusperte sich und sagte in so beiläufigem Ton, als wäre nichts geschehen: »Wie schön, ich freue mich. Buch mir irgendeinen Flug, ich komme, wann immer du mich dort haben willst.«

Maya von Miller lag auf ihrem Bett in Khashoggis Haus in Paris. Klara hatte ihr eine Gesichtsmaske aufgelegt, auf ihrem Dekolleté ruhte eine *La Prairie*-Packung, die Aluminiumfolie klebte zwischen ihren Brüsten. Sie war sehr zufrieden mit sich, sie hatte ihren Tag mit einer guten Tat angefangen und sich mit Do versöhnt.

Seit jenem denkwürdigen Treffen mit Igor hatte sie oft an Do und an diese schreckliche Nacht in Berlin gedacht. Seitdem hatte sie gezweifelt, ob Do wirklich ihre beste Freundin war. Aber was Do prophezeit hatte, war eingetroffen: Männer aus ihrer Vergangenheit spielten plötzlich eine Rolle in ihrem Leben. Nun mußte sie ihr aber auch weiterhelfen, mußte ihr sagen, wie sie mit diesem lästigen Alten verfahren sollte. Igor irrte sich gewaltig: Nicht *sie* hatte etwas zu verlieren. *Er* war derjenige, dem der Tod im Gesicht geschrieben stand. Um seinen abscheulichen Anblick zu vergessen, hatte sie gleich nach dem Treffen zu einem altbewährten Mittel gegriffen: Sie erhöhte die Dosis.

Sie hatte ihre Vorräte im Polster des Bentley überprüft und sich die Rationen für die verbleibende Zeit in Europa herausgenommen: Fünf Gramm Kokain genehmigte sie sich nun täglich, statt einer halben eine ganze Flasche *Absolut*, drei *Prozac* am Morgen, und am Abend drei Schlaftabletten. Es funktionierte. Sie war bestens gelaunt, sie schlief hervorragend, das Rot war nicht wiedergekommen, das Leben konnte nicht schöner sein.

Sie freute sich auf den Abend in München. Sicher hatte Do sie verstanden, sie würde es nicht ein zweites Mal wagen, ihr so schlechte Karten zu legen. Do war ja nicht dumm. Überhaupt traf sich alles gut: Mit Do an ihrer Seite konnte sie den Tag ohne Personal besser überbrücken.

Im übrigen war die Reise perfekt organisiert: Andrew und der Bentley, Anna und Klara und ein großer Teil ihres Gepäcks waren bereits unterwegs nach New York. Grace und Robert würden mit ihr in der *Gulfstream* von Paris nach München fliegen und von dort aus mit dem restlichen Gepäck weiter nach New York. Die Piloten konnten dann rechtzeitig zurück sein, um sie am Montag in München abzuholen.

John Taylor erwartete sie bereits sehnsüchtig. Täglich hatte er ihr die neuen Erfolge von NEED gefaxt, die Einschaltquoten, die Marktanteile, die Neukunden, die Werbezeiten. Heute morgen aber hatte er den Vogel abgeschossen. Schon für Dienstag hatte er einen Lunchtermin im *Pierre* arrangiert, um mit ihr ein neues Busineß zu besiegeln. Taylor hatte einen ganz großen Fisch an Land gezogen: Calvin Klein wollte exklusiv für NEED eine Unisex-Junior-Collection entwerfen. Die Erlöse sollten in eine Stiftung zugunsten HIV-infizierter Kinder fließen, die er gemeinsam mit Maya von Miller gründen wollte.

»Wir brauchen Sie hier«, lautete der letzte Satz von Taylors enthusiastischem Fax. Maya jubelte. Für sie hatte der amerikanische Designer eine besondere Bedeutung: Calvin Klein war auf ideale Weise die Verkörperung der besten neuen amerikanischen Society, der Gesellschaft der Sieger über das Establishment. Bisher kannte sie ihn nur aus den Magazinen, und nun sollten sie plötzlich Partner werden. Sie konnte es kaum noch erwarten, nach New York zurückzukehren. Sie mußte nur noch ihre Mission in Deutschland erfüllen, und sie wußte, wie.

Montag nacht würde sie zum erstenmal in ihrem Apartment im *Pierre* schlafen. Diese erste Nacht in ihrem neuen Leben, in ihrem neuen Bett, einem Traum von *Treca*, 2 Meter 50 mal 2 Meter 50 groß, wollte sie mit Friedrich Zeh verbringen.

Die Einladung nach New York sollte die große Überraschung für ihn sein. Kein Sterbenswörtchen war über ihre Lippen gekommen, obwohl sie täglich miteinander telefonierten.

Gestern waren ein riesiger Strauß roter Baccara-Rosen und ein Brief für sie abgegeben worden, ein Fahrer war eigens aus München gekommen. Friedrich Zeh hatte sich ihr offenbart – wie sie fand, aufs peinlichste. Seine Gier, seine Sehnsucht, seine Abhängigkeit von ihr hatte er ihr, in hübsche Worte gekleidet, schriftlich gegeben. Schwächling bleibt Schwächling. Wie konnte ein Mann sich so erniedrigen? Sie freute sich auf die Fortsetzung ihres Spiels: erster Teil morgen abend in München, Teil zwei in New York.

Noch einmal rekapitulierte sie ihre Termine. Dido und die Architekten kamen um zwölf, Do um zwei. Um fünf mußte sie noch das Interview mit dieser Reporterin von *Mona Lisa* überstehen, das ließ sich in einer halben Stunde erledigen. Schließlich noch David und Friedan. Katzenstein war Gott sei Dank schon abgereist. Sie selbst hatte darauf bestanden, den Vertrag mit Wunderlich persönlich zu unterschreiben, und sie wollte unbedingt eine Kopie für Friedrich Zeh. Deshalb konnte sie das Treffen leider nicht absagen, obwohl sie nichts lieber getan hätte. Sie rechnete sich aus, daß die beiden um sieben wieder verschwunden sein würden. Das reichte, vor acht wollte sie sich nicht mit Do zusammensetzen. Es blieb ihr also eine geschlagene Stunde für ihre kleine Inszenierung mit dem Herrn Nachbarn.

Sie hatte den Moment klar vor Augen, in dem sie endgültig in sein Leben trat, auf der Schwelle seines Hauses. Nachmittags würde sie ihn am Telefon ein bißchen verwirren, und abends würde sie einfach zu ihm hinübergehen, unangemeldet, mit dieser Mappe aus Löwenpenisleder unter dem Arm, darin eine Kopie des Vertrages, der Brief, mit dem sie ihn nach New York zitierte – und eines ihrer Fotos von Herb Neumann.

Die Mappe sah harmlos aus, graues gegerbtes Leder, in der Mitte ein verschossenes Emblem aus Schwertern und Löwen, aber sie hatte eine phantastische Geschichte, die Maya in *Travel & Leisure*, dem luxuriösen Reisemagazin, gelesen hatte. Es war die Unterschriftenmappe von Kaiser

Haile Selassie von Äthiopien, dem Löwen der Löwen, wie einer seiner Titel lautete. Grace hatte sie tatsächlich bei einem Antiquitätenhändler in London ausfindig gemacht.

Obenauf wollte sie das Foto legen, allerdings mit der Bildseite nach unten. Er würde sie sicher hereinbitten, aber sie würde ablehnen. Sie würde ihn so lange in der Tür festhalten, bis seine Frau aus dem Hintergrund nach ihm rufen würde: »Schätzchen, wer ist da?« O ja, sie wußte genau, was dann passieren würde. Friedrich Zeh würde sie seiner Gattin vorstellen, sie würde sich immer noch weigern, das Haus zu betreten, ihn dann aber bitten, die Mappe doch kurz aufzuschlagen. Sie wollte nur sein Gesicht sehen, wenn er das Foto herumdrehte, und wie er versuchte, es vor seiner Frau zu verstecken.

Die Bilder, die Herb Neumann von ihr gemacht hatte, waren genauso geworden, wie sie es sich erträumt hatte, sie waren selbstverständlich atemberaubend. Diese schöne, begehrenswerte, makellose, schamlose Frau – das war *sie*. Herb hatte es sich nicht nehmen lassen, ihr die Kontaktabzüge persönlich vorbeizubringen, und sie hatte ihm einen Scheck über die Hälfte des ausgemachten Betrages überreicht, die zweite Hälfte war bei Aushändigung der Negative fällig. Neumann hatte einige Motive mit einem weißen Punkt versehen, andere mit einem weißen Kreuz durchgeixt. Neugierig wollte er wissen, ob sie sich seiner Auswahl anschließen könnte. Sie lachte ihn aus: »Ich will alle.« Sie hatte bereits das Motiv entdeckt, mit dem sie ihren zukünftigen Ehemann, ihren Friedrich Zeh, erfreuen wollte. Auf diesem Bild kroch sie förmlich aus dem Foto heraus, ihre Brüste berührten dabei leicht den Boden, und sie war so erregt, daß ihre Brustwarzen aussahen wie kleine dunkle Stelzen.

Der weitere Abend sollte Do gehören, die Nacht Friedrich Zeh. Sie wußte, daß er zu ihr kommen würde. Er würde ihr das Foto zurückbringen, weil er, der Feigling, nicht wußte, wo er es vor seiner Frau verbergen konnte.

Ihr Haus war in einem besseren Zustand, als sie es von ihrem ersten Besuch in Erinnerung hatte. Von Weitersheim und diese junge Innenarchitektin hatten ganze Arbeit geleistet – das Haus strahlte vor Sauberkeit, auch die vierzehnte Schublade, die sie aufzog, war noch perfekt aufgeräumt, und die Blumendekoration war ein Traum. Grace hatte sich sofort mit dem Floristen in Verbindung setzen müssen, ein solches Orchideengesteck mußte unbedingt mit nach New York. Es würde auf ihrem Schreibtisch im *Pierre* einfach grandios aussehen.

Auch die Kühlschränke waren mit all den Leckereien gefüllt, die Grace von Paris aus bei *Käfer* bestellt hatte. Sie liebte die hellblauen Steinguttöpfchen mit dem *Käfer*-Dekor, in denen die Minifleischpflanzerl, die Kirschtomaten, die kleinen Büffelmozzarellakügelchen verpackt waren. Das Wasser lief ihr im Mund zusammen. Sie zählte die Schälchen, achtzehn, aber sie vermißte das Wichtigste. Warum nur hatte sie keinen Kaviar bestellt?

Bei ihrer Ankunft wartete Weitersheim bereits vor dem Haus, begrüßte sie mit einem ergebenen Handkuß und schaute ihr voller Verlangen in die Augen.

Mit dem Architekten kam sie problemlos klar. Heino Stamm hieß er und sah verdammt gut aus. Ihren Blick erwiderte er mit einem wissenden Augenaufschlag, seine Wimpern waren lang und pechschwarz und standen in einem interessanten Gegensatz zu seinem grauen Haar und seinen weißen Augenbrauen. Gefärbt, schätzte Maya. Auch den würde sie sich eines Tages vorknöpfen, ein einziges Mal nur, so wie sie Dido auf den Geschmack gebracht hatte. München würde ihr bald zu Füßen liegen.

»Eine Stadt kann man nur vom Bett aus erobern«, war einer dieser weisen Sprüche von Aristoteles Onassis, und der war in den Metropolen der Welt zu Hause gewesen.

Stamm ging um zwei. »In zwei Monaten«, versprach er, »erkennen Sie das Haus nicht wieder.« Genau besehen, fand sie, war es ein scheußlicher Kasten, aber gut genug, um seinen Zweck zu erfüllen.

Friedrich-Carl Wunderlich beobachtete die Geschäftigkeit im Nachbarhaus mit gemischten Gefühlen. Natürlich sehnte er sich danach, an Mayas Brüsten zu liegen, aber warum hatte sie ihm nicht Bescheid gesagt, daß sie schon heute kam? Er rechnete erst übermorgen mit ihr und hatte sich diesen Tag für seine Frau und seine Töchter reserviert. Er fühlte sich hin- und hergerissen. Nie hatte er seine Frau so geliebt wie gerade jetzt: Das Kind unter ihrem Herzen, er hatte es heute morgen auf dem Ultraschallbild deutlich gesehen, war ein Junge. Und nie hatte er eine Frau so begehrt wie Maya. Ihr Sohn wäre heute 30 Jahre alt, wenn das Leben anders verlaufen wäre ...

Grace und Robert machten sich im Haus nützlich: Robert packte aus, Grace bestellte die Orchideen und bügelte sogar eine Bluse auf. Sie mußten warten, bis Do mit dem Taxi vom Flughafen kam. Robert bot seiner Chefin noch einmal an zu bleiben.

»Hier brauche ich Sie nicht, sorgen Sie dafür, daß in New York alles perfekt ist«, blaffte sie ihn an. Vielleicht sollte sie sich doch von ihm trennen. Auch Dimitri hatte gemeint, ihr Butler sei zu servil, um ein guter Dienstbote zu sein.

»Wo ist eigentlich meine große Kelly-Bag?« fragte sie ihn.

»Ich hole sie«, antwortete Robert und kam nach fünf Minuten wieder, um ihr kleinlaut mitzuteilen: »Klara hat sie eingepackt, sie ist schon unterwegs nach New York.«

»Idiot«, kläffte Maya ihn an.

Dann traf Do ein. Maya ging ihr über den Kiesweg entgegen, umarmte sie, begrüßte sie mit Bussi rechts, Bussi links, hakte sich bei ihr ein und wartete am Taxi, bis Grace und Robert eingestiegen waren. Mit seltener Herzlichkeit verabschiedete sie sich von ihren Angestellten. »Bis Montag«, rief sie Grace hinterher.

»Schön, daß wir endlich einmal allein sind«, sagte sie dann und umarmte Do noch einmal überschwenglich. »Komm rein, sieh dir mein neues Reich an. Ich werde in diesem Haus sehr glücklich werden, das wirst du mir heute abend bestätigen, wenn du in deine Karten guckst, ich spüre es, ich spüre es. Ach, Do, ich bin so glücklich, ich bin ein neuer Mensch, ich habe dir soviel zu erzählen.«

Do sah sie forschend an und unterbrach Mayas Redeschwall mit einem besorgten: »Dir geht es also gut?«

»Mir könnte es nicht bessergehen! Sieh mich an.« Maya strahlte übers ganze Gesicht, sie hatte vor fünf Minuten zwei Lines genommen. Do sah Mayas riesengroße Pupillen und wußte, woran sie war.

»Und was machen wir jetzt mit dem angebrochenen Tag?« fragte Maya, aber Do verspürte kein Bedürfnis, auf ihren lockeren Ton einzugehen.

»Wenn du nichts dagegen hast, möchte ich mir dein Haus ansehen und ein kleines Glücksritual machen. Es wäre schön, wenn du mich dabei begleitest ...«

Maya lachte auf. »Du und dein Hokuspokus. Das mach mal schön allein. Fühl dich wie zu Hause, aber laß mich aus dem Spiel. Komm, wir trinken ein Gläschen, und ich mach dann ein Mittagsschläfchen.«

Do lehnte den Drink ab, holte sich statt dessen ein Mineralwasser aus dem Kühlschrank. Ihr gefiel überhaupt nicht, daß Maya schon in der Küche ein halbes Wasserglas voll Wodka in sich hineinschüttete und im Salon ein zweites.

Aber besser, sie trank jetzt und schlief sich aus, dann war sie am Abend wieder einigermaßen nüchtern.

Es war drei, als sie mit ihrem Ritual fertig war. Sie hatte in allen 18 Zimmern jede Wand mit Salzwasser besprenkelt, in jedem Raum vier Kreuze geschlagen, jeden Türrahmen mit ihrer geheimen Kräuterpaste eingerieben. Das Haus hatte kein Innenleben: Keine bösen Geister, keine guten Geister, die es beseelten, es war leer. Verdächtig leer. Und dennoch strahlte es eine große Kraft aus. Nur Mayas Schlafzimmer mußte sie noch reinigen. Leise klopfte Do an den Türrahmen und drückte, als keine Antwort kam, sacht die Klinke herunter.

Die Tür war verschlossen. Merkwürdig, daß Maya abschloß, obwohl doch nur sie beide im Haus waren. So weit ging also die Paranoia schon. Es war höchste Zeit, Gruber anzurufen, Dr. Erwin Gruber, einen Arzt in München, der ihr verpflichtet war. Er konnte Maya helfen, sie mußte entziehen, vom Alkohol und von den Drogen und Medikamenten, das stand für Do fest, je schneller, desto besser. Die Sitzung heute abend war der erste Schritt.

Do sah auf die Uhr und entschied, Maya nicht aufzuwekken. Diese Reporterin kam erst in knapp zwei Stunden. Der Schlaf würde Maya guttun. Sie brauchte ohnehin noch etwas Zeit, wenn sie das Haus in seiner Ganzheit erfassen wollte. Es fiel ihr leichter, sich in Trance zu versetzen, wenn sie sich in einer Umgebung befand, die ihr nicht fremd war.

Sie ging hinaus in den Park, um sich auch ein Bild vom Gesicht des Hauses zu machen.

Einen Moment verweilte sie unter der Weide, die am Ufer eines kleinen Teiches stand. Do liebte Weiden, diese ruhigen Bäume, die so sanft in die Natur hineinflossen. Sie setzte sich auf eine Steinbank und schloß die Augen, konzentrierte sich auf das Atmen des Wassers.

Irritiert schaute sie um sich, als sie plötzlich ein Stöhnen hörte, es schien von rechts und von links zu kommen. Weide und Teich befanden sich ziemlich genau in der Mitte zwischen Mayas Villa und der ihres Nachbarn. Do orientierte sich, lauschte aufmerksam und schlich zu einer Laube, von der aus sie die beiden Häuserfronten überblicken konnte, ohne selbst gesehen zu werden.

Maya stand nackt in der einen Spaltbreit geöffneten Glastür ihres Schlafzimmers, die auf einen kleinen Balkon hinausging. Die Gardinen waren zurückgezogen, sie beugte sich in Richtung Nachbarvilla, aufreizend ihren Busen weit vorstreckend. An ihr linkes Ohr hielt sie einen Telefonhörer, mit der anderen Hand rieb sie sich ihren Schoß. Sie stöhnte.

Do schaute in die Richtung, aus der das andere Stöhnen kam. Vis à vis im ersten Stock des Nachbarhauses stand an einem ebenfalls geöffneten Fenster ein Mann im Jackett und starrte in Mayas Richtung, auch er hatte einen Telefonhörer am Ohr. Do konnte deutlich erkennen, daß er sich mit der anderen Hand masturbierte. »Ich komme«, rief in diesem Moment Maya in den Telefonhörer und aus dem offenen Fenster hinaus; der Mann schlug das Fenster zu, er kam mit einem lautlosen Schrei.

Es gab Dinge, die sprengten Dos Phantasie, und die war wahrlich grenzenlos. Welchen Grund konnte es geben, daß Maya ihr verschwieg, daß sie einen neuen Liebhaber hatte, der ausgerechnet auch noch ihr Nachbar war? Hatte sie ihr nicht gerade erst stundenlang mit ihrem kleinen Herzschmerz in den Ohren gelegen, als sie diesen Dimitri in New York aufgegabelt hatte? Heulte sie ihr nicht seit Jahren vor, wie sehr sie sich nach Sex sehnte, nach gutem, deutschem Sex?

Do ließ einige Minuten verstreichen, bevor sie ihr Versteck aufgab und zurück zum Haus schlenderte. Sie traf

Maya am Kühlschrank, ungeschminkt und in ihrem weißen Kaschmiroverall sehr jung, sehr elegant aussehend, die Flasche Wodka an den Lippen. »Du hast mich aber erschreckt«, fuhr sie Do an, die leise herangetreten war und sie von hinten umarmte. »Wo hast du gesteckt? Ich habe dich im ganzen Haus gesucht, wo warst du?«

»Ich war im Garten, einen schönen Park hast du.«

Maya sah sie an. »Hast du ...?«

»Ja, ich habe dir zugesehen.«

Wieder setzte Maya die Flasche an, nahm einen großen Schluck und sagte mit einem breiten Grinsen: »Mußt dich schon noch ein bißchen gedulden. Heute abend erzähl ich dir die ganze Geschichte. Er ist der berühmte Zweite, den du mir in dieser Horrorsitzung in Berlin prophezeit hast. Wenigstens etwas Gutes, was dabei herausgekommen ist.«

»Wann kommt diese Reporterin?« lenkte Do ab, sie wollte jetzt nicht mit Maya reden. Neun Uhr war die Stunde, auf die es ankam. Maya mußte ihr Programm in aller Ruhe abwickeln.

»Das Mädel von Mona Lisa kommt um fünf«, antwortete Maya. »David und Friedan werden um sechs hier sein. Wir brauchen zirka eine Stunde – Verträge, Dokumente, du weißt schon, dieser ganze lästige Kram. Danach muß ich schnell noch etwas außer Haus erledigen.« Sie zögerte einen Augenblick, nahm Do dann bei den Schultern. »Ehrlich gesagt, ich kann dich heute nachmittag hier eigentlich gar nicht so gut gebrauchen. Es macht dir doch sicherlich nichts aus, wenn du mich zwei Stündchen allein läßt? Ich bestell dir ein Taxi. Fahr zu Käfer, iß was Leckeres und bring uns ein Pfund Kaviar mit. Mit Garnitur. Ich mach dir schnell einen Einkaufszettel. Wir wollen es uns heute abend so richtig gemütlich machen, Liebchen.«

Als Alexa mit dem Taxi vor der Villa »dieser Frau«, wie sie sie für sich nun nannte, vorfuhr, wirkte sie sehr ruhig. In Wirklichkeit aber wußte sie kaum, wie sie ihre Neugier, ihre Wut, ihren Haß in Zaum halten sollte.

Friedan und David hatten sie gut vorbereitet, und Corry hatte ihr empfohlen, unbedingt vorher zu hyperventilieren, was sie am Fenster ihres Hotelzimmers so lange und so intensiv getan hatte, daß ihr beinahe schlecht geworden war.

Nur eine knappe Stunde mußte sie mit der Frau allein sein, von der sie wußte, daß sie ihre Mutter und ihren Vater auf dem Gewissen hatte. Noch im Taxi hatte sie sich eingeschärft, daß sie in dieser einen Stunde nichts anderes sein durfte als die *Mona Lisa*-Reporterin.

Karoly hatte noch in der Nacht angerufen und ihr berichtet, was er von Wassiljew über Yvette erfahren hatte. Es war nicht diese Frau, die ihr die schicksalhafte Spritze gesetzt hatte, Wassiljew selbst war es gewesen, und die Situation war anders, aber nicht weniger menschenverachtend. Yvette hatte ihn um den Schuß gebeten. Karoly glaubte dem Russen, aber er bestand darauf, daß Wassiljew ihn zu Yvette und seiner Tante begleitete. Er wollte, daß der Alte Abbitte leistete. Véronique hatte eingewilligt. Sie wußte, daß nur ein großer Schock heilsam sein konnte.

Und so war es geschehen. Als Wassiljew und Yvette sich gegenüberstanden und der Russe »Es tut mir so leid« hervorpreßte, hob Yvette zum erstenmal seit fast dreißig Jahren den Kopf und verließ schweigend und aufrecht den Raum. Seitdem hatte sie sich in ihrem Zimmer eingeschlossen, den Schlüssel zweimal herumgedreht. Bis dahin hatte sie nicht einmal die Kraft gehabt, eine winzige Fluse vom Boden aufzuheben.

Karolys Anruf war der Tropfen, der das Faß zum Überlaufen brachte: Alexa war entschlossen, dieses Haus erst wieder zu verlassen, wenn sie mit sich im reinen war.

Im Taxi vom *Vier Jahreszeiten* zu Mayas Villa, eine Fahrt von kaum mehr als fünfzehn Minuten, hatte sie von ihrem Handy aus Joe angerufen. Einen Augenblick war sie versucht, sich ihm anzuvertrauen. Aber dann blieb es doch wieder beim Austausch der Rechercheergebnisse. Er berichtete, was ihm seine New Yorker Quelle über Maya von Miller erzählt hatte: »In New York läuft ein Bürschchen rum, ein gewisser Prinz Dimitri von Serbien, der brüstet sich damit, zwischen ihren Brüsten gekommen zu sein.«

»Muß ich mir das anhören?« fragte sie ihn.

»Ja«, antwortete er, »du mußt dir so lange solche Sachen anhören, bis du mir sagst, um was es wirklich geht.«

Sie antwortete ihm nicht. Wie sehr sehnte sie sich danach, ihn endlich nicht mehr anlügen zu müssen.

Alexa Schwarz war auf alles vorbereitet, nicht aber darauf, daß Dorothea Gorski, die Berliner Wahrsagerin, zu der Maya von Miller in der Nacht nach der ADDY-Gala gefahren war, ihr die Tür zur Villa öffnete, und sie fragte deshalb erstaunt: »Was machen Sie denn hier?«

Dorothea Gorski antwortete lächelnd: »Es gibt Dinge, von denen selbst Mona Lisa nichts ahnt.«

Alexa ließ sich von ihr in den Salon führen, wo Maya von Miller bereits auf sie wartete. Die neue Situation gefiel Alexa ganz und gar nicht. Wie sollte der Plan funktionieren, wenn Dorothea Gorski im Haus war? Von Grace wußte sie, daß das Personal abgereist war. Sollte sie rasch zur Toilette gehen und Friedan anrufen? Da hörte sie, wie Dorothea Gorski sich verabschiedete: »Um sieben bin ich wieder hier.«

»Acht, Do, acht ist besser. Und vergiß den Kaviar nicht. Mit allem Drum und Dran. Hast du meinen Zettel eingesteckt?«

Dorothea Gorski winkte mit einem Stück Papier und schlüpfte in ihren Mantel. Das Taxi wartete bereits draußen. Die Tür fiel ins Schloß. Alexa war allein mit dieser Frau.

Sie betrachtete Maya von Miller, wie sie sie in Khashoggis Salon betrachtet hatte. Nur registrierte sie jetzt die kalten Augen, den zu stark geschminkten Mund, das ordinäre Dekolleté. »Ich bin die Reporterin von Mona Lisa«, hörte sie sich sagen.

Und Maya von Miller antwortete: »Aber ja, ich weiß. Ich habe nicht viel Zeit, das hat Grace Ihnen sicher gesagt.« Maya von Miller erhob sich von ihrem Sofa. »Mein neues Haus möchte ich Ihnen allerdings doch schnell zeigen, Sie sollten es noch in seinem Urzustand sehen. Es hat der großen Schauspielerin Luise Berger gehört.«

Alexa willigte sofort ein, sie mußte Zeit gewinnen. Als sie aus dem ersten Stock einen Blick auf das Nachbarhaus warfen und sich Alexa nach den Bewohnern erkundigte, plauderte Maya von Miller fröhlich drauflos: »Oh, ich befinde mich hier in bester Gesellschaft. Die Villa rechts gehört einem Bauunternehmer, geradeaus können Sie in der Ferne das Anwesen von Leo Kirch sehen, und links haben wir das Haus von Friedrich-Carl Wunderlich, mit dem ich NEED in Deutschland aufziehen werde. Ist das nicht ein Zufall, daß mein Partner auch mein Nachbar ist?« Eine Antwort wollte sie gar nicht hören und entschuldigte sich: »Ich muß ins Bad, schauen Sie sich ruhig um.«

Alexa sah sich die gerahmten Fotos an, die wie in einer Galerie in dem breiten Flur hingen. Es waren Fotos der schönen Luise Berger, einer lasziven, fragilen Frau, die schon in den dreißiger Jahren ein Star gewesen war. Es dauerte einige Minuten, bis Maya von Miller zu ihr zurückkam, und Alexa sah, daß ihre Nasenlöcher feucht waren. Maya war wieder einmal wie verwandelt, sie gab sich vertraut, nahm Alexa am Arm und führte sie die geschwungene Treppe hinunter ins Parterre. »Haben Sie die Fotos gesehen? War sie nicht eine wunderschöne Frau?« plauderte Maya.

Es war bereits halb sechs, als sie sich schließlich in der Bibliothek gegenübersaßen und Maya von Miller Alexa völlig überraschend bat: »Lassen Sie mich mal sehen – Sie haben da etwas im Auge, Liebchen. Kommen Sie hier herüber.« Sie wies auf eine Fensterbank. Alexa stand auf und ließ es zu, daß Maya ihr aus nicht einmal zehn Zentimeter Entfernung in die Augen schaute. »Sie sollten einmal zum Arzt gehen. Ihre Augen sind ja ganz rot.«

Halluzinationen, dachte Alexa, die schon bei der Begrüßung festgestellt hatte, daß Maya hypernervös war. Sie drängte jetzt darauf, mit der Fortsetzung des Interviews zu beginnen.

»Heute wollen wir über NEED sprechen, Ihre Strategien, die Allianzen, die Sie eingehen wollen«, eröffnete sie das Gespräch. Sie wollte sich an die Abmachung halten, die sie in Paris getroffen hatten. Und wieder änderte sich Maya von Millers Stimmung abrupt. Sie sprudelte nur so vor Enthusiasmus, entwickelte präzise ihre Zielsetzungen, zeigte ihr eine Mappe mit Anzeigenentwürfen und entschuldigte sich, daß sie das Videogerät nicht bedienen konnte. Sie hätte ihr gern den TV-Spot gezeigt, der weltweit gesendet werden sollte. »Einen Ausschnitt haben Sie ja bei der ADDY-Gala gesehen. Grace wird Ihnen ein komplettes Video schicken.«

»Und wie ist der Stand Ihrer Verhandlungen hier in Deutschland?« fragte Alexa. Das CIA-Gerät lief in ihrer Handtasche. Sie hatte heute einen *Prada*-Beutel mitgenommen, eingedenk der Aufmerksamkeit, die Maya von Miller in Paris ihrer Kelly-Bag geschenkt hatte, und Wassiljews Informationen über die Herkunft der Tasche.

»Wir haben uns, wie gesagt und wie Sie sicher in den Tageszeitungen gelesen haben, für einen Münchner Medienunternehmer entschieden, Friedrich-Carl Wunderlich«, antwortete Maya von Miller. »Wissen Sie, potente mittelständische Unternehmer sind für mich wesentlich interessanter als Großkonzerne. Man hat seine Partner besser in der Hand, wenn man selbst der Große ist.«

Alexa wagte einen Schritt ins Private: »Ja, Sie scheinen in der Tat ein Faible für ausgefallene Beziehungen zu haben. Wie kommt es, daß eine Ihrer besten Freundinnen eine Wahrsagerin ist?« fragte sie.

Schnippisch konterte Maya von Miller: »Ich weiß nicht, warum Sie aus der Tatsache, daß Frau Gorski hier bei mir ist, schließen, daß sie meine Freundin ist. Aber lassen Sie sich eines fragen: Wäre die Welt nicht furchtbar langweilig, wenn man sich nicht ab und zu auch mit Dingen beschäftigte, die sich der Logik entziehen? Unser Thema ist heute NEED, mein Privatleben haben Sie ja schon in Paris durchleuchtet.«

In diesem Moment klingelte es an der Haustür. Alexa und Maya sahen gleichzeitig auf ihre Armbanduhr. Es war Viertel vor sechs. ›Auf die Minute pünktlich‹, dachte Alexa. Sie hatten ausgemacht, daß David und Friedan früher als verabredet kommen sollten.

»Was soll das? Es ist doch erst Viertel vor?« sagte Maya. »Das wird mein Stiefsohn und unser Anwalt sein. Liebchen«, sie wandte sich an Alexa, »können Sie mir einen Gefallen tun und den beiden die Tür aufmachen? Ich muß rasch noch mal ins Bad.«

Gemeinsam gingen sie hinaus in die Eingangshalle. Durch das matte Glas konnten sie die Konturen von zwei Männern erkennen, es waren David Miller-Wagenstein und Dr. Mick Friedan. Maya schubste Alexa in Richtung Haustür. »Liebchen, machen Sie schnell auf, ich bin gleich wieder zurück.«

Sie eilte die Treppe hinauf zu ihrem Schlafzimmer, um sich eine neue Line zu legen.

Dieses blutige Netz, das auf Alexas Augen lag, machte sie ganz irre. Warum nur hatte sie Do weggeschickt? Hastig schloß sie die Badezimmertür ab und legte sich zwei Lines auf einen Handspiegel, ganze zwei Gramm. Mit zittrigen Fingern griff sie nach dem silbernen Röhrchen, das sie in einer der Schubladen von Luise Berger gefunden hatte, und zog sich das Kokain in die Nase. Sie war unruhig, sie war unsicher, sie wußte nicht, was mit ihr los war, und legte noch eine Line nach.

Alexa ließ die Besucher ins Haus, sie spielte ihre Rolle perfekt. »Guten Abend, die Herren. Frau von Miller kommt gleich«, sagte sie und wies ihnen den Weg in die Bibliothek. Miller-Wagenstein warf ihr einen besorgten Blick zu, sie schüttelte kaum merklich den Kopf. Sie hatte sich im Griff.

»Ein schönes Haus hast du dir da zugelegt«, sagte David, als Maya auf sie zukam.

»Danke. In zwei Monaten wirst du es nicht wiedererkennen«, entgegnete sie. »Laß uns zur Sache kommen. Wo sind die Verträge?«

Erst da realisierte sie, daß Alexa noch mit den beiden an dem großen Tisch in der Bibliothek saß und keine Anstalten machte aufzubrechen. Maya ging auf sie zu, streckte ihr die Hand entgegen und sagte: »Liebchen, lassen Sie sich von Grace einen neuen Termin geben. Kommen Sie mich doch mal in New York besuchen. Für heute müssen wir unser Gespräch als beendet betrachten.«

Alexa aber blieb sitzen, sah Miller-Wagenstein an, sah Friedan an und dann diese Frau. Kühl sagte sie ihr ins Gesicht: »Nein, ich denke, wir sind erst am Anfang.«

Maya von Miller stutzte. Was war denn das für ein Ton, den diese Reporterin da plötzlich anschlug? Sie sprach ihren

Stiefsohn direkt an: »David, kannst du dieser ehrgeizigen jungen Frau bitte sagen, daß wir jetzt etwas Wichtiges zu besprechen haben und wir sie dabei wirklich nicht gebrauchen können?«

»Ich glaube nicht, daß es irgend etwas Wichtigeres gibt als das, was Alexa Schwarz dir mitzuteilen hat«, antwortete David und nickte Alexa zu. Die stand auf und stellte sich vor Maya von Miller, die noch immer in der Mitte des Zimmers stand.

»Darf ich mich vorstellen?« sagte Alexa. »Mein Name ist Alexa Schwarz, geborene Alexandra Sophie Gräfin von Hohenfeld.«

Entgeistert starrte Maya zuerst die junge Frau, dann David und Friedan an, die unbeweglich dasaßen, starrte dann wieder auf Alexa. Und plötzlich fiel es ihr wie Schuppen von den Augen: Alexa sah aus wie Sophie. Warum war ihr diese Ähnlichkeit vorher nicht aufgefallen? Bilder der Erinnerung schossen ihr durch den Kopf: das Foto von Sophie, das plötzlich aufgetaucht war, die Kelly-Bag, Dos Vorhersagen, Igors Warnung. Sie mußte jetzt die Nerven behalten.

»Was soll das?« fragte sie, bemüht, ihre rauhe Stimme im Zaum zu halten, und wandte sich wieder an David. »Würdest du so lieb sein und die junge Dame nach draußen begleiten? Ich habe keine Zeit für ungezogene kleine Gräfinnen ...«

David reagierte nicht, statt dessen ging er von Zimmertür zu Zimmertür, schloß ab und ließ die vier Schlüssel in seiner Hosentasche verschwinden. Maya beobachtete ihn vollkommen entgeistert. David setzte sich wieder zu den anderen an den Tisch und forderte sie auf: »Nimm doch Platz, du wirst dir Zeit nehmen müssen. Wir sind sehr neugierig, was die junge Dame zu erzählen hat, Mick, nicht wahr?« Aufmunternd nickte er Alexa zu.

»Ich weiß nicht, was diese lächerliche Inszenierung hier soll, das wirst du mir später erklären müssen …«, zischte Maya David an, sie wollte Herrin der Situation bleiben. Sie lief vor der Terrassentür auf und ab und blieb schließlich in der Mitte des Raums stehen. Breitbeinig, die Arme unter ihrem Busen verschränkt, provozierte sie Alexa: »Nun machen Sie schon. Ich habe nicht viel Zeit.«

Alexa war zu ihr getreten, stand ihr Auge in Auge gegenüber, als sie beinahe beiläufig sagte: »Sie haben meine Mutter getötet. Und Sie haben meinen Vater auf dem Gewissen.«

Hysterisch lachend rannte Maya von Miller zur Tür. »Raus!« schrie sie, rüttelte an der verschlossenen Tür zur Eingangshalle und rief nach Do.

»Frau Gorski haben Sie vorhin weggeschickt«, sagte Alexa kühl lächelnd. »Sie werden sich jetzt hinsetzen und sich das hier anhören.«

David drückte Maya auf einen Stuhl. Sie wehrte sich nicht, war wie gelähmt. Warum wirkte dieses verdammte Kokain nicht?

Alexa hatte eine Kassette aus ihrer Handtasche gezogen und in das Gerät eingelegt, mit dem sie soeben noch das Interview aufgezeichnet hatte. Sie drückte auf den Knopf.

Fassungslos hörte Maya Igors Stimme: »Da nahm Maya ihr lächelnd die Spritze aus der Hand, führte sie tief in Sophies Vene ein und entleerte sie bis auf den letzten Tropfen.«

Sie wollte aufspringen, aber David hielt sie fest und zwang sie, ihm in die Augen zu sehen, als er sagte: »Was hast du mit Alexas Mutter gemacht?«

»Mein Gott.« Plötzlich war sie ruhig, eine Woge eiskalter Konzentration nahm von ihr Besitz. Das Kokain wirkte. »Das waren wilde Zeiten damals, dieser blöde Igor bringt alles durcheinander.«

»Wir sind da anderer Meinung. Er machte einen sehr klaren Eindruck. Alexa, wir wollen mehr hören.«

Sie spulte zu der Stelle weiter, an der es um Wunderlich und seinen Trennungsbrief ging.

»Interessant, nicht wahr? Uns vorzugaukeln, du kennst ihn nicht, deinen neuen Partner, ihm die Millionen zukommen zu lassen …«, bemerkte David. Maya reagierte nicht.

Dann ließ Alexa die Kassette weiterlaufen und stoppte erneut, drehte auf volle Lautstärke, als Igor von ihrem Anruf bei Max Hackberg berichtete und der Verzweiflung, mit der Sophie in das Telefon röchelte.

»Was hast du dazu zu sagen?«

Maya sah David an und machte einen letzten Versuch, das Blatt zu wenden: »Ich hole die Polizei, wenn du nicht sofort die Tür aufschließt.«

Nun war Friedan an der Reihe: »Aber gern, holen Sie die Polizei, die wird sich sehr für Sie interessieren.«

Mit leerem Blick schaute Maya ihn an und ließ sich in einen Sessel fallen. Ihre Miene war wie versteinert. Sie würde gar nichts mehr sagen. Sie brauchte dringend einen Anwalt. Und wo blieb nur Do?

Dann hörte sie, wie David sagte: »Frau Wotkovicz, wollen Sie sich das nicht einmal ansehen, jetzt, wo wir schon dabei sind, ein bißchen Klarheit in Ihr Leben zu bringen?«

Er zog die Fotokopien der Heiratsurkunde und der Scheidungspapiere aus einem Umschlag und legte sie ihr auf den Schoß. Sie reagierte nicht.

»Schauen Sie sich die Papiere in aller Ruhe an, sie dürften Ihnen bekannt vorkommen. Und Sie wissen sicher, was das heißt, wenn ich Ihnen sage: Friedan hat sie geprüft.«

Maya war jetzt voll konzentriert. Scharf analysierte sie ihre Situation. Es sah nicht gut aus. Sie saß in der Falle. Sie blickte auf die Uhr. Do würde erst in einer halben Stunde zurück sein, von ihr konnte sie jetzt keine Hilfe erwarten. Sie war auf sich allein gestellt.

»Darf ich fragen, was dich so sicher macht, daß ich diese Frau bin, von der ihr da sprecht?« Sie mußte die Flucht nach vorn antreten. »Und wieso steckst du mit dieser Reporterin unter einer Decke?«

»Beide Fragen kann ich dir sofort beantworten«, sagte Miller-Wagenstein. »Alexa Schwarz hat uns auf deine Fährte gebracht, und sie hat uns auch die Beweise geliefert. Alexa, die Fotos bitte.«

Alexa legte Wotkos Bilder eines nach dem anderen vor Maya aus. Auch die, auf denen Marianne mit Sophie zu sehen war. »Diese Fotos beweisen unter anderem, daß Sie meine Mutter gekannt haben. Und Igor Wassiljew hat uns auch von der besonderen Beziehung, die Sie zueinander hatten, berichtet. Ich kann es Ihnen gern vorspielen. Wir wissen auch über Ihre Drogenvergangenheit Bescheid, und zwar von zwei verschiedenen Quellen. Eine ist übrigens Ihr Mann, Tom Wotko, der Sie schön grüßen läßt. Und dann gibt es noch dieses hier.« Sie hielt Maya das Foto hin, auf dem der Schah ihr die Hand küßte. An ihrem Mittelfinger strahlte der kieselsteingroße Solitär, den sie auch jetzt trug.

»Was wollen Sie?« Mayas Stimme war sehr rauh, sehr heiser, und immer noch starrte sie zu Boden.

»Ich will, daß Sie mir sagen, warum Sie meine Mutter umgebracht haben.« Alexa beugte sich über Maya von Miller und griff ihr unters Kinn, so daß sie sie ansehen mußte. Maya hatte die Augen zugekniffen. »Sehen Sie mich an«, befahl Alexa.

Da riß Maya von Miller ihre Augen auf und stieß einen dumpfen Schrei aus: »Nein!«

In Alexas Augen sah sie das Blut, es floß auf sie zu. Wimmernd brach Maya zusammen. »Ich habe Ihre Mutter nicht töten wollen. Ich habe doch nur Sie töten wollen, ihr Kind.«

Alexa ließ von ihr ab, schlug die Hände vors Gesicht, lehnte sich mit der Stirn gegen das kalte Glas der Terrassentür. »Ich habe doch nur Sie töten wollen, ihr Kind«, hatte diese Frau gesagt.

In ihrer ohnmächtigen Wut hörte Alexa die Frau wimmern. David Miller-Wagenstein schlug ihr ins Gesicht, ein Schlag nach dem anderen.

»Hören Sie auf«, rief Alexa.

Heulend brach Maya von Miller zusammen. Aber während sie so dasaß, ihr schmerzendes Gesicht in den Händen vergraben, wurden ihre Gedanken wieder klar. Es ging jetzt nur um eines: Sie mußte Zeit gewinnen. Atemlose Stille lag im Raum. Nur Friedan, der sich bisher zurückgehalten hatte, trommelte mit den Fingern leise auf die Tischplatte.

Einige Minuten verstrichen. Dann hob Maya den Kopf und fragte: »Und wie geht es nun weiter, mein lieber David? Wie willst du aus der Sache herauskommen? Was willst du der Welt erklären? Daß die überaus erfolgreiche Maya von Miller, deine Stiefmutter und Partnerin, eine Betrügerin ist?«

»Eine Betrügerin, eine Bigamistin, eine Erbschleicherin, eine Mörderin!« ergänzte Friedan kühl. »Wir haben ein paar Papiere vorbereitet, die Sie unterschreiben werden. Und um die Zukunft von David brauchen Sie sich wirklich keine Gedanken zu machen.«

Als Do eine halbe Stunde später mit dem Taxi vorfuhr, fing Friedan sie auf der Straße ab und setzte sich zu ihr auf die Rückbank. »Wir brauchen noch eine Dreiviertelstunde. Frau von Miller bittet Sie, um halb neun wiederzukommen. Und ich habe ebenfalls eine große Bitte an Sie«, sagte er und reichte ihr einen Umschlag. »Frau von Miller braucht heute sicher noch Ihre Hilfe. Ich möchte, daß Sie sich um sie kümmern, notfalls die ganze Nacht.«

Dorothea Gorski sah ihn voller Verständnis an. Sie hatte nichts anderes erwartet. »Ich weiß«, antwortete sie, nahm den Umschlag und sagte: »Ich werde pünktlich um halb neun wieder hier sein.«

Friedan hörte, wie sie den Taxifahrer anwies, sie zur Theatinerkirche zu fahren. Sie wußte, daß sich jetzt das Schicksal von Maya entscheiden würde. Sie wollte für sie beten, für sich und für all die Seelen, die gerade miteinander kämpften.

Maya las die Dokumente sorgfältig, die Friedan ihr vorlegte. Sie bestätigte mit ihrer Unterschrift, daß sie noch immer mit Tom Wotkovicz verheiratet war, daß ihre Ehe mit Alan Miller-Wagenstein demnach niemals gültig war. Sie unterschrieb, daß sie auf alle Ansprüche aus dem Testament Alan Miller-Wagensteins verzichtete. Sie unterschrieb, daß sie sämtliche Ämter, die sie innehatte, niederlegen würde. Sie unterschrieb, daß sie alle ihre Konten auf David Miller-Wagenstein übertrug. Sie unterschrieb, daß all ihr Hab und Gut in seinen Besitz überging. Sie unterschrieb, daß sie sich unverzüglich und für den Rest ihres Lebens zur Behandlung ihrer Herzkrankheit in eine Schweizer Privatklinik begeben würde.

Sie unterschrieb einfach alles. Wo blieb nur Do?

Zu dritt hatten Alexa, David und Friedan gestern nacht lange darüber diskutiert, wie sie sich des Problems Maya am wirkungsvollsten und lautlosesten entledigen konnten. David hatte sie dem Staatsanwalt überlassen wollen, wofür auch Alexa plädierte. Schließlich konnte sich aber Friedan durchsetzen, der des Teufels Advokat zu spielen hatte. Er hatte David die Hiobsbotschaft überbringen müssen, daß die Obduktion von Alans Leiche nicht das erwartete Ergebnis erbracht hatte. Lange wogen sie alle rechtlichen Möglichkeiten ab. Schließlich beugten sich David und Alexa Friedans Argumenten.

»Viel Zeit ist vergangen. Wassiljew ist als Zeuge nur bedingt zu gebrauchen. So wie ich sie einschätze, wird sie nicht gestehen, was wir ihr nicht nachweisen können. Ohne Geständnis wird es eine langwierige staatsanwaltschaftliche Untersuchung geben. Die möchte ich euch beiden gern ersparen. Zumal das Ende offen ist. Es wäre ganz sicher nicht im Sinne von Alan und sicher auch nicht im Sinne von Sophie, wenn dein Name, David, und Ihrer, Alexa, in diese schmutzige Geschichte mit hineingezogen würden. Ich weiß eine wirkungsvollere Art der Strafe.« Und dann hatte er ihnen von seiner Idee berichtet, sie für den Rest ihres Lebens in einer Klinik unterzubringen. Er hatte seine Verbindungen.

»Und jetzt?« fragte Maya, als alles unterschrieben war. »Haben Sie bekommen, was Sie wollten?« Als sie in Alexas Augen sah, glätteten sich ihre verzerrten Züge. »Sie haben dieselben wunderschönen Augen wie Ihre Mutter«, sagte sie zu Alexas grenzenloser Verblüffung. Maya kam ganz dicht an sie heran, immer noch beinahe verzückt lächelnd. Das Rot war nicht mehr da. Wo blieb Do?

»Frau Wotkovicz«, sagte Friedan.

Maya wandte sich von Alexa ab, sah ihn höhnisch an und sagte mit aller Süffisanz, deren sie noch fähig war: »Sie dürfen ruhig Maya zu mir sagen.«

»Frau Wotkovicz«, wiederholte Friedan, »wir werden Sie, sobald Ihre Freundin zurück ist, mit ihr allein lassen. Wir werden das Haus verschließen. Wir werden Ihrer Freundin das erklären. Wir stellen Ihnen frei, Ihre Freundin einzuweihen, aber Sie sollten wissen, daß jeder Mitwisser für Sie ein weiteres Risiko bedeutet. Morgen früh um zehn kommt ein Krankenwagen, der Sie abholen und zum Flughafen bringen wird.«

»Gratulation, Friedan, perfekt, wie Sie mal wieder alles im Griff haben. David, einen tüchtigen Anwalt hast du da«, kläffte sie.

»Noch etwas«, fuhr Friedan fort. »Sie brauchen keinen Gedanken an eine Flucht zu verschwenden. Wir haben Ihre Papiere sichergestellt.«

Sie lachte ihn höhnisch an. »Sie werden sicher auch dafür Sorge tragen, daß ich Papiere mit meinem neuen Namen bekomme, nicht wahr? Das gefällt Ihnen gut, daß aus Maya von Miller Marianne Wotkovicz wird!«

Friedan schaute sie voller Verachtung an. Wie hatte Alan nur mit dieser Frau leben können?

Alexa stand bereits draußen auf dem Kiesweg, der zum Portal der Villa führte. Sie hatte es nicht mehr ausgehalten, in einem Raum mit dieser Frau zu sein.

Mit einer prall gefüllten *Käfer*-Tüte kam Dorothea Gorski durch das Tor und ging an Alexa vorbei ins Haus.

»Ich kümmere mich um Frau von Miller«, sagte sie resolut. Sie hatte die Situation in der Bibliothek sofort durchschaut. Mayas Hände zitterten, ihr Gesicht war von Davids Ohrfeigen angeschwollen, die falschen Wimpern hatten sich gelöst. »Sie können gehen. Ich sehe, was los ist. Sie werden hier nicht mehr gebraucht.«

Miller-Wagenstein schüttelte den Kopf, aber Friedan sagte laut und bestimmt: »Sie wird Ihnen das Nötigste erzählen. Bitte passen Sie auf sie auf, sie hat eine schwierige Nacht vor sich. Der Arzt kommt morgen um zehn.«

»Raus!« schrie Maya und wischte mit der Hand die Kopien aller Vereinbarungen vom Tisch.

Friedan nahm David am Arm. Ohne sich noch einmal umzublicken, verließen sie die Bibliothek. Wenige Sekunden später fiel die Haustür ins Schloß, und Maya hörte, wie sie von außen abgeschlossen wurde.

DIE LÖSUNG

»Wenn du mir vertraust, wird alles gut«, sagte Do und wischte Mayas Gesicht zärtlich mit einem feuchten Lappen ab.

Maya drängte sich an den Busen ihrer Freundin und flehte sie an: »Hilf mir.«

»Brav, meine Kleine. Ich bin ja so froh, daß du dir endlich helfen läßt«, antwortete Do und streichelte ihr über die Stirn. »Wieviel Gramm hast du heute schon genommen?«

»Fünf.«

»Wieviel hast du getrunken?«

»Eine Flasche.«

»Dann mußt du dich jetzt aber zusammenreißen. Wir dürfen keine Zeit verlieren. Laß uns beginnen.«

Es war neun: Das war ihre Stunde, die Stunde der Wahrheit, die Stunde der Do. Maya war wehrlos, ihr Wille gebrochen, ihre Stimme weinerlich, ihre hilflosen Augen suchten Dos Blick, der hart und entschlossen war. Von nun an war es Do, die sprach, und Maya, die zuhörte. Sie wußte, daß sie alles mit sich geschehen lassen mußte, daß sie ohne Do verloren war.

»Zuerst müssen wir uns des Bösen annehmen, und dann wirst du mir beichten wollen. Danach schauen wir, was die Karten sagen«, leitete Do die Prozedur ein und zog die schweren Vorhänge zu.

»Hol Kerzen«, ordnete sie an. Maya öffnete eine Schublade, nahm eine Kerze nach der anderen heraus, insgesamt 23 Kerzen, und reichte sie Do.

»Verteil sie im Zimmer und zünde sie an«, verlangte Do.

Als alle Kerzen brannten, befahl sie Maya, das Licht zu löschen und sich auszuziehen. »Leg dich auf den Tisch.«

Mit marionettenhaften Bewegungen tat Maya, was Do von ihr verlangte, sie stand bereits unter ihrem Bann.

Do stellte eine Blechdose mit einer grünlichen Paste auf den Tisch, tauchte mit den Fingerspitzen tief hinein, verrieb die cremige Masse in den Innenflächen ihrer Hände und begann, Mayas Körper einzubalsamieren. Langsam und mit festem Druck kreiste sie mit beiden Handtellern über Mayas Körper, bis sie von Kopf bis Fuß grünlich schimmerte. Sie rieb und rieb, bis die Paste ganz in Mayas Haut eingedrungen war. Es war eine Salbe aus 77 Kräutern, die sie in den brandenburgischen Wäldern mühsam gesammelt und mit Schrot, kalt gepreßtem Olivenöl und ein paar Tropfen Blut einer ungeborenen Katze über ein Jahr angesetzt hatte. Das Rezept war ihr von ihrer Urgroßmutter überliefert worden, gemeinsam mit einem Büchlein, in dem die Fälle verzeichnet waren, bei denen die Salbe gewirkt hatte. Schon nach wenigen Minuten verfiel Do in Trance und Maya in einen Dämmerzustand.

Schließlich begann Do mit einer Stimme zu reden, die nicht ihr gehörte, in einer Sprache, die Maya auch dann nicht verstanden hätte, wenn sie wach gewesen wäre. Do murmelte hastig und immer schneller, wurde lauter und lauter, bis sie endlich hervorstieß: »Es möge geschehen.«

Sie setzte sich an den Tisch, auf dem Maya lag, stützte ihren Kopf auf und erweckte sich aus der Trance. Sie mußte jetzt über Maya wachen, sie durfte ihr nicht entgleiten. Do sah, wie Maya sich mit der ganzen Kraft ihres Körpers gegen die Tischplatte preßte, wie sie sich an die Tischkante klammerte, so fest, daß alles Blut aus ihrem Körper wich. Arme und Körper bildeten ein Kreuz, ihr Mund war geöffnet, Schleim kroch auf ihre Schultern, ihr Kopf schlug dumpf von einer Seite auf die andere, ihre Augen waren weit geöffnet. Sie war von Sinnen. Aus weiter Ferne hörte Do, wie Maya das Böse aus sich herausstieß, Wort für Wort, in der zerhackten Sprache der Trance. Do saß da und machte sich stenografische Notizen. Schon vor Jahren hatte sie herausgefunden, daß diese Stimmen nicht mit technischen Hilfsmitteln aufgenommen werden konnten.

Eine Stunde schwebte Maya so zwischen Traum und Tod. Und in dieser einen Stunde erfuhr Do alles über das geheime Leben der Maya von Miller. Dann schwieg sie und schien einschlafen zu wollen. Do fuhr Maya über die Augen, weckte sie. Maya setzte sich auf, betrachtete ihre Nacktheit, den grünen Schimmer auf ihrer Haut, konnte sich an nichts erinnern. »Was ist das für ein Gestank?« fragte sie, und Do begleitete sie hinauf ins Bad, wo sie ihre Freundin sorgfältig mit lauwarmem Wasser abduschte.

Drei Stunden später hatte Maya zwei Geständnisse handschriftlich niedergeschrieben. In dem ersten stand, daß sie den Tod von Sophie und Max billigend in Kauf genommen hatte, auch wenn sie in erster Linie das Kind töten wollte. Und in dem zweiten, daß sie Alan Miller-Wagenstein zu Tode gespritzt hatte.

Zuerst wollte Maya sich weigern, die Schuld an Alans Tod auf sich zu nehmen. »Ich habe ihn nicht getötet«, sagte sie mit weinerlicher Stimme und beschrieb Do, was in der bewußten Nacht wirklich passiert war. Bevor sie ihn hatte töten können, war er eines natürlichen Todes gestorben. Aber Do blieb hart – alles Böse mußte gesagt werden, nur dann hatte Maya eine Chance.

»Was willst du?« fragte Maya, als Do nicht lockerließ und auf ihrem zweiten Geständnis beharrte.

»Ich will sichergehen, daß sie dir abnehmen, daß du nicht

mehr leben wolltest. Es wird aussehen wie ein goldener Schuß. Wir werden deinen Selbstmord inszenieren.«

Da endlich verstand Maya.

Alle Freundlichkeit war aus Dos Stimme gewichen, als sie Maya im Detail schilderte, was in den nächsten Stunden zu geschehen hatte. Als erstes mußte Maya drei Barschecks, gezogen auf ihr Schweizer Bankkonto, ausstellen. Einen über fünf Millionen Schweizer Franken, einen über eine Million und einen über einhunderttausend. Die fünf Millionen für Maya, die Million für Do. Sobald alles geklärt war, sollte Maya ihr eine weitere Million zukommen lassen. In einem großen Gurkenglas sollte sie das Geld an einer bestimmten Stelle einer Bucht auf Ibiza verstecken. Do hatte es mit Papierschnipseln ausprobiert. »Du brauchst ein Anderthalbliterglas«, sagte sie. Spätestens in einem halben Jahr war der Betrag fällig.

Die hunderttausend waren für Dr. Erwin Gruber, den Arzt, der ihnen helfen würde, weil Do ihn in der Hand hatte. Nur Dorothea Gorski wußte, warum er seine Prominentenpraxis in Berlin von einem Tag auf den anderen verkauft und sich statt dessen in München-Schwabing in eine kleine Klinik eingekauft hatte.

Maya tat, was Do ihr befahl, und nachdem sie die Schecks in ihren Ausschnitt versenkt hatte, rief Dorothea Gorski Gruber an. Sie bestellte ihn für drei Uhr früh. Was sie vorhatten, war nicht ungefährlich, aber in Mafiakreisen mehr als einmal erfolgreich praktiziert worden.

Die Salbe hatte die Wirkung des Kokains noch verstärkt, und so fand Maya, nun völlig enthemmt, die Idee grandios. »Eine Königsidee«, rief sie aus. »Könnte von mir sein! Warum bin ich nicht selbst darauf gekommen?«

»Weil du zu dumm bist«, antwortete Do kühl, aber Maya kicherte weiter und ließ Do bei deren eigenem Leben schwören, daß nichts schiefgehen konnte.

»Ich schwöre bei meinem eigenen Leben, daß du noch heute nacht ein neues Leben beginnen wirst«, sagte Do und legte feierlich ihre Schwurhand aufs Herz. »Und bei der Million, die du mir noch schuldest«, fügte sie hinzu, um ihren Schwur zu unterstreichen. Sie wußte, welche Sprache Maya am besten verstand.

»Und jetzt laß uns in die Karten sehen«, verlangte Maya.

In aller Ruhe legte Dorothea Gorski die Karten aus und prophezeite Maya drei Dinge: daß sie keine Not leiden und daß sie nach einer Odyssee auf einer Insel ein vollkommen neues Leben beginnen würde; nur auf ihre Gesundheit würde sie aufpassen müssen.

»Und jetzt darfst du mir drei Fragen stellen, die ich nur mit ja oder nein beantworten werde«, forderte Do Maya zum Schluß auf.

»Heißt das, daß ich bald sterbe?«

»Nein.«

»Werde ich noch einmal lieben?«

»Nein.«

»Wirst du mir auch weiterhin helfen?«

»Nein.«

Morgens um halb sieben rief Dorothea Gorski bei Friedan im Hotel an. Völlig außer sich schrie sie ins Telefon: »Sie hat versucht, sich umzubringen. Sie hat sich eine Überdosis gespritzt. Kommen Sie! Sie müssen sofort kommen!«

Friedan schrie zurück: »Sie Idiotin, warum haben Sie nicht aufgepaßt?«

Er weckte David, der Alexa informierte, und zu dritt fuhren sie mit dem Taxi zu Mayas Haus. Schon von ferne sahen sie die Ambulanz in der Einfahrt stehen. Sie entdeckten die aufgebrochene Haustür; Gruber hatte eine Scheibe einschlagen müssen, um in das von Friedan verschlossene Haus einsteigen zu können. Sogar daran hatte Do gedacht: Sie hatte die Alarmanlage ausgeschaltet.

In der Eingangshalle kam ihnen Dr. Gruber entgegen und schüttelte resigniert den Kopf. »Ich habe nichts mehr machen können«, sagte er und wischte sich die schweißnassen Hände an der Hose ab. »Sind Sie Herr Miller-Wagenstein?« fragte er Friedan, der auf David wies. »Mein herzlichstes Beileid. Tut mir leid, Ihre Stiefmutter war eine wunderschöne, aber wohl auch eine sehr kranke Frau. Zu schwach jedenfalls, um die Dosis Heroin zu verkraften, die sie sich gespritzt hat.«

Miller-Wagenstein stieß den Arzt zur Seite und lief die Treppe hinauf, riß eine Tür nach der anderen auf, bis er in Mayas Schlafzimmer stand. Do kniete, in einen Bademantel gehüllt, an ihrem Bett. Maya lag bleich auf der Decke, an ihrem Arm konnte er die blutige Einstichstelle sehen. Auf dem Nachttisch lag noch die Spritze.

Miller-Wagenstein stürzte aus dem Zimmer, Do folgte ihm. Sie gab ihm zwei Umschläge.

Der eine war an David adressiert, der andere an Alexa.

David ging hinunter zu Alexa, nahm sie beiseite und übergab ihr den zweiten Umschlag.

Sie gingen in die Bibliothek und lasen schweigend ihre Briefe. Alexa starrte auf den letzten Satz: »Verzeihen Sie mir. Ich kann mit dieser Schuld nicht mehr leben.«

Sie steckte den Brief in den Umschlag zurück und beobachtete Miller-Wagenstein, der am Fenster stand.

»Sie bittet mich um Verzeihung. Um Verzeihung dafür, daß sie meinen Vater getötet hat«, sagte er leise.

Zwei Stunden später verließen Alexa, David und Friedan das Haus. Gruber hatte den Totenschein ausgestellt: Herzversagen.

Friedan hatte darauf bestanden zu warten, bis der notdiensthabende Arzt des nahen Hospitals kam. Gruber wechselte ein paar Worte mit dem Kollegen, bevor sie gemeinsam nach oben in das Sterbezimmer gingen. Der Kollege sah mit einem Blick die typischen Merkmale eines plötzlichen Herzstillstandes, die Verfärbung der Haut, die Verkrampfung der Glieder. Die Frau war der sechste Todesfall, zu dem er in dieser Nacht gerufen worden war. Er war alt und müde, die Sache war klar, und sein Dienst war gleich zu Ende. Er bestätigte die Todesursache auf dem Totenschein und verabschiedete sich, indem er jedem Anwesenden die Hand reichte und »Beileid« murmelte.

Do bot sich an, bei Maya zu bleiben, bis der Bestatter kam, den Gruber bereits informiert hatte: »Das bin ich ihr weiß Gott schuldig«, sagte sie, und Miller-Wagenstein nickte dankbar. Nicht auszudenken, wenn sie sich jetzt um all diese Dinge kümmern müßten. Friedan stand bereits am Telefon, er mußte dem Chauffeur absagen, der Maya in die Schweiz hatte bringen sollen, und er bestellte ein Taxi zum Hotel.

»Wir haben hier nichts mehr verloren«, sagte er und drängte Alexa und David, die noch zögerten, sanft zur Haustür. Auf der Straße umarmte David Alexa, die die ganze Zeit geschwiegen hatte, und beide drückten gleichzeitig aus, was ihnen auf dem Herzen lag: »Es ist besser so.«

Alexa wollte nur noch eins: Sie wollte nach Hause. Als sie mit dem Taxi in die Mauerkircher Straße einbogen, kam ihnen ein Leichenwagen entgegen.

Es dauerte wenig mehr als eine Stunde, bis Do Maya gewaschen, geschminkt, angekleidet hatte und ein letztes Mal vor ihr niederkniete, um ein Ave Maria zu beten. Dann half sie Gruber, Maya, die in ihrem schwarzen Cocktailkleid wunderschön und friedlich, ja glücklich aussah, in den mit weißer Seide ausgeschlagenen Eichensarg zu betten.

Do hatte darauf bestanden, daß nur sie und der Arzt Hand an Maya legten. Die beiden Bestattungshelfer tranken derweil draußen einen Kaffee. Es kam immer wieder einmal vor, daß sie nur als Fahrer und zum Verschließen des Sarges benötigt wurden. Bis zu ihrer letzten Fahrt zum Krematorium sollte die Tote in ihrer Villa verbleiben. Es schienen einflußreiche Leute zu sein: Die Einäscherung konnte bereits morgen stattfinden, obwohl in München Wartezeiten von zehn Tagen die Regel waren. Sie tranken in Ruhe ihren Kaffee aus, sie mußten nur noch den Sarg verschließen.

»Wir sind soweit«, sagte Do leise, und die beiden folgten ihr in den ersten Stock, wo der Sarg in der großen Diele stand. Do küßte Maya auf die Stirn, Gruber streichelte ihr über die Hände, die gefaltet auf einem Kissen lagen. Der Solitär an ihrem linken Mittelfinger schimmerte im dämmrigen Licht.

»Haben Sie da nicht was vergessen?« fragte der eine Bestatter und deutete auf den Ring.

»Nein«, beschied Do. »Das hat schon alles seine Richtigkeit.«

Der Bestatter sah seinen Kollegen kopfschüttelnd an. Nie würde er diese reichen Leute verstehen.

Mit großer Ruhe sah Do zu, wie die beiden Männer den Sarg verschlossen. Zwanzig Schrauben zählte sie, jede war 15 Zentimeter lang. Sie legte ihren Arm auf Grubers Schulter, er seufzte, aber sie warf ihm einen ermunternden Blick zu.

»Lassen Sie uns jetzt bitte allein«, bat er, und die Bestatter verabschiedeten sich mit einer pietätvollen Verbeugung. So früh hatten sie schon lange nicht mehr Feierabend machen können.

Do packte eine Reisetasche, die sie als Handgepäck mit ins Flugzeug nehmen konnte, bestellte ein Taxi und überließ Maya dem Arzt. Sie mußte die Maschine nach Zürich erreichen. Gruber kannte seine Aufgaben, er würde bei Maya wachen, bis Do zurückkam. Do und das Geld.

Exakt zwei Stunden lagen zwischen ihrer Ankunft auf dem Flughafen Klothen und ihrem Rückflug nach München. Wegen des Berufsverkehrs nahm sie die Stadtbahn, stand um Viertel nach drei in der Halle der *Schweizer Bankgesellschaft*, Hauptfiliale Bahnhofstraße, und löste zunächst an der Kasse die drei Schecks ein.

»Wir wissen Bescheid, gnädige Frau, wie geht es Ihrer werten Frau Schwester?« fragte der Bankbeamte, als er das Konto in seinem Computersystem aufrief. Es war nicht das erste Mal, daß Do Bargeld für Maya abhob, die sie gegenüber der Bank schon seit einigen Jahren als ihre Schwester ausgab. Gelegentlich hatte sich Do gern ein Zubrot als Geldbote verdient. Auch daß es sich um Millionenbeträge handelte, war nichts Besonderes. Maya hatte wie viele Privatkunden von Schweizer Banken die Angewohnheit, ihr Konto immer dann auf Null auszugleichen, sobald sich fünf Millionen Schweizer Franken angesammelt hatten. Das aktuelle Guthaben belief sich auf 6754432 Franken und 24 Räppli. Do hob 6100000 Franken ab, der Rest blieb als Sockelbetrag stehen. Jammerschade, fand Do. Gestern abend hatte die Bank ein Fax aus München erhalten, das Dorothea Gorskis Kommen ankündigte. Das Geld lag bereit, wie gewünscht in großen Scheinen.

»Brauchen Sie unser Täschli?« fragte der Bankbeamte.

»Geben Sie es Ihrem Kollegen, er soll mit mir zum Safe gehen«, antwortete Do und ließ sich in den Tresorraum begleiten. Zuerst steckte der Bankangestellte seinen Schlüssel, dann sie den ihren in das Schloß des Schließfachs Nr. 2326. Lautlos ließ sich die schwere Tür öffnen. Der Angestellte zog die schubladengroße Aluminiumbox heraus, stellte sie auf den Tisch in der Mitte des stahlgepanzerten Raumes. »Bitte bedienen Sie sich«, sagte er. »Wann soll ich wieder aufschließen?«

»Ich brauche fünf Minuten«, sagte sie, und der Angestellte zog die Tür hinter sich zu.

Anstatt nun aber das Bargeld in den Safe zu legen, machte sich Dorothea Gorski daran, zu entnehmen, was sich in der Box befand: diverse Geldbündel, ein samtenes Beutelchen mit Diamanten, eine Kassette mit Juwelen, ein ledernes Album mit antiken Goldmünzen, einen Umschlag mit Dokumenten. Nur die Goldbarren mußte sie liegenlassen. Sie waren zu sperrig und zu schwer. Sie verstaute alles ordentlich auf dem Boden der Reisetasche. Dann klingelte sie nach dem Sicherheitsbeamten. Als er den Tresorraum betrat, hatte sie die Box bereits wieder in den Safe zurückgeschoben und die Reisetasche über ihre Schulter gehängt. Sie gab ihm das leere Täschli zurück, und beide zogen ihre Schlüssel heraus. Sie mußte sich Mühe geben, die Tasche leicht erscheinen zu lassen.

Schnellen Schrittes ging sie zum Taxistand, der sich gegenüber der Bank befand, und ließ sich zum Hotel *Baur au Lac* fahren, wo sie in das in der Nacht für sich und ihre Schwester telefonisch reservierte Zimmer eincheckte.

»Und wann dürfen wir Frau Fink erwarten?« fragte der Rezeptionist nach.

»Sie kommt morgen früh«, informierte Do ihn. Der Hotelangestellte händigte ihr den Zimmerschlüssel aus.

Ein Page nahm ihr die Reisetasche ab und begleitete sie im Lift in den vierten Stock. Er schaute rasch im Bad und in der Minibar nach dem Rechten, sie steckte ihm ein Trinkgeld in die hohle Hand. Erfreut sah er, daß es ein Fünfundzwanzig-Franken-Schein war, und zog sich mit einer tiefen Verbeugung und einem »Schönen Aufenthalt wünsche ich« zurück. Sie hängte das »Bitte nicht stören«-Schild an die Tür, schloß ab und atmete tief durch. Einen Moment stellte sie sich an das Fenster und öffnete es. Sie mußte frische Luft schnappen.

Zimmer 404 war ein schönes Doppelzimmer mit Blick auf den Zürichsee. Die Sonne tauchte den See in ein gleißendes Licht, und als Dorothea Gorski auf das Wasser blickte, spürte sie, wie sehr die letzten Stunden an ihren Kräften gezehrt hatten. Wie gern würde sie jetzt die Füße hochlegen und die Augen schließen, immerhin blieb ihr noch eine knappe Stunde, bevor sie zurück nach Klothen mußte. Aber sie widerstand der Versuchung und konzentrierte sich wieder auf ihre Aufgabe. Tränen standen in ihren Augen.

Was sie zu Tränen rührte, war nicht so sehr das Schicksal Mayas, sondern war sie selbst. Seit gestern, seit ihrer Sitzung wider das Böse, befand sie sich in einem merkwürdigen Zustand, empfand sich wie neugeboren, wie ein anderer, ein besserer Mensch. Denn gestern hatte sich bewahrheitet, was sie seit langem ahnte: Gestern hatten sich ihre eigenen Kräfte mit denen ihrer Urgroßmutter vereint.

Zum erstenmal war es ihr gelungen, die gefesselten Seelen, die sich an Maya klammerten, nicht nur zu sehen. Sie hatte sie identifiziert, eine nach der anderen – die feine, traurige Seele von Sophie, die wütende, wehrlose von Max und die ergebene, gebeugte von Alan. Sie hatte sie alle drei von Maya und dem Bösen, das in ihr war, lösen können und ins Licht geschickt. Die Erleichterung umgab sie auch jetzt noch, und die Gewißheit, daß sie von nun an wirklich Macht ausüben konnte.

Aber für solche Gedanken blieb wenig Zeit. Sie mußte tun, was zu tun war. Was sich in ihrer Reisetasche befand, breitete sie auf dem Bett aus, ordnete die Dinge so, daß das Zimmer benutzt aussah. Sie hängte den Hosenanzug auf einem Bügel in den Kleiderschrank, die Toilettensachen brachte sie im Bad unter, legte ein Buch, das sie wahllos aus Mayas Bibliothek gegriffen hatte, Wolf Wondratscheks *Carmen oder bin ich das Arschloch der achtziger Jahre*, auf den Nachttisch, rauchte eine Zigarette und drückte die Kippe in einem Aschenbecher aus, der auf dem kleinen Schreibsekretär stand.

Aus den Geldbündeln zählte sie 1100000 Schweizer Franken ab, elfmal einhundert Tausend-Franken-Scheine, und legte sie so auf den Boden ihrer Tasche, daß es eine glatte Fläche ergab, bedeckte sie mit der Bodenverstärkung und verteilte darauf ihre alltäglichen Utensilien, ihren Kalender, ihr Schminktäschchen, das Päckchen Tempo-Taschentücher, ihr Portemonnaie, ihre Brieftasche, steckte dazu die *Süddeutsche Zeitung* und war mit dem Ergebnis zufrieden.

In den Zimmersafe, der sich in der Schrankwand in einem Fach oberhalb der Minibar befand, legte sie, was hineinpaßte: den Umschlag mit den Dokumenten, das Beutelchen mit den Diamanten, die Schmuckkassette, das Münzalbum. Rundherum stopfte sie noch einige Geldbündel. Es half nichts – drei Millionen Franken mußte sie anderswo verstauen. Sie hob die Matratze an und verteilte das Geld, so flach wie möglich, in der Innenseite des Spannbettuchs. Das Zimmermädchen würde heute abend beim Abdecken des Bettes die Matratze nicht anheben.

Es war kurz vor halb fünf, fünfzig Minuten vor Abflug der Swiss Air 555 nach München, als sie das *Baur au Lac* verließ; die Reisetasche hatte sie auf dem Zimmer gelassen, der Zimmerschlüssel steckte in ihrer Handtasche. Zu Fuß ging sie am Zürichsee entlang und nahm sich erst in ein paar hundert

Metern Entfernung ein Taxi. »Nach Klothen«, wies sie den Fahrer an, einen freundlichen alten Herrn mit Tirolerhut.

Um 18 Uhr 20 landete sie auf dem Münchner Franz-Josef-Strauß-Flughafen. Um 19 Uhr stieg sie in Bogenhausen zwei Seitenstraßen entfernt aus dem Taxi und lief die letzten hundert Meter zu Fuß hinüber zu Mayas Haus.

Sie klingelte, wie mit Gruber verabredet, zweimal kurz, einmal lang. Der Arzt öffnete ihr die Haustür und bedeutete ihr zu schweigen. »Die frische Luft wird Ihnen gutgetan haben, Frau Gorski«, sagte er mit überlauter Stimme und formte mit seinem Mund zwei Worte: »Besuch« und »Wunderlich«.

Gemeinsam gingen sie in den Salon, wo Friedrich-Carl Wunderlich in sich zusammengesunken auf dem Sofa saß. Nur mühsam erhob er sich, um Dorothea Gorski mit tränenerstickter Stimme zu begrüßen.

»Ich bin erst vor einer Stunde von einer Dienstreise zurückgekommen. Meine Frau hat mir das Ungeheuerliche berichtet«, flüsterte er. »Ich hätte mich so gern noch von ihr verabschiedet.«

»Ich habe ihm erklärt, daß der Sarg bereits verschlossen ist«, sagte der Arzt, »aber Dr. Wunderlich wollte unbedingt auf Sie warten.«

Noch hielt die Luft im Sarg vor, aber Gruber sah ostentativ auf seine Armbanduhr.

»Wir danken Ihnen sehr für Ihre Anteilnahme.« Do streckte Wunderlich die Hand zum Abschied entgegen. »Es wäre schön, wenn Sie an der Aussegnung teilnehmen könnten.«

»Kann ich denn gar nichts tun?« fragte er verzweifelt.

»Nein«, antwortete Do und hatte ihn schon ins Entree komplimentiert. Er warf einen letzten Blick zum ersten Stock hinauf, wo Gruber ihn kurz vor dem Sarg hatte verharren lassen, und ging dann schleppenden Schrittes die Treppe hinunter.

»Wir müssen uns beeilen«, sagte Gruber, zog die Anzugjacke aus und krempelte die Ärmel seines Hemdes hoch. »Den Schraubenzieher, bitte.«

Der Arzt verließ das Haus um elf Uhr in der Nacht. Er hatte seinen Wagen mit dem Kofferraum zur Garageneinfahrt geparkt und verabschiedete sich von Dorothea Gorski in der Haustür.

»Alles in Ordnung«, sagte er. »Ihr Kreislauf ist stabil.«

»Fahren Sie bitte vorsichtig«, flehte Do ihn an.

Der wieder verschlossene Sarg stand in dem jetzt hell erleuchteten Vorraum im ersten Stock. Do setzte sich auf einen Stuhl am Kopfende. Wenn sie ihren Blick hob, konnte sie sehen, daß im Nachbarhaus ein Paar eng umschlungen am Fenster stand und herüberschaute.

Lange verweilte Do so, schlief über dem Sarg ein. Es war zwei Uhr, als sie aufwachte. Schlaftrunken ging sie ins Bad, zog sich aus und hüllte sich in Mayas weichen Bademantel. Sie richtete sich ihr Lager aus Decken und Kissen auf dem Sofa im Salon. Das Gästezimmer, das Maya für sie vorgesehen hatte, lag in der zweiten Etage und hatte keinen Telefonanschluß.

Do brauchte nur den Bruchteil einer Sekunde, um sich zu orientieren, als sie gegen halb fünf vom Klingeln des Telefons aus dem Schlaf gerissen wurde. Es klingelte dreimal und verstummte, es klingelte wieder, einmal nur. Es dauerte genau dreißig Sekunden, bis es zum drittenmal klingelte – wiederum dreimal. Do schaute auf ihre Uhr, sie hatte sich in den Kissen aufgesetzt und lauschte in die Stille.

Es war also gutgegangen.

DAS ENDE

Guido, der Fahrer des Leichenwagens, ein freundlicher sächselnder Frührentner in anthrazitfarbenem Anzug, schwarzem Hemd und weißer Krawatte, drückte ein Auge zu, als Dorothea Gorski ihn bat, während der zweistündigen Fahrt von München nach St. Pilaten die sterblichen Überreste Maya von Millers auf ihrem Schoß halten zu dürfen. Auf dem ersten Parkplatz hinter München nahm er die bronzene Urne aus der Holzkiste, die mit Hilfe von zwei gekreuzten Gummigurten in der Mitte der Ladefläche befestigt war, dort, wo sonst der Sarg stand, und reichte ihr das Gefäß herüber.

Nach einer guten Stunde fand Guido, daß er lange genug geschwiegen hatte, und fragte mitfühlend, woran die Gute denn verstorben sei. »Herzschlag«, gab Dorothea Gorski Auskunft und fügte hinzu: »Sie wurde nur fünfzig Jahre alt.«

Eine Bemerkung, die Guido, der sich für nichts mehr interessierte als für Todesursachen bei Gleichaltrigen, herausforderte, nun seinerseits alle Variationen zum besten zu geben: Herzinfarkte, Selbstmorde, Magendurchbrüche, Aids, Krebs, Hirnschläge, Unfälle im Straßenverkehr und zu Hause, Mord und Totschlag. Do merkte, daß der Sachse nicht zu stoppen war, und beschloß, auf ihn einzugehen. So entspann sich für den Rest der Fahrt ein angeregtes Gespräch über große und kleine Wehwehchen, über das Elend in der Welt im allgemeinen und Guidos Rückenschmerzen im speziellen. Die Fahrt verging schnell.

Sie kamen eine Stunde zu früh in St. Pilaten an. Die heilige Messe in der Friedhofskapelle war für ein Uhr angesetzt. »Was nu?« fragte Guido. Für eine Stadtrundfahrt war der Ort zu klein und uninteressant, außer der Kirche und der örtlichen Lampenschirmfabrik gab es keine weiteren Sehenswürdigkeiten. Und so kehrten Guido und Do in den einzigen Gasthof am Kirchplatz ein. Die Brotzeit, die Do für beide bestellte, war reichhaltig, deftig und hausgemacht. Guido genehmigte sich dazu ein alkoholfreies Bier, Do zur Feier des Tages eine Weinschorle. Die Urne stand neben ihr auf der Holzbank, in einer Plastiktüte der Supermarktkette *Spar*, die Guido im Handschuhfach des Leichenwagens gefunden hatte.

Der Pfarrer von St. Pilaten war ein junger Mann, der die Scheiberls nicht gekannt hatte. Die Eltern waren vor seiner Zeit gestorben: Vater Scheiberl, Gärtner bei Veit Kamp, dem einzigen Fabrikanten am Ort, Lampenschirme und Monturen, schon in den frühen fünfziger Jahren, seine Frau Maria, Haushaltshilfe ebendort, 1977. Zu Marianne Scheiberl, der Tochter, die es in Amerika zu Ruhm und Millionen gebracht hatte und die nun als Asche der Maya von Miller nach St. Pilaten zurückkehrte, hatte niemand im Ort mehr Kontakt gehabt, seit sie ihre Heimat 1966 verließ, um in München ihr Glück zu suchen. Selbst Erika Hummel, der Gemeindesekretärin, die alle Klatschmagazine las und sehr stolz darauf war, daß sie sich in den besseren Kreisen gut auskannte, war entgangen, daß aus Marianne etwas geworden war. Nicht einmal an ihr Aussehen konnte sie sich erinnern. Die Mutter jedenfalls war eher unscheinbar gewesen, sah man einmal von ihrem riesigen Busen ab.

Die kleine Friedhofskapelle hatte der Pfarrer noch nie so schön herausputzen können. Mit den zweitausend Mark, die man ihm zur floralen Ausstattung der Messe zur Verfügung stellte, hatte er alle weißen Lilien der Gegend aufgekauft.

Guido, mit dem Do ausgemacht hatte, daß er sie auf der Rückfahrt nach München am Flughafen Franz-Josef-Strauß absetzen würde, wollte gern an der Messe teilnehmen. Sie konnte auch nicht verhindern, daß zwei alte Damen, Erika Hummel und ihre Freundin Gerda Mayerhofer, die Köchin des Lampenfabrikanten, sich am Grab ihrem letzten Gebet anschlossen. »Amen«, sagte Erika Hummel laut und deutlich, als der Pfarrer die Urne mit Maya von Millers sterblichen Überresten in die Erde versenkte.

Es war ein kleines, ein schmuckloses Grab. Do legte einen Strauß weißer Orchideen auf das Sandhäufchen, unter dem sich die Urne nun befand, bekreuzigte sich, reichte dem Pfarrer die Hand, gab ihm den Umschlag mit einer Spende für die Restaurierung des Marienaltars der Pfarrkirche und verschwand.

Die Zeit war knapp, sie wollte ihre Maschine nach Berlin nicht verpassen.

»Fahren Sie«, sagte sie zu Guido. »Fahren Sie schnell.«

»Maya von Miller, stellvertretende Vorstandsvorsitzende des Miller-Wagenstein-Konzerns und Präsidentin des Tele-Shopping-Kanals NEED, ist während einer Deutschlandreise im Alter von 50 Jahren verstorben.

Wie David Miller-Wagenstein, 59, der Vorstandsvorsitzende des Konzerns, mitteilte, habe die Witwe seines Vaters, des Firmengründers Alan Miller-Wagenstein, schon seit einiger Zeit an einer Herzschwäche gelitten.

Maya von Miller ist an ihrem Geburtsort St. Pilaten bei Augsburg in aller Stille beigesetzt worden.

Über die Nachfolge von Maya von Miller konnte der Unternehmenssprecher noch keine Auskunft geben. Jeffrey

Katzenstein, der Finanzvorstand des Unternehmens, wird kommissarisch die Geschäfte von NEED leiten.«

Die Meldung von Maya von Millers Tod ging um die Welt. In New York standen drei Tage lang die Telefone nicht still. Grace Siegel kannte das Geschäft: Erst vor anderthalb Jahren hatte sie ihre damalige Chefin, Pamela Harriman, die amerikanische Botschafterin in Paris, ebenso plötzlich verloren. David Miller-Wagenstein hatte sie gebeten, sich, sobald der erste Rummel vorbei war, um die Auflösung der Haushalte zu kümmern. Auch darin hatte sie seit Pamelas Tod Routine. Diese Aufgabe übernahm sie sogar ausgesprochen gern, denn nichts liebte sie mehr, als in Schubladen und Akten zu schnüffeln, zu denen ihr bisher der Zugang verwehrt war. Zum nächsten Ersten war Grace Siegel zum Public Relations Director des Gesamtkonzerns befördert worden.

Die internationale Presse hatte Grace gut im Griff. Gezielt streute sie einige zusätzliche und anrührende Informationen über das soziale Engagement Maya von Millers, über ihre großen Pläne, eine Stiftung für Aids-infizierte und drogenabhängige Kinder ins Leben zu rufen, über ihre Ernennung zur UNESCO-Botschafterin, die nun leider nicht mehr stattfinden konnte, über den *Fresh Air Fund*, der New Yorker Straßenkindern Ferien auf dem Lande ermöglichte und den sie mit einer Millionenspende unterstützte. David Miller-Wagenstein konnte mit der Berichterstattung im großen und ganzen zufrieden sein. Sie waren noch einmal davongekommen.

Nur die deutsche Presse spielte einen Monat lang verrückt, allen voran *BILD*, München und die *Abendzeitung*, die sich in Berichten über den Aufstieg und den tragischen Tod »unserer« erfolgreichsten Münchnerin, die es in Amerika zu Ruhm, Ehre und Millionen gebracht hatte, geradezu überschlugen.

Den Vogel aber schoß *Bunte* ab. »Der Roman eines Lebens« nannte Chefredakteurin Patricia Riekel die Story. Es waren zwölf schillernde Seiten mit Fotos von Tom Wotko und einem Text von Eva Kohlrusch, einer auf die Analyse von Frauenschicksalen spezialisierten Autorin. Wotko hatte sich, als er von Mariannes Tod hörte, bei Alexa gemeldet, und sie hatte ihm völlig unerwartet seine Fotos zurückgeschickt und zum Verkauf an *Bunte* freigegeben, was er nicht verstand, aber erfreut zur Kenntnis nahm. In *Mona Lisa* erschien eine vergleichsweise harmlose Story mit Alexas Interview und dem Foto im Abendkleid, das Herb Neumann exklusiv für *Mona Lisa* in Paris gemacht hatte. Daß das Interview nicht namentlich gekennzeichnet war, fiel nur denen auf, die auf so etwas achteten.

Dank Alexas Vermittlung hatte Wotko sich am Tag nach Mayas Tod im Hotel *Vier Jahreszeiten* mit David Miller-Wagenstein und Mick Friedan getroffen. Die Herren verstanden sich auf Anhieb, und Wotko begriff, daß es über die großzügige Abfindung Miller-Wagensteins hinaus wenig Sinn machte, aus seiner längst geschiedenen Ehe mit Marianne Kapital schlagen zu wollen.

Miller-Wagenstein und Friedan waren mit Mayas neuer *Gulfstream* nach New York zurückgeflogen. Schon beim Einsteigen bereute Miller-Wagenstein, daß sie keinen Linienflug genommen hatten. In den Sitzen hing noch der Duft von Mayas schwerem Parfum, Chanel No. 5, das sich durch kein Raumspray vertreiben ließ und ihn an den Rand des Erbrechens brachte …

Friedan tat sein Bestes, um David abzulenken. Er zwang seinen Freund, mit ihm Punkt für Punkt die Schritte zu besprechen, die in den nächsten Tagen unternommen werden mußten. »Bevor wir in New York landen, möchte ich eine klare Strategie mit dir verabschiedet haben«, drängte er. »Je früher wir den Fall Maya ad acta legen können, desto schneller hast du den Alptraum vergessen.«

Die Liste war 20 Punkte lang. Punkt eins waren die 35 Millionen, die an Wunderlich gezahlt worden waren. Friedan hatte David nach einem Vieraugengespräch mit Wunderlich, den Mayas Tod sehr getroffen hatte, dringend geraten, es dabei zu belassen. Der Vorvertrag, den Maya mit Wunderlich abgeschlossen hatte, war rechtsgültig, der handschriftliche Zusatz eindeutig paraphiert.

Aus einem anderen Geschäft hatten sie gerade noch aussteigen können. Es gab noch keine Unterschrift unter dem Kaufvertrag von Mayas Villa. Weitersheim bestand allerdings darauf, daß Miller-Wagenstein die ihm entgehende Provision zahlte. Auch auf diese dreiviertel Million wollte es Friedan nicht ankommen lassen.

In München war noch völlig überraschend ein Bote aus Paris aufgetaucht, der Miller-Wagenstein persönlich einen Umschlag überreichte. Es waren die Negative von Mayas Nacktfotos, die David voller Ekel betrachtete und dann Friedan gab. Der rief den Room-Service an und bestellte eine große Schere. »Schreib den Scheck aus«, sagte er resignierend zu David. »Der Bote wartet draußen.« Miller-Wagenstein schrieb einen Scheck über 75000 Dollar, während Friedan die Fotos und Negative in kleine Schnipsel zerschnitt.

Über Maya von Millers Nachlaß brauchten sie sich wenig Gedanken zu machen. Alan Miller-Wagenstein hatte in seinem Testament verfügt, daß sämtliches Vermögen, bis auf ihren persönlichen Besitz, nach Mayas Tod an die Familienstiftung gehen würde, deren alleiniger Vorsitzender nunmehr David Miller-Wagenstein war. Friedan würde die Papiere, die Maya in München unterschrieben hatte, im Safe seiner Kanzlei aufbewahren. Außer Alexa Schwarz gab es keinen Mitwisser der wahren Geschichte der Maya von Miller, und auf die Berliner Reporterin war Verlaß. Sie hatte rekapituliert, was Corry, ihre Cousine, wußte und was ihre Pariser Helfer, und sie hatten befunden, daß man es dabei bewenden lassen konnte. Alexa und David waren Freunde fürs Leben geworden.

Was Mayas persönlichen Besitz anging, so beschloß David noch während des Fluges, ihn zugunsten eines guten Zwecks versteigern zu lassen. Er entschied sich für den New Yorker *Fresh Air Fund.* Gleich morgen wollte er seinen Freund Ugo da Silva-Ribera, den ehemaligen Europa-Chef von *Sotheby's*, mit der Auktion beauftragen.

In ein Geheimnis gedachte David Miller-Wagenstein seinen Freund Mick jetzt noch nicht einzuweihen. Er wollte ein wenig Zeit verstreichen lassen und still genießen, was er so lange vermißt hatte: Er liebte. Aber selbst Grace Siegel hatte er sich noch nicht offenbart.

Als Elisabeth Wolff um kurz vor acht in die Redaktion kam, wartete Alexa Schwarz bereits im Flur der Chefredaktion auf sie. Sie sah schlecht aus.

»Komm rein«, sagte die Chefredakteurin und schloß die Tür zu ihrem Büro auf. Bevor sie sich hinter ihren Schreibtisch setzte, ließ sie die Jalousien fallen.

»Ich muß mit Ihnen sprechen«, sagte Alexa, und Elisabeth Wolff antwortete mit einem leisen Vorwurf in der Stimme: »Ich hatte eigentlich schon in der letzten Woche mit deinem Anruf gerechnet. Also, schieß los, wie ist der Stand der Dinge?«

»Meine Mutter ist an einer Überdosis gestorben«, sagte Alexa, mühsam die Fassung wahrend. »Ich habe die Recherchen eingestellt.«

Sie hatte ihre Mission erfüllt, sie war schon am frühen Morgen an Friedes Grab gewesen und hatte ihr alles berichtet. Maya von Miller hatte ihre Schuld eingestanden und ihre Konsequenzen gezogen. Vergessen würde sie diese Frau nie. Vergeben? Noch hatte sie dazu nicht die Stärke. Aber sie konnte nun mit ihrer Vergangenheit leben. Geradezu körperlich spürte sie, daß sie sich gehäutet hatte. Die dicke Schicht von Unsicherheiten und Unwissen war von ihr abgefallen, und zum Vorschein gekommen war ein feines Netz von Gefühlen. Das war ihre Zukunft.

»Ich möchte nicht weiter darüber sprechen«, schloß Alexa. Elisabeth Wolff hatte ohnehin verstanden. Sie sah, daß ihre Reporterin gerade einen entscheidenden Schritt in ihrem Leben tat und daß sie ihn allein tun mußte. »Okay«, sagte sie. »Dann laß uns über deine andere Story reden. Reporterglück: zur richtigen Zeit am richtigen Ort. Die Maya-von-Miller-Story ist ein Knüller, hier, lies die Abendzeitung. Ich hab's doch gleich gewußt: Das ist eine Geschichte, wie für unser Blatt gemacht. Kannst auch mehr Seiten kriegen. Hier, schau dir das an.«

Sie warf die Fotos von Herb Neumann auf den Tisch. Alexa sah sie an, kramte zwei Kassetten aus ihrer Tasche und sagte sehr bestimmt: »Hier ist mein Interview, machen Sie damit, was Sie für richtig halten. Ich kann die Geschichte jetzt nicht schreiben.«

»Was ist denn mit dir los?« Elisabeth Wolff sah Alexa prüfend an. Was sie in ihren Augen entdeckte, war große Entschlossenheit und eine unendliche Traurigkeit. »Ich denke, da gibt es einiges zu erklären«, beharrte sie.

»Jetzt nicht«, antwortete Alexa.

»Alexa?«

»Ja, Chefin?«

»Einverstanden …«

Alexa sah sie dankbar an. Aber Elisabeth Wolff war noch nicht fertig: »Mit dem ›jetzt‹ bin ich einverstanden. Aber ich sage dir: Eines Tages wirst du die ganze Geschichte schreiben, sie schreiben wollen. Laß dir Zeit.«

»Danke.«

Alexa wollte gehen, aber Elisabeth Wolff hielt sie fest. »Ich will, daß du ein paar Tage Urlaub machst, versprochen?«

»Versprochen.«

»Küß mich.« Alexa stand in der großen Glastür von Joes Atelier. Es war das erste Mal, daß sie hierherkam, und sie hatte sich nicht angemeldet.

»Wie bitte? Kannst du das noch einmal wiederholen?« Joe stieg von der Leiter; er malte gerade an einem besonders großen Bild. Er wischte sich die farbverschmierten Hände an seiner Lederschürze ab und legte seine rechte Hand hinter die Ohrmuschel.

»Küß mich«, rief sie und lief auf ihn zu. Joe breitete die Arme weit aus und fing sie auf. Er küßte sie. Es war ein leidenschaftlicher Kuß, und Alexa konnte gar nicht genug bekommen.

»Ich liebe dich«, flüsterte sie atemlos.

»Kannst du das noch einmal wiederholen?« sagte er leise und streichelte über ihre geschlossenen Augen.

»Nein. Jetzt bist du dran«, hauchte sie in seinen Mund.

Da schrie er, so laut, daß die Scheiben klirrten: »I love you!«

In der Nacht, als sie erschöpft in seinen Armen lag und er spürte, daß sie am ganzen Körper zitterte, fragte er leise: »Will you do me a favour?«

»Yes.« Sie kuschelte sich noch enger an ihn, so eng, daß sie bei jedem Atemzug den Duft seiner Haut in sich aufsog.

»Then do cry.«

Endlich, endlich ließ sie ihren Tränen freien Lauf.

Igor Wassiljew war in der Nacht, nachdem Karoly ihn zu Yvette gebracht hatte, jämmerlich an einem Hustenanfall erstickt. Seine Wirtin fand ihn am nächsten Morgen. Am Nachmittag hatte sie das Zimmer bereits entrümpelt und frisch gestrichen.

Als Yvonne Karoly mit ihrer Mutter beim Frühstück saß, lächelte sie. Es war das erste Mal – nach 28 Jahren.

Monsieur George und Madame Françoise trafen sich nun jeden Mittwoch zum Mittagessen. Sie wußten, daß sie sich in Geduld fassen mußten. Aber Françoise war zuversichtlich: »Alexa wird sich das Kleid abholen. Früher oder später.«

Corry, Alexa und Joe machten einen Kurztrip nach Ibiza. Sie wohnten in seinem Haus, einer alten Finca, die sein Vater, Maler wie er, vor Jahrzehnten zu einem Studio umgebaut hatte. Joe zeigte ihnen die Schönheiten der Insel, auf der er die Sommer seiner Kindheit verbracht hatte.

Erst am dritten Tag willigte Alexa ein, in die Cala Tarida zu fahren. Sie aßen in dem Restaurant des kleinen, aber feinen Hotels *Victoria* zu Mittag. Sie erkannte die Terrasse, den Pool, das schmiedeeiserne Tor wieder. Nur der Blick war ein anderer. Die Cala Tarida, die einmal ihrem Großvater gehört hatte, war mit Apartmenthäusern und Hotelanlagen zugepflastert.

Wenige Tage vor der Auktion im ehemaligen Ballsaal des *Pierre* erhielt Miller-Wagenstein von einem Sachverständigen, einer Kapazität in Sachen Schmuck und Juwelen, die Mitteilung, daß bis auf wenige unbedeutende Teile der gesamte Schmuck, den man ihm zur Schätzung überlassen hatte, leider gefälscht sei.

David brach, als er den Telefonhörer aufgelegt hatte, in schallendes Gelächter aus. Sein alter Herr war doch ein Fuchs gewesen.

Dank

Seit fast zwei Jahrzehnten habe ich es als Reporterin (*Der Abend, BILD*, Berlin), Society-Kolumnistin (»Mein Rendezvous« in *Bunte*), Chefredakteurin (*ELLE, ELLE Decoration, Ambiente, PAN Special, Bunte* und kurz auch von *Gala*), Talkmaster im deutschen Fernsehen (»Zeil um zehn«, *HR 3*; »Rendezvous«, *MDR 3*) und als Managerin von Medien-Galas (»Bambi«, »Die Goldene Kamera«) mit Prominenten, Stars, der internationalen Society zu tun. Und immer wieder kam es vor, daß man mir, manchmal im Laufe von Recherchen, oft einfach so auf einer Party, bei einem Abendessen, einem Wochenende auf einer Yacht, verblüffend offen Einblick in unglaubliche Lebensgeschichten bot, in die Schicksale, die sich hinter dem schönen Schein verbergen.

Um jeden Preis ist ein Roman, die Handlung ist bis ins kleinste Detail frei erfunden. Kein Schicksal, um das ich weiß, hat sich genau so zugetragen, wie in diesem Buch geschildert, kein Ereignis ist wirklich so verlaufen. Wer aber, wie ich das tue, aufmerksam und mit einem gewissen Enthusiasmus die Geschichten der Schönen und Reichen, die uns Tag für Tag in den Medien dargeboten werden, verfolgt, die Interviews, die Gesellschaftskolumnen, den Klatsch aus aller Welt, der ahnt, daß es Schicksale wie das von Maya von Miller und Alexa Schwarz, von Dorothea Gorski, Igor Wassiljew und Yvette Karoly gibt.

Ausdrücklich möchte ich mich bei folgenden Persönlichkeiten und Institutionen bedanken, die mir im Laufe meiner journalistischen Laufbahn begegnet sind und die meine Sicht der Dinge beeinflußt haben:

Begum Inaara und Karim Aga Khan, Gianni Agnelli, Emad »Dodi« al-Fayed, Mohammed al-Fayed, Giorgio Armani, Bernard Arnault, Nadja Auermann, Richard Avedon, Iris Berben, Carolyne Bessette-Kennedy, BILD, Betsy Bloomingdale, Paul Bocuse, Arndt Krupp von Bohlen und Halbach, David Bowie, Bunte, Dr. Hubert Burda, Pierre Cardin, Leo Castelli, César, Coco Chanel, Bill Clinton, Hillary Clinton, Sean Connery, Salvador Dalí, Alain Delon, Michael Douglas, Dominick Dunne, Clint Eastwood, Bernd Eichinger, Victor Erdmann, Mica Ertegun, Lady Fairfax, Sarah Fergusson, Veronica Ferres, Dr. Friedrich Karl Flick, Focus, Malcolm und Christopher Forbes, Betty Ford, Six Friedrich, Dianne Prinzessin von Fürstenberg, Ira Prinzessin von Fürstenberg, Dr. Maria Furtwängler-Burda, John Galliano, Bill Gates, Reto Gaudenzi, Eileen Getty, Pia Getty, Hubert de Givenchy, Uschi Glas, Thomas Gottschalk, Michael Graeter, Peter Graf, Iris Gras, Chantal Prinzessin von Griechenland, Larry Hagman, Jerry Hall, Averell und Pamela Harriman, Prof. Gabriele Henkel, Hermès, Tommy Hilfiger, Alfonso Prinz von Hohenlohe, Julio Iglesias, Mick Jagger, Elton John, Philip Johnson, Firyal Prinzessin von Jordanien, Gerd Käfer, Jackie Kennedy, Adnan Khashoggi, Dr. Leo Kirch, Calvin Klein, Dr. Georg Kofler, Fred Kogel, Eva Kohlrusch, Henry Kravis, Christian Krawinkel, Günter Krumminga, Bernhard Lackner, Karl Lagerfeld, Evelyn Lauder, Helga Lehner, Vera Lengsfeld, David Letterman, Jerry Lewis, Andrew MacQueen, Madonna, Erich Marx, Jean-Remy von Matt, Gerhard Meir, Liz Mohn, Rainier Fürst von Monaco, Caroline Prinzessin von Monaco, Don Jaime di Mora y Aragon, Rupert Murdoch, New York Post, Helmut Newton, Uschi

Obermaier, Aristoteles Onassis, Reza Pahlevi Schah von Persien, Gregory Peck, Dr. Ivo Pitanguy, Ronald Reagan, Dr. Wolfgang Reitzle, Oscar de la Renta, Patricia Riekel, Joan Rivers, Carolyne Roehm, Thaddaeus Ropac, Mstislaw Rostropowitsch, Elie Baron de Rothschild, Nina Ruge, Gunter Sachs, Jil Sander, Claudia Schiffer, Paul Schirnhofer, Harald Schmidt, Manfred Schmidt, Rolf Schmidt-Holtz, Julian Schnabel, Dr. Jürgen Schneider, Heidi Schoeller, Margarethe Schreinemakers, Charles Schumann, O. J. Simpson, Liz Smith, Dr. Ron Sommer, Juan Carlos König von Spanien, Spiegel, Heino Stamm, Stern, Sharon Stone, Franz Josef Strauß, Meryl Streep, Barbra Streisand, Süddeutsche Zeitung, Elizabeth Taylor, TAZ, Gloria Fürstin von Thurn und Taxis, Renate Thyssen-Henne, Donald Trump, Ivana Trump, Jean van Daalen, Vanity Fair, Donatella Versace, Gianni Versace, Franz Josef Wagner, Charles Prinz von Wales, Diana Prinzessin von Wales, Udo Walz, Andy Warhol, Konstantin Wecker, Edward Herzog und Wallis Herzogin von Windsor, Wolf Wondratschek, Dr. Mark Wössner, Michel Würthle, Lynn Wyatt, Sibylle Zehle, Gottfried Zmeck.